ullstein

SANDRINE ALBERT ist das Pseudonym der deutschen Autorin Sandra Åslund. Sie hat ein Fernstudium in kreativem Schreiben an der Textmanufaktur absolviert und ist Mitglied beim »Syndikat« sowie bei den »Mörderischen Schwestern«. Seit ihrer Jugend ist die Autorin begeisterte Frankreich-Liebhaberin, und zeitweise plante sie, dorthin auszuwandern. Doch die Liebe wollte es anders: Heute lebt und schreibt sie in Berlin und Schweden. Aber immer wieder zieht es sie zurück in den Süden, um aufzutanken und für ihre Bücher zu recherchieren. In ihren Kriminalromanen verwebt die Autorin das französische Savoir-vivre mit aktuellen umweltpolitischen Themen.

Von der Autorin ist in unserem Hause außerdem erschienen:
Mord au Vin. Ein kulinarischer Bordeaux-Krimi

SANDRINE ALBERT

MORD IN BORDEAUX

Ein kulinarischer Krimi

Ullstein

Besuchen Sie uns im Internet:
www.ullstein.de

Wir verpflichten uns zu Nachhaltigkeit
- Klimaneutrales Produkt
- Papiere aus nachhaltiger Waldwirtschaft und anderen kontrollierten Quellen
- ullstein.de/nachhaltigkeit

NEU START KULTUR

Dieses Buchprojekt wurde mit Mitteln aus dem Stipendienprogramm 2021 »Neustart Kultur« der VG Wort gefördert.

MIX
Papier | Fördert gute Waldnutzung
FSC www.fsc.org
FSC® C021394

Originalausgabe im Ullstein Taschenbuch
1. Auflage April 2023

Umschlaggestaltung: zero-media.net, München
Titelabbildung: GettyImages / © Marine Sarraute / EyeEm (Stadtmotiv); © FinePic®, München (Wischer und Hintergrund)
Karte von Bordeaux: © Peter Palm, Berlin
Gesetzt aus der Quadraat by *pepyrus*
Druck und Bindearbeiten: ScandBook, Litauen
ISBN 978-3-548-06734-6

Nun will die Sonn' so hell aufgehn,
Als sei kein Unglück die Nacht geschehn!
Friedrich Rückert, Kindertodtenlieder

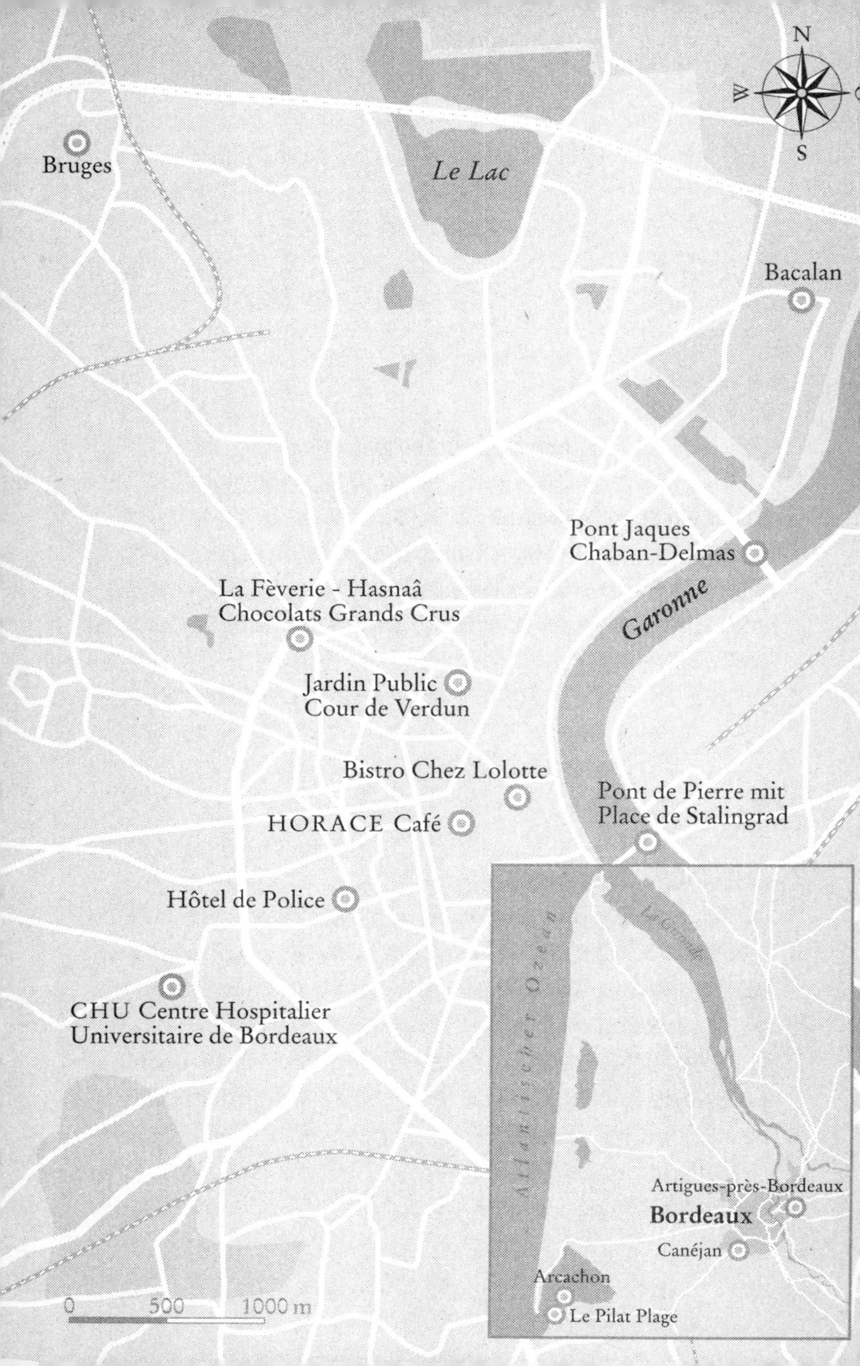
N
W
S
Bruges
Le Lac
Bacalan
Pont Jaques
Chaban-Delmas
Garonne
La Fèverie - Hasnaâ
Chocolats Grands Crus
Jardin Public
Cour de Verdun
Bistro Chez Lolotte
HORACE Café
Pont de Pierre mit
Place de Stalingrad
Hôtel de Police
CHU Centre Hospitalier
Universitaire de Bordeaux
0
500
1000 m
Atlantischer Ozean
La Gironde
Artigues-près-Bordeaux
Bordeaux
Canéjan
Arcachon
Le Pilat Plage

Prolog

Mittwoch, 6. Februar 1952

Ist das ein Schrei gewesen?

Mit einem Ruck setze ich mich im Bett auf, lausche in die Dunkelheit. Alles ist still. Vielleicht war es nur ein Traum? Ich lege mich wieder hin, suche meinen Teddy, drücke ihn an mich. Nur ein Traum.

Aber als ich die Augen schließe, höre ich es wieder. Es klingt wie ganz dolles Weinen.

Ist das Mama? Ich habe Angst, verkrieche mich unter der Decke, bis ich fast keine Luft mehr bekomme.

Das Schluchzen hört nicht auf. Ich presse mir die Hände auf die Ohren.

Dann setze ich mich wieder hin. Was, wenn Mama Hilfe braucht? Ich will nicht aufstehen. Und doch schlage ich die Bettdecke zurück. Suche mit den Füßen nach meinen Hausschuhen. Sie sind kuschelig weich, die Wärme gibt mir Mut.

Ich tappe zur Tür, öffne sie ein kleines bisschen. Jetzt höre ich das Weinen ganz laut. Es kommt aus dem Schlafzimmer von meinen Eltern. Papa ist nicht da, er ist verreist wegen seiner Arbeit.

Langsam mache ich einen Schritt, dann noch einen. Und so weiter, bis ich an der angelehnten Schlafzimmertür stehe. Ich trau mich nicht, durch den Türspalt zu schauen. Vielleicht sehe ich dann was ganz Schlimmes. Aber es ist doch meine Mama, die da weint. Ich will sie trösten.

Vorsichtig linse ich durch den Spalt. Ich sehe meine Mama, sie hält Noah im Arm. Noah ist mein kleiner Bruder. Bald ist sein erster Geburtstag. Eigentlich hatte ich mir eine Schwester gewünscht. Doch jetzt finde ich ihn auch ganz süß. Er gluckst immer so niedlich, wenn ich mit ihm spiele.

Warum weint Mama bloß? Ich verstehe das nicht. Vielleicht geht es Noah nicht gut? Er hat schon länger so komische rote Haut am Po. Mama sagt dazu Ausschlag.

Warum ist er so still? So still ist er doch sonst nicht. Gestern und davor auch, da hat er unglaublich viel geschrien. Ob das an dem Ausschlag liegt? Nein, etwas stimmt nicht – er ist zu ruhig.

Ich öffne die Tür. »Mama, was ist?«

Meine Mama hebt den Kopf, dreht sich zu mir. Doch sie sagt kein Wort. Es ist, als sieht sie mich gar nicht. Ihr Gesicht ist nass. Ich schaue auf Noah, er bewegt sich nicht. Ganz still liegt er in ihrem Arm. Sein kleines Gesicht ist so weiß.

Ich laufe weg, zurück in mein Zimmer, ins Bett, nehme Teddy in den Arm und ziehe mir die Decke über den Kopf, sodass ich gerade noch genug Luft bekomme. So liege ich ganz lange da. Irgendwann schlafe ich ein.

Als ich aufwache, ist es hell. Mama kommt herein, setzt sich auf mein Bett. Sie sieht aus wie eine Fremde. Ernst und grau. Ich kriege wieder Angst.

»*Grand-père* ist unterwegs, er holt dich ab. Du bleibst ein paar Tage bei ihnen, *mon poussin.*«

»Aber …«

»Deine Sachen habe ich schon gepackt.« Sie streichelt mit der

Hand über meinen Kopf. Nicht so zärtlich wie sonst. Eher als würde sie den Tisch abwischen.

Ich mag meine Großeltern sehr. Sie wohnen auf dem Land, haben einen großen Garten. Es gibt viele Tiere dort, und niemanden stört es, wenn meine Kleider beim Spielen im Stall schmutzig werden.

»Was ist mit Noah?«

Meine Mama antwortet mir nicht.

Auch meine Großeltern erklären mir nichts, als ich bei ihnen bin. Das fühlt sich komisch an. Aber ich traue mich nicht, zu fragen. Und irgendwann denke ich nicht mehr so oft daran.

Als ich nach Hause zurückkomme, ist mein kleiner Bruder weg. Und auch all seine Sachen.

Meine Mama sagt mir, Noah würde jetzt woanders sein. Wo es ihm besser geht. Dann spricht sie nicht mehr von ihm. So als hätte es ihn nie gegeben.

Kapitel 1

Donnerstag, 5. April 2018

»Dieser vereiste Fluss, über den du gewandert bist – wie heißt der noch gleich?« Claire spießte ein Stück des sautierten Lamms mit der Gabel auf und schaute Philippe aufmerksam an.

»Zanskar. So wie das zugehörige Gebiet. Liegt im Nordwesten des indischen Himalajas.« Philippe trank einen Schluck von seinem Weißwein, ehe er fortfuhr. »Im Winter, also fast acht Monate lang, sind die Bewohner dort vom Rest der Welt abgeschnitten. Der einzige Zugang ist der Weg über den sogenannten Chadar Trek.«

Am Nachbartisch nahmen fünf Männer in Businesskleidung Platz. Sogleich eilte ein Kellner mit einem Tablett Aperitifs herbei. Erst auf den zweiten Blick erkannte Claire in einem von ihnen Armand Ducasse, ein hohes Mitglied der Präfektur des Départements Gironde. Vor Kurzem hatte die *Sud Ouest* ein Porträt über den SGAR gedruckt, den *Secrétaire Général pour les Affaires Régionales*. Er galt als rechte Hand des Präfekten. Als Claire klein war, hatte ihr Vater ihr das französische Regierungssystem im Vergleich zum deutschen erklärt. Seine Worte hatte sie immer noch im Kopf: »Einen *préfet* kannst du dir ungefähr so vorstellen wie unsere Ministerpräsidenten.«

Claire wandte sich wieder Philippe zu. »Wie lange dauerte der Trip?«

»Insgesamt drei Wochen. Es war definitiv die spannendste Episode der Reise.«

»Das kann ich mir vorstellen. Wo hast du geschlafen?«

»Manchmal in Dörfern, oft in Höhlen. Das war eine völlig neue Definition von Kälte.« Er blinzelte ihr zu. »Da hätte ich gut jemanden neben mir im Schlafsack gebrauchen können.«

»Tja, das sind die Opfer, die das Alleinreisen mit sich bringen.« Claire schmunzelte. »Aber du besitzt noch alle Zehen? Bist keinem Höhenkoller zum Opfer gefallen?«

»Ich bin nicht verrückter als vorher.« Lachend sah Philippe von seinen Gambas auf. »Was den Rest betrifft: alles noch dran. Mein Verlangen nach Buttertee ist allerdings auf unbestimmte Zeit gestillt. Aber im Ernst: Diese Kombination aus Extremsport und Kälte, dazu tibetische Mönchskultur und esoterischer Buddhismus – es war definitiv das Krasseste und Intensivste, was ich je erlebt habe.«

»Wow! Wenn ich dir so zuhöre, kommt mir mein Leben ganz schön banal vor.«

»Ach, komm, Madame *enquêtrice privée*! Während ich Tomatenranken festbinde und Hecken stutze, ist der Alltag einer Privatdetektivin ja nun alles andere als nullachtfünfzehn.«

»In letzter Zeit schon.« Claire verdrehte die Augen. »Diesen Monat habe ich den verschwundenen Yorkshireterrier einer angegrauten Millionärin gesucht. Sie ging von einer Entführung aus.«

»Und?«

»Ich habe das Schoßhündchen in einem abgewrackten Hinterhof gefunden. Schien sich dort ganz wohlzufühlen, mitten unter einer Bande Straßenköter. Als ich den Knirps zurück in die Villa seines Frauchens brachte, war er nicht wirklich begeistert.

Hat mich ordentlich angeknurrt. Als wollte er sagen: Bring mich bloß nicht zu der ollen Schabracke zurück mit ihren Schleifen und Pullöverchen. Und nein – auf diesen abgeschlossenen Fall stoße ich jetzt nicht an.« Zwinkernd hob sie ihr Weinglas.

Claire hatte Philippe ins *Le Patio* eingeladen, ihr Lieblingsrestaurant in Arcachon. Umgeben von Buddhafiguren und exotischen Pflanzen saßen sie unter dem gläsernen Dach der Terrasse, die das Herzstück des Sternelokals bildete, und genossen das *Menu de la semaine*. Henry Routier, der Besitzer und Chefkoch, kreierte jede Woche neue Köstlichkeiten aus regionalen Zutaten. Immer wieder überraschte er Claire mit seinen Einfällen, so wie mit der heutigen Vorspeise, die er *terre et mer* getauft hatte, Land und Meer. Darin kombinierte er Parmesan-Sablé, Thunfisch und warme Gänseleber, Pannacotta-Erbsen und cremige Orangen-Tannenzapfen.

Claire hatte sich jeden Bissen auf der Zunge zergehen lassen. Ein Besuch im *Le Patio* war etwas Besonderes, genau richtig für ihr Wiedersehen mit Philippe.

Am vergangenen Wochenende war er von seiner winterlichen Weltreise nach Frankreich zurückgekehrt. Gestern hatte er die Arbeit in Claires Garten wieder aufgenommen. Es war bereits Anfang April, und allmählich musste es mit der Aussaat losgehen.

»Hier, probier mal diese Gambas, die sind so was von fantastisch!« Philippe reichte Claire seine Gabel über den Tisch.

»Hm, du hast recht. Köstlich!« Claire schmeckte den feinen Nuancen der Soße in Verbindung mit dem Krebsfleisch nach. Auch die Hauptgerichte waren einmal mehr gelungene Kreationen. Nicht nur in die Einrichtung seines Restaurants ließ Henry Routier die Eindrücke seiner regelmäßigen Aufenthalte in Thailand einfließen. Sie schaute sich nach ihm um. Für gewöhnlich pflegte er während des Abends einen guten Kontakt zu seinen

Gästen. Gerade erklärte er am Nebentisch Ducasse und seinen Begleitern die heutigen Menüs.

»Was macht dein Blog?« Philippe lächelte sie an.

»Ich habe gerade mit einem neuen Projekt begonnen: Süßspeisen aus unserer Gegend und wie sie sich mit dem Trend zur zuckerfreien Ernährung vertragen.«

»*Alors*, falls du dieses Mal auch jemanden zum Testen brauchst – ich stehe dir zur Verfügung.«

Claire lachte. Fünf Monate waren vergangen, und doch hatte sich zwischen ihnen nichts verändert. Heute Abend würde Philippe sicher bei ihr bleiben. Sie würden sich wiederentdecken, eine Nacht voller Leidenschaft und Nähe verbringen, am nächsten Morgen gemeinsam frühstücken, vielleicht sogar auf ihrer Terrasse mit Blick aufs Meer. Danach würde jeder in seinen Alltag zurückkehren. Dieses Wechselspiel zogen sie nun schon knapp zwei Jahre durch. Manchmal fragte sich Claire, wie lange ihr unausgesprochenes Arrangement für sie beide funktionieren würde. Vermutlich, bis sich einer von ihnen ernsthaft in jemand anderen verliebte. Die Frage war nur, ob es Philippe sein würde oder sie.

Mit dem Messer schob sie den Rest des Kichererbsenpürees zusammen. »Diese Woche treffe ich mich mit einer *chocolatière* und werde mich in die hehre Kunst der –«

Ein Poltern ließ sie ruckartig auffahren. Am Nachbartisch war einer der Anzugträger vom Stuhl gefallen. Es war Armand Ducasse. Er wand sich in Krämpfen, schnappte nach Luft, Schweißperlen standen ihm auf der Stirn.

Alle Gäste auf der überdachten Terrasse wandten erschrocken den Kopf. Für den Bruchteil einer Sekunde waren sie wie eingefroren. Unmittelbar danach brach ein hektisches Durcheinander los. Mehrere Stühle kippten um, als die Umsitzenden aufsprangen und zu dem am Boden Liegenden liefen.

Sofort zückte Claire ihr Handy und aktivierte den Notruf. Zügig beantwortete sie die Fragen der Frau am anderen Ende der Leitung.

Nachdem sie aufgelegt hatte, trat sie näher an den Mann heran. Sein Zustand hatte sich deutlich verschlechtert. Inzwischen war er in eine Starre verfallen, seine Pupillen wirkten stark erweitert. Claire hatte schon Anfälle von Epileptikern erlebt, doch das hier war etwas völlig anderes. Auch hatte keiner der Männer bei der Ankunft betrunken oder high gewirkt. Die Situation ließ Claires Alarmglocken schrillen. Ihr beruflicher Instinkt war geweckt, und sie blendete alles andere aus. Eine Ahnung nahm in ihrem Kopf Gestalt an.

Zwei Kellner eilten herbei, die sich bemühten, die Gäste zu beruhigen, und sie aufforderten, sich wieder zu setzen.

»Das sieht nicht gut aus«, raunte Claire Philippe beunruhigt zu.

Er sah sie geschockt an. »Kann man nichts –?«

»Wir brauchen dringend den Rettungswagen – hoffentlich sind sie bald da! Ich vermute, dass –« Draußen ertönte ein Martinshorn. »Na endlich!« Claire trat von einem Fuß auf den anderen.

Wenige Augenblicke später stürmten zwei Sanitäter ins Lokal und bahnten sich ihren Weg durch die Gäste zur Terrasse. Der Ältere von ihnen trug einen großen Koffer, stellte ihn neben Ducasse auf den Boden, kniete sich hin und begann sofort mit der Untersuchung. Der Jüngere blieb im Vorbeigehen kurz beim Restaurantchef stehen. »Bringen Sie die Leute nach nebenan.« Raschen Schritts folgte er seinem Kollegen und ging auf der anderen Seite des Generalsekretärs in die Knie. Gemeinsam prüften sie seine Atmung und seinen Puls.

Ehe Claire die Terrasse verließ, drehte sie sich noch einmal um und bemerkte, dass der Ältere seinen Kollegen sacht am Handgelenk fasste und eindringlich ansah. Während sie den anderen Gästen in den vorderen Teil des Restaurants folgte, schloss hinter ihr ein Kellner die Glasschiebetüren und zog einen blickdichten Vorhang vor die Scheiben. Im Hauptraum waren fast alle Plätze belegt. Unschlüssig standen die Gäste von der Terrasse zwischen den Tischen und im Eingangsbereich. Die Nachricht von dem Vorfall hatte auch hier wie ein Lauffeuer die Runde gemacht. Betroffenes Schweigen breitete sich aus.

Henry Routier redete aufgeregt mit zwei seiner Angestellten. Claire kannte ihn als ruhigen und besonnenen Mann, der ganz für das *Le Patio* und seine Kochkunst lebte. Nicht umsonst erhielt das Restaurant seit Jahren einen Stern im berühmten *Guide Michelin.*

Die Tür öffnete sich, und der ältere Sanitäter kam herein. Mit distanziertem Gesichtsausdruck trat er auf den Restaurantchef zu und sprach eindringlich auf ihn ein. Henry Routier schlug die Augen nieder. Dann nickte er und wandte sich an die Gäste. »*Mesdames et messieurs*, ich möchte Sie bitten, Ruhe zu bewahren.« Er räusperte sich. »Die Polizei ist auf dem Weg hierher. Bis sie eingetroffen ist, müssen wir Sie leider bitten, bei uns zu verweilen. Sie dürfen sich gern auf Kosten des Hauses etwas von der Getränkekarte aussuchen.«

Sogleich setzte ein Tuscheln und Raunen unter den Gästen ein.

»Darf ich dir einen Drink bestellen?« Sanft legte Philippe eine Hand auf Claires Unterarm.

»Ich glaube, ich brauche jetzt etwas Starkes. Einen Whiskey vielleicht.«

»Ich besorge uns zwei.«

Während sie auf das Eintreffen der Polizei warteten, musterte Claire den Restaurantbesitzer, der mit aschfahlem Gesicht in der

Nähe der Glastüren stand. Zwischen den anderen Gästen hindurch bahnte sie sich einen Weg zu ihm. »Monsieur Routier, wenn es etwas gibt, das ich für Sie tun kann ...«

»*Merci*, Madame Molinet, ich schätze Ihre Aufmerksamkeit.« Er kämpfte sichtbar damit, die Fassung zu bewahren. »Ich muss Ihnen nicht sagen, dass eine solche Situation für einen Gastronomen eine Katastrophe ist.«

»Bis jetzt ist nicht bewiesen, dass die Angelegenheit etwas mit Ihrem Lokal zu tun hat.«

»Der Mann ist hier gestorben. Nur das wird man sich draußen erzählen. Noch dazu war es nicht irgendwer!« Sein eingefallenes Gesicht sprach Bände. »Bitte entschuldigen Sie mich, Madame Molinet. Meine Angestellten brauchen Hilfe an der Bar.«

Claire sah ihm hinterher und bemerkte, wie er die Schultern straffte und sich um einen aufrechten Gang bemühte. Dann schweifte ihr Blick zu den vier Begleitern des Generalsekretärs. Verstohlen betrachtete Claire sie. Zwei von ihnen saßen mit bestürzten Gesichtern in der Nähe der Treppe, die zu den Toiletten hinaufführte. Die anderen beiden standen daneben. Einer von ihnen, ein schmaler Mittfünfziger mit Silberkranz, redete aufgebracht auf den anderen, deutlich jüngeren Mann ein. Sogleich meldete sich Claires beruflicher Instinkt: Zu schade, dass sie so weit entfernt war und nicht hören konnte, worüber sie sprachen.

Kurz darauf erschienen zwei Männer der Gendarmerie von Arcachon, gefolgt von zwei Kollegen der Spurensicherung. Sie durchquerten den Raum und verschwanden hinter den Glastüren. Voll düsterer Vorahnungen schaute Claire ihnen nach, während sich der Vorhang direkt wieder schloss.

Die Zeit verging im Schneckentempo. Claire hatte ihren Whiskey längst ausgetrunken und dachte über einen weiteren nach, als von der Eingangstür her ein kräftiges »*Bonsoir, Messieurs Dames*« ertönte.

Die Stimme ließ Claire aufhorchen. Sie reckte sich, um den Eingang besser sehen zu können. Ein hochgewachsener, dunkelhaariger Mann betrat das Restaurant. Einen Moment lang versetzte es ihr einen Stich, ihn wiederzusehen. In einem perfekt geschnittenen Anzug, wie sie es von ihm gewohnt war, einen leichten Mantel über dem Arm, stellte er sich für alle gut sichtbar mitten in den Raum.

»Mein Name ist Raoul Chénier, ich bin Commandant bei der *police nationale* in Bordeaux. Ich möchte Sie bitten ...« Sein Blick glitt die Reihe der Gäste entlang. Für den Bruchteil einer Sekunde blieb er überrascht an Claire hängen. Schnell fing sich der Commandant jedoch und setzte neu an. »Gemeinsam mit meinen Kollegen werde ich nun Ihre Personalien und Aussagen aufnehmen.«

• • •

Raoul sah Claire hinterher. Strahlend wie immer stach sie aus der Menge heraus mit ihren taillenlangen, dunkelblonden Haaren und der natürlichen Eleganz, die sie umgab. Ihr Begleiter, ein braun gebrannter, strohblonder Typ, hatte den Arm um sie gelegt, während sie gerade das Restaurant verließen. Ob das ihr neuer Freund war? Es war eine Weile her, seit Raoul die Privatdetektivin das letzte Mal getroffen hatte. Die beiden gaben ein schönes Paar ab, ob es ihm nun gefiel oder nicht. Wie auch immer – dies war weder der Ort noch die Zeit, sich über seine Gefühle für Claire Molinet Gedanken zu machen.

Wenn eine prominente Person wie der Generalsekretär für regionale Angelegenheiten unter ungeklärten Umständen in der Öffentlichkeit verstarb, bedeutete das zwangsläufig einen fulminanten Pressewirbel. Was Raouls Arbeit nicht gerade vereinfachte.

Er kehrte auf die Terrasse zurück und schloss die Schiebetür hinter sich. Im vorderen Bereich wurden noch immer Gäste vernommen und ihre Personalien notiert. Hier waren die Kollegen von der PTS, der *police technique et scientifique*, damit beschäftigt, sämtliche Spuren zu sichern. Soeben untersuchte einer der Kriminaltechniker die Gläser, aus denen Armand Ducasse und seine Begleiter getrunken hatten. Raoul atmete auf. Zu oft waren schon Tassen, Gläser, Flaschen und Ähnliches geleert und gespült oder entsorgt und damit essenzielle Indizien vernichtet worden.

Aus der Innentasche seines Sakkos holte Raoul ein Paar Einmalhandschuhe und streifte sie über, ehe er den Toten genauer in Augenschein nahm. Er hatte mit einigen Gästen der Terrasse gesprochen, inklusive Claire. Sie hatte die Vermutung geäußert, Ducasse sei möglicherweise vergiftet worden.

Im vergangenen Herbst hatten sie gemeinsam zwei ineinander verflochtene Fälle gelöst. Seither stand sein Respekt vor dem Können und Wissen der Privatdetektivin außer Frage. Und ebenso vor ihrer Intuition. Immerhin war sie es damals gewesen, die den roten Faden erkannt hatte.

Aufmerksam betrachtete er das Gesicht des Toten. An der rechten Wange war die Haut aufgeschürft. Sein Blick glitt über den restlichen Körper. Äußerlich waren ansonsten keine Verletzungen zu erkennen. Laut Claire hatten die Männer lediglich einen Aperitif zu sich genommen. Sowohl der Kellner, der sie bedient hatte, als auch die Tischnachbarn Ducasses hatten das bestätigt. Allerdings zeigten sich bei keinem der Übrigen irgendwelche Symptome.

Raoul sah auf die Uhr. Bald müsste ein Arzt auftauchen, um die Leichenschau durchzuführen und den Totenschein auszustellen. Normalerweise genügte dafür ein Allgemeinmediziner, doch bei einem Prominenten wie Armand Ducasse rechnete Raoul damit, dass sie einen Kollegen aus der Rechtsmedizin schicken würden. Bloß kein Risiko eingehen, das später zu Komplikationen führen könnte. Sobald eine Person des öffentlichen Lebens im Spiel war, galten andere Regeln.

»Commandant Chénier! Wenigstens ein Lichtblick an diesem Abend.« Die Gerichtsmedizinerin Frida Salles trat durch die Glastür.

»*Bonsoir*, Docteur Salles.« Raoul wandte sich der burschikosen Mittdreißigerin zu, die ihm wie üblich mit strahlendem Lächeln entgegenkam.

Glücklicherweise schien ihr aufzufallen, dass ihr Gesichtsausdruck an diesem Ort denkbar unangemessen wirkte, denn nun schaltete sie auf professionelle Sachlichkeit um. »Na, da haben wir ja heute mal einen Promi im Programm.« Aufmerksam betrachtete Frida Salles den Leichnam. »Unser Präfekturmitglied Ducasse.« Sie wechselte einen raschen Blick mit Raoul.

Statt einer Antwort zog er vielsagend die Brauen hoch.

»*Bon*, dann wollen wir mal.« Zunächst notierte sie sich die Personalien des Verstorbenen. »Todeszeitpunkt?« Ihre Augen wanderten von Raoul zu den Notfallsanitätern.

»Viertel vor neun«, sagte der Jüngere wie auf Kommando.

Frida Salles nickte zufrieden. Sie schob ihre Brille ein Stück nach oben. »Beschreiben Sie mir, was passiert ist.«

Ein weiteres Mal hörte sich Raoul die Schilderungen der beiden Sanitäter an.

Die Gerichtsmedizinerin machte sich Notizen, dann begutachtete sie den Toten ausführlich. »Ich brauche besseres Licht. Diese Wohlfühlleuchten schlucken zu viele Farbnuancen.«

Sofort beeilte sich einer der Sanitäter, die Schalter zu suchen.

Raoul beobachtete Frida Salles, während sie den Mann untersuchte. Schließlich räusperte er sich. »Als mir sein Anfall beschrieben wurde, kam mir der Gedanke, Ducasse könne vergiftet worden sein. Aber Sie sind die Fachfrau. *Pardon*, dass ich mich einmische.« Insgeheim schämte er sich etwas, dass er Claires Theorie als seine eigene ausgab.

Docteur Salles richtete sich auf. »In der Tat spricht einiges dafür. Was hat er zu sich genommen?«

»Einen Aperitif. Der Kellner meinte, es sei ein *Pineau* gewesen.« Raoul verzog leicht das Gesicht. Er hatte dem Likörwein, der mit einem Schuss Cognac aufgepeppt wurde, noch nie viel abgewinnen können.

»Wissen Sie, wie viel er davon getrunken hat? Oder anders gesagt: Wie viel war noch im Glas?«

»Das Glas war fast leer. Nach Aussagen seiner Tischnachbarn hat Ducasse es recht eilig mit seinem Drink gehabt.«

»Aha.«

»Haben Sie eine Vermutung?«

»Kann schon sein. Doch natürlich wissen wir erst nach der Obduktion und allen Untersuchungen wirklich Bescheid.« Sie streifte sich die Einmalhandschuhe ab. »Müssen Sie noch einmal ins Commissariat zurück, Commandant Chénier, oder haben Sie jetzt Feierabend?«

Raoul seufzte innerlich auf: Frida Salles weigerte sich, zu begreifen, dass er an ihr privat kein Interesse hatte. »Bis ich hier alles mit der Spurensicherung geklärt habe, die Aussage der Zeugen …« Er lächelte entschuldigend. »Danach geht's noch mal ins Büro. Wenn jemand wie Ducasse in einem Restaurant tot vom Stuhl fällt, kann ich mich von dem Wort Feierabend für eine Weile verabschieden.«

»*Bon*, dann sehen wir uns morgen Vormittag im Institut.« Ihr

Lächeln wirkte erzwungen. »Sagen wir um zehn? Mal schauen, was das Skalpell zu berichten hat.«

• • •

Das fahle Licht des Mondes fiel durchs Fenster auf das Bett mit der orientalischen Tagesdecke. Bis auf den Schein der Schreibtischlampe war der Raum ansonsten dunkel. Noémi Fauré stützte sich mit den Ellbogen auf die Tischplatte und legte das Gesicht in die Handflächen. Aus den ehemals geordneten Stapeln an Briefen, Zeitungsartikeln, Fotos und medizinischen Gutachten auf ihrem Schreibtisch hatte sich ein wildes Durcheinander gebildet. Behutsam schob sie einige Dokumente beiseite und griff nach dem DIN-A4-Blatt mit dem Aktenvermerk. Sie strich das Papier glatt, dann las sie ein weiteres Mal den Abschnitt, den sie rot umkreist hatte. Nie würde sie begreifen, wie ein solches Urteil zustande kommen konnte.

Abrupt stand sie auf, mehr ertrug sie davon heute nicht. Sie lockerte die Schultern und sah aus dem Fenster. Gerade verschwand der Mond hinter einer Wolke. Noémi dachte an Adrian. Wo war nur die Zeit geblieben? Hatte er sich nicht eben noch als winziges, hilfloses Wesen an sie gekuschelt?

Gedankenversunken wandte sie sich um und machte ein paar Schritte ins Zimmer hinein. Vor der Kommode aus Kirschholz blieb sie stehen. Mittlerweile befand sich darauf eine ansehnliche Sammlung an Fotos in Bilderrahmen, die Noémi auf Flohmärkten erstanden hatte, teils hier, teils auf Reisen. So war im Laufe der Jahre ein buntes Sammelsurium zusammengekommen.

Noémi holte eine Schachtel Streichhölzer aus der obersten Schublade und zündete die Kerzen eines silbernen Leuchters an, der mittig auf der Kommode stand. Dann nahm sie einen Rahmen aus türkisfarbenen Mosaiksteinchen in die Hand. Das Foto zeigte Adrian als properes, strahlendes Baby. Er saß auf einer Wolldecke im Wohnzimmer und streckte ihr seine Händchen mit zwei Bauklötzen entgegen. Schon mit einem Jahr hatte er dichtes schwarzes Haar gehabt, nicht diesen feinen Flaum wie die meisten Babys. Ein Erbe seines korsischen Vaters. Wie so vieles mehr.

Seufzend stellte Noémi das Bild zurück. Eine Amour fou, die nur wenige Wochen gedauert hatte. Domenico war damals ebenso plötzlich aus ihrem Leben verschwunden, wie er zuvor darin aufgetaucht war. Noémi und Domenico. Ihr Name, der sich buchstäblich in seinem verbarg. Der sich in seinem auflöste. So wie sich ihr früheres Ich in der Begegnung aufgelöst hatte. Zurückgeblieben war eine junge Mutter, viel zu jung, um die Verantwortung für eine solche Lebensaufgabe allein zu tragen.

Irgendwie hatte sie es trotzdem geschafft: Noémi betrachtete das Bild, das sie erst vor ein paar Tagen dazugestellt hatte. Adrian an seinem neunzehnten Geburtstag, einen knappen Monat war es her. Es zeigte einen schmalen jungen Mann mit herzförmigem Gesicht und nachdenklicher Miene. Das halblange, glatte Haar hatte er fürs Foto hinter die Ohren geklemmt. Ihr zuliebe. Normalerweise hing es wie ein Vorhang herunter, als wolle er sich dahinter verbergen.

Noémi sah auf die Uhr. Schon halb eins. Adrian war zu einem Freund gefahren. Vermutlich würden sie bis in die Morgenstunden am Computer zocken. Unschlüssig verharrte sie mitten im Zimmer, dann ließ sie sich auf ihr Bett fallen. Ihre Augen wanderten an der Decke mit dem vergilbten Stuck entlang. Bald war es ein Jahr her, dass ihre Mutter gestorben war. Gerade mal neunundsechzig war sie geworden.

Noémi tastete nach dem weinrot gebundenen Buch auf ihrem Nachttisch. Planlos blätterte sie in den Seiten, die akkurate Schrift ihrer Mutter floss an ihren Augen vorbei, ohne dass sie die Worte entzifferte. Nach wenigen Minuten legte sie es beiseite und starrte wieder an die Decke.

Tragödien wie diese würden auch in Zukunft geschehen, wenn sich nicht endlich etwas änderte. Irgendjemand musste etwas dagegen unternehmen.

Kapitel 2

Freitag, 6. April 2018

Es war eine kurze Nachtruhe gewesen. Vom Restaurant in Arcachon war Raoul direkt nach Entre-Deux-Mers gefahren und hatte Ducasses Frau aufgesucht. Sie lebten mit ihren zwei Teenagerkindern in einer typischen einstöckigen Villa mit beige gestrichenem Putz und dunkelbraunen Holzläden vor den Fenstern. Eine dichte Buchsbaumhecke schützte das Anwesen und seine Bewohner vor neugierigen Blicken.

Véronique Ducasse hatte sich vom ersten Schock erstaunlich schnell erholt. Stumm hatte sie auf dem Designersofa gesessen, sehr aufrecht und mit überkreuzten Beinen. Sogar in dieser Extremsituation, dazu noch zu nächtlicher Stunde, schien sie die Rolle der beherrschten Gattin eines wichtigen Amtsinhabers gänzlich zu erfüllen. Raoul konnte nicht sagen, ob diese Fassade ihr den Halt gab, den sie gerade benötigte, um nicht vor ihm zusammenzubrechen, oder ob nicht etwas ganz anderes hinter ihrer Reaktion steckte. Manche Menschen brachen vollkommen zusammen, und nicht selten hatte er Freunde, Verwandte oder einen Arzt benachrichtigen müssen. Andere schalteten in einen Pragmatismus um, als würde das Gehirn sie automatisch vor dem

Schmerz schützen wollen. Dennoch, etwas an Véronique Ducasses Verhalten kam Raoul merkwürdig vor.

Als er endlich zu Hause angekommen war, hatte die Uhr fast drei gezeigt. Nun, keine fünf Stunden später, saß er bereits wieder in seinem Citroën DS 23 Cabrio und verließ den Bacalan in südlicher Richtung. Der ehemals heruntergekommene Stadtteil mit den Hafenbeckenanlagen und dem düsteren Bunkerklotz, Überbleibsel des deutschen Größenwahns unter Hitler, hatte sich in den letzten Jahren in ein angesagtes Viertel verwandelt.

Raoul fuhr den *Quai Hubert Prom* entlang und steuerte direkt auf die graubraune Seitenfassade der U-Boot-Bunkeranlage zu. Er bog nach links ab auf den *Cours Henri Brunet*. Während er den *Pont du Pertuis* überquerte, warf er einen Blick in den Rückspiegel. Der gigantische Koloss aus Stahlbeton, erbaut von Kriegsgefangenen, nahm eine Fläche von über vier Hektar ein und ragte fast zwanzig Meter in die Höhe. Selbst die heftigen Luftangriffe der Briten hatten lediglich die Fassade angekratzt und, wie Luftbilder zeigten, die obere Deckenkonstruktion eingedellt. Die massive Bauweise hatte es nach Kriegsende unmöglich gemacht, das Monstrum abzureißen. Seit einigen Jahren wurde ein Teil der Anlage als Kulturzentrum für Ausstellungen und Konzerte genutzt. Doch nach wie vor strahlte der Bau etwas Bedrohliches aus, was ihm vermutlich ewig anhaften würde.

Nach einer knapp zwanzigminütigen Fahrt quer durch die Innenstadt von Bordeaux, vorbei am *Jardin Public* in seiner zu dieser Jahreszeit üppigen Blütenpracht, dem *Triangle d'or* mit seinen Luxusboutiquen und dem *Palais de Justice*, kam Raoul am Hauptgebäude der *police nationale* an. Das Commissariat lag an der Kreuzung einer stark befahrenen Straße unweit des *Cimetière de la Chartreuse*, des ältesten Friedhofs von Bordeaux, was Raoul nicht selten als ironischen Fingerzeig empfand.

Ehe er den modernen Gebäudekomplex aus Glas und Stahl betrat, kaufte er schräg gegenüber bei der kleinen Boulangerie *Le Fournil de Nina* zwei Croissants und zwei Café crème.

Wenig später erreichte er das Büro im zweiten Stock, das er sich mit seinem Partner teilte. Capitaine Eric Rosset saß bereits am Schreibtisch und war in einen Stapel Papiere vertieft. Raoul stellte die Becher auf den quadratischen Tisch in ihrer sogenannten Besprechungsecke und wedelte dem Kollegen mit der Tüte zu. »*Petit-déjeuner!*«

»Du bist der Held meines Vormittags!« Eric erhob sich, streckte seufzend den Rücken und kam zu ihm herüber. »Na, ausgeschlafen?«

»Ich lach dann nachher.«

Gemeinsam setzten sie sich und aßen schweigend ihre Croissants. Nach wenigen Bissen und einigen Schlucken Kaffee spürte Raoul neue Energie.

»Schmeckt echt gut.« Eric stellte seinen Becher ab. »Kommt fast an unseren ran.«

»Pah! Wann sie da oben wohl endlich einsehen, wie leicht sie unsere Motivation verbessern könnten, wenn sie nur etwas mehr Geld in bessere Maschinen investieren würden.« Immer noch wartete Raoul darauf, dass sein Arbeitgeber die Kaffeeautomaten austauschen ließ.

»Hast du eigentlich ernsthaft ein Gesuch deswegen an unseren Vorgesetzten geschickt?«

»*Mais bien sûr!* Allerdings steht in den Sternen, ob Aguerre es überhaupt weitergeleitet hat.«

»Tja, da wirst du dich wohl noch mal dahinterklemmen und die höheren Instanzen anschreiben müssen.«

»Um alles muss man sich selbst kümmern.« Raoul knüllte die Croissanttüte zu einem kleinen Ball, zielte auf den Papierkorb und traf. »*Bon*, kurze Lagebesprechung: Nathanel hat mich auf dem Weg hierher schon angerufen. Die Pressekonferenz ist für zwölf Uhr angesetzt. Da hätte ich dich gern an meiner Seite.«

»Ganz zu deiner Verfügung!« Eric schob die Krümel des Croissants zu einem ordentlichen Häuflein zusammen.

»In einer halben Stunde treffen wir uns mit den anderen. Wegen der besonderen Umstände hat Nathanel unser Team aufgestockt. Wir bekommen zwei Kollegen aus anderen Abteilungen dazu. Damit sind wir dieses Mal zu acht.«

»So weit zur viel gerühmten *égalité*.« Missbilligend zog Eric die Brauen hoch. »Sobald es jemanden von Rang und Namen erwischt, spricht keiner mehr über Stelleneinsparungen.«

»Vor allem heißt das natürlich auch, dass wir unsere Teameinteilung ändern müssen. So gern ich mit dir zusammen ins Feld ziehe, ich würde die Neuen lieber zwischen uns beiden aufteilen.«

»Ich werde vermutlich vor Sehnsucht nach dir vergehen.« Eric hob in theatralischer Geste die Hand an seine Stirn.

»Ach, ein bisschen Abwechslung schadet nicht. Zu viel Routine lässt uns einrosten.«

»Als verrostete, quietschende Ermittler hätten wir wohl bald ausgedient.«

»Und kämen zum alten Eisen.«

Beide lachten. Eric fuhr sich durch sein gelocktes Haar. Sein letzter Friseurbesuch lag eine Weile zurück. Wäre es nicht kastanienbraun, sondern blond gewesen, hätte er an einen Rauschgoldengel erinnert. »Ich habe schon mal eine Liste vorbereitet, wen wir alles überprüfen müssen. Wir können die ja gleich durchgehen und ergänzen.«

»*Parfait*. Nach unserer Teambesprechung fahre ich direkt rüber in die Rechtsmedizin zu Docteur Salles.«

»Du hast ein Abo auf sie, *n'est-ce pas?*« Eric zwinkerte Raoul zu.

»Was soll ich sagen, fachlich ist sie eine der Besten. Und ansonsten –« Er zuckte die Schultern. »Sie hat nun mal einen Narren an mir gefressen und kapiert einfach nicht, dass aus ihren Wunschträumen nichts wird. Daran kann ich schlecht was ändern.«

»Na, immerhin hat es den Vorteil, dass sie deine Leichen stets mit Priorität behandelt.« Eric lehnte sich auf seinem Stuhl zurück. »*Alors*, ich bin heute Morgen alle Aussagen der Gäste durchgegangen, die auf der Terrasse saßen. Keinem ist Armand Ducasse besonders aufgefallen, ehe er zu Boden stürzte. Manche hatten noch nicht einmal registriert, dass ein renommierter Staatsmann anwesend war. Allesamt gaben sie an, es sei vollkommen unerwartet passiert.«

»Dasselbe hat Claire auch gesagt.«

»Claire?«

»Claire Molinet. Sie saß am Nebentisch.« Raoul hätte sich für diese unbedachte Äußerung am liebsten geohrfeigt. Er musste dringend seinen Koffeinpegel erhöhen. Rasch schüttete er den Rest seines Café crème in sich hinein.

»Eine Bekannte von dir?«

»Flüchtig.« Auf Erics fragenden Blick fügte er hinzu: »Wir sind uns letzten Herbst bei dem Fall um die tote Winzerin begegnet – Anaïs de Venette.«

»Die Mumie von der *Dune du Pilat* – wie könnte ich die vergessen! An eine Claire kann ich mich allerdings nicht erinnern.«

»Sie war es, die die Leiche entdeckt und die Polizei gerufen hat. Und später – *bof*, sie ist Privatdetektivin.«

»Sieh mal an.« Diesmal hob Eric seine Brauen mit Interesse. Natürlich musste er sich nun fragen, warum Raoul sie damals nicht erwähnt hatte, doch er war klug genug, nicht weiter bei seinem Partner nachzubohren.

»Zurück zu Armand Ducasse: Wie sieht es mit den Aussagen seiner Begleiter aus?«

»Damit hatte ich gerade angefangen, als du kamst. Ich habe sie auf einen gesonderten Stapel gelegt.«

»Vor allem müssen wir wissen, ob sie vorher gemeinsam woanders gewesen sind. Hatten sie schon irgendwo eine Vorspeise zu sich genommen? Einen Drink?«

Eric stand auf, lief zu seinem Schreibtisch und kehrte mit Notizheft und Stift zurück. »Ach ja, Henry Routier hat heute Morgen bereits angerufen. Er will wissen, wie es mit seinem Restaurant weitergeht.«

»Solange wir noch kein Obduktionsergebnis haben, kann er leider nicht öffnen.«

»Schlecht fürs Image, die ganze Angelegenheit.«

»Ich weiß. Aber so ist es nun mal. Im Anschluss an die Pressekonferenz fahre ich gleich nach Arcachon raus. Ich möchte auch mit dem Kellner reden, der die Drinks serviert hat. Wie hieß der noch gleich?«

Eric blätterte in seinem Heft. »Benjamin Guichard. Was ist mit Ducasses Frau?«

Raoul berichtete von seinem nächtlichen Besuch bei Véronique Ducasse. Er schloss mit den Worten: »Wie ich ihre Reaktion auf den Tod ihres Mannes einordnen soll, weiß ich noch nicht. Sie schien ihren Gatten auch gar nicht erwartet zu haben.«

Eric sah mit gerunzelter Stirn und abwesendem Blick durch ihn hindurch.

»Wenn du diese Miene aufsetzt, brütest du meist etwas aus.«

»Bin ich so leicht zu durchschauen?«

»Nach bald drei gemeinsamen Dienstjahren wäre alles andere ein Armutszeugnis für meine psychologischen Fähigkeiten.«

Eric lachte kurz auf, ehe er sagte: »Ich dachte an *Mademoiselle Canelé*.«

»Das Model? Das Aushängeschild von unserem Traditionsgebäck? Wie kommst du jetzt auf die? Wie heißt sie eigentlich mit richtigem Namen?«

»Malou Thomas. Sie ist schon seit Jahren mit Armand Ducasse liiert. Wusstest du das nicht? Das ist doch ein offenes Geheimnis. Ständig sind sie in irgendeiner Illustrierten zu sehen.«

»Für gewöhnlich lese ich die Klatschpresse nicht.«

»Ach ja, stimmt, du bevorzugst ja Poesie. Ist es immer noch Lorca?«

»Ich Volltrottel!« Raoul schlug sich mit der flachen Hand gegen die Stirn. »Jetzt verstehe ich, warum Madame Ducasse so merkwürdig reagiert hat. Wenn die beiden nur noch eine Ehe auf dem Papier geführt haben und er längst Gefühle für eine andere hatte – wenn die Öffentlichkeit gar über Ducasses Beziehung zu diesem Model im Bilde war ... Da setzen wir die betrogene und öffentlich beschämte Ehefrau doch gleich weit oben auf die Liste der Verdächtigen. Und *Mademoiselle Canelé* direkt darunter. Verdammt, warum wusste ich nichts davon?«

»Ab und zu ein Blick in die Klatschpresse ist vielleicht nicht so verkehrt.«

»Und schon habe ich wieder etwas von meinem jüngeren Kollegen gelernt! So viel zur Weisheit des Alters.« Raoul feixte, während er sich erhob und zu seinem Schreibtisch hinüberging.

»Als ob die vier Jahre mehr dich so viel reifer gemacht hätten!« Eric grinste zurück.

»Immerhin werde ich im nächsten Jahr die magische vierzig erreichen – ein neues Jahrzehnt!«

»Und noch immer rastlos auf See ohne festen Hafen.«

»Spotte du nur, als ob es bei dir anders aussähe. Oder habe ich da etwas verpasst? Gibt es Neuigkeiten an der Bindungsfront?«

»Nichts, was der Erwähnung wert wäre. Du weißt doch, dass ich dich auf dem Laufenden halte. Umgekehrt bin ich mir da nicht so sicher.« Eric bedachte ihn mit einem herausfordernden Blick.

»Wie meinst du das?«

»Ist sie eigentlich hübsch, diese ... Claire Molinet?«

»Du gibst auch nie Ruhe!«

»Also ja.«

»Ist hübsch nicht immer subjektiv?«

Eric stöhnte übertrieben auf.

»Schluss jetzt mit dem unqualifizierten Geplänkel.« Raoul griff nach seinen Unterlagen. »Wie sagt man gleich Teambuilding *en français?*«

Eric stöhnte erneut.

• • •

Als Claire erwachte, schien ihr die Sonne bereits durch das Fenster ins Gesicht. Sie drehte sich um und tastete nach Philippe, doch wie erwartet war der Platz neben ihr leer. Wie üblich war er nach ihrer Liebesnacht nach Hause geradelt, um sich um seine Hündin Audrey zu kümmern. Außerdem war ihm seine sogenannte Morgenroutine heilig, zu der Yoga und Meditation und diverse ayurvedische Praktiken gehörten. Schon so manches Mal hatte er Claire von deren fantastischer Wirkung zu überzeugen versucht. Ausschlafen zu können war ihr jedoch wiederum heilig. Wie ebenfalls üblich würde Philippe ohnehin später zum Frühstück wieder auftauchen.

Sie stand auf, streckte sich und trat an das große Sprossenfenster, durch das man den Atlantik sah. Wie jeden Morgen schickte sie einen stillen Dank ins Universum, dass das Schicksal es so verdammt gut mit ihr gemeint hatte. Als sie vor drei Jahren in die Strandvilla ihres Vaters gezogen war, hatte sie sich geschworen, diesen Luxus nie als selbstverständlich anzusehen.

Claire öffnete das Fenster, und eine frische Brise wehte ins Zimmer. Definitiv zu kalt für ein Bad im Meer, auch wenn die Wasseroberfläche glatt wie ein gespanntes Laken dalag. Und den Pool musste Philippe erst wieder herrichten. Eine Weile stand sie mit geschlossenen Augen da und atmete die klare Luft ein, in der ein Hauch von Salz mitschwang.

Nach einer wohltuenden Dusche schlüpfte Claire in ein apricotfarbenes Wickelshirt und grau melierte Sweatpants, dann lief sie in den großzügig geschnittenen Wohnbereich mit offener Küche hinunter, der sich fast über die gesamte Fläche des ersten Stocks erstreckte.

Zu den Klängen von Pharrell Williams' *Happy* tanzte sie eine Runde durch den Raum, dann setzte sie Kaffee auf sowie Teewasser. Philippe trank grünen Tee zum Frühstück, während sie selbst ohne einen ordentlichen Cappuccino nicht zu gebrauchen war. Aus dem Obstkorb neben dem Kühlschrank nahm sie eine reife Mango und schnitt sie auf. Nachdenklich betrachtete sie für einen Moment die Frucht in ihrer Hand. Philippe hatte ihr viele Male von den furchtbaren Arbeitsbedingungen auf Obstplantagen erzählt. Er hatte ihr Bilder von seinen Reisen gezeigt und von Einzelschicksalen berichtet: Edgar auf Costa Rica, der einen Monat wegen einer Vergiftung im Krankenhaus gelegen hatte und danach gleich wieder ohne Schutz gegen die Pestizide auf der Ananasplantage eingesetzt wurde. Arbeitstage von bis zu zwölf Stunden. Und trotzdem reichte das Geld nicht, um die Familie zu ernähren. Oder Isidro in Ecuador, der schon mit fünf Jahren angefangen hatte, in der Packstation einer Bananenplantage zu arbeiten, und die Bananen vor dem Verpacken spritzen musste. Ohne Handschuhe. Sogar in Europa war man vor solchen Missständen nicht gefeit. So mussten afrikanische Flüchtlinge als Hilfsarbeiter auf spanischen und italienischen Plantagen oftmals für Hungerlöhne schuften, und nicht mal dort gab es Schutzkleider beim Einsatz von hochgiftigen Spritzmitteln.

Claire wollte weder diese widrigen Zustände mit ihrem Geld unterstützen noch Gift auf ihren Früchten haben. Im Winter war sie auf *Crowdfarming* gestoßen, eine Internetplattform, über die sie direkt bei den Produzenten bestellen und dadurch die Zwischenhändler umgehen konnte. Zwar nahm sie damit immer noch klimaschädliche Transporte in Kauf, unterstützte aber wenigstens ökologisch und ethisch akzeptabel arbeitende Kleinbauern und kam in den Genuss von frischem Obst, bis ihr eigener Garten wieder genügend produzierte.

Es klopfte an der Terrassentür. Claire ging hinüber und öffnete.

»*Bonjour, ma chère.*« Philippe umarmte sie und gab ihr einen zarten Kuss auf den Mund.

»Du kommst genau richtig, ich habe gerade deinen Tee aufgegossen.«

»*Parfait!*« Er reichte ihr einen Stoffbeutel. »Heute gibt es zum Baguette *pain au chocolat*, noch ofenwarm.«

»Du meinst *chocolatine*.« Claire zwinkerte ihm liebevoll zu. Auf die sprachliche Kluft hinzuweisen, die die Franzosen im Südwesten von denen im übrigen Land trennte, konnte sie sich nicht verkneifen.

»Daran werde ich mich nie gewöhnen können.« Philippe nahm das Tablett mit der Konfitürenauswahl, dem Obstteller, Honig und jungem Ziegenkäse, und trug es zu dem rustikalen Esstisch hinüber. Claire folgte ihm mit den Tassen. Aus dem hell lasierten Küchenbüfett, einem der zahlreichen Erbstücke ihrer Großmutter, holte sie Teller und Besteck.

Mit den Worten »Ich bin gleich zurück« verschwand Philippe erneut aus der Terrassentür. Kurz darauf tauchte er wieder auf, in der Hand einige Zweige. »Et *voilà* – den brauchst du doch sicher, *n'est-ce pas?*«

»Du hast meine Marotten nicht vergessen – *merci!*« Claire liebte es, frischen Thymian auf ein Honigbrot mit Ziegenkäse zu streuen. Mehr brauchte sie nicht zum Glücklichsein. Zumindest nicht am Frühstückstisch. »Was bin ich froh, dass du dich um meinen Garten kümmerst.« Claire lächelte ihn an. So war er überhaupt in ihr Leben getreten: Mit dem Haus ihres Vaters hatte sie seine Gärtnerdienste übernommen. Aus ihrer beruflichen Beziehung hatte sich schnell eine freundschaftliche entwickelt, die eines Abends in eine leidenschaftliche übergegangen war: Einige flüchtig gewechselte Sätze beim Rosenbeet, an dem Philippe gearbeitet hatte, gefolgt von einem spontanen gemeinsamen Dinner auf der Terrasse bei romantischem Sonnenuntergang – so hatte es damals begonnen. Wie es mit ihnen weitergehen würde, stand in den Sternen. Eines von Philippes Mottos lautete nicht umsonst: DER WEG IST DAS ZIEL.

»Und ich bin froh, dass im Hinblick aufs Frühstücken der deutsche Anteil in dir überwiegt.« Philippe trank von seinem Tee.

Claire war in Düsseldorf aufgewachsen und nach der Scheidung ihrer Eltern bei ihrer deutschen Mutter, einer Sterneköchin, geblieben, während ihr Vater in seine südfranzösische Heimat zurückgekehrt war und dort eine kleine aber feine Restaurantkette aufgebaut hatte. Nach dem Abitur war sie ihm nach Frankreich gefolgt, wo sie nun seit zehn Jahren lebte. An ihre Phase des Ausprobierens in Biarritz hatte sich die Studienzeit in Melun angeschlossen, ehe sie hierhergezogen war. Die deutsche Frühstückskultur hatte sie die ganze Zeit über beibehalten.

Philippe schlug die Tageszeitung auf, die er bei seiner Rückkehr aus Claires Briefkasten an der Toreinfahrt gefischt hatte. »Über den Skandal im *Le Patio* gestern Abend wird vermutlich noch nichts drinstehen.«

»Wenn doch, würde es mich wundern. Die Journalisten sind zwar rasend schnell, wenn ein Prominenter verstirbt, aber das war definitiv nach Druck der aktuellen Ausgabe.« Claire nahm sich ein Stück Mango. »Ich vermute, dass die *police nationale* heute eine Pressekonferenz abhält.«

»Na, das wird ja einen Wirbel geben.« Philippe scannte die aufgeschlagene Seite, ehe er wieder Claire ansah. »Was sagst du als Fachfrau zu der Sache?«

»Ich gehe stark von einer Vergiftung aus.«

»So etwas Ähnliches hast du dem Commandant gestern Abend schon gesagt – wie hieß er noch?«

»Raoul Chénier.« Claire las die Überraschung in Philippes Blick, dass sie den Namen so schnell parat hatte.

Prompt fragte er auch: »Sag mal, kanntest du ihn schon vorher?«

»*Bof*, ich habe ihn letzten Herbst kennengelernt. Als wir die Leiche auf der Düne gefunden haben.« Zu ihrem Ärger spürte sie, dass sie rot wurde. Rasch fischte sie ein Stück Baguette aus dem Brotkorb und begann, es mit Butter zu bestreichen.

Doch Philippe hakte nicht weiter nach. Stattdessen wollte er wissen, wie sie darauf kam, dass Ducasse vergiftet worden war.

»Puh, das war eher so ein Bauchgefühl. Wenn es stimmt, dann muss er etwas ziemlich Starkes abbekommen haben, so schnell, wie es ihn dahingerafft hat.« Dankbar für den Themenwechsel fuhr sie fort: »Oftmals fängt eine Vergiftung mit so harmlosen

Anzeichen wie Übelkeit, Erbrechen, Durchfall, Bauchschmerzen, Kopfschmerzen oder Schwindelgefühl an.«

»Also eher Symptome, die alles Mögliche bedeuten können.«

»Genau. Dazu kommen Hinweise wie Verwirrtheitszustände, Pulsrasen oder auch das Gegenteil – extrem verlangsamter Herzschlag, Bewusstlosigkeit, Atemnot bis hin zum Herzstillstand. Je nachdem, um welches Gift und welche Menge es sich handelt. Von der Konstitution des Betroffenen hängt es natürlich auch ab. Bei Kindern reichen oft schon minimale Dosen. Drei bis vier Tollkirschen beispielsweise können für sie tödlich sein, wohingegen Erwachsene zwei Beeren essen können, ohne Schaden zu nehmen. Sie gelten sogar als Aphrodisiakum.« Als Claire ein Aufblitzen in Philippes Augen sah, fügte sie rasch hinzu: »Trotzdem solltest du das nicht ausprobieren.«

»Keine Sorge – davor bin ich gefeit.« Philippe lachte auf. »Ich habe mal in Brasilien an einer Ayahuasca-Zeremonie bei den Guaraní teilgenommen. Es war eine unglaubliche Erfahrung. Seither habe ich allerdings ziemlich Respekt vor Experimenten mit bewusstseinserweiternden Mitteln. Allein wie akribisch so ein Trank zubereitet wird. In dem geschützten Rahmen, in dem ich mich dort befand, fühlte ich mich gut aufgehoben. Ich habe aber auch Leute getroffen, bei denen es nicht so gut lief. Die haben zum Teil echte Horrortrips erlebt. Wobei – so ein Aphrodisiakum könnten wir doch mal testen?« Philippe blinzelte ihr zu. »Spaß beiseite – wie lange wird es dauern, bis sie herausgefunden haben, mit welchem Gift Ducasse getötet worden ist?«

Claire seufzte. »Solche Untersuchungen können sich hinziehen. Es gibt so viele Substanzen, die man ausschließen muss. Und wenn ich richtig informiert bin, müssen die Ergebnisse ein zweites Mal bestätigt werden, ehe sie vor Gericht bestehen können.« Sie strich sich die Haare aus dem Gesicht. »Ich hoffe bloß, dass das alles nichts mit dem *Le Patio* zu tun hat. Henry Routier ist ein so anständiger Mensch und das Restaurant sein ganzer Lebensinhalt.«

»Hat er eigentlich Familie?«

»Er hat seine Frau mit Mitte zwanzig verloren. Ich glaube, dass er diesen Schicksalsschlag nie verwunden hat.«

Eine Weile saßen sie schweigend beieinander. Philippe blätterte in den Seiten der *Ouest France* und nippte dabei an seinem Tee, Claire tunkte Mangostückchen in den Joghurt und schaute durchs Fenster aufs Meer.

Schließlich setzte er von Neuem an: »Und, wirst du in der Sache aktiv werden?«

Claire zuckte mit den Schultern. »Warum sollte ich? Bloß weil ich am Nachbartisch saß ... Ich glaube nicht, dass die *police nationale* mich als externe Beraterin hinzuziehen wird.«

»Wer weiß. Immerhin kennst du den ermittelnden Commandant.«

»Ach, nur flüchtig.« Weshalb log sie ihn an? Es gab keinen Grund, ihren Kontakt zu Raoul herunterzuspielen. Zwischen dem Commandant und ihr war nichts passiert. Einige Momente der Nähe hatte es gegeben, und Claire musste sich eingestehen, dass ihr der stilsichere und zugleich kantige Ermittler mehr gefiel, als ihr lieb war. Aber das würde sie um keinen Preis offen zugeben. Es war beruflich, es würde so bleiben. Vielleicht konnte es ihr auch in Zukunft von Nutzen sein, einen Commandant der *police nationale* in ihrem Bekanntenkreis zu wissen. Ansonsten hieß es: Finger weg. Zu sehr erinnerte Raoul sie an Stéfane, an das dunkle Kapitel in ihrem Leben. Sie lächelte Philippe an. »Ich warte lieber auf einen richtigen, eigenen Fall. Und bis dahin konzentriere ich mich auf den neuen Blogeintrag.«

»Stimmt, die Süßspeisen. Erzähl mir mehr davon.« Philippe legte die Zeitung beiseite und sah sie aufmerksam an.

Kapitel 3

Die Besprechung verlief kurz und schmerzlos. Raoul freute sich wieder einmal, wie routiniert und konstruktiv sein Team arbeitete. Seine Kollegen waren allesamt grundverschieden. Als er vor drei Jahren hier angefangen hatte, waren es eher Einzelkämpfer gewesen, weit entfernt von dem, was Raoul unter einer einheitlichen Truppe verstand. Doch gemeinsam mit Eric und diversen Tricks war es ihm gelungen, sie zusammenwachsen zu lassen. Hoffentlich konnten sie die Neuen ebenso gut integrieren.

Raoul hatte den anderen die beiden gleich zu Beginn des Treffens vorgestellt. Capitaine Gwendoline Bertin und Brigadier Ludolphe Prévot wirkten schon rein optisch wie ein französisches Pendant zu Pat und Patachon. Während die hochgewachsene und athletisch gebaute Gwendoline alle mit kühler Miene musterte, strahlte der zur Fülle neigende Ludolphe, der ihr gerade mal bis zur Schulter reichte, wie ein glücklicher Schuljunge in die Runde.

Eric hatte schmale Ordner mit den wichtigsten Fakten für jeden zusammengestellt. Gemeinsam entwickelten sie zunächst eine Strategie, wie sie in diesem besonderen Fall vorgehen würden. Sie brauchten eine Übersicht über Ducasses Kontobewegungen und Auswertungen von seinem Telefon sowie seinen Social-Media-Profilen. Simon und Justine sollten die Bekannten aufsuchen, mit denen der Generalsekretär im Restaurant gewesen war.

Marc und Fabien würden in die Präfektur hinüberfahren, um so viel wie möglich über Armand Ducasse herauszufinden. Raoul teilte Ludolphe Eric zu. Die beiden sollten bis zur Pressekonferenz alle Aussagen des gestrigen Abends noch mal akribisch durchgehen und die Liste der zu Befragenden ergänzen.

Raoul wiederum machte sich mit Gwendoline auf dem Beifahrersitz auf den Weg zum CHU, dem *Centre Hospitalier Universitaire de Bordeaux*. Während der kurzen Fahrt versuchte er, den ersten Eindruck von seiner neuen, temporären Partnerin zu erweitern. Aus ihrer Akte wusste Raoul, dass sie zweiunddreißig Jahre alt war, aus Metz stammte und wie er selbst erst seit ein paar Jahren in Bordeaux lebte.

»Gefällt es Ihnen hier?«

»Es ist okay. Nicht so ganz meins.« Gwendolines Gesichtsausdruck blieb unbewegt. »Vermutlich würde ich Luftsprünge machen, wenn ich mich für die Weinkultur interessieren würde, aber so ...«

»Sie trinken keinen Wein?«

»Aus Prinzip nicht. Und das sollten Sie auch nicht tun. Alkohol ist ein Nervengift.«

Raoul seufzte innerlich auf. Es gab definitiv giftigere Dinge für seine Nerven. Er vermisste Eric schon jetzt.

Wenig später fuhr er auf das weitläufige Klinikgelände und parkte vor dem Gebäudetrakt der *unités de médecine légale*. Gemeinsam stiegen sie aus und betraten das gerichtsmedizinische Institut. Frida Salles kam ihnen im Gang zu ihrem Büro entgegen. Für einen Moment schien sie überrascht zu sein, Raoul in weiblicher Begleitung zu sehen.

»*Bonjour*, Monsieur le Commandant. Haben Sie eine neue Assistentin?« Mit einer Mischung aus Neugier und versteckter Eifersucht musterte die Gerichtsmedizinerin Gwendoline Bertin, als wolle sie herausfinden, ob es sich um eine mögliche Konkurrentin handelte.

Deren Miene hingegen wurde noch eisiger. Die Bezeichnung »Assistentin« schmeckte ihr offenbar gar nicht. Schnell stellte Raoul die beiden Frauen einander vor. »Capitaine Bertin unterstützt unser Team bei diesen Ermittlungen.«

»*Bon*, dann gehen wir doch mal passenderweise ins kühlere Zimmer und schauen uns den Toten an.« Mit hintergründigem Lächeln schritt Frida Salles voraus und öffnete die Tür zum Obduktionsraum. Sie trat an den mittig stehenden Tisch und schlug das weiße Laken zurück.

Im Laufe der Jahre hatte Raoul unzählige Leichen gesehen, an Tatorten und in der Gerichtsmedizin, in teils grausamsten Zuständen. Mit der Zeit war er ebenso abgestumpft wie die obduzierenden Ärzte. Trotzdem meldete sich jedes Mal, meist nur für einen Sekundenbruchteil, der Gedanke: Hier liegt ein Mensch, der bis vor Kurzem noch geatmet hat, der lebendig war und hätte weiterleben wollen. Irgendwann hatte sich Raoul angewöhnt, dahinter einen weiteren Gedanken zu setzen. Ein Versprechen, das lautete: Und ich werde denjenigen finden, der dieses Leben gewaltsam beendet hat. Ein Gelöbnis an sich selbst, das ihm half, auch die schrecklichsten Situationen zu meistern. Und das er sich jetzt wieder gab, als er die sterbliche Hülle des Generalsekretärs betrachtete.

Die Gerichtsmedizinerin griff nach einem langen Stab, der hinter ihr auf einem Regal lag. »Ich fasse die wichtigsten Ergebnisse für Sie zusammen: Wir haben hier den Leichnam einer männlichen Person, einundfünfzig Jahre, Gesundheitszustand vor Eintritt des Todes unauffällig bis auf eine deutliche Hypertonie. Keine medikamentöse Regulierung. Ansonsten keine Vorerkrankungen, jedoch ein familiär bedingtes, kardiovaskuläres Risiko.«

»Das heißt vermutlich, dass sein Vater Herzprobleme hatte?« Raoul hasste dieses medizinische Fachchinesisch.

»Sowohl Ducasses Vater als auch sein Großvater sind an einem Herzinfarkt gestorben. Er selbst litt an Bluthochdruck.«

»Aber er hat, wenn ich es richtig mitbekommen habe, keine Medikamente genommen, um demselben Schicksal zu entgehen?«

»*Exactement.*«

»Schon eigenartig, oder meinen Sie nicht?«, warf Gwendoline Bertin ein. »Warum hat er wohl nichts dagegen unternommen?«

Frida Salles zuckte mit den Schultern. »Fragen Sie seine Frau. Oder vermutlich besser seine Geliebte. Manch einer meint ja, die blutdrucksenkende Wirkung von Viagra helfe auch.«

Raoul musste sich ein Grinsen verkneifen. Das Auftauchen der neuen Kollegin schien die Gerichtsmedizinerin zur Hochform auflaufen zu lassen. Dass jedoch sogar sie sich in der Klatschpresse auskannte, gab ihm zu denken. Er beschloss, seine Wochenend-Zeitungslektüre um zumindest ein solches Magazin zu erweitern.

»Die äußere Leichenschau ergab einige frische Hämatome seitlich am rechten Oberschenkel, im Gesäßbereich und am rechten Ellbogen sowie eine Schürfwunde an der rechten Wange.« Der Stab wanderte über die betreffenden Stellen.

»Ich nehme an, diese Verletzungen sind darauf zurückzuführen, dass Monsieur Ducasse vom Stuhl gefallen ist?«

»*Exactement*, Monsieur le Commandant.« Frida Salles zwinkerte ihm zu. »Wenn Ihnen im Commissariat mal langweilig wird, dürfen Sie mir gern assistieren.«

»Ich danke Ihnen für das Angebot, Docteur Salles.« Aus den

Augenwinkeln nahm er wahr, dass Gwendoline Bertin die Augen verdrehte. An was für eine vertrocknete und spaßbefreite Polizistin war er da bloß geraten! Er wandte sich wieder der Gerichtsmedizinerin zu. »Wie sieht es mit dem Innenleben unseres Opfers aus?«

»Der Mageninhalt wird gerade untersucht, aber besonders viel hat der Gute vor seinem Tod nicht zu sich genommen. Ansonsten – die gesamte Skelettmuskulatur ist gelähmt.«

Raoul betrachtete den Leichnam des Generalsekretärs. »Das heißt, woran genau ist unser Mann nun gestorben?«

»Aufgrund einer Atemlähmung ist sein Kreislauf kollabiert. Mit Ihrem Verdacht, das Opfer könne vergiftet worden sein, haben Sie vermutlich nicht ganz falschgelegen, Commandant Chénier.«

Auch wenn Raoul es besser wusste, er musste es fragen: »Können Sie uns schon sagen, an welchem Gift Monsieur Ducasse gestorben ist?«

»Ich tippe auf ein Nervengift. Unser Team arbeitet auf Hochtouren, doch bis wir die Ergebnisse der toxikologischen Untersuchungen und Gewebeanalysen haben, wird es noch eine Weile dauern.«

»Korrigieren Sie mich bitte, wenn ich mich falsch erinnere, aber deuteten Sie nicht gestern an, Sie hätten schon eine Vermutung?«

»Die habe ich in der Tat. Doch solange ich die nicht bestätigt bekomme, werde ich mich hüten, eine Diagnose ins Blaue hinein abzugeben.«

»Irgendeine Andeutung vielleicht? Ich werde es garantiert nicht der Presse unter die Nase reiben.«

»Oh, ich liebe hartnäckige Männer! *Mais, je suis désolée* – Prinzip bleibt Prinzip. Das verstehen Sie doch, Monsieur le Commandant.« Für einen Augenblick lächelte Frida Salles beinahe maliziös, und Raoul musste sich eingestehen, dass er diese scharfzüngig-humorvolle Seite an ihr mochte. Dann jedoch wanderte ihr Blick zwischen Gwendoline und ihm hin und her, und Raoul begriff den Untertext. Offenbar ging es der Gerichtsmedizinerin nicht um seine Verschwiegenheit, sie kannte schlicht und ergreifend die neue Kollegin nicht. Raoul konnte ihr keinen Vorwurf machen, er hätte wahrscheinlich genauso reagiert.

»Alle weiteren Informationen finden Sie im Detail hier drin.« Sie überreichte Raoul eine dünne Mappe. »Na, dann werden wir unseren werten Herrn Generalsekretär mal wieder zusammenflicken. Ich halte Sie auf dem Laufenden, Monsieur le Commandant. Und natürlich melde ich mich unverzüglich bei Ihnen, sobald ich etwas Neues erfahre.«

Raoul wartete auf einen Nachsatz, in dem sie ihn wie sonst üblich zu einer Verabredung nötigen wollte. Nicht völlig überraschend blieb dieser heute aus.

• • •

Mit ihrem MINI fuhr Claire von Pilat Plage, wo die Villa ihres Vaters lag, nach Bordeaux. Sie war mit Eponine zum Lunch verabredet. Im vergangenen Herbst hatten sie sich beim Fall um die verschwundene Studentin kennengelernt, und seither trafen sich die beiden Frauen regelmäßig.

Claire fluchte über die Baustellen in La Bastide, dem ehemaligen Arbeiterviertel am rechten Garonneufer, das schon seit Längerem an allen Ecken und Enden erneuert wurde. Beim nächsten Mal würde sie den Stadtring in die andere Richtung nehmen. Sie war spät dran, da sie bei der Recherche für ihren neuen Blogartikel die Zeit vergessen hatte.

Kurz darauf parkte Claire ihren Wagen auf dem *Quai du Maroc*. Vor einigen Monaten hatte gegenüber der *Cité du Vin* eine neue Location eröffnet: *Les Halles de Bacalan*. Auf über tausend Quadratmetern boten mehr als fünfundzwanzig lokale Erzeuger und Verkäufer ihre Köstlichkeiten an, dazu gab es eine Weinbar und ein regionales Restaurant. Ein wahrer Gourmettempel und seither einer von Claires kulinarischen Favoriten in Bordeaux. Sie liebte es, zwischen den Ständen zu bummeln, hier ein knuspriges Baguette noch warm aus dem Ofen zu kaufen, dort ein Stück Trüffelkäse zu probieren. Oder aber ein paar frische Austern zu genießen. Nach dem ausgiebigen Frühstück mit Philippe würde sie heute allerdings bloß einen kleinen Salat benötigen.

Raschen Schritts überquerte Claire die Straße und betrat die Markthalle. Suchend sah sie sich um. Als Treffpunkt hatten sie den Gemüsestand vereinbart. Es dauerte nicht lange, bis sie Eponine entdeckte. Claire betrachtete sie einen Moment, wie sie die Auswahl an Früchten begutachtete, das dunkle, krause Haar zu einem hohen Dutt gesteckt. Wie sehr sie sich doch in den letzten Monaten verändert hatte. Seit sie als Volontärin in der Redaktion der *Sud Ouest* arbeitete, hatte sie ihre schwarzen Jeans, Rockband-Shirts und Lederboots gegen lange Kleider in kräftigen Farben getauscht. Ihre zuweilen spröde und trotzige Art schlug viel seltener als früher durch, stattdessen schimmerte unter der Fassade eine neue Offenheit und Würde. Claire sah es ganz deutlich: Eponine hatte ihr Licht entzündet. Noch flackerte es schwach vor sich hin. Wenn es erst voll erstrahlte, würde sie eine umwerfende Schönheit sein. Wobei sie Claire heute irgendwie gedämpfter vorkam als sonst. Ihre Haltung wirkte nicht so kerzengerade, wie sie es von ihr gewohnt war.

Als Eponine sie erblickte, kam sie ihr lächelnd entgegen.

»*Ça va?*« Claire umarmte die Freundin und gab ihr die üblichen *bisous* rechts und links auf die Wangen.

»*Comme ci, comme ça.*« Eponine verzog kurz das Gesicht. »Aber schön, dich zu sehen!«

Claire musterte sie, irgendetwas musste vorgefallen sein. »*Alors*, wollen wir was zu essen besorgen und uns raussetzen? Heute scheint der Sommer ein kleines Vorspiel geben zu wollen.«

Gemeinsam wählten sie ihre Salatvariationen aus und ließen sie mit einer Mischung aus Sesam, Leinsamen und Pinienkernen sowie Olivenöl und dunklem Balsamicoessig dekorieren.

»Ein Glas Weißwein dazu? Oder lieber einen Lillet?«

»Für mich nicht. Ich bin mit dem Auto hier.« Claire lächelte entschuldigend.

»Ah, ich vergesse immer, dass du so prinzipientreu bist. Ein Teil deines deutschen Erbes, *n'est-ce pas?*«

»Möglicherweise. Wobei die Promillegrenzen für Autofahrer dort ja dieselben sind wie hierzulande.«

Eponine zuckte mit den Schultern. »Ich kann jedenfalls ein bisschen Promille gebrauchen.« Mit ihrem Tablett steuerte sie die *bar à vin Vinimarché* an.

»Bring mir doch ein Mineralwasser mit, *s'il te plaît.*«

Claire wählte einen Platz an einem der langen Holztische auf der Terrasse, stellte das Tablett ab und zog die Strickjacke aus. Es war ein herrlicher Frühlingstag, und jetzt, um die Mittagszeit, besaß die Sonne schon deutlich mehr Kraft als noch im März. Endlich wieder Wärme nach den durchwachsenen Wintermonaten.

Als Eponine sich ihr gegenüber mit einem Seufzen niederließ, lehnte sich Claire nach vorn. »Magst du mir erzählen, was passiert ist?«

»*Bof*, ich habe gestern einen Brief von meinem Vermieter bekommen. Er will mir die Miete – halt dich fest – um fünfzig Prozent erhöhen! Von meinem bescheidenen Volontärgehalt kann ich mir das nicht leisten.« Resigniert spießte Eponine eine Cocktailtomate mit der Gabel auf.

»Darf er das denn überhaupt? Es gibt doch da ziemlich strenge Richtwerte. Ich kann mal meinen Vater fragen, der vermietet ja diverse Immobilien und kennt sich gut aus.«

»Lieb von dir. Ist aber hoffnungslos. Die Miete ist seit zehn Jahren nicht mehr erhöht worden, und damals war sie schon ziemlich niedrig. Es ist halt ein einfaches Appartement. Jetzt will er da so 'ne Luxussanierung durchziehen.«

»*Mince!* Da kann er natürlich mit allem Recht den Preis hochsetzen.«

»*Exactement*. Das alte Spiel ... Ach, lass uns über was anderes sprechen.« Eponine nahm einen Schluck von ihrem Weißwein, dann setzte sie ein Lächeln auf und sah Claire an. »Was gibt's bei dir Neues?«

»Nach wie vor kein spektakulärer neuer Fall in Sicht.« Claire zuckte mit den Schultern. »Gestern Abend war ich mit Philippe essen.«

»Ah, der Weltenbummler ist zurück. Er hatte bestimmt viel zu erzählen.«

»Ich liebe seine Reiseberichte. Er erzählt so bildreich, dass ich immer das Gefühl habe, selbst dabei zu sein. Allerdings gab es dieses Mal eine ziemlich abrupte Unterbrechung, als am Nebentisch ein Mann tot vom Stuhl fiel. Und das war leider nicht irgendwer.«

Eponine, die gerade ihre Gabel zum Mund führte, hielt in der Bewegung inne. »Ist nicht dein Ernst! Du warst dabei, als Armand Ducasse starb? *Ma parole*, in der Redaktion drehen deswegen alle am Rad!«

»Ah, das war ja klar.« Claire goss sich von ihrem Mineralwasser ein.

»Vorhin, auf der Pressekonferenz, hat sich die Polizei ganz schön bedeckt gehalten.«

»Du warst dort?«

»Ich durfte eine Kollegin begleiten.«

»Und?«

»Ach – rausgewunden haben sie sich, wollten keine Farbe bekennen. Bloß nichts preisgeben, was wir irgendwie für eine richtige Story verwenden könnten.« Eponine stützte sich mit den Ellbogen auf der Tischplatte ab, verschränkte die Hände und sah Claire aufmerksam an. »Erzähl schon, was denkst du? War es ein Herzinfarkt? Oder ist er am Ende gar ermordet worden?«

Claire zögerte. Auf keinen Fall wollte sie riskieren, dass ihre Mutmaßungen auf der Titelseite der morgigen Ausgabe landeten. Während sie nach den angemessenen Worten suchte, fragte Eponine: »Denkst du, es hat etwas mit Malou Thomas zu tun?«

»Eigentlich kann ich mir das kaum vorstellen. Deren Affäre ist doch schon ewig bekannt. Ein Eifersuchtsdrama nach so langer Zeit?«

»Aber vielleicht ist irgendetwas vorgefallen. Möglicherweise wollte seine Frau ihn zurückgewinnen.«

»Dann hätte sie wohl eher versucht, ihre Rivalin zur Strecke zu bringen.«

»Möglicherweise wollte sie sich an ihm rächen. Vielleicht dachte sie, wenn sie lange wartet und so tut, als habe sie sich mit der Situation arrangiert, wäre sie weniger verdächtig.«

»So nach dem Motto: Rache ist ein Gericht, das man am besten kalt serviert? Nicht völlig abwegig.« Claire überlegte, dass Gift – sollte sie mit ihrer Theorie richtigliegen – als klassische Frauenwaffe galt. Das wiederum konnte sich allerdings natürlich auch ein Mann zunutze gemacht haben.

»Was ist deine Vermutung? Könnte es Mord gewesen sein?«

»Ach, weißt du, das rauszufinden überlasse ich Commandant Raoul Chénier.«

Eponine legte ihr Besteck beiseite. »Ist das nicht der, der damals in der Sache mit Patrice und Délia und dieser Winzerin ermittelt hat? Stimmt, der war heute Vormittag dabei.«

»Genau. Er ...« Claire hielt inne. Ihre ambivalenten Gefühle bezüglich Raoul hatte sie bislang niemandem anvertraut. Waren Eponine und sie schon an dem Punkt, über so Vertrauliches zu sprechen? Oder anders gefragt: War sie, Claire, bereit, sich dahingehend zu öffnen?

»Was ist mit ihm?«

»Ach, nichts.« Auch Stéfane hatte sie Eponine gegenüber bisher nicht erwähnt. Wie sollte sie dieses komplizierte Geflecht ihrer Empfindungen und Ängste, die allesamt zurückführten zu jenem düsteren Herbst 2012, in Worte fassen? Noch dazu bei einem unbeschwerten Mittagessen unter freiem Himmel, mitten unter flanierenden Touristen und Menschen, die einfach ihre Mittagspause genossen? Claire schob diese Gedanken beiseite und erzählte stattdessen von ihrem neuen Blogpost.

Eponine hörte ihr interessiert zu. »Aber gibt es wirklich so viele süße Sachen, die für unsere Region typisch sind? Klar, *canelés* – aber sonst?«

»*Oh là là*«, Claire richtete sich auf, »*bon*, da hätten wir *macarons* aus Saint Émilion, *confit de vin, noisettines du Médoc, bouchons de Bordeaux, les dunes blanches, sarments du Médoc, puits d'amour* ...

»Was in aller Welt sind diese Liebesbrunnen?«

»Das sind kleine Gebäckstücke aus Brandteig, die mit Chiboust-Creme garniert sind und im Ofen karamellisiert werden.

Eine Spezialität aus Captieux, im Süden der Gironde. Das Rezept ist immer noch das Geheimnis der Familie Seguin.«

»Wow, das klingt verlockend!« Eponines Gesicht bekam einen verzückten Ausdruck. »*Shame on me* – wie wenig ich von meiner Heimat weiß.«

»Das lässt sich ändern – lies meinen Artikel!« Claire zwinkerte ihr zu. »Aber es geht mir nicht allein ums Vorstellen dieser Leckereien.«

»Sondern?«

»Ich möchte es mit dem allgemeinen Trend zusammenbringen, auf billigen, weißen Industriezucker zu verzichten, und stattdessen Zuckerarten wie Dattelsüße, Birkenzucker, Reissirup, Kokosblütenzucker oder Ähnliches zu verwenden – all die Dinge, die gerade gehypt werden.« Claire schob ihr Tablett beiseite. »Stellen sich unsere traditionellen *pâtissiers* darauf ein? Werden sie damit experimentieren? Ihre Rezepte anpassen? Oder vielleicht gar ein zusätzliches Sortiment entwickeln?«

»Ha! Als ob die alten Traditionalisten sich reinreden lassen! Haben wir immer so gemacht, warum sollen wir was ändern?« Eponine äffte mit tiefer Stimme einen dieser sogenannten »alten Traditionalisten« nach. »Na, da bin ich gespannt, wo dich deine Recherchen hinführen werden.«

»Morgen besuche ich *Hasnaâ Chocolats*.«

»Wie cool! Der Chefin bin ich mal bei einem Workshop begegnet. Das war, bevor sie sich mit der Schokolade selbstständig gemacht hat. Damals war sie noch auf der Suche nach ihrem Ding.«

»Das sie inzwischen gefunden hat.« Claire nahm sich ein Stück Brot und tunkte es in ihr Dressing.

»Aber so was von! Was die sich in den letzten Jahren aufgebaut hat – Respekt, davor ziehe ich echt meinen Hut. Triffst du sie persönlich?«

»Nein, eine ihrer Angestellten. Sie ist damit einverstanden, dass ich ihr bei der Arbeit über die Schulter schaue. Hast du mal Hasnaâs *mousse au chocolat* probiert?«

»Leider nein.«

»Oh, das musst du unbedingt nachholen! Ein Gedicht, sage ich dir: dunkel und aromatisch mit einer dezenten Note von Karamell und Orange und genau dem richtigen Verhältnis von Süße, Würze und Herbheit. Wie das Leben sein sollte.«

»Klingt verlockend, du Poetin.« Eponine legte den Kopf schief. »Sag mal, du brauchst nicht zufällig Hilfe bei deinem Projekt? Also, wenn du jemanden zum Testessen suchst, ich würde mich zur Verfügung stellen.«

Claire lachte. »Ich setze dich auf die Liste. Philippe hat sich auch schon angeboten. Nehmen wir noch einen Espresso im Café Biltoki?«

»*Mais bien sûr!* Sonst halte ich bis zum Feierabend nicht durch.«

»Ist schon ein anderer Rhythmus, wenn du es mit der Zeit vergleichst, als du im *Le Poisson Qui Chasse* Cocktails gemixt hast, *n'est-ce pas?*«

»Total! Manchmal, wenn ich die Redaktion um fünf oder sechs verlasse, denke ich, krass, vor Kurzem noch fing mein Tag jetzt erst an.« Mit geübten Griffen räumte Eponine Geschirr und Besteck zusammen und stellte die beiden Tabletts aufeinander. »Am Anfang war es unvorstellbar für mich, dass ich irgendwo um neun Uhr morgens auf der Matte stehen soll. Ich hab immer gedacht, ich sei voll der Nachtmensch. Aber weißt du was? Das stimmt überhaupt nicht. War zwar 'ne heftige Umstellung, doch mittlerweile – ich will's gar nicht mehr anders haben.«

»Und was wird nun aus deinem Wohnproblem?«

»Pff, keine Ahnung. Im schlimmsten Fall ziehe ich halt unter die *Pont de Pierre*. Wird ja bald Sommer.«

Claire erhob sich. »So weit kommt's noch! Vorher quartiere ich dich bei mir ein.« Kaum hatte sie den Satz beendet, schalt sie sich innerlich dafür. Wie idiotisch, in so einer Situation ihre eigene privilegierte Wohnsituation raushängen zu lassen.

Sichtbar besserer Laune ergänzte Eponine jedoch: »Ja, genau, dann gründen wir eine lustige Frauen-WG.« Sie stand ebenfalls auf. »Wahrscheinlich wäre ein Zimmer in einer Wohngemeinschaft ohnehin besser. Eine eigene Wohnung werde ich mir erst nach dem Volontariat wieder leisten können. Na, mal sehen. Irgendwas wird sich schon finden.«

...

Sobald sie die Pressekonferenz hinter sich gebracht hatten, kehrten Raoul und Eric in ihr Büro zurück, um sich auszutauschen. Vorher hatten sie dazu keine Zeit gehabt. Raoul war gerade pünktlich zu Konferenzbeginn aus der Gerichtsmedizin zurückgekommen.

Gespannt sah Eric ihn an: »Und, was sagt Dr. Salles?«

Rasch fasste Raoul die Ergebnisse der Obduktion zusammen.

»Alle Achtung, da hat deine Claire ja offenbar richtiggelegen.«

»Sie ist nicht meine Claire.« Raoul runzelte die Brauen. »Wie läuft es mit Ludolphe?«

»Ganz okay. Er hat Humor. Und scheint ein leidenschaftlicher Koch zu sein. Fragte gleich, ob er ins *Le Patio* mitkommen kann. Er würde liebend gern einen Sternekoch wie Henry Routier kennenlernen.«

»Von mir aus können wir gern tauschen, und ich nehme ihn nachher mit nach Arcachon.«

»War es so schlimm mit Gwendoline?«

»Sie stammt aus Metz. Ich musste gleich an die Redensart *fest wie Metz* denken.«

»Ist mir kein Begriff.«

»Bezieht sich wohl auf den starken Festungsring, der die Burg umgibt. Fest und unbeweglich, das passt zu Capitaine Bertin.« Raoul verdrehte die Augen.

»Ach komm, seit wann bist du so schnell mit deinen Urteilen? Außerdem – du bist doch selbst ein Zugezogener. Als ob die Beweglichkeit im *Massif Central* so enorm wäre!«

»Sie trinkt keinen Alkohol.«

»Du meinst, nicht mal Wein?« Eric sah geschockt aus. »Du darfst sie behalten. Wo kommen wir denn da hin, wenn ich das nächste Mal am *Château du Verdier* haltmache und bei Marie-Christel ein Gläschen koste ...«

»Damit wirst du schön warten, bis wir zwei wieder zusammen unterwegs sind!« Raoul konnte förmlich sehen, dass Eric eine Anspielung bezüglich seines Flirts mit der attraktiven Winzerin auf den Lippen lag. In diesem Moment betrat jedoch Commissaire Nathanel Aguerre den Raum und zog sämtliche Aufmerksamkeit auf sich.

»Messieurs, das haben wir ja gut zusammen hinbekommen. Keine Eingeständnisse, keine Details, schön drum herumgeredet.« Der Vorgesetzte klopfte Raoul jovial auf die Schulter. Dann sah er erst ihn und danach Eric eindringlich an. »Ich denke, ich muss nicht betonen, um was für eine brisante Situation es sich hier handelt. Ich habe heute früh schon mit dem Innenminister telefoniert, und er hätte am liebsten sofort seine Leute von der DGSI losgeschickt. Ich habe ihm versichert«, er machte eine bedeutungsvolle Pause, während sein Blick wieder zu Raoul wanderte, »dass ich meinen besten Mann mit seinem Team darauf angesetzt habe. Also, sehen Sie zu, dass Sie den Täter fassen!«

Raoul hoffte inständig, dass ihnen die Leute von der *Direction Générale de la Sécurité Intérieure*, dem französischen Geheimdienst, erspart blieben. Nicht nur konnten sie, gelinde gesagt, ziemlich anstrengend sein. Für gewöhnlich bedeutete ihr Erscheinen zugleich das Aus für die Ermittler vor Ort. »Monsieur le Commissaire, Sie wissen, wir geben immer hundert Prozent. Diesmal werden wir natürlich noch was drauflegen.«

»Wir verdoppeln auf zweihundert!«, fügte Eric hinzu. »Also, rein rechnerisch bräuchten wir dann zwar eigentlich noch mal vier Leute – aber vielleicht schuften die Neuen ja für drei.«

Ohne auf Erics Einwurf einzugehen, sagte Nathanel Aguerre an Raoul gewandt: »Ich hoffe, die beiden werden sich gut in Ihr Team einfügen.« Er kratzte sich am Kinn, das ein akkurat gestutzter Vollbart zierte. »Madame Bertin war in Metz eine der Besten. Sie hat maßgeblich dazu beigetragen, dass der furchtbare Mord an zwei Jungen, der in den Achtzigerjahren begangen wurde und für den ein Unschuldiger fünfzehn Jahre in Haft gesessen hatte, neu aufgerollt wurde. Sie haben gewiss von dem Fall gelesen?« Er machte eine kurze Pause.

Raoul nickte. Er hatte die Geschichte des bestialischen Serienmörders verfolgt, dem erst kürzlich für die besagten Morde der Prozess gemacht worden war.

Nathanel Aguerre fuhr fort: »Bei uns hat sie offenbar noch nicht richtig Fuß fassen können. In ihr schlummert mehr, als man ahnt.« Er hielt einen Moment inne, dann klatschte er in die Hände. »*Alors*, an die Arbeit, meine Herren, alle Augen – besonders die von oben – sind auf Sie gerichtet.« Damit verließ er das Büro.

»Ah, ich liebe es, wenn er einen so motiviert!« Eric streckte sich. »Bloß keinen Druck ausüben, *n'est-ce pas?*«

»Er hat seinen ganz eigenen Führungsstil, der gute Nathanel.

Aber in diesem Fall, denke ich, machen ihm die höheren Etagen einen solchen Stress, dass er gar nicht anders kann, als den an uns weiterzugeben.«

Eric sah ihn überrascht an, und Raoul wunderte sich selbst über sein plötzliches Verständnis für ihren Chef. Auch wenn er meistens mit ihm auskam, störte ihn normalerweise, wie sehr sich Nathanel Aguerre nach oben duckte, anstatt sich für seine Mitarbeiter starkzumachen, wie Raoul es von einem guten Vorgesetzten erwartete.

»Nun, dann sollte ich Madame Bertin wohl eine zweite Chance geben.« Raoul setzte sich an seinen Schreibtisch und schaltete den Computer ein.

»Ich verstehe nur nicht, warum sie hier gelandet ist, wenn sie die Region und die Stadt nicht mag.« Eric griff nach einem dicken schwarzen Filzstift und begann, das Whiteboard neben der Besprechungsecke zu beschriften. »Nach solchen Verdiensten hätte sie sich doch bestimmt ihren Wunschort aussuchen können. So war es bei dir ja damals auch.«

»Das ist in der Tat eigenartig.«

Der Dienstrechner brauchte mal wieder ewig, bis er hochgefahren war. Raoul lehnte sich in seinem Stuhl zurück und pfiff leise Cohens *Waiting for the Miracle to Come* vor sich hin.

Kapitel 4

Auf der Fahrt nach Arcachon bemühte sich Raoul, das Gespräch zwischen Gwendoline und sich in Gang zu bekommen. Aber welches Thema er auch anschnitt, ihre Antworten kamen zäh und einsilbig. Raoul fühlte sich, als taste er vergeblich nach der Öffnung in einem blickdichten Vorhang, den sie zwischen ihnen zugezogen hatte. Schließlich gab er auf. Mit manchen Menschen lag man einfach nicht auf einer Wellenlänge.

Mit leichtem Grauen dachte er an die ellenlangen Stunden, die sie nebeneinander im Dienstwagen verbringen würden. Wie unterhaltsam es doch mit Eric war, dem stets ein Scherz auf den Lippen lag. Selbst die eintönigste Observierung mutierte zu kurzweiligem Miteinander. Davon konnte er sich in diesem Fall offenbar verabschieden.

Raouls Gedanken wanderten zur Obduktion am Vormittag zurück. Ein weiteres Mal ging er Dr. Salles' Untersuchungsergebnisse durch: Armand Ducasse hatte hohen Blutdruck gehabt, den er trotz seiner Familiengeschichte nicht hatte behandeln lassen. Davon abgesehen, war er gesund gewesen. Auch Allergien hatte er keine gehabt.

Sollten sie es hier tatsächlich mit einer Vergiftung zu tun haben, kam nur eine hochkonzentrierte Substanz infrage. Alle Gifte, die Raoul einfielen, ließen einen erwachsenen Mann nicht binnen einer halben Stunde ins Gras beißen. Dass im *Le Patio* allerdings chemische Mittel aus dem Werkzeugkasten eines russischen Geheimagenten zum Einsatz kamen, konnte er sich beim besten Willen nicht vorstellen. Raoul spürte eine altbekannte Unruhe aufsteigen. Er hasste diese Warterei, diese Abhängigkeit von Laboruntersuchungen, die er nicht beschleunigen konnte, deren Resultate jedoch die folgenden Ermittlungen bestimmten.

Auf den ersten Blick fiel der Verdacht auf den Kellner Benjamin Guichard, den Raoul gleich treffen würde. Doch es konnte auch ein anderer Mitarbeiter gewesen sein – womöglich wollte jemand Guichard belasten? Oder sollte gar ein Tischnachbar des Generalsekretärs dahinterstecken? Der Kreis der infrage kommenden Personen schien überschaubar zu sein. Dennoch, etwas sagte ihm, dass es so leicht nicht werden würde. Hatte vielleicht ein Außenstehender einen der Angestellten bestochen? Hoffentlich meldeten sich die Kollegen von der PTS bald mit den Ergebnissen der Untersuchungen vom Glas des Opfers.

Außerdem setzte er auf Erics und Ludolphes Nachforschungen über Ducasses Leben. Sie brauchten ein klares Bild, eines mit Ecken und Kanten. Kein für die Öffentlichkeit weichgespültes Image.

Nach einer knappen Stunde Fahrt, in der Raoul tief in seine Gedanken eingetaucht war, erreichten sie das *Le Patio* in Arcachon.

Raoul wandte sich an seine Beifahrerin: »Da Sie ja meinen Kollegen Eric vertreten, erkläre ich Ihnen kurz unsere Arbeitsteilung. Für gewöhnlich beginne ich die Unterredung, Eric bedient das Aufnahmegerät und macht sich Notizen. Gelegentlich wechseln wir, ergänzen uns – das ergibt sich je nach Situation. Wir sind dahingehend schon ein ziemlich eingespieltes Team. Ich bin sicher, dass wir beide ebenfalls bald einen gemeinsamen Rhythmus finden werden.«

»Abwechseln und Ergänzen klingt gut.«

Hatte sie tatsächlich gerade etwas Positives geäußert? Mit einem raschen Seitenblick suchte Raoul nach einem Anzeichen von Sarkasmus in Gwendolines Zügen. Aber sie sah vollkommen neutral aus. Vielleicht wurde es ja doch noch ein erträgliches Miteinander.

Raoul stieg aus, während die Kollegin umständlich ihr Notizbuch in ihrer Umhängetasche verstaute. In einer Gentleman-Anwandlung ging er um das Fahrzeug herum und öffnete galant die Beifahrertür.

Gwendoline bedachte ihn mit einem eisigen Blick. »Leben wir nicht im Zeitalter der Gleichberechtigung?«

Verblüfft schaute Raoul ihr hinterher, als sie die Straße überquerte.

Im *Le Patio* empfing sie eine junge Angestellte und bat sie, an einem runden Tisch in der Nähe des Eingangs Platz zu nehmen. »*Le patron* kommt gleich. Darf ich Ihnen etwas zu trinken anbieten? Einen Kaffee vielleicht?«

»Sehr gern, *merci*.« Raoul blickte seine Kollegin an. »Für Sie ebenfalls, Capitaine Bertin?«

»Bloß kein Koffein. Ein stilles Wasser, *s'il vous plaît*.«

Raoul musste sich beherrschen, seine Mimik im Zaum zu halten. Er war gespannt, um wie viele Punkte sich die Liste ihrer No-Gos in den kommenden Tagen noch erweitern würde.

Während sie warteten, sah er sich ein weiteres Mal im Restaurant um. Am gestrigen Abend war er zum ersten Mal hier gewesen, und da hatte er sich hauptsächlich auf den Fundort der Leiche und die Zeugenbefragungen konzentriert.

Auch im vorderen Teil des Restaurants dominierte der asiatische Einschlag den Einrichtungsstil. Dekorationen aus Bambusrohren, exotische Pflanzen, vor allem aber Buddhafiguren. Manche waren ganz präsent, andere entdeckte Raoul erst auf den zweiten Blick. Außer, dass Henry Routier regelmäßig einen Stern im berühmten *Guide Michelin* bekam, wusste Raoul nichts Konkretes über das Restaurant. Allerdings ahnte er, dass sich die fernöstliche Note auch in den Gerichten wiederfand.

Wenige Minuten später näherte sich der Restaurantchef ihrem Tisch. »*Bonjour*, Madame, Monsieur le Commandant.« Henry Routier lächelte, doch Raoul konnte die akuten Sorgen in seinen angespannten Zügen lesen. Er stellte Gwendoline vor, und Henry Routier nickte ihr zu, ehe er sich an Raoul wandte. »Wenn ich Sie am Telefon richtig verstanden habe, möchten Sie vor allem mit Monsieur Guichard sprechen?«

»Wir würden gern mit ihm beginnen und uns danach mit Ihnen unterhalten.«

»Das wäre ganz in meinem Sinne.« Henry Routier machte eine kurze Pause. »Monsieur le Commandant, wenn ich Ihnen vorab etwas zu Benjamin Guichard sagen dürfte.«

»Aber bitte.« Raoul betrachtete ihn aufmerksam.

»*Bon* ...« Der Restaurantchef holte tief Luft. »Ich habe ihn auf Bitte seines Onkels hin eingestellt, der ein langjähriger Freund von mir ist. Natürlich habe ich trotzdem zunächst Monsieur Guichards Arbeitszeugnisse geprüft. Er hat einen tadellosen Abschluss gemacht, aber dann – nun, alles Weitere wird er Ihnen selbst erzählen.« Entschuldigend hob er die Hände. »Ich wollte ihm jedenfalls eine Chance geben, und bisher hat er einwandfreie Arbeit geleistet. Wenn Sie Benjamins Geschichte kennen, werden Sie verstehen, warum es dieser Vorfall gestern Abend für ihn besonders schwierig macht.«

»In Ordnung, Monsieur Routier.« Raoul hatte keine Ahnung, worauf der Restaurantchef hinauswollte. Er wechselte einen kurzen Blick mit Gwendoline Bertin, die kaum merklich mit den Schultern zuckte.

»*Alors*, ich hole Monsieur Guichard rasch.« Henry Routier verschwand im Hintergrund des Restaurants und tauchte gleich danach wieder auf, gefolgt von einem schlaksigen, jungen Mann in weißem Hemd und schwarzer Hose. Raoul schätzte ihn auf Anfang zwanzig. Er erinnerte sich, ihn am Abend zuvor unter den Anwesenden wahrgenommen zu haben. Einer seiner Kollegen hatte die Personalien des Kellners aufgenommen.

»Das ist Benjamin Guichard«, präsentierte ihn Henry Routier. »Monsieur Guichard, Commandant Chénier und Capitaine Bertin von der *police nationale*.«

»Setzen Sie sich doch bitte, Monsieur Guichard.« Raoul wies auf den Stuhl ihm gegenüber.

Wie angewurzelt verharrte der Kellner auf der Schwelle zur Terrasse. »Ich habe nichts getan! Ich habe einfach nur das Tablett mit den Drinks zum Tisch gebracht – und jedem sein Glas – dann bin ich wieder raus. Ich weiß nicht, was mit dem Mann – es muss ein Herzinfarkt – war es ein Herzinfarkt?« In seinem Blick lag das inständige Hoffen auf eine erlösende Antwort, die Raoul ihm nicht geben konnte.

Mit Nachsicht in der Stimme wiederholte Raoul: »Bitte setzen Sie sich.«

Zögernd nahm Benjamin Guichard Platz. Er hielt den Kopf gesenkt, als erwarte er ein vernichtendes Urteil.

Henry Routier räusperte sich. »Wenn Sie mich brauchen, ich bin in der Küche.«

Raoul nickte ihm zu, dann richtete er seine ganze Aufmerksamkeit auf das vor ihm hockende Häufchen Elend. »Monsieur

Guichard, wir sind nicht hier, um Ihnen für irgendetwas die Schuld zu geben. Wir möchten lediglich mit Ihnen reden.«

Benjamin Guichard hob den Blick. »Ich weiß nicht, wie ich Ihnen helfen kann.«

»Bitte erzählen Sie einfach, woran Sie sich erinnern. Manchmal helfen uns Details weiter, die Ihnen völlig unwichtig erscheinen.«

»Also, gleich als die Herrschaften Platz genommen hatten, habe ich Ihnen einen Runde *Pineau* serviert. Das ist Monsieur Ducasses Lieblingsaperitif, damit startet er immer bei uns.« Er machte eine kurze Pause, ehe er hinzufügte: »Auf Kosten des Hauses. Dann habe ich die Bestellung der Herrschaften aufgenommen.«

»Haben Sie die Gläser eingeschenkt?«

»Nein, das war meine Kollegin, die an der Theke eingeteilt war.«

»Wie heißt Ihre Kollegin?«

»Sarah. Sarah Tauzin.«

»Ich vermute, Sie haben nicht zugesehen, während Madame Tauzin eingegossen hat?«

»*Non*. Wir nutzen die Zeit, um andere Gäste zu bedienen.« Nervös fuhren seine Finger durch sein schwarz glänzendes, kurz geschnittenes Haar.

»Das dachte ich mir.« Raoul trank von seinem Kaffee. Er bemühte sich um eine legere Haltung, in der Hoffnung, dadurch den ihm gegenübersitzenden Kellner ein wenig aufzulockern. »Gab es sonst noch jemanden, der Gelegenheit gehabt haben könnte, etwas in Monsieur Ducasses Glas zu geben?«

Benjamin Guichard überlegte. Unablässig knetete er mit der rechten Hand eine Stoffserviette. »Ich weiß nicht ... Eigentlich nur ... jemand anderes vom Personal. Aber ich kann mir nicht vorstellen, dass – da müssten Sie Sarah fragen, ob sie vielleicht – ich weiß nicht, wie schnell sie die Bestellung fertig hatte und ob sie die ganze Zeit an der Theke stand.«

Raoul schielte zu Gwendoline hinüber, die vor dem aufgeschlagenen Notizbuch saß, ohne etwas aufzuschreiben. Er schaute zurück zu Benjamin Guichard, dessen Schultern nach wie vor verkrampft wirkten. »Sie haben recht, das besprechen wir mit Ihrer Kollegin. Als Sie die Getränke serviert haben, Monsieur Guichard, haben Sie da gesehen, ob Monsieur Ducasse direkt aus seinem Glas getrunken hat?«

»Sie meinen, einer seiner Tischnachbarn könnte ihm etwas ins Glas getan haben?«

»Zum Beispiel.«

Erneut dachte der Kellner nach. »Hm, nein, nicht sofort. Es gab so einen Trinkspruch, aber da bin ich schon raus – es war ziemlich viel los gestern. Und das Nächste, was ich mitbekommen habe, war der Tumult, als Monsieur Ducasse vom Stuhl gefallen ist.«

»Haben Sie es gesehen?«

»*Non*. Ich war in der Küche, um eine Bestellung abzuholen. Als ich wieder rauskam, herrschte ein großes Durcheinander auf der Terrasse. Erst konnte ich gar nicht sehen, was überhaupt passiert war. Dann sah ich einen Mann am Boden liegen. Meine Kollegen – wir wussten nicht richtig, was wir machen sollten – so etwas war noch nie passiert, und überhaupt hatten wir noch nie –« Er hielt inne, ehe er leise hinzufügte: »Auf so etwas wird man ja nicht vorbereitet.«

»Natürlich nicht.« Raoul beschloss, einen Sprung in die Vergangenheit zu wagen. »Seit wann arbeiten Sie im *Le Patio*?«

»Etwas über ein halbes Jahr.«

»Wo waren Sie vorher angestellt?«

Benjamin Guichard zögerte. Immer noch knetete er die Stoffserviette. Schließlich sprach er stockend weiter: »Es ist meine erste Stelle seit – nach meiner Ausbildung habe ich in einem Restaurant in Bordeaux gearbeitet. Dort gab es einen Vorfall, der – ich musste dort aufhören. Es dauerte eine Weile, bis ich eine neue Stelle – es war schwer.« Für einen Moment verstummte er, ehe er ein wenig leiser fortfuhr: »Ich habe einen Onkel, er hat sich dafür eingesetzt, dass Monsieur Routier mir eine Chance gegeben hat. Deswegen – bitte, Sie müssen mir glauben: Ich würde niemals diesen Job aufs Spiel setzen!« Flehend huschte sein Blick zwischen Gwendoline und Raoul hin und her.

In solchen Gesprächen hing viel von blitzschnellen psychologischen Analysen ab. Manchmal war das extrem harte Auftreten das einzig funktionierende Mittel. In anderen Fällen, so wie jetzt, setzte Raoul auf eine Extraportion Einfühlungsvermögen, um sein Gegenüber dazu zu bringen, sich zu öffnen. »Ich verstehe, Monsieur Guichard. Besser gesagt, ich bemühe mich darum. Deshalb brauche ich noch ein paar weitere Informationen zu Ihrer Vergangenheit.«

»Was möchten Sie wissen?«

»In welchem Restaurant haben Sie nach Ihrer Ausbildung gearbeitet?«

»Im *Maison Anouilh*.«

»Das liegt im *Triangle d'or, n'est-ce pas?*«

»Richtig.«

»Und was genau ist damals passiert, dass Sie dort nicht weiterarbeiten konnten?«

Benjamin Guichard rutschte auf seinem Stuhl hin und her. »Ich ... *bon* ... ich war nach meiner Ausbildung nicht in besonders guter Verfassung ... Es war vorher schon –«, er schien nach dem passenden Wort zu suchen, »schwierig. Aber da bin ich noch irgendwie durchgekommen, da gab es noch Unterstützung. Die fiel weg, als ich ausgelernt hatte. Und anfangs – ich kam nicht so recht über die Runden.«

»Sie hatten finanzielle Schwierigkeiten?«

Benjamin Guichard nickte.

»Was ist dann passiert?«

Die Stoffserviette wanderte von der rechten in die linke Hand und wieder zurück, Benjamin Guichard hielt den Blick gesenkt.

»Haben Sie gestohlen?«

»Nein!« Die Antwort platzte unvermittelt aus ihm heraus. »Nie im Leben! So etwas könnte man auch gar nicht mehr aus dem Lebenslauf rauskriegen – da hätte Monsieur Routier mich niemals angestellt.«

Es wäre eine gute Gelegenheit gewesen, die Rollen zu tauschen. Raoul warf einen fragenden Blick zu Gwendoline Bertin hinüber, doch sie reagierte nicht. Also machte er weiter. »Was war es dann, Monsieur Guichard? Oder ist es Ihnen lieber, ich frage im *Maison Anouilh* nach?«

»Bitte nicht!« Benjamin Guichard schloss für einen Moment die Augen, öffnete sie wieder und sagte noch leiser als zuvor: »Ich habe Haschisch vertickt. In meiner Freizeit. Nicht im Restaurant! Aber einer meiner Kollegen hat's mitgekriegt. Der konnte mich sowieso nicht leiden. Er hat mich beim Chef verpfiffen. Das war's dann.«

»Und danach haben Sie keine Stelle mehr bekommen?«

»So was spricht sich rum. Hat man erst mal seinen Ruf weg – die Szene ist klein, jeder kennt jeden. Ich hab sofort mit den Drogengeschichten aufgehört, hab komplett den Kontakt zu den Leuten abgebrochen. Ich hab alles Mögliche versucht, sogar an eine Umschulung hab ich gedacht. Aber keiner wollte so einen wie mich einstellen.«

»Und dann hat Ihr Onkel mit seinem Freund Henry Routier gesprochen.«

»Genau. Und der war bereit, mir eine Chance zu geben. Unter der Bedingung, dass ich mir nichts, aber auch gar nichts zuschulden kommen lassen darf.«

»Ich verstehe.« Raoul blickte kurz zu seiner Kollegin hinüber, die immer noch vor einer leeren Seite saß, ehe er sich wieder seinem Gegenüber zuwandte. »*Merci*, Monsieur Guichard, dass Sie so offen mit uns waren. Das reicht uns fürs Erste. Oder haben Sie eine Frage, Capitaine Bertin?«

Gwendoline Bertin räusperte sich, ehe sie mit unverkennbarer Ironie in der Stimme sagte: »Meiner Ansicht nach sind ja der Verkauf von Haschisch und die Angelegenheit mit Monsieur Ducasse zwei völlig verschiedene Paar Schuhe.«

»Das interessiert die Menschen aber nicht! Einmal schwarzes Schaf, immer schwarzes Schaf!« Verzweifelt krampften sich nun beide Hände des Kellners um die Serviette.

»Wie sieht es denn generell mit Ihrem Haschischkonsum aus?«

Verblüfft sah Benjamin Guichard sie an. »Was hat das mit dem Tod von Monsieur Ducasse zu tun?«

»Schon gut.« Raoul nickte ihm zu. »Wir beginnen gerade erst mit den Ermittlungen. Und wenn Sie sich korrekt verhalten haben, Monsieur Guichard, dann haben Sie nichts zu befürchten.« Raoul sah an der Miene des jungen Mannes, dass dieser ebenso wenig von seinen Worten überzeugt war wie Raoul selbst.

»Sind Sie mit mir – war's das?« Benjamin Guichard machte Anstalten, sich zu erheben.

»Für heute ja. Ach, und schicken Sie doch bitte Monsieur Routier zu uns raus.«

Während der Kellner in Richtung Küche verschwand, wandte sich Raoul an seine Kollegin. »Was sollte das denn gerade?«

»Na, Sie haben sich doch nach meinen Fragen erkundigt. Ich wollte ihm ein bisschen auf den Zahn fühlen. Finden Sie es nicht verdächtig, dass ausgerechnet jemand, der Kontakt zu Drogendealern hat, ergo zu Kriminellen, einem hohen Staatsbeamten einen höchstwahrscheinlich vergifteten Drink serviert?«

»Ein bisschen zu verdächtig, für meinen Geschmack.«

»Und genau das könnte ja die Taktik sein.« Mit einem Ausdruck, der Raoul etwas zu selbstzufrieden vorkam, lehnte sich Gwendoline Bertin auf ihrem Stuhl zurück und verschränkte die Arme.

»Warum machen Sie sich eigentlich keine Notizen?«

»Ich kann so besser zuhören. Ich habe ein sehr gutes Gedächtnis. Das ist meine Art der Routine. Oder wünschen Sie, dass ich die Gepflogenheiten von Capitaine Rosset eins zu eins übernehme?«

In diesem Moment erschien der Restaurantchef, und Raoul verkniff sich einen bissigen Kommentar.

»Monsieur Routier, ich würde gern Ihre Einschätzung zu Benjamin Guichard hören.«

Henry Routier atmete hörbar aus. »Anfangs hatte ich Vorbehalte, das muss ich ehrlich gestehen. Sie wissen schon, junger Mann mit kriminellem Freundeskreis, Drogengeschichten ... und leider tauchte im Hinterkopf auch der Gedanke auf, wieder ein junger Marokkaner, der dem Klischee gerecht wird. Dann habe ich mich besonnen und mir Zeit genommen, seinem Onkel zuzuhören. Ich habe mir das Abschlusszeugnis angesehen und lange mit Benjamin geredet. Danach habe ich beschlossen: Dieser junge Mensch hat eine zweite Chance verdient.« Er lächelte matt. »Mehr noch: Ich fühlte mich verpflichtet, sie ihm zu gewähren, um ihm einerseits zu zeigen, dass es Menschen gibt, die an ihn glauben. Und um andererseits ein deutliches Zeichen nach außen zu setzen.« Nach einer kleinen Pause fuhr er fort: »Vom ersten Arbeitstag an hat Benjamin sich einwandfrei verhalten. Er hat sich hervorragend ins Team eingefügt, die Kollegen wie auch die Gäste schätzen ihn. Ich habe meine Entscheidung keinen Tag bereut.« Wieder atmete er schwer aus und schloss dann mit den Worten: »Umso tragischer, dass diese furchtbare Geschichte nun ausgerechnet mit ihm verknüpft ist.«

Raoul schaute kurz zu seiner Kollegin und hoffte, dass deren Gedächtnis wirklich so gut war, wie sie behauptete. Natürlich hatten sie immer den Gesprächsmitschnitt, doch er – und Eric ebenso – schworen auf zusätzliche Notizen. Es blieb ihm wohl nichts anderes übrig, als ihr zu vertrauen. »Kommen wir zu Sarah Tauzin: Wie lange arbeitet sie schon bei Ihnen?«

»Seit zwei Jahren. Eine tadellose Kraft. Ich habe nichts an ihr auszusetzen. Sie ist fleißig, zuverlässig und professionell im Umgang mit den Gästen.«

»Was für ein fantastischer Arbeitsplatz! Ausschließlich tadellose Mitarbeiter.«

Gwendoline Bertins sarkastischer Kommentar kam für Raoul völlig überraschend. Er warf ihr einen scharfen Blick zu, der an ihrer frostigen Fassade abzuprallen schien.

Henry Routier sah verärgert aus. »Ich nehme mir viel Zeit, wenn es darum geht, jemand Neues einzustellen. Und ich kann mir nicht vorstellen, dass Madame Tauzin –« Er brach ab. Dann sprach er weiter und betonte jedes einzelne Wort: »Dass auch nur irgendeiner meiner Angestellten etwas mit Monsieur Ducasses Tod zu tun hat.«

Raoul beschloss, seine Kollegin für den Rest der Unterredung zu ignorieren. Demonstrativ wandte er sich dem Restaurantchef zu. »Kannten Sie den Generalsekretär persönlich?«

»Er ist einer meiner Stammgäste. Ich habe sogar eigens für ihn ein Amuse-Gueule kreiert. Trotzdem, ›persönlich kennen‹ wäre zu viel gesagt. Für gewöhnlich unterhalte ich mich ein bisschen mit ihm. Wie mit allen meinen Gästen. Da mache ich keinen Unterschied zwischen Prominenz und Normalsterblichen.«

»Fällt Ihnen ansonsten noch etwas zum gestrigen Abend ein?«

Henry Routier überlegte, dann schüttelte er leicht den Kopf. »Nichts, was ich Ihnen nicht schon angegeben hätte. Außer, dass es der schwärzeste Tag in meinem Leben als Restaurantbesitzer war.« Angespannt lehnte sich Henry Routier nach vorn. »Haben Sie irgendwelche Prognosen für mich, Monsieur le Commandant?«

»Leider nichts Konkretes, Monsieur Routier, *je suis désolé*. Wir warten noch auf die Laborergebnisse der toxikologischen Untersuchung.«

»Toxikologische Untersuchung?« Henry Routier sah aus, als hätte man ihm einen elektrischen Schlag versetzt. »Sie gehen also davon aus, dass Monsieur Ducasse vergiftet wurde?«

»Wir klären gerade alle Eventualitäten ab. Ein Blutscreening gehört zum Standardprogramm.«

»Demnach war es definitiv kein Herzversagen oder dergleichen.« Das Gesicht des Restaurantbesitzers hatte jegliche Farbe verloren. »Gift … das wäre ja – *au nom du ciel* … Das wäre das Aus für das *Le Patio*!«

»Ich verstehe, dass das für Sie eine prekäre Situation ist. Wir behandeln die Angelegenheit selbstverständlich mit größtmöglicher Diskretion.«

»Das Restaurant – es ist mein Lebenswerk!« Henry Routier rang sichtbar um Fassung. »Bitte, Monsieur le Commandant! Solange nicht klar ist, was genau die Todesursache war, wäre ich Ihnen dankbar, wenn Sie das *Le Patio* weitestgehend herauslassen könnten. Auch ein Gerücht, es könne sich um Gift gehandelt haben, würde schon reichen, den Ruf meines Restaurants zu zerstören.«

»Selbstverständlich lassen wir nichts dergleichen nach außen verlauten.«

Der Restaurantbesitzer ließ Kopf und Schultern hängen. »Dann hoffe ich nur, dass es bei Ihnen nirgendwo ein Leck gibt.«

• • •

»In einer Sommernacht 2007 wurde die *Dune Blanche* geboren. Als Brice Lucas gegen fünf Uhr morgens nach Hause kam, kombinierte der Sohn des berühmten Bäckers Pascal von Grand Piquey in Cap Ferret eine *chouquette*, diese goldenen, knusprigen Teigbällchen, mit einer weichen, leichten Cremefüllung, deren Rezept noch immer ein Familiengeheimnis ist …«

Claire saß an ihrem Schreibtisch aus Kirschbaumholz, einem Erbstück ihres französischen Großvaters, und las sich durch einen Berg von Artikeln, die sie zur Vorbereitung ihres Blogbeitrags gesammelt hatte. In der Welt der *pâtissiers* schien es vor geheimen Familienrezepturen nur so zu wimmeln. Die Geschichten, die hinter den Kreationen steckten, waren so interessant, dass sie aufpassen musste, sich nicht zu verzetteln.

Sie erhob sich, streckte sich und trat ans bodentiefe Fenster, von dem aus sie den Atlantik sah. Einige Austernboote zogen in der Ferne vorbei. Jetzt, am Spätnachmittag, stand die Sonne schon tiefer am Horizont und zauberte ihr goldglitzerndes Farbenspiel aufs Wasser.

Unvermittelt kam Claire der gestrige Abend in den Sinn und

die Pressekonferenz, über die sie mit Eponine gesprochen hatte. Ob es in den Onlinezeitungen irgendetwas Neues gab? Kurzerhand griff sie nach ihrem Smartphone, das auf dem Schreibtisch lag. Sie setzte sich in den hellgrauen Sessel, den sie neulich für die Leseecke in ihrem Arbeitszimmer erworben hatte, öffnete den Browser und tippte ARMAND DUCASSE ins Suchfeld ein.

Die erste Schlagzeile, die ihr entgegensprang, lautete: »MORD AN SGAR?« Überrascht klickte Claire den Artikel der *Gironde Soirée* an und überflog die wenigen Abschnitte. Das klang überhaupt nicht nach dem, was Eponine von der Pressekonferenz berichtet hatte. Auf dramatische Weise beschrieb der Reporter den Zusammenbruch und plötzlichen Tod des *Secrétaire Général pour les Affaires Régionales* in einem »angesehenen Restaurant in Arcachon«. Das Blatt war für seine reißerische Berichterstattung bekannt. Wenigstens wurde das *Le Patio* nicht namentlich genannt. Hatte einer der Gäste den Kontakt zur Presse gesucht?
Für einen Moment erwog Claire, Raoul anzurufen. Sie suchte seine Nummer im Adressbuch heraus und hatte schon den Daumen auf dem Anrufbutton, als sie innehielt. Wozu? Hatte sie nicht beschlossen, sich da rauszuhalten?

Stattdessen verspürte sie den Impuls, mit Eponine zu sprechen. Auf einmal bereute Claire, dass sie ihr nichts von der Gifttheorie gesagt hatte. Schließlich war sie – anders als der Reporter der *Gironde Soirée* – dabei gewesen, als Ducasse gestorben war. Und Vermutungen, die sich auf ihre Berufserfahrung stützten, durfte sie in einer vertraulichen Unterhaltung äußern. Es war nicht ihr Fall, sie war eine Privatperson und an keinerlei Schweigepflicht gebunden.

Eponines Dilemma bezüglich der Wohnsituation fiel ihr wieder ein. Claire versuchte, sich in sie hineinzuversetzen. Sie selbst hatte nie derartige Sorgen durchlebt. Nicht mal als Studentin hatte sie auf ihren Wohnkomfort verzichten müssen. Ihre Eltern hatten sie stets großzügig unterstützt, weder hatte sie kellnern noch irgendwelche anderen Nebenjobs annehmen müssen. Sie hatte sich voll und ganz auf sich konzentrieren können. Und ihren Foodblog geschrieben.

Sogleich wallte das altbekannte schlechte Gewissen in ihr auf. War es nicht an der Zeit, sich zu revanchieren und auch einmal zu geben? Claire fasste einen spontanen Entschluss. Doch just als sie den Namen der Freundin im Suchfeld eingab, klingelte das Telefon in ihrer Hand.

Es war Eponine.

»*Salut*«, begann Claire, »ich hatte dich auch gerade anrufen wollen. Ich hab noch mal –«

»Stell dir vor, Ducasse ist vermutlich ermordet worden!«

»Ich hab's gerade gelesen.«

»Ich weiß, es ist die Klatschpresse, aber so völlig aus der Luft gegriffen können sie das ja eigentlich nicht behaupten. Weißt du irgendwas, Claire? Du warst doch dort – könnte es tatsächlich Mord gewesen sein?«

»*Bon*, ich möchte keine Gerüchte in die Welt setzen, die sich später als falsch herausstellen, Eponine. Was ich dir jetzt sage, ist nur meine ganz persönliche Einschätzung der Situation.«

»Ich werde dich nicht in der morgigen Ausgabe zitieren. Schieß los!«

»Als Ducasse zusammengebrochen ist, war mein erster Gedanke, er könne vergiftet worden sein.«

»*Oh, la vache!*«

»Sollte sich herausstellen, dass ich damit richtiglag, wäre es für Henry Routier eine Katastrophe.«

»Das *Le Patio* darf auf keinen Fall schließen!« Eponine stieß einen Seufzer aus. »Ein so feines Restaurant … Ich denke so gern an den Abend dort zurück – es war ein Wendepunkt in meinem Leben, Claire! Wenn ich irgendetwas tun kann ...«

»Solltest du in der Redaktion mitbekommen, dass etwas durchgesickert ist – sag mir Bescheid. Vielleicht können wir dann irgendwie gegensteuern.«

»Na, absolut!« Eponine schien einen Moment nachzudenken. »Und was wolltest du mir sagen?«

»Was meinst du?«

»Na, du sagtest vorhin, du wolltest mich auch gerade anrufen. Oder ging es um dieses Thema?«

»Nein, eigentlich ... Es ist bloß – ich habe noch mal über dein Wohnungsproblem nachgedacht. Diese WG-Idee, meine ich. Vielleicht ist das ja sogar die Lösung – ich meine, was du gesagt hast, mit der Frauen-WG und so.« Claire merkte, dass sie zu hektisch redete. Sie holte Luft und fuhr in gelassenerem Tempo fort: »*Alors*, ich habe ja nun mal wirklich eine Menge Platz. Viel zu viel für eine Person. Und da dachte ich, falls du Lust hast – die Gästezimmer sind ja recht großzügig geschnitten. Und natürlich könntest du auch den Rest des Hauses –«

»Warte mal, bietest du mir gerade echt an, zu dir zu ziehen?«

»Natürlich könnte ich verstehen, wenn dir der Weg zur Arbeit zu weit wäre.«

Am anderen Ende blieb es still.

Schlagartig befürchtete Claire, Eponine könne ihren Vorschlag in den falschen Hals bekommen haben. Wie hatte sie nur so unsensibel sein können, ihr den unverdienten Luxus, in dem sie lebte, auch noch unter die Nase zu reiben. »*Pardon*, das war vermutlich eine dumme Idee. Ich wollte dir kein Almosen anbieten oder so, wenn du –«

»Ach, Quatsch, so was würde ich nie denken. Ich bin gerade

bloß so … gerührt. Ein solches Angebot – Claire, du hast ja keine Ahnung, was mir das bedeutet.«

»Das heißt also«, setzte Claire vorsichtig an, »du denkst darüber nach?«

»Das muss ich gar nicht. Natürlich sag ich Ja!« Von der anderen Seite der Leitung tönte ein unbefangenes Lachen herüber.

Vor Erleichterung fiel Claire ein Stein vom Herzen. Diesen Komplex, den sie wegen des Reichtums ihrer Eltern mit sich herumschleppte, sollte sie endlich abschütteln. Immerhin ließ sich ja so einiges Gutes damit tun, wie sich gerade mal wieder zeigte. »Das freut mich total! Und –«

»Aber ich will dir auf jeden Fall einen fairen Preis bezahlen!«

»Lass uns in Ruhe über alle Details reden. Hast du morgen Abend Zeit? Dann könntest du vorbeikommen, und wenn du magst, kannst du auch gleich in deinem neuen Zuhause übernachten.«

»Perfekt!«

Nachdem sie sich verabschiedet hatten, kehrte Claire an ihren Schreibtisch zurück. Siedend heiß fiel ihr ein, dass sie die Angelegenheit ja noch mit ihrem Vater besprechen musste. Doch sie hatte keinerlei Bedenken, dass er zustimmen würde. Thiebault Molinet hatte Eponine im letzten Herbst bereits kennengelernt und auf Anhieb gemocht.

Claire hatte sich gerade von Neuem in ihre Recherchen vertieft, da klingelte das Telefon zum zweiten Mal. Wieder war es Eponine.

»Nur ganz kurz: Mir ist soeben etwas eingefallen, weil du das mit der möglichen Vergiftung erwähnt hast. Vielleicht ist das ja total abwegig – aber es gab neulich einen Fall in der Bretagne. Eine Kollegin von mir hat darüber geschrieben, da ging es auch um einen Todesfall, bei dem der Verdacht einer Vergiftung vorlag.«

»Wo war das genau?«

»*Alors*, wenn ich mich richtig erinnere, in einem kleinen Ort bei Rennes. Und was mich jetzt im Nachhinein stutzig macht, die Betroffene arbeitete für die dortige Präfektur.«

Kapitel 5

Samstag, 7. April 2018

Noémis Wecker klingelte um fünf Uhr. Schlaftrunken tastete sie nach dem Knopf. Noch zehn Minuten. Mehr als einmal Weiterstellen war nicht drin. Kurz glitt sie zurück in die Traumwelt. Viel zu schnell ertönte das Piepen wieder. Noémi streckte sich und rieb sich die Augen. An den Samstagen hatte sie für gewöhnlich frei, aber ein paarmal im Jahr hatte sie auch am Wochenende Dienst. Dazu gehörte das Geschäft rund um Ostern und Weihnachten, inklusive der Woche direkt danach.

Auf dem Weg ins Bad kam sie an Adrians Zimmertür vorbei, die wie üblich geschlossen war. Gestern war er ausnahmsweise schon am späten Nachmittag nach Hause gekommen. Sie hatten zusammen gegessen und es sich dann vor dem Fernseher gemütlich gemacht. Fast wie früher, als sie mit ihm regelmäßig *Il était une fois … la vie* oder *Les Aventures de Tintin* geschaut hatte, ehe sie ihn ins Bett gebracht hatte. Anders als damals hatte Adrian, als Noémi sich gegen halb zwölf schlafen legte, den Computer noch mal hochgefahren. Er würde wohl nicht vor der Mittagszeit aufstehen. Und vermutlich würde er, wie ebenfalls üblich, den freien Tag vor dem Rechner verbringen. An ihr letztes gemeinsames Frühstück konnte Noémi sich kaum erinnern.

In der engen Küche bereitete sie sich ihren Kaffee zu. Essen würde sie in der ersten Pause. So früh am Morgen bekam sie nichts runter.

Keine Viertelstunde später saß sie auf ihrem Fahrrad und fuhr durch die um diese Zeit noch menschenleeren Straßen von Bruges, einer nördlich gelegenen Vorstadt, in Richtung Bordeaux Centre. Vom grau verhangenen Himmel fiel Nieselregen auf sie herunter. Noémi fluchte leise vor sich hin. Ihr alter Peugeot parkte seit ein paar Wochen unbenutzt vor dem Haus. Sie musste dringend bei ihrem Mechaniker vorbeischauen. Das würde wieder ein ordentliches Loch in ihre Haushaltskasse reißen. Trotzdem war es natürlich die viel billigere Variante als ein neuer Wagen.

Noémi seufzte. Seit Adrians Geburt kämpfte sie mit finanziellen Engpässen. Stets reichte es gerade eben so. Und jedes Mal, wenn sie ein bisschen was angespart hatte, ging die Waschmaschine kaputt oder das Auto streikte oder etwas Ähnliches. Inzwischen hatte Noémi die Hoffnung aufgegeben, dass es irgendwann besser würde. Sie setzte alles darauf, dass Adrian studieren würde. In einem Land wie Frankreich, in dem trotz Revolution die Klassenunterschiede nach wie vor zementiert waren, galt ein gesellschaftlicher Aufstieg immer noch als kleines Wunder. Sollte es tatsächlich einmal ein Kind einer Arbeiter- oder Bauernfamilie an eine *Grande École* wie die Verwaltungshochschule ENA oder die Ingenieursschule *École polytechnique* schaffen, berichteten sogar die Zeitungen darüber. Und dennoch, ausgeschlossen war es nicht. Während Noémi die Allée Brion entlangradelte und die großzügigen Grundstücke zu beiden Seiten der Straße betrachtete, wünschte sie sich wie schon oft zuvor, dass ihr Sohn es später leichter haben würde als sie.

Erst als sie am *Parc Marceau* vorbeifuhr, fiel ihr ein, dass sie heute ja eine Foodbloggerin zu Gast hatte. Sie hatte die Frau völlig vergessen – wie hieß sie gleich wieder? Egal, sie würde sich ja vorstellen. So recht passte es Noémi eigentlich nicht, sie war müde und wäre gern bei der Arbeit für sich gewesen. Vergangene Nacht hatte sie sich doch noch im Tagebuch ihrer Mutter festgelesen, und die schrecklichen Ereignisse, die diese nur dem Buch anvertraut hatte, waren die ganze Nacht durch ihre Träume gespukt. Die Aussicht, den Morgen mit dem Erläutern ihrer Arbeitsschritte und dem Beantworten von Fragen zu verbringen, besserte nicht gerade ihre Laune. Aber ihre Chefin hatte gemeint, es sei eine tolle Gratiswerbung, die sie unbedingt wahrnehmen mussten.

Noémi trat in die Pedale, während sie auf den Boulevard Pierre Ier zusteuerte. Na, dann heute eben eine Doppelbelastung, auch dieser Tag würde vergehen.

• • •

Es war wieder mal ein Wochenende, das seinen Namen nicht verdiente. Lediglich an der eingeschränkten Art der Ermittlungsmöglichkeiten spürte Raoul, dass es kein gewöhnlicher Alltag war.

Ausnahmsweise trank er seinen Morgenkaffee zu Hause und las sich dabei im Schnellverfahren durch eine bunte Auswahl an Onlineartikeln zum Thema »Armand Ducasse und Malou Thomas«. Oder auch »*Mademoiselle Canelé et le SGAR*«. Er war überrascht über die Unmenge an Fotos, die es von den beiden gab. Bilder von Theaterpremieren, Vernissagen, Geschäftseinweihungen. Der agile Mittfünfziger und die langbeinige Blondine waren offenbar in der gehobenen Gesellschaft ein gern gesehenes Paar gewesen. Malou Thomas hatte schon für einige namhafte Designer gemodelt, ehe sie das Gesicht der berühmten gugelhupfförmigen Küchlein mit der karamellisierten Kruste wurde. Dazu all die Berichte über ihre Beziehung – hätte er es nicht mit einem Mordfall zu tun gehabt, Raoul hätte aufgelacht über so viel Klischee.

Er musste ein wenig suchen, bis er die älteren Artikel fand, in denen die Anfänge ihrer Liebe und die Eheprobleme der Ducasses breitgetreten wurden. Malou Thomas war damals gerade mal neunzehn gewesen. Es gab manch hässlichen Schnappschuss des Ehepaars Ducasse. Fluch des digitalen Zeitalters. Früher waren solche Bilder eine Weile durch die Presse gegeistert und danach auf dem analogen Fotofriedhof verschwunden. Das Netz vergaß nie. Wie wohl Véronique Ducasse damit zurechtkam?

Zeitgleich mit Gwendoline Bertin traf Raoul am Commissariat ein. Sie hatten um zehn Uhr einen Termin mit Madame Ducasse in deren Villa am Rand von Entre-Deux-Mers.

»*Bon*, ich habe mir gedacht«, Raoul rieb sich die Hände, »im Sinne der Gleichberechtigung dürfen Sie heute fahren.«

Gwendoline Bertin schaute ihn einen Moment lang überrascht an, dann nickte sie und ging zur Fahrerseite. »Aber ersparen Sie mir bitte jegliche Kommentare in Richtung *Frau am Steuer* oder *herrenlose Fahrzeuge*.«

Raoul setzte sich neben sie auf den Beifahrersitz. Es war eigenartig. Ein solcher Satz aus Erics Mund – mit anderer Wortwahl – hätte Raoul amüsiert. Bei Gwendoline klang es automatisch verbittert. Und damit löste sich jeder humoristische Anflug in Luft auf.

Als aufmerksamer Beifahrer lotste Raoul sie quer durch die Innenstadt und über den Pont Saint Jean in das zwischen Garonne und Dordogne gelegene Weinbaugebiet Entre-Deux-Mers. Kurz erwog er, eines seiner geliebten Leonard-Cohen-Alben aus dem Handschuhfach zu nehmen und einzulegen. Vielleicht würde es die Stimmung zwischen ihnen auflockern? Dann ließ er es. Die verstockte Kollegin würde wohl kaum auf den charismatischen

Kanadier stehen. Und Raoul hatte keine Lust, seine Lieblingsmusik ihrer Kritik auszusetzen.

Er dachte an Henry Routier, der an diesem Wochenende sein Restaurant geschlossen halten musste. Hoffentlich würde sich Frida Salles am Montag mit den Resultaten der toxikologischen Untersuchung melden!

Um sie herum wurde es immer grüner, und die Szenerie von Hochhäusern und Industrie, die das Gebiet rechts der Garonne prägte, wich kleinen Waldgebieten und Weinfeldern. Dennoch zog sich die Fahrt neben der schweigsamen Gwendoline Bertin wie ausgekautes Kaugummi.

Endlich erreichten sie die Résidence du Golf in Artiges-près-Bordeaux mit ihren großzügigen Grundstücken und gepflegten Villen. Ehe sie das Haus betraten, wandte sich Raoul an seine Kollegin: »Dieses Mal ersparen Sie uns bitte eine so unschöne Situation wie gestern bei Monsieur Routier.«

Mit hochgezogenen Brauen musterte ihn Gwendoline Bertin: »Bei Ihnen werden Verdächtige also in Watte gepackt? *Pardon*, so eine Haltung ist mir fremd.«

»Ich spreche von einem gewissen Respekt gegenüber den Menschen, die wir befragen. Eine solche Haltung ist meinem Team bisher nicht fremd gewesen, und so sollte es auch bleiben.« Raoul spürte förmlich die Eiseskälte zwischen ihnen, als er auf den Klingelknopf unter dem Messingschild mit dem Namen *Ducasse* drückte.

Obwohl es Samstagvormittag war, empfing Véronique Ducasse sie sorgfältig geschminkt und frisiert in einer schwarzen, schmal geschnittenen Hose und einem eng anliegenden Shirt in derselben Farbe. Aufgepeppt wurde ihr Outfit durch einen goldenen Gürtel. Dank seiner morgendlichen Lektüre wusste Raoul, dass sie vor ihrer Ehe ebenfalls gemodelt hatte. Armand Ducasse war seinem Beuteschema treu geblieben – noch mehr Klischee!

Mit sehr aufrechter Haltung und professioneller Freundlichkeit führte Véronique Ducasse sie ins luxuriöse Wohnzimmer, in dem Raoul sie erst vor Kurzem zu nächtlicher Stunde über den Tod ihres Mannes informiert hatte. Diesmal standen auf dem gläsernen Couchtisch Kaffeetassen und Wassergläser bereit. Dekorativ nahm die Witwe auf dem gewiss sündhaft teuren, anthrazitgrauen Ledersofa Platz. »Möchten Sie eine Zigarette?«

Gwendoline Bertin verzog das Gesicht leicht und lehnte dankend ab. Raoul hatte nichts anderes erwartet. Er selbst hatte das Rauchen vor längerer Zeit aufgegeben, nur in Extremsituationen machte er Ausnahmen. Dieses Mal konnte er nicht widerstehen. Zu sehr reizte es ihn, seine enthaltsame Kollegin damit zu ärgern. »Ich nehme gern eine.«

Véronique Ducasse hielt ihm ihr goldenes Etui hin, in dem fein säuberlich angeordnet schmale, weiße Zigaretten mit goldenem Schriftzug auf dem Filter steckten. Auch das Feuerzeug, nach dem sie griff, war golden. Als sie sich in Raouls Richtung beugte, um seine Zigarette anzuzünden, strömte ein sanfter Duft nach Vanille, Mandeln und Patschuli in Raouls Nase. »*Merci*, Madame Ducasse.«

Sie schenkte ihm einen intensiven Blick, ehe sie sich in die tiefroten Sofakissen zurücklehnte. Augenscheinlich legte sie es darauf an, mit ihm zu flirten. Wäre Raoul allein hier gewesen oder mit Eric, hätte er spielerisch damit umgehen können. Doch mit der angespannten Gwendoline Bertin, die in einem kubischen, schwarzen Sessel saß – einem Designklassiker von Le Corbusier – und die Witwe argwöhnisch betrachtete, schien ihm das keine gute Idee zu sein.

Nachdem Raoul Véronique Ducasse bezüglich des Gesprächsmitschnitts informiert hatte, eröffnete er die Unterredung: »Madame Ducasse, zunächst möchte ich Ihnen noch einmal mein aufrichtiges Beileid aussprechen.«

Mit einem nachsichtigen Lächeln winkte Véronique Ducasse ab. »Ich weiß Ihre Anteilnahme zu schätzen, doch ich brauche keine besonderen Kondolenzbekundungen. Mein Mann und ich führen schon seit vielen Jahren getrennte Leben, somit ist es eher, als beerdige ich einen Fremden.« Ihre Worte flossen wohlgesetzt aus ihrem Mund mit den dezent, aber akkurat geschminkten Lippen.

Raoul räusperte sich. »Ich bitte um Verzeihung. Ich muss gestehen, ich habe erst nach meinem Besuch bei Ihnen von Ihren Lebensverhältnissen erfahren.«

»Haben Sie schon mit Mademoiselle Karamellgebäck gesprochen?« Sie fragte wie beiläufig, in der rechten Hand lässig die Zigarette, während sie mit der linken ihre Kaffeetasse hob.

»Mein Kollege ist heute bei Madame Thomas.«

Ein amüsiert-boshafter Ausdruck huschte über ihr Gesicht. »*Oh là là* – das wird ihr gar nicht schmecken, dass der Chefermittler sie nicht persönlich aufsucht, sondern stattdessen die Vorgängerin befragt.«

Bei ihrer ersten Begegnung hatte ihn Véronique Ducasse von der Gestalt und den dunkelblonden, langen Haaren her an Claire Molinet erinnert, doch dieser Eindruck hatte sich spätestens jetzt zerschlagen. Raoul ging über ihren gehässigen Kommentar hinweg. »Bitte erzählen Sie mir von Armand Ducasse.«

»Ich kann Ihnen nicht wirklich viel zu meinem Ehemann sagen.« Überdeutlich betonte sie das Wort »Ehemann«, während sie ihre Zigarette ausdrückte. »Wir beschränken unseren Kontakt seit Jahren schon auf das absolut Notwendige. Und das betrifft in erster Linie die Kinder.«

»Wann haben Sie ihn das letzte Mal gesehen?«

»Das war vor zwei Wochen. Amélie hatte eine Ballettveranstaltung, und Armand hat es tatsächlich einmal nicht verschwitzt, dort zu erscheinen.«

»Das heißt, Sie verbrachten noch Zeit als Familie zusammen?«

Véronique Ducasse sah ihn mit ausdrucksloser Miene an. »Es kam eher selten vor, dass wir alle vier zusammentrafen. Dieses Mal hatte es sich so ergeben. Eigentlich war es sein Wochenende mit den Kindern. Aber ich wollte vermeiden, dass Amélie ein weiteres Mal als Einzige ohne Elternteil dasteht. Deswegen bin ich vorsichtshalber auch hingefahren.«

»*Pardon*, Madame Ducasse, ich möchte nicht indiskret erscheinen, doch es ist nötig, dass ich Ihnen einige weitere Fragen zu Ihrem Privatleben stelle.«

Sie senkte ihre ohnehin schon tiefe Stimme: »Seien Sie indiskret, Monsieur le Commandant!«

Gwendoline Bertin verdrehte die Augen.

»Wie ist Ihr Verhältnis zu Madame Thomas?«

»Am Anfang hätte ich sie verständlicherweise gern umgebracht. Aber das ist lang her. Um ehrlich zu sein, Monsieur le Commandant, sie ist mir völlig egal. Irgendwann habe ich beschlossen, dass mir meine Zeit zu kostbar ist, um ihretwegen in Tränen auszubrechen oder mich als Versagerin zu fühlen. Wenn Armand sein Leben lieber mit ihr verbringen möchte als mit uns, dann ist das eben so. Um mich zu schützen und meinen Kindern eine gute Mutter sein zu können, habe ich damals einen Schlussstrich gezogen.«

Zum ersten Mal imponierte sie Raoul. Es erforderte eine gewisse Stärke, um zu einer solchen Haltung zu gelangen.

»Allerdings gab es vorher schon andere Frauen«, fuhr Véronique Ducasse fort. »Sie kamen und gingen. Genau genommen ist

Madame Thomas die Erste, mit der Armand länger zusammen ist. Ich meine, war.«

»Haben Sie jemals daran gedacht, sich scheiden zu lassen?«, meldete sich Gwendoline Bertin zu Wort.

Véronique Ducasses Blick wanderte zum Sessel ihr gegenüber, als hätte sie eben erst wieder bemerkt, dass außer Raoul noch eine Person anwesend war. Sie betrachtete die Polizistin einen Moment, ehe sie mit neutraler Stimme antwortete: »Unzählige Male. Aber einen solchen Gedanken in die Tat umzusetzen, ist doch noch einmal etwas ganz anderes. Und nein, ich hatte nicht vor, die Scheidung einzureichen. Zu heiraten ist ein Kinderspiel, sich scheiden zu lassen hingegen ...«

»Wie hat Monsieur Ducasse dazu gestanden?«

»Genauso.« Sie zündete sich eine neue Zigarette an. »Bitte bedienen Sie sich, Monsieur le Commandant.« Auch wenn sie mit ihren perfekt manikürten roten Nägeln auf das Etui vor sich auf dem Tisch deutete, sagte ihr Blick eindeutig, dass sie diese Aufforderung weiter fasste.

»*Merci*, das reicht mir fürs Erste.«

»Sollte Ihnen später danach sein, scheuen Sie sich nicht, zuzugreifen.« Véronique Ducasse lehnte sich in die Kissen zurück und blies genüsslich den Rauch in die Luft. Gwendolines übertriebenes Husten ignorierte sie geflissentlich. »Nach der Geburt unserer Tochter hat mir mein Mann unmissverständlich klar gemacht, dass wir zwar verheiratet bleiben, ich mir finanziell keine Sorgen zu machen brauche und er sich um alles kümmert, dass er sich aber darüber hinaus in Zukunft anderweitig umsehen würde.« In ihrem Tonfall schwang eine brutale Sachlichkeit mit. Die Wunden, die ihr diese verletzenden Worte zweifellos einst zugefügt hatten, waren inzwischen vernarbt. Jedoch nicht verschwunden. »Ich hatte die Wahl, seine Entscheidung zu akzeptieren oder zu gehen. Mit einem Baby und einem Zweijährigen lag meine Entscheidung auf der Hand.«

»Und natürlich ist es auch ganz angenehm, in einem solchen Haus zu leben und finanziell abgesichert zu sein, *n'est-ce pas?*« Gwendoline Bertin sah die Witwe herausfordernd an.

Demonstrativ blies Véronique den Rauch in ihre Richtung, bevor sie sich zu Raoul umwandte: »Wie ist es mit Ihnen, Monsieur le Commandant, bevorzugen Sie den anschmiegsamen, weichen Frauentyp, oder stehen Sie auf bodenständige Emanzen, die eine gewisse Alltagserotik per se ablehnen?«

Ehe Raoul auch nur dazu kam, sich eine entschärfende Antwort zu überlegen, schoss seine Kollegin zurück: »Da verdiene ich lieber mein eigenes Geld und kann noch in den Spiegel schauen, als mich zu erniedrigen.«

»Tja, so unterschiedlich können Lebenskonzepte sein.« Ohne sichtbare Gefühlsregung drückte Véronique Ducasse ihre Zigarette im Bauhausstil-Aschenbecher aus. Beiläufig fügte sie hinzu: »Sind Sie eigentlich wirklich zufrieden mit dem, was Sie im Spiegel sehen, Capitaine Bertin?«

Raoul sah, dass Gwendoline Bertin die Zornesröte ins Gesicht stieg. Mit einem scharfen Blick bedeutete er ihr, sich zurückzuhalten. An der aalglatten Véronique Ducasse würde selbst der sarkastischste Kommentar abrutschen. Und er hatte absolut keine Lust, womöglich noch zwei ringende Frauen trennen zu müssen.

»Wie dem auch sei, Monsieur le Commandant«, wandte sich diese wieder ihm zu, »Sie müssen zugeben, dass ich wohl kaum die Kuh schlachten lassen würde, die ich melke.« Elegant schlug sie die Beine übereinander, ehe sie mit einem anzüglichen Lächeln in den Mundwinkeln hinzufügte: »Falls ich auf der Liste Ihrer Verdächtigen stehen sollte.«

»Haben Sie ebenfalls eine neue Beziehung? Oder handelte es

sich um ein einseitiges Arrangement?« Gwendoline Bertin sah betont sachlich zur Designercouch hinüber.

Erneut betrachtete Véronique Ducasse sie eine Weile. Dann antwortete sie an Raoul gerichtet: »Ab und an gibt es auch in meinem Leben jemanden. Allerdings nie etwas Festes. Glücklicherweise verstehen Männer die Spielregeln besser. Die Kinder kommen bei mir an erster Stelle.«

»Ich möchte gern noch einmal auf Ihre letzte Begegnung mit Monsieur Ducasse zu sprechen kommen.« Raoul wollte die Unterredung beenden, ehe es weitere Entgleisungen geben würde. »Ist Ihnen irgendetwas besonders in Erinnerung geblieben? Kam er Ihnen vielleicht anders vor als sonst? Oder hat er etwas erwähnt, einen Vorfall, möglicherweise in Bezug auf seine Arbeit?«

»Wie ich Ihnen schon sagte, Armand und ich haben unseren Kontakt auf das unbedingt Nötige reduziert. Er hat sich um die Kinder gekümmert und sich meistens an Abmachungen gehalten. Ansonsten haben wir nicht mehr viel Privates ausgetauscht. An jenem Tag war er nicht anders als sonst. Und was seine Arbeit betraf –« Véronique Ducasse angelte sich eine weitere Zigarette aus dem Etui, zündete sie an und nahm einen tiefen Atemzug, ehe sie weitersprach: »Er hat nie besonders viel davon erzählt. Auch nicht, als wir noch zusammengelebt haben. Ab und zu hat er mal eine lustige Anekdote zum Besten gegeben. Wenn ihn etwas belastete, machte er dicht. Ich habe ihm angemerkt, wenn etwas nicht stimmte, aber er ließ niemanden an sich heran. In der Hinsicht war er wie ein einsamer Wolf. Probleme bei der Arbeit machte er mit sich selbst aus.«

»Sie verstehen, dass ich das fragen muss, Madame Ducasse: Was haben Sie vorgestern am Nachmittag und Abend gemacht?«

»Donnerstags bin ich immer mit Gabrielle Lambert, einer Freundin, im *Escale Détente*. Mein absoluter Lieblings-Spa. Ich hatte eine Massage gebucht – es geht doch nichts über eine wohltuende Massage, finden Sie nicht, Monsieur le Commandant?« Sie schenkte ihm einen lasziven Augenaufschlag.

Raoul vermied bewusst, in Gwendoline Bertins Richtung zu schauen. Er konnte sich deren Gesichtsausdruck bildlich vorstellen. Betont neutral fragte er: »Bis wie viel Uhr waren Sie beide dort?«

»Wir haben das Spa um sieben Uhr verlassen. Das wird man Ihnen dort bestätigen können. Danach waren wir im *Le Re* zum Abendessen. Ich bin Stammgast in dem Restaurant, somit wird es auch da keine Schwierigkeiten geben, mein Alibi zu verifizieren.« Sie fuhr sich durch die Haare. »Gegen halb elf bin ich aufgebrochen und war zwanzig Minuten später zu Hause. Amélie hat schon geschlafen. Ich habe noch mit Antony über seinen Tag geplaudert, ehe wir uns beide zu Bett begeben haben. Und dann habe ich geschlafen, bis Sie mich rausgeklingelt haben.«

Sie würden es selbstverständlich nachprüfen müssen, aber spontan klangen ihre Schilderungen nach einem grundsoliden Alibi. Raoul sah die Witwe prüfend an: »Haben Sie einen Verdacht, Madame Ducasse? Wer könnte es darauf angelegt haben, ihn zu töten?«

Véronique Ducasse lachte kurz auf. »Es gab eine Menge Menschen, die Armand lieber gestern als heute unter der Erde gesehen hätten. So mancher wird jetzt jubilieren. Junge, ehrgeizige Kollegen, die seinen Platz einnehmen wollen. Industrielle, die gern noch mehr Freiheiten hätten. Bürger, denen der Lobbyismus ein Dorn im Auge ist. Womöglich hatte auch Madame Thomas einen Grund, ihn loswerden zu wollen?« In einer wohlgesetzten Bewegung hob sie die Hände. »Ich kann mir nicht vorstellen, dass er Karamellgebäck zuliebe plötzlich monogam geworden ist.«

• • •

Die frühlingsmilde Sonne hatte nur ein kurzes Gastspiel gegeben. Über Nacht hatte es sich deutlich abgekühlt, und der regenverhangene Himmel würde sich laut Wetterbericht bis zum Abend halten. Claire nahm eine dicke Strickjacke von einem der Garderobenhaken und verließ das Haus. So früh fuhr sie selten nach Bordeaux. Aber die Einladung, eine *chocolatière* bei ihrer Arbeit zu begleiten, musste sie wahrnehmen.

Tief hingen die Wolken über den Wäldern und verbreiteten eine herbstlich anmutende Stimmung, als Claire auf der zu dieser Zeit noch leeren Autobahn dahinrollte. Sie wischte über ihr Smartphone, und gleich darauf ertönte aus den Lautsprechern des Wagens *La Grenade* von Clara Luciani – ein Wachmacher und Energielieferant zugleich.

Eine knappe Stunde später stieg Claire in der Nähe des *Jardin public* aus dem Wagen. Bis zu Hasnaâs Geschäft *La Fèverie* waren es nur wenige Gehminuten. Claire schlenderte die Rue Fondaudège entlang, vorbei an kleinen Boutiquen und Restaurants. Pünktlich um neun stand sie vor der *chocolatérie*, die in einem für die Stadt so typischen Sandsteinhaus mit filigran geschmiedeten Balkongittern lag. Das graubraune Äußere der alten Gebäude hatte lange Zeit das Stadtbild geprägt. In den letzten Jahren war ein Großteil von ihnen saniert worden, wie eben auch dieses, das nun in einem sauberen Beigeton strahlte.

Claire betrachtete den goldenen Schriftzug, der über dem Eingang prangte: *La Fèverie – Hasnaâ Chocolats Grands Crus.* Die edle Auslage im Schaufenster ließ keinen Zweifel daran, dass hier exklusive Schokoladenprodukte hergestellt wurden. Auf einem Grund aus Schokoladenbohnen lag fächerartig angeordnet eine Auswahl an gold verpackten Tafeln. Dazwischen standen Holzschälchen mit verschiedenen Pralinensorten. Eingerahmt wurde das Arrangement von zwei geschwungenen Vasen mit langstieligen Frühlingsblumen. Im ebenfalls geschmackvoll dekorierten Ladenlokal präsentierten schwarze Regale und gläserne Vitrinen anschaulich die Produktpalette. Eine Fototapete mit Urwaldflair verlieh dem Ganzen einen exotischen Touch.

Da die Eingangstür verschlossen war, drückte Claire auf den Klingelknopf. Durch die Glasscheibe der Tür sah sie im Hintergrund des Geschäfts eine Frau auftauchen. Lächelnd kam sie auf Claire zu und schloss auf.

»*Bonjour*, ich bin Claire Molinet. Ich habe einen Termin mit Noémi Fauré.«

»*C'est moi! Bonjour et bienvenue!*« Die *chocolatière* reichte ihr die Hand und bat sie, ihr zu folgen.

Claire schätzte sie auf Mitte vierzig. Über ihrer Jeans trug sie eine halblange, schwarze Schürze, die rotbraunen Haare hatte sie zu einem Pferdeschwanz gebunden. Auf den ersten Blick machte sie einen ausgeglichenen Eindruck. Doch zwei tiefe Falten zwischen den Brauen und ein Anflug von Melancholie um die Augen herum verrieten Claire, dass Noémi Fauré einiges an seelischem Ballast mit sich schleppte.

Durch den Verkaufsraum gelangten sie in einen schmalen Flur, von dem mehrere Türen abzweigten. Am Ende des Ganges kamen sie in einen fensterlosen Raum, in dem sich zwischen Regalen, Arbeitstischen und diversen Maschinen unzählige Jutesäcke stapelten. Statt Bildern hingen an den Wänden großformatige, bunte Flaggen.

»*Et voilà* – hier entsteht unsere Schokolade.« Noémi Fauré breitete die Arme aus. »Es ist klein, aber effektiv.«

Rasch packte Claire ihre Schreibutensilien und ihr Telefon aus. »Darf ich unser Gespräch aufnehmen?«

»Natürlich.«

Interessiert betrachtete Claire die blanken, silbernen Arbeitsflächen, auf denen in großen, runden Behältern flüssige Schokolade gerührt wurde. »Wie lange dauert dieser Prozess?«

»Mehrere Tage.« Noémi Fauré trat an den Tisch heran und deutete auf die Gefäße mit den überdimensionalen, kreisenden Rührstäben. »Darin wird die Schokolade mit dem Zucker gemischt. Zuvor werden die Bohnen hier getrocknet und hier geröstet.« Sie zeigte auf zwei weitere Apparate. »Ehe wir mit allem beginnen, prüfen wir natürlich die Qualität der Bohnen.«

»Woher stammen die Kakaobohnen?«

Sie wies auf die Fahnen an den Wänden. »Aus diesen Ländern: Wir arbeiten mit Produzenten aus Brasilien, Guatemala, Kuba und Tansania zusammen.«

»Und nach welchen Kriterien wählen Sie Ihre Partner aus?«

»Hasnaâ besucht alle Hersteller persönlich. Uns sind ethische, moralische und biologische Grundsätze sehr wichtig. Die Arbeiter werden fair entlohnt, Kinderarbeit gibt es bei uns nicht.«

Claire beschloss, Philippe einige Tafeln mitzubringen. Er weigerte sich, Schokolade zu kaufen, wenn er nicht wusste, woher die Rohstoffe stammten und unter welchen Bedingungen produziert wurde. »Was haben Sie zuletzt entwickelt?«

Noémi Fauré ging zu einem Regal, auf dem eine Reihe kleinerer Pakete standen, nahm etwas aus einem heraus und kam zu Claire zurück. »Eine unserer neuesten Kreationen sind diese Pralinen.« Sie legte zwei rechteckige Schachteln vor Claire hin. »Seit Kurzem kooperiert Hasnaâ mit ausgewählten Weingütern der Region. Es gibt eine Pralinenkollektion von Weingebieten rechts der Garonne und eine von der linken Seite. Möchten Sie kosten?«

»Gern.« Claire öffnete das Kästchen, in dem sich vier quadratische Pralinen befanden. Auf jede war der Name des entsprechenden Anbaugebiets gedruckt: Bordeaux, Pomerol, Fronsac und Saint Émilion. Sie kostete Pomerol. Dunkel und samtig schmolz die Schokolade auf ihrer Zunge, und dazwischen blühten feine Nuancen eines Weingeschmacks auf. »*Excellent!* Und die haben Sie entwickelt?«

»Na ja, ich war zumindest beteiligt. Unser Team besteht aus fünf Mitarbeitern.« Für einen Moment wirkte sie geistesabwesend, beinahe bedrückt. Als würde sie gegen etwas Düsteres in sich ankämpfen, das hier und da die Oberhand gewann.

»Und dann gibt es sicher auch noch eine berühmte Geheimingredienz, *n'est-ce pas?*«

Noémi Fauré sah sie unsicher an.

»*Pardon*, das war ein Scherz.« Claire lächelte beschwichtigend. »Ich habe in letzter Zeit einfach zu viele Berichte über Produkte gelesen, in denen es eine wohl gehütete Familienrezeptur oder eine geheime Zutat gibt.«

»Ah, *bon*.« Die *chocolatière* wischte mit einem Lappen über die Arbeitsfläche. »Vielleicht könnte man sagen, dass unser Erfolgsrezept darin begründet liegt, dass wir für unsere dunkle Schokolade ausschließlich Kakao und Zucker verwenden. Keinerlei Zusatzstoffe, künstliche Aromen oder dergleichen.«

»Klingt großartig.« Claire hob anerkennend die Brauen. »Außerdem hat es den Vorteil, dass die Mitarbeiter kein Schweigegelübde ablegen müssen, wenn sie hier anfangen. Ich frage mich immer, was passiert, wenn jemand in so einem Unternehmen kündigt. Oder verschwinden diejenigen womöglich spurlos?« Es sollte humorvoll gemeint sein, doch an Noémi Faurés verständnislosem Blick erkannte Claire, dass sie ihre Strategie ändern musste, um eine gemeinsame Linie zu finden. Sie startete einen neuen Versuch: »Was sind Ihrer Meinung nach die drei wichtigsten Regeln, die es zu beachten gilt, wenn man die perfekte Schokolade kreieren will?«

Noémi Fauré dachte nach. »Die Qualität der Zutaten, die Sorgfalt beim Arbeiten, besonders, was die Temperatur angeht. Dunkle Schokolade muss beispielsweise bei fünfzig bis maximal fünfundfünfzig Grad geschmolzen werden, damit sie eine glänzende, glatte und feste Oberfläche bekommt. Aber vor allem ist entscheidend«, sie machte eine kleine Pause, »die positive Einstellung. Das gilt natürlich nicht nur für unsere Produkte. Egal, was man kocht oder backt, wenn man mit dem Herzen dabei ist und warme, liebevolle Gedanken hegt, dann überträgt sich das aufs Essen, davon bin ich überzeugt.« Ihr Gesicht überzog sich mit einer leichten Röte.

»Das würde ich sofort unterschreiben.«

Etwas löste sich in Noémi Faurés Zügen, und Claire wusste, sie hatte den richtigen Ton für eine fruchtbare Zusammenarbeit gefunden.

»Sie haben mir am Telefon gesagt, dass der Schwerpunkt Ihres Blogartikels auf neuen Süßungsmitteln liegt. Worüber genau möchten Sie schreiben?«

»Ich beginne mit der Vorstellung von traditionellen Süßspeisen der Region wie *Les Dunes Blanches, Canelés* und dergleichen. Dabei stelle ich auch die zugehörigen Unternehmen kurz vor. Dann gibt es die Rubrik Newcomer, und dort präsentiere ich unter anderem *Hasnaâ Chocolats*. Im Anschluss möchte ich einen Bogen schlagen zu den aktuellen Trends.« Claire lächelte. »Vermutlich wird das Ganze so umfangreich, dass ich zu einzelnen Themen noch mal gezielt einen Sonderbeitrag schreiben werde.«

Noémi Fauré strich ihre Schürze glatt. »Zu dem Thema Zuckerarten habe mich mit meiner Chefin unterhalten, und sie meinte, dass –«

Plötzlich erscholl Edith Piafs *Sous le ciel de Paris*. Noémi Fauré zuckte zusammen. »*Pardon*, ich habe vergessen, mein Telefon stumm zu schalten.« Hastig zog sie das Gerät aus der Gesäßtasche und schaute aufs Display. Ihre Augen weiteten sich. »Na, das ist ja ... *Pardon*, Madame Molinet, aber das muss ich kurz annehmen.« Sie drehte sich zur Seite. »*Allô*, Monsieur van den Braak?«

Claire stoppte die Aufnahme und nutzte die Zeit für ein paar Fotos. Sie war gerade dabei, eine Großaufnahme der Röstmaschine zu machen, als der aufgeregte Tonfall der *chocolatière* sie aufhorchen ließ.

»Jetzt auf der Stelle? Das ist etwas ...« Noémi Fauré lauschte angestrengt. »Ich könnte heute Nachmittag ...« Hektisch fuhr sie sich mit der freien Hand über die Stirn. »*Bon, d'accord* – ich komme so schnell wie möglich.« Sie legte auf. Mit dem Telefon in der Hand sah sie sich verzweifelt in dem kleinen Raum um. »*Mon Dieu*, ich brauche eine Vertretung! Wo soll ich jetzt bloß so schnell –«

»Was ist geschehen, Madame Fauré? Kann ich Ihnen helfen?«

»*Je suis désolée*, Madame Molinet, aber ich muss unser Treffen abbrechen.«

Kapitel 6

»Sind Sie eigentlich von allen guten Geistern verlassen?« Raoul blieb hinter dem Dienstwagen stehen. Die Worte waren härter herausgekommen als geplant. Doch es hatte ihn während der Unterredung mit Véronique Ducasse einiges an Beherrschung gekostet, der Kollegin nicht die Meinung zu sagen. Jetzt, da sie fernab der Villa wieder auf der Straße standen, sprudelte der aufgestaute Ärger aus ihm heraus. »Hat man in Metz keine psychologische Gesprächsführung angewandt? Und Ihnen nicht beigebracht, das eigene Ego zurückzustellen?«

Gwendoline Bertin verschränkte abweisend die Arme vor der Brust. »Ihre Zurechtweisungen können Sie sich sparen. Seit wann fasst man denn Verdächtige mit Samthandschuhen an? Das haben wir jedenfalls in Metz nicht so gehandhabt.«

»Was Sie dort wie gehandhabt haben, ist mir völlig egal.« Raoul bemühte sich, seine Stimme unter Kontrolle zu halten. Hier auf der Straße wollte er sich nicht die Blöße geben, laut zu werden. »Ein solches Verhalten bei einer Befragung will ich nicht noch einmal erleben, sonst sehe ich mich gezwungen, Sie bei meinem Vorgesetzten zu melden.«

»Und ich möchte nicht noch einmal in diesem Ton angesprochen werden.«

Raoul atmete tief durch und sagte mit größtmöglicher Gelassenheit: »Apropos Samthandschuhe: Wenn Sie mit solchen angefasst werden möchten, hätten Sie sich besser einen anderen Berufszweig ausgesucht. Floristin ist auch ein netter Job, habe ich gehört.«

Gwendoline Bertin schnappte nach Luft. »Solche Unverschämtheiten muss ich mir nicht anhören!« Trotzig zog sie die Autoschlüssel aus der Tasche und legte sie auf das Dach des Dienstwagens. »Unter diesen Umständen können Sie gern selbst fahren. ICH chauffiere Sie bestimmt nicht länger durch die Gegend.«

»Ganz wie Sie wollen.« Raoul nahm die Schlüssel, ging um den Wagen herum und öffnete die Wagentür. Ein kurzer Blick zum Haus hinüber bestätigte seine Vermutung: Véronique Ducasse stand am Fenster und blickte zu ihnen herüber. Seufzend ließ er sich hinter das Lenkrad sinken. »Soll ich Sie mitnehmen, oder gedenken Sie, zu Fuß zurückzulaufen?«

Widerwillig stieg seine Kollegin ein und knallte die Tür zu. Wie erwartet wurde es eine schweigsame Rückfahrt. Raoul ignorierte seine beleidigte Beifahrerin und prüfte im Geist Véronique Ducasses Worte und ihr Verhalten auf Schwachstellen. Er war gespannt, was Eric ihm später berichten würde, der mit Ludolphe Prévot zusammen heute Vormittag bei Malou Thomas gewesen war.

...

In Noémis Kopf überschlugen sich die Gedanken. Zum Glück war Bertrand sogleich bereit gewesen, für sie zu übernehmen. Ihr Lieblingskollege wohnte ganz in der Nähe. Als sie ihm erklärt hatte, dass es ein Notfall war, hatte er gleich gesagt: »Fahr los, ich bin unterwegs.«

Doch wie kam sie nun am schnellsten zu Étienne van den Braak? Mit ihrem Fahrrad, das draußen vor dem Laden an einen Laternenpfahl gekettet war, dauerte es eine knappe Stunde. Mit Straßenbahn und Bus sogar noch länger, da sie mehrfach umsteigen musste. Ihr Blick fiel auf die Bloggerin, die gerade Notizblock und Stift in ihre Tasche packte. »*Pardon*, Madame Molinet, sind Sie mit dem Wagen hier?« Als diese nickte, setzte Noémi hinterher: »Könnten Sie mich ein Stück mitnehmen?«

»*Oui*.« Claire Molinet sah sie überrascht an. »Gar kein Problem. Wo müssen Sie denn hin?«

»Wenn Sie mich an der Avenue de l'Université absetzen, dann kann ich den Bus nehmen. Ein Bekannter von mir – er scheint in Schwierigkeiten zu sein. Ich kann es nicht erklären, aber ich muss sofort los.«

»Soll ich Sie nicht lieber direkt zu ihm fahren?«

»Er wohnt in Canéjan. Ich möchte nicht zu viel von Ihrer Zeit beanspruchen.«

»Aber das liegt sowieso in meiner Richtung. Und so verlieren Sie keine Zeit. Es scheint doch eilig zu sein, oder irre ich mich?«

»Ich weiß nicht.« Noémi zögerte. Sie wollte nicht zu viel Privates gegenüber einer Fremden preisgeben. Aber van den Braak hatte so aufgewühlt geklungen.

»Wenn ich mich auf diese Weise für Ihre Auskunftsbereitschaft revanchieren kann –« Claire Molinet zog ihre Jacke an. »Allerdings möchte ich mich keinesfalls aufdrängen.«

Einen Moment lang wog Noémi die verschiedenen Optionen ab, dann gab sie sich einen Ruck. »Sie haben recht. Ich sollte keine Zeit verlieren.«

Wenig später saß sie neben der Bloggerin in deren schickem MINI. Verschämt dachte Noémi an ihren klapprigen Peugeot.

»Wo genau wohnt Ihr Bekannter?«

»In der Allée Alouettes. Nummer 36a.« Noémi nagte an ihrer Unterlippe.

Claire Molinet stellte das Navi ein. »Machen Sie sich Sorgen um ihn?«

»*Bon*, er klang vorhin am Telefon wirklich seltsam.«

»Ist er schon älter? *Pardon*, ich möchte nicht aufdringlich sein, aber falls es etwas Gesundheitliches ist, sollten wir vielleicht besser einen Notarzt anrufen.«

»Ich weiß nicht. Er ist schon in Rente – Mitte sechzig? So gut kenne ich ihn eigentlich gar nicht.«

Claire Molinet warf ihr einen erstaunten Blick zu, sodass Noémi das Gefühl hatte, ein bisschen mehr erklären zu müssen: »Er ist Historiker, Étienne van den Braak heißt er. Wir haben uns ein paarmal getroffen. Er hat mir mit einigen Dokumenten geholfen. Vorhin hat er angerufen und ganz aufgeregt erklärt, er müsse mir unbedingt etwas mitteilen, ob ich vorbeikommen könnte. Es sei ...« Sie hielt einen Moment inne, dann fügte sie hinzu: »Sagt Ihnen der Babypuderskandal Baumol etwas?«

»Baumol ... Ehrlich gesagt, nein.«

»Das war in den Fünfzigerjahren, eine ganz furchtbare Geschichte.« Noémi machte eine kurze Pause, ehe sie weitersprach. »An die fünfhundert Säuglinge und Kleinkinder sind damals erkrankt, teilweise sehr schwer. Rund hundert sind sogar gestorben. Vorwiegend in unserer Gegend und in der Bretagne.«

»Was sagen Sie da?« Geschockt sah Claire Molinet sie von der Seite an. »Was ist damals geschehen?«

»Es lag am Babypuder von Baumol. Er war mit Arsen verunreinigt.«

»*C'est pas vrai*! Arsen im Babypuder – wie konnte denn so etwas geschehen?«

»Pure Schlamperei. Der Puder stammte aus den in Bordeaux

ansässigen *Laboratoires Daney*. Dort lagerten die Säcke mit Arsen gleich neben denen mit Talkum. Sie sollten einmal die Fotos davon sehen – so chaotische Zustände!« Noémi begriff nicht, warum sie das Thema überhaupt auf den Tisch brachte und dann noch so ausführlich wurde. Irgendwas an Claire Molinets Art, zuzuhören und Fragen zu stellen, öffnete in ihr eine sonst fest verschlossene Pforte. Und es tat gut, endlich mit jemandem über diese Angelegenheit zu sprechen. Diese Angelegenheit, die sie so belastete. Sie würde Claire Molinet nicht die persönliche Seite des Ganzen anvertrauen. Die kannte außer Adrian niemand. »Und als würde dieses Grauen nicht schon reichen: Der verantwortliche Apotheker Jacques Cazenave hat damals lediglich achtzehn Monate auf Bewährung bekommen! Plus einer Geldstrafe von zweihunderttausend *anciens francs*.«

»Wie bitte?« Claire Molinets Kopf flog zu ihr herum. »Aber das sind ja bloß ...«

»Heutzutage wären es gerade mal sechshundert Euro. Wenn man die Inflation rausrechnet ... Man könnte sagen, es entsprach ungefähr dem, was einfache Leute in fünf Monaten verdienten.«

»Das kann doch nicht wahr sein!«

»Leider doch. Dabei hat der Skandal damals hohe Wellen geschlagen. Etwas Vergleichbares hat es in Frankreich zuvor nicht gegeben.«

Es verging eine Weile, in der Claire Molinet schweigend auf die Straße blickte. Sie fuhren am *Campus Montaigne* vorbei und an den ersten Weinfeldern, um die die Stadt herumgewachsen war. In der Ferne ragte eine Hochhaussiedlung auf. Die südlichen Ausläufer von Bordeaux waren Noémi nicht so vertraut.

Schließlich fragte Claire Molinet: »Wie konnte es denn zu einer so geringen Strafe kommen?«

Noémi betrachtete die vom Regen nasse Fahrbahn, die sich

schnurgerade hinzog. Genau das beschäftigte sie, seit sie zum ersten Mal davon gehört hatte. »Einer der Gründe ist gewiss, dass der Prozess sich so lange hingezogen hat. Viele der Eltern hatten nach all den Jahren keine Kraft mehr, einer womöglichen Exhumierung und nachträglichen Autopsie ihres Babys zuzustimmen.«

»Ich darf mir das gar nicht vorstellen.« Claire Molinet verzog schmerzlich das Gesicht.

»Aber das ist nur eine Seite der Medaille. Auch die Rolle der Behörden in der ganzen Angelegenheit scheint nicht ganz klar zu sein.«

Die Bloggerin sah aus, als hätte sie am liebsten gefragt, warum sich Noémi so intensiv mit dem Skandal befasste, dass sie sogar zu einem Historiker Kontakt aufgenommen hatte. Zum Glück tauchte vor ihnen gerade die Autobahnausfahrt auf. »Dort hinter der Kurve gleich scharf links.«

Wieder einmal staunte Noémi über den abrupten Wandel der Landschaft. Gefühlte Ewigkeiten waren sie durch Gewerbegebiete mit Industrieambiente gefahren. Nun umgaben sie Siedlungen mit hübschen Häusern und blühenden Gärten. Wie nah doch die Gegensätze oft beisammenlagen.

Sobald Claire Molinet vor Étienne van den Braaks Bungalow mit weißen Fensterläden und dem Terrakottadach hielt, sprang Noémi aus dem Wagen. Durch das offen stehende schmiedeeiserne Tor eilte sie über den Kiesweg zur Eingangstür. Ungeduldig betätigte sie mehrmals den Klingelknopf. Sie drehte sich zur Straße um. Claire Molinet hatte gewendet und sah durchs geöffnete Fenster zu ihr herüber.

»Warum macht er nicht auf? Ihm wird doch nicht etwa –« Beunruhigt zog Noémi ihr Telefon hervor und betätigte die Wiederwahltaste. Es klingelte mehrere Male, dann ertönte die Mailboxansage an. Noémi legte auf. »Er antwortet nicht. Was soll ich denn jetzt …?«

Claire Molinet stieg aus und kam auf sie zu. Als sie sie erreicht hatte, drückte sie sachte gegen die Haustür, die zu Noémis Überraschung aufschwang. Die Bloggerin warf ihr einen alarmierten Blick zu, ehe sie im Innern des Hauses verschwand.

• • •

Der Regen hatte gerade etwas nachgelassen, als Eric mit dem Dienstwagen und Ludolphe Prévot auf dem Beifahrersitz in Richtung *Jardin public* losfuhr. Die Fahrt war kurz und vergnüglich. Ludolphe hatte frische *chocolatines* dabei und erzählte Anekdoten aus seiner Zeit als Aushilfskoch, bevor er bei der Polizei angefangen hatte.

Wenig später standen sie vor dem Haus in der Rue d'Aviau, in der die Wohnung von Armand Ducasse und Malou Thomas lag. Alle Gebäude in dieser Straße entsprachen dem klassischen Stil der Jahrhundertwende mit bodentiefen Fenstern und schmiedeeisernen Balkongittern. Auf der Rückseite der Häuser begann der Stadtpark.

Ludolphe pfiff anerkennend. »*Pas mal*. Hier würde ich auch gern wohnen.«

Das Model öffnete ihnen die Tür in Leggings und Herrenhemd, beides in Schwarz, eines dieser Outfits, in denen nur Frauen mit Idealmaßen sich öffentlich sehen lassen konnten. Wobei sich die Geliebte des Verstorbenen zurzeit offensichtlich keinerlei Gedanken um ihr Äußeres zu machen schien: Die blonden Haare waren zu einem nachlässigen Zopf gefasst, und komplett ungeschminkt, wie sie war, wirkte sie sehr jung und verletzlich. Blass und mit geröteten Augen hatte sie nicht mehr viel gemeinsam mit dem strahlenden Gesicht auf den Schachteln und Dosen der gugelhupfförmigen Küchlein mit der karamellisierten Kruste. Und dennoch ging von ihr etwas Besonderes aus, das Eric auf der Stelle faszinierte.

»Bitte treten Sie ein.« Barfuß lief sie vor Eric und Ludolphe durch einen unaufgeräumten Flur in ein Wohnzimmer in ähnlichem Zustand. »*Je m'excuse.*« Mit fahrigen Bewegungen räumte sie einige Kleidungsstücke von Sofa und Sesseln und legte sie auf eine massive Truhe, die Eric an einen Piratenschatz erinnerte. »Ich bin gerade nicht in der Verfassung, um mich herum für Ordnung zu sorgen.«

»*Toutes mes condoléances*, Madame Thomas.« Eric setzte sich in einen der beiden Sessel, die sie ihnen zuwies.

»Auch von mir herzliches Beileid«, schob Ludolphe nach und ließ sich neben Eric nieder.

Malou Thomas nahm auf dem breiten Leinensofa Platz. Sie lächelte matt. »Armand war ein so wunderbarer Mensch, ich kann einfach nicht begreifen, dass er – dass er nicht mehr da ist. Diese Leere –« Sie brach ab, griff nach einem Päckchen Taschentüchern auf einem Beistelltisch und tupfte sich die Augen ab.

Eric gab ihr einen Moment Zeit, sich zu sammeln, ehe er fragte: »Wann haben Sie Monsieur Ducasse zuletzt gesehen?«

»Vorgestern früh. Wie üblich sind wir zusammen aufgewacht und haben gemeinsam gefrühstückt, bevor er –« Erneut brach sie ab und wischte sich mit dem Tuch über die Augen. »Mein Gott, es war das letzte Mal, dass wir –«

Ein Impuls wallte in Eric auf, er wollte sie trösten, sie beschützen. Automatisch blockte er ab. Gegenüber möglichen Verdächtigen durfte eine solche Grenze nicht überschritten werden. Auch wenn Malou Thomas unter dem Verlust ihres Geliebten zu leiden schien, konnte das alles eine Masche sein. Wenngleich Eric sich spontan recht sicher war, dass sie ihnen nichts vorspielte. Dennoch, er musste um jeden Preis die Distanz wahren. »Möchten Sie etwas zur Beruhigung haben, Madame Thomas?«

»Was?« Sie schaute ihn verständnislos an.

»Ein Beruhigungsmittel oder so. Haben Sie was da? Etwas Hochprozentiges tut es sicher genauso.«

»Das ist nicht nötig. Ich – mache mir nur schnell einen Tee.« Sie erhob sich und lief in Richtung eines Torbogens, hinter dem Eric eine Einbauküche ausmachte. Nach einigen Schritten blieb sie stehen und drehte sich zu ihnen um. »*Pardon*, möchten Sie auch etwas trinken?«

»Ich nehme gern einen Tee.« Ludolphe lächelte freundlich.

Fragend blickte Malou Thomas Eric an.

»*Oui, merci.*«

Sobald sie in der Küche verschwunden war, scannte Eric rasch das Wohnzimmer. Überall standen halb leere Gläser und Teetassen herum. Den Parkettboden bedeckten weitere Kleidungsstücke sowie eine große Anzahl an Fotoalben. Wenn er sich das Durcheinander wegdachte, war es eine geschmackvoll eingerichtete Wohnung im Stile des gehobenen Bildungsbürgertums. Bei den Möbeln handelte es sich ausschließlich um Antiquitäten. Bunte Kissen, Decken und Gemälde verströmten einen exotischen Touch.

»Okay, Sie die Fotoalben, ich das Bücherregal«, raunte Eric seinem Kollegen zu, der sich diensteifrig erhob und auf das erstbeste, aufgeschlagene Album zusteuerte.

Eric trat an das Regal, das die komplette Wand hinter dem Sofa einnahm. Klassiker wie Molière, Rousseau und Voltaire waren mit gebundenen Gesamtausgaben vertreten. Die unteren Fächer füllten Bildbände über Malerei und Fotografie. Vergeblich hielt er nach leichter Unterhaltungsliteratur Ausschau, wie er es von anderen Frauen in Malous Alter gewohnt war. Stattdessen gab es eine ganze Abteilung an Werken über fernöstliche Medizin und Pflanzenheilkunde.

Als es in der Küche verdächtig klapperte, setzten sich die beiden Männer wieder in ihre Sessel. Mit einem Tablett, auf dem drei dampfende Tassen standen, kehrte Malou Thomas zu ihnen zurück. Sie stellte eine Schale mit einer Auswahl an verschiedenen Teebeuteln vor Eric und Ludolphe ab, dann ließ sie sich mit ihrer Tasse in den Händen aufs Sofa sinken. »Seit gestern früh trinke ich Johanniskraut-Melissen-Tee. Das ist das Einzige, was ein wenig hilft.«

Eric besah sich die Teeauswahl. Sencha, Darjeeling, Jasmin. Er entschied sich für Darjeeling und gab den Beutel in das heiße Wasser, ehe er seine Aufmerksamkeit von Neuem auf sein Gegenüber richtete. »*Pardon*, Madame Thomas, wie haben Sie von Monsieur Ducasses Tod erfahren? Soweit ich weiß – und ich entschuldige mich dafür –, haben wir Sie gar nicht offiziell informiert.«

»Véronique Ducasse hat mich angerufen. Noch in der Nacht, nachdem Ihr Kollege sie über Armands Tod informiert hat. Auch wenn man noch so lange die Wohnung, den Alltag, das Leben miteinander teilt ...« Ihre Stimme klang bitter. »In so einer Situation wird auf einmal deutlich, dass ein Trauschein doch mehr bedeutet, als man denkt.«

»Wie lange waren Sie schon mit Monsieur Ducasse zusammen?«

»Seit sieben Jahren. Er ist nur ein paar Wochen nach unserem Kennenlernen bei mir eingezogen. Damals wohnte ich noch in einem Einzimmerappartement im Quartier Saint Michel. Das war natürlich keine dauerhafte Lösung. Wir haben dann sehr schnell begonnen, uns nach etwas Größerem umzuschauen.« Sobald sie in die Vergangenheit eintauchte, wurde ihre Sprache flüssiger, und ihr Gesicht bekam einen Hauch von Farbe. »Das hier war die dritte Wohnung, die wir uns angesehen haben, und wir wussten sofort, dass wir an diesem Ort glücklich sein würden. Also haben wir sie gekauft.«

»Was war mit seiner Familie?« Eric nahm den Teebeutel aus seiner Tasse und legte ihn auf einen Unterteller, den Malou Thomas danebengestellt hatte. »Véronique Ducasse wird ja vermutlich nicht vor Freude gesprüht haben, als ihr Mann ausgezogen ist.«

»Véronique Ducasse ist ein emotionaler Eisblock.« Beinahe erschrocken sah sie Eric und Ludolphe an. »Verzeihen Sie, ich möchte nicht schlecht über andere sprechen, aber wenn man sie einmal getroffen hat, versteht man ziemlich schnell, dass ein Mann wie Armand mit einer solchen Frau nicht glücklich werden konnte.«

»Immerhin haben die beiden zwei Kinder zusammen.«

Malou Thomas' Gesicht überschattete sich von Neuem. »Das ist ein Thema, mit dem wir ...« Sie ließ den Satz unvollendet in der Luft hängen und griff nach den Taschentüchern.

Eric hätte sich ohrfeigen können. Da hatte er sie gerade zum Reden animiert, und schon traf er einen wunden Punkt. Volltreffer im Fettnäpfchentreten!

»Erzählen Sie uns doch ein bisschen mehr von Ihrer Beziehung zu Armand Ducasse.« Mit einem väterlich-gutmütigen Gesichtsausdruck lehnte sich Ludolphe nach vorn.

Und tatsächlich sammelte sie sich und sprach in gefasstem Ton weiter. »Armand war eine charismatische Erscheinung. Seine Ausstrahlung schlug mich sofort in seinen Bann. Dass jemand wie er einen Posten wie den des SGAR bekleidet, habe ich lange nicht verstanden.«

Ludolphe warf zwei Stücke Kandis in seinen Tee und rührte um. »Können Sie das näher erklären?«

»Ich meine, es ist eine wichtige Position, aber doch eine, bei der man kaum sichtbar ist. Die wenigsten Franzosen wissen schließlich, was ein Generalsekretär der regionalen Angelegenheiten eigentlich tut. Menschen wie Armand stehen in der Regel stärker in der Öffentlichkeit.«

Während Eric von seinem Tee trank, ging ihm durch den Kopf, dass Armand Ducasse diesen Wesenszug wohl stärker in sein Privatleben verlagert hatte. Ob es einen konkreten Grund dafür gab, dass er es beruflich vorzog, im Hintergrund zu agieren?

»Wie haben Sie sich kennengelernt?«, fragte Ludolphe weiter.

»Wir sind uns bei einer Opernpremiere begegnet, er war allein dort. Véronique interessiert sich nicht für klassische Musik. Überhaupt interessiert sie sich nur für weniges, das nicht mit ihr selbst zu tun hat. Inneneinrichtung – und ihre Kinder natürlich. Armand hat oft zu mir gesagt, er habe erst durch mich erfahren, was es wirklich bedeutet, zu lieben. Er ist so lang auf der Suche gewesen nach einer Frau, mit der er alles teilen konnte, bei der er auch einfach mal schwach sein durfte. Véronique hat ihm das nicht geben können. Die beiden – sie haben sich viel zu früh gebunden. Ich glaube, sie haben damals beide noch gar nicht gewusst, was sie eigentlich suchten. Was sie brauchten. Armand und ich – wir haben uns auf so vielen Ebenen so tief berührt. Ich weiß nicht, wie ich ohne ihn …« Kurz tupfte sie sich die Augen ab und trank gleich einen Schluck Tee hinterher.

Eric warf einen anerkennenden Blick in Ludolphes Richtung, dann übernahm er wieder: »Vielleicht können Sie für uns etwas Licht ins Dunkel bringen: Monsieur Ducasse litt, wie wir erfahren haben, an hohem Blutdruck, hat aber offenbar nichts dagegen unternommen. Obwohl bei seiner Vorgeschichte –«

»Das stimmt nicht!«

»Wie bitte?«

»Es stimmt nicht, dass er nichts gegen seinen Bluthochdruck unternommen hat.« Malou Thomas stellte ihre Tasse beiseite. Zum ersten Mal erschien ein energischer Ausdruck auf ihrem Gesicht.

»Aber die Gerichtsmedizinerin hat gemeint, er habe keine Medikamente genommen.«

»Er hat keine Medikamente mit chemischen Verbindungen zu sich genommen, wie sie in der westlichen Medizin verschrieben werden, das ist richtig. Aber damit werden ja sowieso bloß Symptome behandelt. Armand hat mit dem TCM-Arzt seines Vertrauens daran gearbeitet, die Ursachen und Muster dieses ererbten Krankheitsbildes aufzulösen.«

»Was ist ein TCM-Arzt?« Eric hatte nur die Hälfte dessen verstanden, was sie gerade gesagt hatte.

»Ein Arzt, der traditionelle chinesische Medizin praktiziert. Die TCM hat einen gänzlich anderen Ansatz als die hierzulande übliche Schulmedizin.«

»Was genau hat Monsieur Ducasse von diesem Arzt bekommen?«

»Die TCM betrachtet den Menschen ganzheitlich. Akupunktur ist ein wichtiges Element der Behandlung. Außerdem arbeitet man sehr viel mit Kräutern. Armand hat einen Tee getrunken, dessen Inhaltsstoffe speziell auf ihn abgestimmt waren.«

»Ich kenne solche Tees«, warf Ludolphe ein, »meine Frau hat sie eine Zeit lang gegen ihre Migräne getrunken. Die ganze Küche hat widerlich gestunken, wenn sie sie zubereitet hat.«

Er sagte es mit einem amüsierten Gesichtsausdruck, und tatsächlich lächelte Malou Thomas. »Der Geruch ist in der Tat gewöhnungsbedürftig. Hat es Ihrer Frau denn geholfen?«

»Überraschenderweise ja. Aber sie war auch wirklich konsequent damit. Ich weiß nicht, ob ich das könnte. Gut schmecken tut das Zeug ja nun nicht.« Übertrieben verdrehte Ludolphe die Augen. »Man könnte vielmehr sagen: Es schmeckt, wie es riecht. Und man darf ja nicht mal Zucker oder Honig reintun. Was für ein Segen, dass das bei Ihrem Tee anders ist. Dazu schmeckt er auch noch richtig gut!« Er nahm einen großen Schluck aus seiner Tasse.

Wieder lächelte sie, und Eric war froh, mit dem neuen Kollegen einen solchen Eisbrecher dabeizuhaben. Zu seinem Schrecken spürte er jedoch, dass er sich zu der jungen Frau hingezogen fühlte. Er hätte sich gern länger mit ihr über all die Themen unterhalten, die sie interessierten und von denen er keine Ahnung hatte. Bewusst zwang er sich zu einer neutralen Haltung. »Bitte nennen Sie uns Namen und Adresse dieses TCM-Arztes.«

»Ich gebe Ihnen seine Karte mit.« Sie erhob sich, lief zu einer Anrichte mit aufwendigen Schnitzarbeiten hinüber und kam mit einer Visitenkarte zurück, die sie Eric reichte. »Ich habe immer ein paar hier, da ich ihn oft weiterempfehle.«

»*Merci*.« Eric warf einen kurzen Blick auf die Karte, ehe er sie in sein Portemonnaie steckte. »Gab es in der letzten Zeit etwas, das Ihren Lebensgefährten besonders bewegt hat? Beruflich oder auch privat.«

Malou Thomas überlegte. »Ihn hat immer etwas beruflich beschäftigt. Er nahm seine Arbeit mit nach Hause, im wörtlichen Sinne. Wir haben oft abends bei einem Glas Wein über die Dinge gesprochen, die ihn belasteten. Ich glaube, es hat ihm geholfen, besser damit zurechtzukommen, dass er in mir so etwas wie einen Spiegel hatte, der ihm seine Fragen und Themen in einem anderen Licht reflektierte.«

Wann hatte Eric zuletzt eine Frau getroffen, die solch magische Sätze von sich gegeben hatte? Schnell fragte er weiter: »Hatte er kürzlich – oder auch generell – mit jemand Bestimmtem Probleme oder Ärger?«

»Probleme gab es ständig. Man kann es ja ohnehin im Leben nie allen recht machen. Und als Bindeglied zwischen Politik, Verwaltung und Bürgern schon mal gar nicht. Eigentlich hatte ich nicht das Gefühl, dass es anders war als sonst.«

»Können Sie uns trotzdem ein paar dieser ›Problemfälle‹ nennen?«

Malou Thomas atmete aus. Zögernd sagte sie: »Da gab es einige Kollegen, die ihm seine Position neideten. Die sich insgeheim freuten, wenn er wegen irgendetwas in die Kritik geriet. Besonders mit einem ist er in letzter Zeit öfter aneinandergeraten. Ein junger Mitarbeiter, der offenbar nach Höherem strebt. Armand hat ihn ein paar Male zurechtgewiesen. Er hatte vor, ihn nach dem Sommer in die Normandie versetzen zu lassen.«

»Wie heißt der junge Mann?«

Wieder zögerte sie. »Ich fühle mich nicht wohl damit, jemanden anzuschwärzen, der womöglich unschuldig ist.«

»Ihre Einstellung ehrt Sie, Madame Thomas. Aber sehen Sie es bitte nicht als Anschwärzen. Wir sind angewiesen auf Informationen von Menschen, die Armand nahestanden. Nur so können wir weitermachen.«

»Und wir werden gewiss nicht mit klirrenden Handschellen bei besagtem Kollegen auftauchen«, fügte Ludolphe hinzu.

Dieses Lächeln, das ihr Gesicht nun wieder für einen Moment erhellte, ging Eric durch und durch. Er wollte das Gespräch hier so schnell wie möglich zu Ende bringen. Und gleichzeitig hätte er Malou Thomas am liebsten noch Stunden gegenübergesessen.

»Robert Mathieu heißt er. Hat erst vor ein paar Jahren seinen Abschluss an der ENA gemacht. Ganz klar, dass er hoch hinauswill.«

Eric schielte kurz zu Ludolphe hinüber, der eifrig mitschrieb. »*Merci*, Madame.« Diesen Absolventen der *École nationale d'administration*, einer der berühmtesten *Grandes Écoles* des Landes, sollten sie sich näher ansehen. »Wie kam Monsieur Ducasse mit seinem Vorgesetzten zurecht?«

»Mit Monsieur Dellimert? *Ah bon*, unser Präfekt ist vielleicht nicht der unkomplizierteste Mensch auf Erden. Für seine barsche und militärische Art ist er ja bekannt. Doch Armand hatte einen guten Weg mit ihm gefunden. Das war auch nötig, schließlich war er als SGAR quasi die rechte Hand von Daniel Dellimert.«

»Also keine unschönen Szenen in der Präfektur?«

»Überhaupt nicht. Dafür war Armand viel zu diplomatisch. Das war schließlich seine Spezialität: die Vermittlung zwischen Parteien, bei denen sich die Seiten verhärtet haben.«

»Sie meinen, so wie bei Industriekonzernen und Bürgern.«

»Zum Beispiel. Da ist es immer wieder mal vorgekommen, dass er die einen beschwichtigen musste, ohne gleichzeitig die Versprechen an die anderen zu brechen. Das war oftmals ein ziemlicher Balanceakt.«

»Dabei bleibt es sicher nicht aus, Menschen zu enttäuschen. Hat Monsieur Ducasse jemals Briefe, Mails oder Anrufe erhalten, in denen er bedroht wurde?«

Malou Thomas dachte nach. »Nicht, dass ich wüsste. Zumindest nicht in der Zeit, in der wir zusammen waren.«

»Madame Thomas«, Eric räusperte sich und rutschte auf seinem Sessel nach vorn. »Sie verstehen gewiss, dass ich Sie das fragen muss: Wo waren Sie vorgestern zwischen siebzehn und einundzwanzig Uhr?«

»Hier zu Hause. Ich hatte meine Buchhaltung vernachlässigt, darum habe ich mich gekümmert und einige Mails geschrieben. Später habe ich einen Spaziergang an der Garonne entlang gemacht. Bis zum *Miroir d'eau* und dann durch die Stadt zurück. Das wird so …«, sie überlegte, »zwischen sechs und acht gewesen sein. Ich habe mir bei *Au Couvent* eine vegetarische Pita gekauft und bin wieder nach Hause gegangen. Den Rest des Abends habe ich lesend auf dem Sofa verbracht.«

»Gibt es jemanden, der das bestätigen kann?«

»Leider nicht. Ich habe an diesem Abend auch nicht telefoniert oder so.«

»Welches Buch haben Sie gelesen?«, meldete sich Ludolphe Prévot zu Wort.

»*Les belles images*. Kennen Sie das?«

»Meine Frau hat es gelesen. Sie hatte eine Phase, da hat sie jedes Buch von Simone de Beauvoir verschlungen. Es hat mir damals ein wenig Angst gemacht.« Ludolphe Prévot zwinkerte ihr scherzhaft zu.

Malou Thomas lächelte abermals. »Ich bin zwar noch in der ersten Hälfte, aber bisher gefällt es mir. Kritik an Klassenhörigkeit und Konsum aus den Sechzigern wirkt im aktuellen Kontext gleich umso stärker.«

Eric konnte zu Simone de Beauvoir nichts Kluges beisteuern. Doch dass Malou Thomas auf Ludolphes Nachfrage so prompt reagiert hatte, machte ihre Aussage glaubwürdiger. Ein richtiges Alibi war es leider trotzdem nicht. Er wechselte das Thema: »Wie war das Verhältnis zu Véronique Ducasse und zu den Kindern?«

»Es war ein Auf und Ab. Wenn Sie mich fragen: Immer wenn es im Leben von Véronique Ducasse einen Mann gab, jemand, der sie bewunderte und hofierte, war sie entspannt und sehr umgänglich. War sie gerade allein, konnte sie ziemlich – *pardon* – anstrengend sein.« Malou Thomas griff wieder nach ihrer Teetasse. »Und was die Kinder betraf: Amélie und Antony hingen wahnsinnig an Armand. Wir hatten sie jedes zweite Wochenende hier. Mit ihnen war es so herrlich lebendig und bunt.« Sie lächelte wehmütig. »Es stand immer mehr im Raum, ob die Kinder ganz zu uns ziehen sollten. Selbst bestimmen dürfen sie das hierzulande ja erst ab achtzehn, aber da Antony den Wunsch schon öfter geäußert hatte und seine Schwester in letzter Zeit auch meinte, sie fände das schön, hatte Armand vor, die Angelegenheit mit Véronique zu besprechen.«

Eric wurde hellhörig. »Das wird Madame Ducasse wohl nicht gepasst haben.«

»Vermutlich nicht. Antony hat mehrmals erzählt, dass er mit seiner Mutter darüber diskutiert hat. Begreiflicherweise wollte sie nichts davon hören.«

»Aber Monsieur Ducasse hatte noch nicht mit ihr darüber geredet?«

»*Non*. Armand hatte vor, das Thema bei nächstbester Gelegenheit anzuschneiden. Er hatte auch schon Kontakt zum Familiengericht hergestellt.« Sie stockte, ehe sie hinzufügte: »Wir hatten selbst vor, das Kinderthema anzugehen.« Ein weiteres Mal überschattete sich ihr Gesicht. »Auch das ist jetzt alles passé. Das wird eine ganz ungewohnte Stille an den Wochenenden sein.«

Da hatte sich also erst kürzlich ein neues Spannungsfeld zwischen Armand und Véronique Ducasse aufgetan. Mit einem Seitenblick zu Ludolphe vergewisserte sich Eric, dass dieser keine Fragen mehr hatte. »*Bon*, Madame Thomas, vielen Dank, dass Sie sich Zeit für uns genommen haben.« Er zog seine Visitenkarte hervor und reichte sie ihr. »Bitte zögern Sie nicht, mich anzurufen, wenn Ihnen noch irgendetwas einfällt. Oder wenn Sie – Hilfe brauchen.« Eric hätte sich innerlich ohrfeigen können. Warum hatte er diesen letzten Satz gesagt? Doch der erleichterte Ausdruck auf ihrem Gesicht wischte seine Bedenken fort.

»*Merci*, Monsieur le Capitaine.«

Alle drei erhoben sich.

Eric griff nach seiner Jacke, die er über eine Armlehne des Sessels gelegt hatte. »Ach, eine Sache noch, Madame Thomas. Hat Monsieur Ducasse seine Termine eigentlich in seinem Computer gespeichert? Bisher haben wir nichts gefunden.«

»Ah, *non.*« Erneut lief sie zu der Anrichte hinüber und kam gleich darauf zurück. »Ich habe Armand immer wieder gefragt, ob er nicht anfangen will, seine Termine digital zu speichern. Es hätte auch unsere Planung vereinfacht. Aber da war er hoffnungslos altmodisch.« Sie hielt ein ledergebundenes Buch in den Händen und reichte es Eric. »Sein persönlicher Notizkalender. Ich hoffe, Sie finden darin etwas, das Ihnen weiterhilft.«

Kapitel 7

Die unterschiedlichsten Gedanken schwirrten Claire durch den Kopf, als sie das Haus des Historikers betrat. Erst hatte er Noémi Fauré kontaktiert und gebeten, sofort vorbeizukommen, nun öffnete er nicht und war nicht erreichbar, dazu die angelehnte Haustür. Ohne ihn kennengelernt zu haben oder überhaupt mehr über diese Geschichte zu wissen, schlug ihr Bauchgefühl Alarm.

Sie befand sich in einem quadratischen Eingangsbereich, von dem aus zu jeder Seite eine Tür abzweigte. Allesamt standen sie offen. Noémi Fauré war dicht hinter ihr.

»Monsieur van den Braak?« Für einen Moment wog Claire die Risiken ab. Womöglich war noch jemand im Haus? Ein Einbrecher, den der Historiker überrascht hatte? Aber warum hatte er dann nicht die Polizei angerufen, sondern ausgerechnet Noémi Fauré?

Sowohl Küche als auch Arbeitszimmer waren leer. Im Wohnzimmer entdeckten sie ebenfalls niemanden. Rechter Hand gab es eine weitere Tür. Sie war geschlossen. Die Terrassentür nach hinten hinaus war dagegen nur angelehnt.

Claire schaute sich zu Noémi Fauré um, die ihr gefolgt war. »Überprüfen wir zunächst die übrigen Zimmer.« Mit dem Ellbogen öffnete sie die Tür und betrat einen zweiten, viel kleineren und schlauchartigen Flur. Rechts ging es ins Bad, links ins Schlafzimmer. Von Étienne van den Braak war auch hier keine Spur. Ratlos betrachtete Claire den Raum mit dem gemachten Bett und den ordentlich über einen Stuhl gelegten Kleidern. Wo konnte der Historiker bloß stecken? Hatte er womöglich übereilt das Haus verlassen? Aber er wusste doch, dass Noémi Fauré auf dem Weg war. Das ungute Gefühl, das sie von dem Moment an befallen hatte, als sie das Haus betreten hatte, schwoll immer stärker an. Sie wandte sich an die *chocolatière*: »Bleibt noch der Garten.«

Gemeinsam kehrten sie ins Wohnzimmer zurück und traten auf die terrakottageflieste Terrasse hinaus. Claires Augen wanderten über das leicht abschüssige Gelände. Eine Rasenfläche, die schon eine Weile nicht gemäht worden war und auf der verschiedene Wildblumen sprossen. Über die Wiese verteilt wuchsen Obstbäume, am Grundstücksrand entdeckte sie eine Wildrosenhecke. Dahinter begannen die Weinfelder. Auf der rechten Seite stand ein Gerätehäuschen.

Gefolgt von Noémi Fauré lief Claire darauf zu und spähte durch das kleine Fenster. Nichts. Sie drehte sich um und ließ ihren Blick erneut durch den Garten schweifen. Von hier aus sah sie die Terrasse mit den weißen Sitzmöbeln, rechts davon einen Sichtschutz aus Metall, an dem Kletterrosen rankten. Claires Augen verweilten einen Moment auf dem idyllischen Bild, dann durchfuhr es sie. Hinter der Rosenwand lag etwas im hohen Gras.

Noémi Fauré schien es im selben Augenblick bemerkt zu haben, denn sie gab einen erschreckten Laut von sich. Claire eilte los. Die düsteren Vorahnungen krampften sich in ihrer Magengegend zusammen. Schon nach wenigen Schritten hatte sie Gewissheit: ein Paar Schuhe, Hosenbeine –

Sie hasteten über die Wiese bis zu den Rosensträuchern. Ein älterer Mann in kariertem Hemd mit Stoffhose lag ausgestreckt zwischen den Rosen. Der Kopf war zu stark zur Seite gedreht, der linke Arm stand in einem seltsamen Winkel ab.

Neben ihr schrie Noémi Fauré auf. »Oh, *mon Dieu!*«

»Ist das Étienne van den Braak?«

Die *chocolatière* nickte zitternd.

In solchen Situationen schaltete etwas in Claire um. Sie handelte routiniert, ohne groß nachzudenken oder sich von ihren Gefühlen überfluten zu lassen. Automatisch griff sie in ihre Umhängetasche und suchte nach den Einmalhandschuhen, die sie immer dabeihatte. Kein Heben und Senken des Brustkorbs. Atemkontrolle, Pulsmessen – nichts. Claire beugte sich mit dem Gesicht tief hinunter, um die untere Gesichtspartie sehen zu können. Deutlich leuchteten ihr hellrote Flecken entgegen. Um ganz sicherzugehen, prüfte sie auch die Haut der Arme. Hier gab es dieselben Verfärbungen. Ein eindeutiges Zeichen: Livores, die sogenannten Totenflecken, die sich nach circa fünfzehn bis dreißig Minuten bildeten. Hinter sich hörte sie Noémi Fauré mit hoher, sich fast überschlagender Stimme: »Sie müssen ihn beatmen, eine Herzrhythmusmassage machen!«

Claire sah sie bestürzt an und schüttelte den Kopf. »Wir sind zu spät.«

»*Mais, non!* Das kann nicht sein – ich habe doch vorhin noch mit ihm gesprochen.« Noémi Fauré schlug die Hände vors Gesicht.

Rasch erhob sich Claire und kramte nach ihrem Telefon. Sie wählte den Notruf, zum zweiten Mal innerhalb einer Woche, wie ihr schlagartig bewusst wurde, und gab die Meldung durch. »*Merci*, Madame. Ja, ich warte hier.« Sie steckte das Handy wieder ein und schaute zu Noémi Fauré, die wie versteinert auf den Toten starrte. »Sie sind auf dem Weg. Etwas muss hier vorgefallen sein, das –«

»Das kann nicht sein! Das kann einfach nicht sein!«

Sanft legte Claire ihr eine Hand auf die Schulter. »Es tut mir sehr leid, Madame Fauré.«

Noémi Fauré schluckte. »Ich kannte ihn ja kaum, und trotzdem … er war ein liebenswerter Mensch. Gebildet. Hilfsbereit. Er wollte – er ertrug diese Ungerechtigkeit nicht, die damals passiert ist. Er wollte unbedingt die ganze Wahrheit aufdecken, hat so viel recherchiert – und jetzt –« Sie kramte in ihrer Jacke nach einem Taschentuch.

»Noch ist die Polizei nicht da.« Claires Blick wurde eindringlich. »Noch können wir uns umsehen.«

»Was meinen Sie?«

»*Bon*, der Anruf, van den Braaks Bitte, Sie mögen sofort vorbeikommen, die offene Haustür …«

»Wollen Sie damit andeuten, er könne – jemand hat –«

»Natürlich könnte es auch ein Herzinfarkt oder Schlaganfall gewesen sein. Dennoch, es sind merkwürdige Umstände, das ist nicht von der Hand zu weisen.« Claire zögerte einen Moment. »Madame Fauré, ich muss Ihnen etwas gestehen.«

Noémi Fauré horchte auf.

»Den Foodblog betreibe ich nicht hauptberuflich. In erster Linie bin ich Privatdetektivin.«

Es vergingen einige Sekunden, bis ihre Worte zu Noémi Fauré durchgedrungen waren. »Sie sind … damit habe ich nun gar nicht gerechnet.« Sie schaute auf Claires Hände. »Deswegen die Handschuhe.«

»Ich habe immer ein Notfallset dabei.« Claire ging erneut neben dem Toten in die Hocke und betrachtete sein Gesicht eingehend. Dann richtete sie sich wieder auf und nahm das direkte Umfeld in Augenschein. Abschließend musterte sie prüfend die Umgebung. Schließlich wandte sie sich an Noémi Fauré: »Ich möchte noch mal einen Blick in sein Arbeitszimmer werfen.«

Gemeinsam kehrten sie ins Haus zurück. Im Arbeitszimmer zog Claire ein weiteres Paar Einmalhandschuhe aus ihrer Tasche. »Meine letzten.«

Sie betrachtete die Regale, die bis zur Decke reichten, und den mittig stehenden, zu einem hohen Sprossenfenster hin ausgerichteten Schreibtisch, der überladen war mit Bücherstapeln und Bergen an Ordnern. Auch neben dem Tisch türmten sich dicke Buchbände.

Noémi Fauré ging zu zwei gemütlichen Ohrensesseln beim Fenster hinüber. »Hier haben wir gesessen. Hier hat er mir alles von dem Baumol-Skandal erzählt.«

Claire machte einige Schritte auf die Sessel zu und verharrte vor dem Beistelltisch mit den filigran gedrechselten Beinen. Behutsam nahm sie die Papiere, die darauf lagen, in die Hand und blätterte sie durch.

»Davon hat er mir Kopien gemacht. Die liegen jetzt zu Hause auf meinem Schreibtisch.« Ihre Stimme klang brüchig.

»Wenn wirklich jemand hier eingedrungen ist und Monsieur van den Braak getötet hat, muss er ein Motiv gehabt haben.« Claire legte die Blätter zurück auf den Tisch. »Nach einem Raubüberfall sieht es nicht aus.« Entweder ging es um irgendwelche Dokumente, doch keine Spuren wiesen darauf hin, dass das Zimmer durchsucht worden war. Die andere Möglichkeit war, dass es um van den Braak als Person ging. Um etwas, das er wusste.

Claire lief zum Schreibtisch hinüber und besah sich die darauf liegenden Unterlagen. »Hier gibt es ganz viel Material zu einem Sozialbauprojekt in Bordeaux. Offenbar gab es Proteste von verschiedenen Seiten. Irgendetwas scheint mit den Werten im Grundwasser nicht zu stimmen. Diese Analysen – die Zahlen sagen mir leider gar nichts.« Sie blätterte in einer Mappe. »Einige der Dokumente handeln von Absprachen zwischen den Behörden und den beteiligten Unternehmen. Van den Braak hat Artikel des Puderskandals darangeheftet. Hat er etwa nach Verbindungen zu dem damaligen Skandal gesucht?«

»Was sagen Sie? Davon hat er mir nichts erzählt.« Noémi Fauré hastete zu Claire und betrachtete die Seiten ebenfalls. Schon nach wenigen Sätzen hielt sie inne. »Ich verstehe kaum etwas von dieser Verwaltungssprache. Aber wenn es da wirklich einen Zusammenhang gibt, das wäre ja – wenn nach so langer Zeit – etwas Vergleichbares darf sich einfach nicht wiederholen!«

Die beiden Frauen wechselten einen Blick. Das Material schien völlig neue Einblicke zu eröffnen in das Dreieck, das Politik, Industrie und Verwaltung bildeten. Claire klappte die Mappe zu und steckte sie in ihre Umhängetasche. »Um das alles gründlich zu sichten, braucht man mehr Zeit.«

»Es wäre mir tatsächlich wichtig, die Unterlagen anzusehen, aber ... dürfen wir das denn?«, wandte Noémi Fauré zaghaft ein.

Claire wusste, dass sie sich auf dünnem Eis bewegte. Eigentlich war es strengstens untersagt, Dinge vom Ort eines Verbrechens mitzunehmen. Und trotzdem – es beschlich sie eine vage Ahnung, dass es in diesem Fall klüger war, ihrem Impuls zu folgen und zu handeln. Ungerührt zuckte sie daher die Achseln. »Ich bin Privatdetektivin, keine polizeiliche Ermittlerin. Das Risiko, dass dieses Material in irgendwelchen Aktenschränken verschwindet, ist mir zu hoch. Und dafür scheint die Angelegenheit zu brisant zu sein. Ich bin mir sicher, es wäre in Monsieur van den Braaks Interesse gewesen, dass jemand seine Recherchen fortsetzt.«

In diesem Moment fuhr vor dem Fenster ein blauer Wagen mit gelb-roten Signalstreifen auf der Heckklappe vor.

»Ah, die Kollegen der Gendarmerie. Wir gehen wohl besser

zurück in den Flur.« Claire deutete auf den Schreibtisch. »Sonst noch etwas, das ich mitnehmen sollte?«

In fieberhafter Eile überflog Noémi Fauré die Unterlagen und reichte Claire zwei weitere dünne Ordner.

• • •

Noémi sah zu, wie Claire Molinet die Dokumente in ihrer Tasche verstaute.

»Ach, Madame Fauré – mir wäre es übrigens lieber, wenn wir den Gesetzeshütern nicht gleich auf die Nase binden, dass eine *enquêtrice privée* die Leiche gefunden hat.«

»Ich verstehe.« Noémi fühlte sich überhaupt nicht mehr in der Lage, irgendetwas zu hinterfragen. Die ganze Situation wuchs ihr über den Kopf.

Als kurz darauf zwei Gendarmen das Haus betraten, überließ sie denn auch nur zu gern Claire Molinet das Wort. Dass die Bloggerin eigentlich Privatdetektivin war, wollte ihr immer noch nicht in den Kopf. Claire Molinet stellte Noémi und sich den Polizisten vor, dann schilderte sie knapp und sachlich, wie sie am Haus des Historikers angekommen, ihn zuerst drinnen gesucht und schließlich tot im Garten entdeckt hatten.

Der ältere Gendarm, hochgewachsen und mit sehr dichtem, grauem Haar, kratzte sich nachdenklich an der Schläfe. »Und die Haustür hat bei Ihrer Ankunft offen gestanden?«

»Sie war lediglich angelehnt.« Claire Molinet wirkte so souverän, als würde sie eine Situation wie diese täglich managen.

Noémi war dankbar, sie an ihrer Seite zu haben. Allein hätte sie das alles völlig überfordert.

Der Gendarm richtete sich direkt an Noémi: »Aus welchem Grund sind Sie hergekommen?«

»Ich habe einen ... Monsieur van den Braak hatte mich angerufen. Er bat mich, sofort herzukommen.«

»Haben Sie eine Ahnung, was er von Ihnen wollte?«

»Nein. Er sagte ...« Noémi versuchte, sich an die genauen Worte des Historikers zu erinnern. Es wollte ihr nicht gelingen. »Ich weiß es nicht.«

Der grauhaarige Gendarm warf seinem jüngeren Kollegen einen Blick zu, den Noémi nicht deuten konnte. Dann wandte er sich wieder den beiden Frauen zu. »Nun gut. Wenn Sie uns dann bitte zu dem Opfer führen könnten.«

Claire Molinet lief voraus in den Garten, gefolgt von den Polizisten und Noémi, die am liebsten im Haus geblieben wäre. Bei den Rosen angekommen, blieb sie in einiger Entfernung stehen.

Die zwei Gendarmen stellten sich rechts und links neben den Toten und betrachteten ihn, ohne Anstalten zu machen, ihn noch genauer in Augenschein zu nehmen. Claire Molinet stand bei seinen Füßen.

»Sieht mir verdächtig nach einem Herzinfarkt aus.« Der Grauhaarige drehte sich zu Noémi um. »Hatte er Herzprobleme?«

»Das ist mir nicht bekannt.« Noémi zögerte. »So gut kenne ich ihn nicht.«

»Bestimmt war es das Herz.« Der andere Polizist nickte bedächtig. »Das ist immer noch weltweit Todesursache Nummer eins. Und in seinem Alter –«

»Aber warum hat er mich dann angerufen?«, platzte Noémi heraus. Alle drei sahen sie an, und sie erschrak selbst über ihre unbeabsichtigt laute Stimme. Gedämpfter fuhr sie fort: »Er hätte doch wohl eher den Notruf gewählt, wenn er sich nicht wohlgefühlt hätte.«

»Vermutlich ist der Infarkt sehr plötzlich eingetreten, hier draußen, kurz nachdem er mit Ihnen gesprochen hat.« Der jüngere Gendarm vergewisserte sich mit einem Seitenblick auf seinen Kollegen, dass dieser seine Worte guthieß, ehe er fortfuhr: »Das Telefon lag im Wohnzimmer, wir sind ja gerade daran vorbeigelaufen. Er hatte keine Möglichkeit, noch den Notruf zu wählen.«

»Vergessen Sie nicht die offen stehende Tür«, wandte Claire Molinet ein.

Der ältere Gendarm bedachte sie mit einem überheblichen Lächeln: »Ich verstehe ja, dass Sie Privatdetektiv spielen wollen. Aber Sie können die Angelegenheit getrost uns überlassen. Wir wissen, was wir zu tun haben.«

Noémi sah Claire Molinet an, dass ihr die Zurechtweisung gar nicht passte, und rechnete mit einer heftigen Erwiderung. Doch dazu kam es vorerst nicht.

»*Bonjour!*« Von der Terrassentür dröhnte eine Bassstimme zu ihnen herüber. »Ich bin Docteur Poirier.« Über die Wiese stapfte ein rundlicher Mann mit gerötetem Gesicht auf sie zu, dessen schimmernde Glatze ein schütterer, bräunlicher Haarkranz zierte. »Hier haben wir also den Toten.« Prüfend glitt sein Blick über die Leiche. »Wissen wir, um wen es sich handelt?«

»Étienne van den Braak, ein Historiker.« Noémi machte einen zaghaften Schritt nach vorn. »Er lebt hier allein.«

Docteur Poirier drehte sich zu ihr um. »Sind Sie mit ihm verwandt, Madame?«

»Nein. Ich kenne ihn bloß flüchtig. Wobei er –«

Der grauhaarige Gendarm räusperte sich: »Wir gehen stark von Herzversagen aus. Wenn Sie uns das im Totenschein bestätigen könnten, dann –«

»Moment mal.« Die Hände in die Seiten gestützt, ging Claire Molinet energisch dazwischen. »Ehe nicht eine Leichenschau stattgefunden hat, wie die Vorschriften es verlangen, wird hier gar nichts bestätigt.«

Der Arzt sah sie überrascht an. »Und wer sind Sie, bitte schön?«

»Ich heiße Claire Molinet. Ich habe den Toten gefunden. Im Übrigen bin ich PrivatdetektivIN.« Auf die letzte Silbe legte sie eine Extrabetonung und bedachte dabei den älteren Gendarmen mit einem strafenden Seitenblick.

Noémi horchte auf. Was sollte das auf einmal? Hatte sie ihr nicht vorher noch eingeschärft, den Polizisten gegenüber ihren Beruf nicht zu erwähnen?

Doch Claire Molinet hatte inzwischen ein goldenes Kästchen aus ihrer Tasche genommen und reichte Docteur Poirier eine Visitenkarte. »Falls Sie es überprüfen möchten, ich habe meinen Abschluss in Melun gemacht.«

Noémi sagte das nichts, aber offenbar war es von Bedeutung, denn auf dem Gesicht des Arztes erschien ein Ausdruck von Respekt.

»An der *Université Panthéon-Assas*, soso.« Er gab die Karte an die Gendarmen weiter, deren missmutige Mienen Bände sprachen, und beeilte sich, den Toten gründlich zu untersuchen.

Noémi wandte den Blick ab. Claire Molinet hingegen schaute interessiert zu Docteur Poirier. Sie schien jeden seiner Handgriffe zu prüfen. Der jüngere Gendarm hatte Block und Stift gezückt und schrieb mit, was der Arzt ihm diktierte. Noémi fing Formulierungen auf, die sie nicht verstand, wie »supravitale Reaktionen überprüfen«, »Livores erst schwach ausgeprägt« und »Rigor Mortis noch nicht eingesetzt«.

Nach einer Weile richtete sich Docteur Poirier an die beiden Gendarmen. »*Alors*, es könnte durchaus ein Herzinfarkt gewesen sein.«

»Mit der Bezeichnung ›Könnte gewesen sein‹ meinen Sie also, dass es nicht eindeutig ist und somit nicht sämtliche andere Todesursachen automatisch ausgeschlossen werden können?« Claire Molinet bemühte sich nach wie vor um einen sachlichen Ton, doch in ihren Augen nahm Noémi ein angriffslustiges Funkeln wahr.

»*Bon*, das könnte man ... könnte man so sagen.«

»Ich weiß nicht, warum Sie sich dermaßen in unsere Arbeit einmischen.« Der ältere Gendarm wirkte zunehmend verärgert. »Dieser ganze Aufwand, den Sie uns damit bescheren, und am Ende ist es wieder mal ein Infarkt.«

»Das ist noch nicht geklärt.« Eindringlich sah die Privatdetektivin ihn an. »Es kommt immer noch zu oft vor, dass ein Totenschein falsch ausgefüllt und damit ein Verbrechen – versehentlich oder auch nicht – vertuscht wird.«

»Wollen Sie uns etwa unterstellen, wir würden –«

»Ich unterstelle gar nichts. Ich konstatiere lediglich.«

»Madame ...« Der jüngere Gendarm blickte kurz auf die Visitenkarte, die er an den Block geheftet hatte. »Madame Molinet, wir zweifeln in keiner Weise Ihre beruflichen Kompetenzen an. Allerdings handelt es sich hier, wenn ich das richtig verstanden haben, nicht um einen Ihrer Fälle, und von daher –«

»Was ist das da für ein Punkt?« Claire Molinet wandte sich an den Arzt, als hätte sie die Worte des jungen Polizisten nicht gehört.

»Was meinen Sie?«

»Na, der rötliche Punkt an seinem Hals.«

Noémis Blick folgte Claire Molinet, die an die Leiche trat und sich hinhockte. »Hier.« Sie deutete auf eine Stelle links oben unter dem Kiefergelenk.

Sowohl die Gendarmen als auch Docteur Poirier gingen zum

Toten, und sogar Noémi wagte sich etwas näher heran. Umständlich kniete sich Docteur Poirier neben Claire Molinet hin und kniff die Augen zusammen. »So ein kleiner Fleck – der ist ja kaum sichtbar. Dass Ihnen das von dort aus aufgefallen ist –« Er runzelte die Stirn.

»Das ist vermutlich nur ein Mückenstich. Sicher harmlos.« Der ältere Polizist kreuzte die Arme vor der Brust.

Claire Molinet ignorierte seinen Einwand und richtete sich direkt an den Arzt. »Es könnte ein Einstich von einer Spritze sein. Vielleicht hat er eine Injektion bekommen? Womöglich ein Gift?«

Der grauhaarige Gendarm verdrehte die Augen. »Madame, Ihr berufliches Engagement in allen Ehren – ich fürchte, Sie steigern sich da in etwas hinein.«

Wieder sprach die Privatdetektivin ausschließlich zum Arzt: »Ich bestehe darauf, dass Sie im Totenschein ungeklärte Todesursache vermerken.« Ihr unnachgiebiger Gesichtsausdruck unterstrich ihre Worte. »Andernfalls sehe ich mich genötigt, Commandant Chénier von der *police nationale* anzurufen. Wenn Ihnen das lieber ist –«

Die beiden Gendarmen wechselten einen genervten Blick, während dem Arzt Schweißperlen auf die Stirn traten. Noémi bewunderte Claire Molinet für ihr selbstsicheres Auftreten. Sich gegenüber Uniformierten so forsch zu verhalten, das hätte sie nie gewagt. Sie war gespannt, wie die drei Männer reagieren würden, doch sie ahnte, dass die Privatdetektivin sich erst zufriedengeben würde, wenn sie bekommen hatte, wonach sie verlangte.

Kapitel 8

Raoul fluchte vor sich hin, während er die Aufnahme der Unterredung mit Véronique Ducasse zum x-ten Mal vor- und zurückspulte. Er hatte keine Lust gehabt, sich Gwendoline Bertins vorzüglichen Gedächtnisses zu bedienen. Aber das Abhören des Bandes war auch nicht besonders erquicklich. Er war zu drei Viertel durch, als die Tür aufging und Eric eintrat.

»Na, du hast ja eine gesunde Gesichtsfarbe. Hast du ein vorgezogenes Feierabendbier mit Ludolphe genossen?«

»Wo denkst du hin! Wir haben bis jetzt schwer geschuftet. Außerdem, das Bier gedenke ich natürlich immer noch mit dir zu nehmen. Oder wollen wir später einen Abstecher zu Marie-Christel aufs Weingut machen? Ich war schon eine Ewigkeit nicht mehr dort. Und es ist doch immerhin Wochenende.«

»Jetzt, wo du es sagst – ist bisher an mir vorbeigegangen.«

»Wenn du mich nicht hättest, würdest du wohl nie eine Pause machen.«

»Du weißt doch – nur zwischen den Fällen.« Raoul hatte mit seinem Chef einen Deal, dass er die während einer Ermittlung angesammelten Überstunden im Anschluss mit einem Kurzurlaub abfeiern konnte. Eines seiner Privilegien als Commandant. »Dann hat dein frischer Teint also eher mit der Begegnung mit *Mademoiselle Canelé* zu tun?«

»Malou Thomas ist schon eine beeindruckende Persönlichkeit.« Eric zog seine Jacke aus und hängte sie über seinen Stuhl. »Sie war ganz anders, als ich sie mir vorgestellt habe.«

»Wie hast du sie dir denn vorgestellt?«

»*Alors*, irgendwie ... ich weiß, das ist Klischee, aber – irgendwie oberflächlicher.« Eric setzte sich an seinen Schreibtisch. »Ich meine, sie ist ein Model. Und hat doch mehr Tiefgang als die meisten Frauen, die ich in den letzten Jahren gedatet habe.«

»Mal abgesehen davon, dass du da gerade wirklich ein Vorurteil bedienst, weiß ich nicht, ob das nun unbedingt für sie spricht oder mich von deinem schlechten Geschmack bei Frauen überzeugt.« Raoul suchte in seinem Notizbuch nach einer freien Seite. »Wie auch immer: Gib mir doch mal eine kurze Zusammenfassung von eurem Treffen.«

Eric berichtete von seiner Begegnung mit Armand Ducasses Lebensgefährtin, und Raoul hörte zu, ohne ihn zu unterbrechen. Als er geendet hatte, schwieg Raoul eine Weile und verglich seine Worte im Geist mit dem Bild, das die Witwe des Verstorbenen von ihrem Ehemann gezeichnet hatte. Anschließend brachte Raoul ihn auf den neuesten Stand seiner Ermittlungen, und beide hingen ihren Gedanken nach. Schließlich lehnte sich Raoul auf seinem Stuhl zurück und sah Eric über den Schreibtisch hinweg an. »Bereit zu einer Runde Austausch?«

»*Absolument*. Fang an.«

»Véronique Ducasse musste also befürchten, dass ihr Sohn und eventuell auch die Tochter über kurz oder lang zu Armand und Malou ziehen würden. Was ihr verständlicherweise gar nicht gepasst hätte.«

»Könnte durchaus als Mordmotiv ausreichen.«

»Auszuschließen ist es nicht. Sicherlich nagt es an ihr, dass der Ehemann sein Glück mit einer Jüngeren gefunden hat. Und wenn sie dann auch noch befürchten muss, die Kinder an die beiden zu verlieren ... Interessant finde ich, dass sie davon kein Wort erwähnt hat.« Nachdenklich blätterte Raoul durch seine Notizen. »Was ich nicht herausbekommen habe: Gibt es gerade einen Mann in ihrem Leben?«

»Oder eine Frau?«

»Wenn du dabei gewesen wärst, würdest du das nicht fragen.«

»Sie hat dich doch nicht etwa angemacht?« Eric schmunzelte. »Wie hat denn deine neue Partnerin darauf reagiert?«

»Frag nicht nach Sonnenschein! Für sie ist jemand wie Véronique Ducasse ein knallrotes Tuch. Es hätte nicht viel gefehlt, und die beiden wären aufeinander losgegangen.«

»*Oh là là*. Jetzt bringst du die Frauen schon dazu, sich zu prügeln. Und das mit deiner bloßen Anwesenheit. Wie machst du das nur?«

»Soll ich dir Nachhilfe geben?« Raoul zog amüsiert die Brauen hoch. »Scherz beiseite – mit mir hatte das gar nicht so viel zu tun. Aber allmählich frage ich mich ernsthaft, wie die gute Gwendoline in Metz zu ihren Verdiensten gekommen ist. Würde mich nicht wundern, wenn die auf Zufällen basieren. Ich würde sie so gern umtauschen!«

Eric musste lachen. »Kannst ja mal bei der grauen Eminenz anklopfen. Meinen Ludolphe gebe ich nicht her.«

»Soso, jetzt ist er schon DEIN Ludolphe.«

»Im Ernst, ich finde ihn klasse. Ohne seine einfühlsame Art wäre ich bei Madame Thomas vermutlich nicht so weit gekommen.«

Raoul sah seinen Kollegen skeptisch an. Solch überschwängliches Lob aus seinem Mund kam nicht häufig vor. »Zurück zu Véronique Ducasse. Falls sie ihren untreuen Ehegatten ins Jenseits befördert hat, muss sie zwangsläufig Helfer gehabt haben.«

»Vielleicht hat sie gar jemanden beauftragt? Dann ergäbe das mit ihrem Alibi – so es denn stimmt – auch Sinn.«

»Auf jeden Fall hatten die Eheleute Ducasse einiges an Konfliktpotenzial.« Raoul blätterte erneut in seinen Notizen. »Nach Véronique Ducasses Darstellung war ihr Mann in Bezug auf seine Arbeit eher der verschlossene Typ – was deinen Worten nach bei Malou Thomas ganz anders klang.«

»Das überrascht mich auch. Sie hat mir recht detailliert geschildert, wie Armand Ducasse sie in seinen Arbeitsalltag miteinbezogen hat.«

»Diesen Robert Mathieu müssen wir uns jedenfalls einmal gesondert vornehmen.« Raoul schlug eine leere Seite auf. »Ich kümmere mich gleich morgen darum. Sieh du dir doch bitte mit Ludolphe zusammen diesen TCM-Arzt näher an. Wie heißt er eigentlich?«

»Jean-Baptiste Baudet. Seine Praxis liegt einen Steinwurf vom Quai des Chartrons entfernt. Aber da wird er am heiligen Sonntag wohl nicht anzutreffen sein.« Eric begann, auf der Tastatur seines Computers zu tippen.

Nicht zum ersten Mal beneidete Raoul seinen Kollegen, dessen Finger nur so über die Tasten flogen. Eric hatte erzählt, er habe sich als Jugendlicher in den Weihnachtsferien einmal so gelangweilt, dass er sich das Zehnfingerschreiben selbst beigebracht hatte. Auch Raoul hatte oft gegen die Langeweile in den Schulferien gekämpft. Jedoch hatte er seine Zeit damals weniger sinnvoll genutzt: Gemeinsam mit seinen Kumpels war er durch die Straßen von Clermont-Ferrand gezogen und hatte nichts als Blödsinn angestellt.

»Ah, da haben wir ihn ja schon. Er wohnt am Parc Bordelais.« Eric notierte sich die Adresse, dann hob er seinen Blick. »Wie sieht es mit Ducasses Begleitern am Mordabend aus?«

»Ich habe gestern Nacht die Berichte von Simon und Justine ausgewertet. Sie haben Olivier Soulard und Pierre-Claude André aufgesucht.«

»Soulard ist Ducasses Assistent, aber der andere ... hilf meinem überarbeiteten Hirn auf die Sprünge.«

»Pierre-Claude André arbeitet für die Regionaldirektion für Umwelt, Entwicklung und Wohnungsbau. Beide stehen noch unter Schock. Unabhängig voneinander geben sie an, dass sie sich erst vor dem Restaurant getroffen haben. Die anderen zwei«, Raoul schlug in seinem Notizbuch ein paar Seiten zurück, »Hubert Geneste und Théodore Calment werden heute befragt.«

»Das sind keine Kollegen von Ducasse, sondern irgendwelche hohen Tiere aus der Industrie, wenn ich mich richtig erinnere?«

»Genau. Calment ist ein Bauunternehmer, und Geneste ist einer der führenden Köpfe von Bordeaux STP.«

»Dieser Technologiepark für Start-ups, *n'est-ce pas?*« Eric kratzte sich am Kinn. »Da stellt sich mir die Frage, was Sinn und Zweck dieses Essens im *Le Patio* war. Gibt es dazu eine Aussage im Protokoll?«

»Laut seinem Assistenten hatte Ducasse die vier Männer eingeladen, weil sie befreundet sind.«

»Wenn das mal nicht bloß die halbe Wahrheit ist.«

»Stimmt, da müssen wir unbedingt nachhaken.« Raoul streckte sich. »Sollte das Gift nicht im Drink gewesen sein – das werden wir hoffentlich am Montag erfahren –, dann muss Armand Ducasse zeitnah vor dem Restaurantbesuch etwas zu sich genommen haben. Wir brauchen von seiner Sekretärin genaue Angaben dazu, wie sein letzter Tag ausgesehen hat.«

»Vielleicht findet sich ja hier etwas drin?« Eric tastete nach seinen Jackentaschen. Schließlich zog er ein ledernes Büchlein hervor. »Armand Ducasses persönlicher Notizkalender.«

»Hast du den von Malou Thomas bekommen?«

»Du hast's erfasst.« Eric schlug den Kalender auf.

Raoul drehte einen Bleistift zwischen seinen Fingern hin und her. »Ich kann sie noch nicht richtig einordnen.«

»Wen meinst du?«

»Malou Thomas. Nach dem, was du über sie erzählst. Es kommt mir alles irgendwie zu glatt vor. Die Noch-Ehefrau als die Böse, Egoistische, Geldgierige. Die Geliebte als die Einfühlsame, Verständnisvolle, Seelenverwandte.«

Stirnrunzelnd sah Eric von dem Notizbuch auf. »Jetzt übertreibst du aber mit deiner Schwarz-Weiß-Malerei. Malou Thomas ist eine bemerkenswerte Frau.«

»Und anders als Véronique Ducasse hat sie kein Alibi.«

»Du meinst, dass sie Armand Ducasse ... Das kann ich mir nicht vorstellen.«

Raoul musste sich zusammenreißen. Woher kam auf einmal diese mangelnde Objektivität? So naiv hatte er seinen Kollegen noch nie erlebt. »Mir scheint, du hast eine kleine Schwäche für sie?«

»Wo denkst du hin!«

Eric errötete, und Raoul wusste, dass er ins Schwarze getroffen hatte. Na wunderbar! Ein Partner mit rosaroter Brille und eine Kollegin, die er wie ein rohes Ei behandeln musste. Etwas zu scharf sagte er: »Sei bloß auf der Hut! Ein Kollege mit getrübtem Blick ist in seinem Urteilsvermögen nicht mehr zuverlässig.«

»Du brauchst dir um meine berufliche Integrität keine Sorgen zu machen.« Zum ersten Mal klang sein Kollege gereizt. »Sag mir lieber, wie wir weiter vorgehen.«

...

»Unfassbar!« Kopfschüttelnd sah Eponine Claire von der Seite an. »Zwei Todesfälle hautnah mitzuerleben in nicht mal einer Woche – das ist aber kein üblicher Schnitt für eine Privatdetektivin?«

»Beileibe nicht.« Claire rieb sich den Nacken. »Für gewöhnlich beschatte ich untreue Ehemänner oder auch Ehefrauen. Leichen sind in meinem Beruf eigentlich eher selten.«

»*Très bien!* Sonst hätte ich mir das mit dem Einzug noch mal überlegt.«

Vor einer knappen Stunde war Eponine mit einem Backpackerrucksack bei ihr angekommen. Claire hatte ihnen zwei Lillet Lemon gemixt. Der im Anbaugebiet Les Graves produzierte Aperitif war der erste und einzige seiner Art, der aus Bordeaux stammte. Weltweit bekannt war er spätestens nach Ian Flemings erstem James-Bond-Roman geworden, in dem der Held den Cocktail Vesper aus Lillet Blanc, Gin und Wodka kreierte. Auch Berühmtheiten wie Jacky Kennedy und Wallis Simpson hatten zum Erfolg des nach Honig, kandierten Orangen und exotischen Früchten schmeckenden Getränks beigetragen.

Mit ihren Drinks und frisch gebackenen Sesam-Salz-Knusperstangen hatten es sich die beiden Frauen auf dem Sofa gemütlich gemacht. Vor der Fensterfront senkte sich die Dämmerung über den Ozean, den heute Gischtkronen unter tief hängenden Regenwolken zierten.

Claire hatte Eponine alles von ihrem erlebnisreichen Tag erzählt – begonnen beim Treffen mit der *chocolatière* Noémi Fauré über die Infos, die ihr diese zum Babypuderskandal Baumol geliefert hatte, bis hin zum Fund des toten Historikers Étienne van den Braak.

»Es hat mich all meine berufliche Überzeugungskraft plus meinen weiblichen Charme gekostet, den hinzugerufenen Arzt davon abzuhalten, einen Todesfall aufgrund von Herzinfarkt zu bescheinigen.« Claire verdrehte die Augen, als sie sich an das inkompetente Gebaren der Gendarmen erinnerte.

»*Sacrebleu!*« Eponine schüttelte erneut den Kopf. »Das alles ist ja wirklich eine unglaubliche Geschichte. Da willst du bloß für deinen Blogartikel harmlose Süßigkeiten recherchieren, und zack – steckst du mitten in einem Kriminalfall!«

»Das ist das erste Mal, dass sich meine beiden Berufsfelder auf so eine Weise kreuzen.«

»Und diese Sache mit dem Puderskandal – ehrlich, davon habe ich noch nie gehört.«

»Ich bis vor Kurzem auch nicht.« Claire runzelte die Stirn. »Jedenfalls habe ich vorhin gleich mal das Netz befragt und bin wirklich geschockt. Anscheinend haben die zuständigen Behörden damals auf die Alarmrufe von Ärzten und Apothekern viel zu spät reagiert. Und als klar wurde, was passiert war, hat man offenbar versucht, die Angelegenheit zu vertuschen.«

»Nicht dein Ernst! Und wie ist das Ganze ausgegangen?«

Claire berichtete von der lapidaren Strafe, die der verantwortliche Laborleiter bekommen hatte.

Eponine schnappte nach Luft. »Und damit war die Sache erledigt? Das kann doch wohl nicht wahr sein! All die Opfer, all die Familien ...«

Sie sinnierte vor sich hin, während Claire eine der damaligen Schlagzeilen zu der furchtbaren Tragödie durch den Kopf ging: »*La Bretagne pleure sur ses berceaux frappés par la mort* – Die Bretagne weint über ihre vom Tod getroffenen Wiegen«. Darüber ein Foto eines trauernden Mannes, der sich über ein frisches Grab auf einem Friedhof beugte.

Ferner hatte sie ein Telegramm vom Ministerium für öffentliche Gesundheit gefunden, *individuellement et confidentiellement*. Individuell und vertraulich wurden darin alle Mediziner und Apotheker aufgefordert, den Verkauf des Puders Baumol einzustellen, da es eine Reihe von schweren infektiösen Dermatitis-Unfällen bei Babys gegeben habe. Kein Wort von Todesfällen, kein Versuch, das Ganze öffentlich bekannt zu machen.

In ihre Gedanken hinein fragte Eponine: »Du hast gesagt, dass diese Noémi den Historiker getroffen hat, weil er ihr Material zu dem Skandal gegeben hat?«

»Das stimmt.«

»Aus welchem Grund hat sie ihn eigentlich kontaktiert? Ich meine, was sind ihre Beweggründe, sich mit diesem Fall zu befassen?«

Claire versuchte, sich an das Gespräch im Auto zu erinnern. »Ich bin nicht mehr dazu gekommen, sie danach zu fragen, da wir bei Étienne van den Braak angekommen waren. Aber du hast recht, das würde mich auch interessieren.«

»Vielleicht ist sie in irgendeiner Weise persönlich betroffen? Wie alt ist sie denn?« Eponine nahm sich eine weitere Sesamstange.

»Ich schätze sie auf Mitte vierzig. Möglicherweise betraf diese schreckliche Geschichte ihre Familie?«

Eine Weile saßen die beiden Frauen schweigend beisammen und blickten aufs Meer. Mittlerweile war es so dunkel geworden, dass die Horizontlinie nahezu verschwand.

Schließlich drehte sich Eponine in Claires Richtung. »Das alles kommt doch nicht von ungefähr. Ich meine, ein Historiker befasst sich mit einem Skandal, und kurz darauf ist er tot.«

»Das waren auch meine ersten Gedanken. Und dann gab es da ja noch die Unterlagen, die wir mitgenommen haben. Ich habe nur kurz einige Abschnitte überflogen, aber es wirkt so, als habe Étienne van den Braak versucht, Parallelen zwischen dem Fall und heutigen Ereignissen zu ziehen.«

Eponine richtete sich in den Kissen auf. »Was sagst du da?«

»Ich habe zu wenig gelesen, um es mit Sicherheit sagen zu können.« Claire stellte ihr Glas, aus dem sie gerade getrunken hatte, auf den Tisch zurück. »Die Zeit war zu knapp. Ich bin nur froh, dass wir das Material mitgenommen haben. Dem Verhalten der Gendarmen nach zu urteilen, werden sie von allein nicht tiefer graben. Ich kann nur hoffen, dass jemand Fähiges von der *police nationale* den Fall übernimmt.«

»Apropos Fall.« Eponine sah Claire bedeutungsvoll an. »Ich habe mich bei meiner Kollegin nach der Sache in der Bretagne erkundigt.«

Kapitel 9

Sonntag, 8. April 2018

Am nächsten Morgen wachte Claire von fremden Geräuschen auf. Sie lauschte genauer. Da waren Schritte auf der Treppe! Hatte sie Philippe den Ersatzschlüssel mitgegeben? Es dauerte einen Moment, ehe ihr wieder einfiel, dass sie ja jetzt eine Mitbewohnerin hatte. Mit halb geschlossenen Augen tastete sie nach ihrem Handy. Erst kurz vor acht. Schlaftrunken sank sie in die Kissen zurück. Ihre Gedanken wanderten zu den Ereignissen des gestrigen Tages.

Der überraschende Tod des Historikers ließ ihr keine Ruhe. Die offen stehende Haustür, der kleine Einstich, das brisante Material, mit dem er sich befasst hatte – ganz klar stimmte da etwas nicht. Und was war mit Noémi Fauré? Warum beschäftigte sie sich mit einem Babypuderskandal, der so lange zurücklag?

Sie dachte darüber nach, was Eponine über den Todesfall in der Bretagne herausgefunden hatte. Bei dem Opfer in Rennes hatte es sich um eine Frau Ende dreißig gehandelt, die an einer Pilzvergiftung gestorben war. Tatsächlich hatte sie für die Präfektur der Region gearbeitet, allerdings als Verwaltungsangestellte. Dass sie keine höhere Position innegehabt hatte, erklärte, weswegen nicht groß in den Medien über den Fall berichtet worden war.

Offenbar ging die Polizei von einem tragischen Unfall aus und nicht von einem Gewaltverbrechen. Was, wenn dem nicht so war?

Eine Weile ließ Claire ihre Gedanken schweifen, dann stand sie auf, lief ins angrenzende Badezimmer und nahm eine Dusche. Zum Glück verfügte dieses Haus über zwei Bäder. Das andere lag zwischen den beiden Gästezimmern. Ihr eigenes mit jemandem zu teilen, wäre Claire schwergefallen.

Eponine hatte die Tür zu ihrem Zimmer offen gelassen, der Raum war leer. Auch in der darunter liegenden Wohnetage traf Claire sie nicht an. Sie trat an die bodentiefen Fenster, die man im Sommer komplett aufschieben konnte. Der Regen hatte aufgehört, aber über dem Meer ballten sich noch immer graue Wolkenberge. Also kein Frühstück auf der Terrasse.

Gerade als sie sich ihren Cappuccino zubereitete, kam Eponine durch die Terrassentür herein. Sie trug Leggings, Laufschuhe und eine Sweatjacke, die krausen Haare hatte sie mit einem Tuch gebändigt.

»*Bonjour!*« Die Freundin sah frisch und ausgeruht aus, ihr Gesicht hatte einen rosigen Schimmer. »Ich bin am Strand entlanggejoggt. Claire, du wohnst echt genial hier!«

»Ich sollte mir ein Beispiel an dir nehmen und auch mal wieder damit anfangen. Magst du einen Kaffee?«

Statt einer Antwort streckte Eponine einen Daumen in die Höhe.

Wenig später saßen sich die beiden Frauen an dem massiven Esstisch gegenüber.

Claire goss Naturjoghurt über ihr Müsli. »Hast du gute Träume gehabt? Du kennst doch den Spruch: Das, was man in der ersten Nacht an einem neuen Wohnort träumt, wird Realität werden.«

»Oha, na dann kann ich mich ja auf was gefasst machen. Ich

habe heute Nacht einen halben Thriller erlebt – ein wildes Durcheinander mit Verfolgungsjagd, gruseligen, alten Lagerhallen und so. Es war ziemlich anstrengend.«

»Wir sollten in Zukunft vor dem Einschlafen wohl besser zu beruhigender Klangschalenmusik meditieren, anstatt uns mit Spekulationen über Mordtheorien zu befassen.«

»So weit kommt's noch!« Eponine stützte ihre Ellbogen auf den Tisch, den Kaffeebecher in beiden Händen. »Was ist eigentlich mit diesen Unterlagen, die du aus dem Arbeitszimmer des Historikers hast mitgehen lassen?«

»Die habe ich der *chocolatière* gegeben. Sie hat ja auch noch anderes Material von ihm. Und da ich sie nur begleitet habe, konnte ich sie schlecht behalten. Ich bin ja von niemandem beauftragt worden.«

»War das nicht ziemlich riskant? Die Angelegenheit scheint ja ganz schön gefährlich zu sein.«

»Du hast recht. Ich werde sie später bei ihr abholen. Mir war in dem Moment nur wichtig, sie nicht in van den Braaks Haus zu lassen.«

Eponine nahm ein Stück Baguette und bestrich es mit Marmelade. »Hat er eigentlich Angehörige, dieser Historiker?«

»Keine direkten. Noémi Fauré hat erzählt, dass seine Frau vor einigen Jahren gestorben ist. Kinder hatten sie keine. Sein Bruder ist wohl nach Kanada ausgewandert, aber auch der lebt nicht mehr.« Claire rührte Mandeln und Honig ins Müsli. »Rein logisch betrachtet gibt es keinen Grund, mich länger damit zu befassen. Keiner hat mich engagiert, und mit dem Blogartikel hätte ich gerade genug zu tun. Aber trotzdem …«

»Du bist halt Privatdetektivin.« Eponine zwinkerte ihr zu. »Und der Artikel läuft doch nicht weg. So ein spektakulärer Mordfall dagegen …«

»Spektakulär ist vielleicht etwas hoch gegriffen. Das passt eher zu der Geschichte mit Armand Ducasse. Apropos –« Claire legte den Löffel beiseite. Ihr Bauchgefühl signalisierte ihr deutlich, dass sie Raoul über den Vergiftungsfall in Rennes informieren sollte. Auch wenn die Polizei es für einen Unfall hielt. Immerhin hatte sie gestern erst verhindern können, dass ein ungeklärter Todesfall als Herzinfarkt abgehakt worden war. Und die Parallele von Präfektur und tödlicher Vergiftung waren nun einmal da. »*Pardon*, Eponine, ich muss mal kurz telefonieren.«

• • •

Zwischen Raoul und Gwendoline herrschte eisige Stimmung. Schweigend liefen sie von ihrem Parkplatz in der Rue Toulouse Lautrec zum *Horace*, wo sich Robert Mathieu mit ihnen treffen wollte.

Auf dem Weg vom Commissariat in die Innenstadt hatte Raoul seiner Kollegin unmissverständlich klargemacht, dass sie ab sofort bei Befragungen mitzuschreiben hatte. Gwendoline Bertin hatte die Anordnung mit finsterer Miene hingenommen.

An der Cafébar angekommen, hielt Raoul ihr die Tür auf. »Auch auf die Gefahr hin, Ihnen wieder zu nahe zu treten – für mich gehört es zu den guten Manieren, die meine Mutter mir beigebracht hat.« Zu seiner Überraschung trat sie ein, ohne etwas zu erwidern.

Es war kurz vor zehn und das Eckcafé mit den teils unverputzten Wänden mäßig gefüllt. Raoul hatte keine Ahnung, wie Robert Mathieu aussah, er wusste lediglich, dass Armand Ducasses Mitarbeiter jung und ehrgeizig war. Bei ihrem Telefonat hatte er Raoul gefragt, ob dieser in Uniform sein würde. Raoul hatte verneint, und Ducasses Mitarbeiter hatte gemeint, dann könnten sie sich durchaus in der Öffentlichkeit treffen.

Suchend wanderten Raouls Augen durch den Raum und blieben an einem blonden Mann in einem anthrazitfarbenen Anzug samt korrekt gebundener Krawatte hängen. Er saß am Fenstertisch mit einer Zeitung und einer Tasse Kaffee vor sich. Gefolgt von Gwendoline trat Raoul an seinen Tisch. »Monsieur Mathieu?«

Der junge Mann hob den Blick. »*Oui?*«

Seine Züge spiegelten Selbstsicherheit mit einer Prise Arroganz. Eine Mischung, die von Geburt an privilegierte Menschen oftmals in sich trugen und die in Raoul eine spontane Abwehrhaltung auslöste. Mit professioneller Freundlichkeit stellte er zunächst Gwendoline Bertin und anschließend sich selbst vor.

»Ah, Sie sind zu zweit.« Robert Mathieu machte keine Anstalten, sich um eine dritte Sitzgelegenheit zu kümmern.

Raoul zog einen freien Stuhl vom Nachbartisch zu ihnen heran und schob ihn seiner Kollegin hin.

Kritisch musterte Robert Mathieu Gwendoline Bertin, dann wandte er sich an Raoul. »Wie beruhigend, dass auch Ihre Kollegin Zivil trägt. Schließlich muss man aufpassen, mit wem man gesehen wird.«

Bereits nach den ersten Sätzen ging Raoul seine herablassende Art auf den Geist. Er betrachtete die zum Anzug passenden Manschettenknöpfe und den obligatorischen Siegelring. Robert Mathieu gehörte jenem Menschenschlag an, gegen den er sich von Kindesbeinen an aufgelehnt hatte. Doch nun war er kein Arbeiterkind mehr, das von ebensolchen Menschen nicht beachtet wurde, sondern Commandant der *police nationale*. Seine Anzüge hatten sicher nicht weniger gekostet als die dieses überheblichen Jungspunds, nur dass er sie sich selbst erarbeitet hatte. Mit einem unverbindlich-souveränen Lächeln setzte sich Raoul. »Seien Sie unbesorgt, wir werden Ihre Fans nicht verschrecken.«

Robert Mathieu verzog das Gesicht wie jemand, der gönnerhaft einen schlechten Scherz ignorierte. »*Bon*, Sie sagten am Telefon, Sie wollten mit mir über Monsieur Ducasse sprechen?« Er sah Raoul über den Rand seiner Kaffeetasse bemüht kooperativ an.

»Das ist richtig. Sie haben hoffentlich nichts dagegen, wenn wir unser kleines Interview aufnehmen?«

»Das – geht natürlich in Ordnung.«

»Wunderbar.« Bewusst überhörte Raoul das kurze Stocken seines Gegenübers. »Und ehe wir loslegen, hole ich uns noch schnell etwas zu trinken. Sie sind versorgt, wie ich sehe. Capitaine Bertin, was darf es für Sie sein?« Im Laufe der Jahre hatte er gelernt, das Auftreten von Menschen wie Robert Mathieu zu parieren und ihnen selbstsicher gegenüberzutreten. Während Gwendoline Bertin das Aufnahmegerät auspackte, bestellte Raoul für sie eine *noisette* und für sich einen *petit crème*.

»*Alors*, zunächst mein Beileid zum überraschenden Tod Ihres Vorgesetzten Armand Ducasse«, leitete Raoul ihr Gespräch ein. »Ich verstehe sehr gut, dass eine solche Nachricht ein Schock ist.«

»*Bon*, das alles ist in der Tat sehr tragisch.« Robert Mathieus unbewegte Miene strafte seine Worte Lügen. Immerhin stellte er kein geheucheltes Mitgefühl zur Schau.

Raoul wartete kurz, ob er noch etwas hinzufügen würde, doch er schien sich professionell auf »Weniger ist mehr« zu fokussieren. »Seit wann arbeiten Sie im *Secretariat Général pour les Affaires Régionales*?«

»Ich bin seit zwei Jahren im SGAR. Zuvor hatte ich einen Verwaltungsposten im Innenministerium. Das war meine erste Stelle nach dem Abschluss an der ENA.«

Raoul las den Untertext deutlich in seinem Gesicht: Der Besuch der unter Charles de Gaulle gegründeten Eliteuni, der *École nationale d'administration*, ordnete einen Menschen in der sozialen Hierarchie weit oben ein und ebnete den Weg für eine berufliche Zukunft in der politischen Führungsschicht. An Raoul perlte so etwas jedoch ab wie ein Regenguss an einem imprägnierten Mantel. »Das bedeutet, Sie haben unter Ducasses Vorgänger angefangen?«

»Das stimmt. Aber bereits nach einem Jahr fand der Wechsel statt.« Robert Mathieu räusperte sich. »Ich bin mir darüber im Klaren, dass Sie Nachforschungen angestellt haben, und vermutlich ist es Ihnen schon zugetragen worden: Armand Ducasse und ich waren nicht die besten Freunde.«

»Bitte erklären Sie uns, worauf Ihre Differenzen beruhten und wie sie sich äußerten.«

»Lassen Sie es mich so formulieren: Wir hatten unterschiedliche Vorstellungen davon, wie das Leben einer Person des öffentlichen Interesses auszusehen hat.«

»Können Sie konkreter werden, Monsieur Mathieu?«

»*Bon*, ich bin sehr konservativ aufgewachsen. In meiner Familie wird Tugendhaftigkeit hoch geschätzt. Aber natürlich – jeder nach seiner Façon. Dennoch halte ich es für wichtig, dass man sich in einer Position wie der von Monsieur Ducasse seiner Vorbildrolle bewusst ist.«

»Sie spielen auf seine private Situation an?«

»Ob man sie noch als privat bezeichnen kann, lasse ich mal dahingestellt. So publik, wie er seine Affäre mit diesem Model auslebte. Und dazu ständig Partys – als wäre er ein Rockstar.«

»Wenigstens hat er kein Doppelleben geführt und auf heimelige Familienidylle gemacht.«

Robert Mathieu lächelte bitter. »Heutzutage ist es ja kein Drama mehr, sich scheiden zu lassen. Aber dieses jahrelange Herumgeeiere wirft kein gutes Licht auf den Charakter eines Menschen. Ich bin davon überzeugt, dass es deutlich besser um unser Land bestellt wäre, wenn wir endlich wieder zu traditionellen Werten zurückkehrten und unsere Kinder gestärkt in intakten Familien aufwüchsen. Dazu bedarf es klarer Entscheidungen, die einen geordneten Rahmen vorgeben.« Seine Hände malten ein Rechteck in die Luft.

»Wie ist denn Ihre eigene private Situation?« Gwendoline Bertin hob fragend die Brauen.

Robert Mathieu bedachte sie mit einem kurzen Blick, dann sagte er an Raoul gewandt: »Ich lebe seit drei Jahren mit meiner Verlobten zusammen. Sie ist Juristin. Wir werden im kommenden Jahr heiraten.«

»Wenden wir uns Ihrem beruflichen Kontakt mit Monsieur Ducasse zu.« Raoul stellte seine Tasse ab. »Waren Sie mit seinem Führungsstil zufrieden? Oder gab es Ihrerseits etwas zu bemängeln?«

Robert Mathieu trank seinen letzten Schluck Kaffee, ehe er antwortete. »Armand Ducasse hat es vorzüglich verstanden, die Interessen der freien Wirtschaft mit denen der Bürger zu vereinen.« Seine Worte klangen so gesetzt, als hätte er sie auswendig gelernt.

»Würden Sie das bitte näher erläutern?«

»Diese beiden Waagschalen auszubalancieren ist äußerst schwierig. Für gewöhnlich wiegt die Schale der Industrie schwerer, was natürlich leicht den Unmut der Bürger hervorrufen kann.« Robert Mathieu machte eine Pause, dann fuhr er fort: »Ein geschickter Staatsdiener wie Ducasse gibt ihnen das Gefühl, das Zünglein an der Waage würde in ihre Richtung ausschlagen. So ließ er sich in den Medien gern darstellen. Das ist dem Durchschnittsbürger verständlicherweise lieber.«

Ehe Raoul auf diese nach wie vor vage Äußerung eingehen konnte, hakte Gwendoline Bertin nach: »Wollen Sie damit andeuten, Ducasse hat den Bürgern vorgegaukelt, er wäre auf ihrer Seite, obwohl es in der Realität anders aussah?«

»Am erfolgreichsten sind bekanntlich diejenigen, die nach außen einen schönen Schein aufbauen, ohne dabei die Interessen der Industrie zu vernachlässigen. Diese Strategie kann einem natürlich auch um die Ohren fliegen.«

Raoul ging sein Geschwafel gehörig auf die Nerven. »Sie meinen damit, dass sich die Bürger von Monsieur Ducasse im Stich gelassen oder gar betrogen fühlten?«

»Es gab bestimmt einige, die ihm seine große Bürgernähe nicht abgenommen haben. Aufmerksame Beobachter konnten ohne Weiteres manchen seiner konzernfreundlichen Pläne erkennen. Die Erweiterung von Industrieflächen zum Beispiel. Naturschutzgebiete, die dadurch bedroht wären. Aber auch sein Engagement in anderen Bereichen, die mit der Industrie verknüpft sind. Mit einigen Firmenchefs scheint sich Monsieur Ducasse ja sehr gut verstanden zu haben. Auch das dürfte so mancher Bürger mitbekommen haben.«

Raoul kamen Ducasses Begleiter an jenem Abend in den Sinn. Hubert Geneste und Théodore Calment waren beide Unternehmer. Er warf einen raschen Blick zu Gwendoline Bertin, die dieses Mal tatsächlich eifrig mitschrieb.

»Gibt es konkrete Hinweise für Ihre Andeutungen? Ist Ihr Vorgesetzter bedroht worden?«

Robert Mathieu räusperte sich. »Ich sagte Ihnen ja bereits, dass Monsieur Ducasse und ich nicht eng befreundet waren. Ich wäre vermutlich einer der Letzten im SGAR, der von irgendwelchen Drohbriefen oder –mails erfahren würde.«

Raoul konnte die Wischiwaschi-Aussagen seines Gegenübers

kaum noch ertragen. »Haben Sie von so etwas gehört – ja oder nein?«

»Es gab immer mal wieder Beschwerdemails von Bürgern. Soweit ich weiß, bewegte sich die Zahl am oberen Rand dessen, was für normal erachtet wird. Ob es darüber hinaus gezielte Bedrohungen gab, kann ich tatsächlich nicht sagen. Wundern würde es mich allerdings nicht.«

Es war Zeit, das Thema zu wechseln. Konkrete Fakten, die Raoul weiterbringen würden, hatte Robert Mathieu in dieser Hinsicht offenbar nicht zu bieten. Ohnehin würden ihre IT-Spezialisten, die derzeit den Computer des Verstorbenen durchleuchteten, bald Ergebnisse liefern. Interessant war hingegen, dass der Befragte Ducasses Verhältnis zu Entscheidungsträgern in der Industrie auf den Tisch gebracht hatte. Da würden sie tiefer bohren müssen. »Wann haben Sie Monsieur Ducasse zuletzt gesehen?«

»Das letzte Mal bin ich ihm Donnerstag am späten Nachmittag im SGAR begegnet. Ich war auf dem Weg in mein Büro, es gab noch einiges zu erledigen. Er verabschiedete sich gerade von seiner Sekretärin und wünschte ihr einen schönen Abend.«

»Wie kam er Ihnen vor?«

»Nicht anders als sonst. Sehr von sich überzeugt, wie üblich. Immer ein leicht überhebliches Lächeln auf den Lippen.«

Genau wie du, ging es Raoul durch den Kopf. Nicht zum ersten Mal stellte er bei Befragungen fest, dass Menschen die Wesenszüge, die sie an anderen kritisierten, ebenfalls in sich trugen. Schlagartig kam ihm der Gedanke, ob er selbst am Ende auch arrogant auf die Außenwelt wirkte. Bei nächster Gelegenheit würde er Eric um seine Meinung bitten. »Was haben Sie danach getan? Also, wo und mit wem haben Sie den Donnerstagabend verbracht?«

»Im Büro. Allein. Ich hatte noch Diverses abzuarbeiten.«

»Kann das jemand bezeugen?«

»Ich fürchte, nein. Alle anderen haben ihren wohlverdienten Feierabend genossen.«

Raoul lehnte sich auf seinem Stuhl zurück und schlug die Beine übereinander. »Haben Sie bei Ihrem Vorgesetzten in der letzten Zeit irgendeine Veränderung festgestellt?«

Robert Mathieu dachte nach. »Um ehrlich zu sein: Nein. Er verhielt sich wie immer.«

Der Moment war gekommen, sich an die heikleren Punkte zu wagen. Raoul sah sein Gegenüber aufmerksam an. »Ihr Chef hat Sie einige Male zurechtgewiesen. Worum ging es da konkret?«

»Ich weiß nicht, wovon Sie sprechen.«

»Es gab also keinerlei Beschwerden seitens Ihres Chefs an Ihrer Arbeit?«

»Absolut nicht.«

»Und es stand auch keine Veränderung bezüglich Ihres Postens im Raum?«

»Sie meinen, ob ich versetzt werden sollte?«

»Zum Beispiel.«

Robert Mathieu runzelte die Stirn. »Woher haben Sie diese Information?«

»Das darf ich Ihnen nicht sagen.«

»*Bon*, offensichtlich hat Sie jemand mit Fake News versorgt.« Mit vor der Brust verschränkten Armen lehnte sich Robert Mathieu zurück. »Auch wenn ich meine Kritikpunkte an Monsieur Ducasse hatte und wir nicht die engsten Freunde waren, so gab es an meiner Arbeit nichts auszusetzen. Und eine andere Stelle stand erst recht nicht zur Debatte.« Er verzog die Mundwinkel, als habe er eine Ahnung, wer diese falschen Hinweise über ihn gestreut haben könnte. Doch statt eines weiteren Kommentars blickte er demonstrativ auf seine Armbanduhr, eine roségoldene Vostok, wie

Raoul nicht umhinkam, zu registrieren. »*Pardon*, ich möchte nicht unhöflich sein, aber ich habe gleich einen Termin im Hôtel de Nesmond. Haben Sie noch viele Fragen?«

Das im Jahr 1630 erbaute Hotel war seit Beginn des zwanzigsten Jahrhunderts die offizielle Residenz des Präfekten der Gironde und lag im wahrsten Sinn des Wortes um die Ecke. Dass Robert Mathieu dort an einem Sonntag ein Treffen hatte, sagte einiges aus über seinen beruflichen Ehrgeiz und seinen Willen, die Leiter der staatstragenden Elite Frankreichs emporzuklettern.

»Ich denke, wir sind für heute fertig. Oder haben Sie noch eine Frage, Capitaine Bertin?«

Seine Kollegin verneinte mit einem leichten Kopfschütteln.

»*Bon*, kontaktieren Sie uns gern, falls Ihnen mehr zu Monsieur Ducasse einfällt.« Raoul nahm eine Visitenkarte aus seinem Portemonnaie und reichte sie Robert Mathieu.

»In dem Fall hören Sie natürlich von mir.« Er steckte die Karte ein und war im Begriff, sich zu erheben, als ihm noch etwas in den Sinn zu kommen schien. Erneut setzte er sich, und auf seinem Gesicht erschien ein Ausdruck, als wolle er ihr Gespräch auf eine neue Vertrauensebene anheben. »Wenn ich einen ganz persönlichen Eindruck hinzufügen darf?«

»Nur zu.« Aufmerksam musterte Raoul sein Gegenüber.

»Ich vermute, Sie haben bereits mit Malou Thomas gesprochen. Meiner Meinung nach hatte sie sehr großen Einfluss auf Ducasse.«

»Sie scheint ihm auf jeden Fall eine große Stütze gewesen zu sein. Woran ja prinzipiell nichts auszusetzen ist.«

»Im Allgemeinen mag das stimmen, aber es kann auch schnell etwas Manipulatives bekommen.« Robert Mathieu hob die linke Augenbraue leicht, was seinem Gesicht einen spöttischen Ausdruck verlieh. »Historisch gesehen ist es keine Seltenheit, dass von außen betrachtet der Mann regiert, faktisch aber die Frau dahinter die Fäden zieht. Ein Blick in die Geschichte unseres Landes reicht, wenn ich an Madame de Pompadour oder Madame du Barry denke. *La maîtresse royale* – wurde diese Funktion jemals wirklich abgeschafft? Ob das nun besser oder schlechter war und ist, wenn die Politik eines Landes im Bett einer solchen Mätresse gemacht wird, lasse ich jetzt mal dahingestellt.«

Raoul warf einen flüchtigen Blick auf die neben ihm sitzende Kollegin, doch seine Sorge war unbegründet. Heute hatte sich Gwendoline Bertin fest im Griff, und falls Mathieus chauvinistische Sätze sie provoziert haben sollten, ließ sie es sich zumindest nicht anmerken.

»Haben Sie konkrete Anschuldigungen gegen Madame Thomas vorzubringen?«

»Allein, dass sich Monsieur Ducasse von ihr zu so einem dubiosen Kräuterheiler hat schleppen lassen.«

Gwendoline Bertin räusperte sich. »Handelt es sich bei Monsieur Baudet nicht um einen anerkannten TCM-Arzt?«

»Eine vermeintliche medizinische Richtung, die teils geschützte Tiere und Pflanzen für ihre sogenannten Heilmittel verwendet, kann doch wohl unserer wissenschaftlich fundierten westlichen Schulmedizin nicht das Wasser reichen.«

Raoul kannte sich im Bereich traditionelle chinesische Medizin zu wenig aus, um sich in eine solche Diskussion zu werfen. Außerdem war es nichts, was sie im Hinblick auf den Fall weiterbringen würde. Er ließ Robert Mathieus Aussage unkommentiert und erkundigte sich stattdessen nach anderen Beispielen dafür, dass Malou Thomas ihren Einfluss auf Monsieur Ducasse negativ ausgenutzt haben könnte.

Wie er erwartet hatte, gab der Befragte auch dieses Mal lediglich schwammige Erklärungen von sich. Irgendwann reichte es

Raoul. »Wollen Sie andeuten, Madame Thomas könne etwas mit dem Tod ihres Lebensgefährten zu tun haben?«

»Ihres Geliebten, meinen Sie wohl. Ich würde nicht wagen, mich so weit aus dem Fenster zu lehnen. Allerdings halte ich sie nicht für so vertrauenswürdig, wie es auf den ersten Blick den Anschein haben mag. Auch Olivier –« Robert Mathieu brach ab. Seine bisher so glatt gebügelte Miene verrutschte, und für einen Moment sah er konfus und zornig zugleich aus. Angestrengt lächelnd setzte er erneut an. »Auch von anderen Seiten her habe ich diese Einschätzung gehört.«

Raoul griff seinen Ausrutscher auf: »Spielten Sie gerade auf Olivier Soulard an, Monsieur Ducasses Assistenten?«

»Ich ... äh ... es ist möglich, dass ich mit ihm mal über Madame Thomas gesprochen habe. Im Vorübergehen, auf dem Flur.«

Raoul stützte die Ellbogen auf und verschränkte die Hände ineinander. »Erzählen Sie mir ein bisschen mehr über Ihren Kontakt zu Monsieur Soulard.«

»Wir sind Kollegen, mehr nicht.« Robert Mathieu schaute ein weiteres Mal auf die Uhr. »Es tut mir leid, aber nun muss ich mich wirklich verabschieden.«

Als er mitsamt seiner feinen ledernen Aktenmappe durch die Tür des Cafés verschwunden war, verdrehte Gwendoline Bertin die Augen. »Was für ein Kotzbrocken.«

Raoul konnte sich ein Grinsen nicht verkneifen. »Da muss ich Ihnen ausnahmsweise recht geben.«

Überrascht sah sie ihn an, als hätte sie ein »Na, dass wir beide noch mal einer Meinung sind« auf den Lippen. Doch stattdessen fragte sie: »Noch einen Kaffee, Monsieur le Commandant?«

Kapitel 10

»Adrian – komm bitte her, und räum deine Sachen weg!« Noémi legte die Unterlagen, die Claire Molinet am Vortag bei Étienne van den Braak eingesteckt hatte, auf den Couchtisch. Genervt schob sie ein Paar getragene Socken beiseite, die dabei auf dem Boden landeten. Diese ewigen Kleiderberge im Wohnzimmer! Aus seinem Zimmer hielt sie sich komplett raus, da durfte das Chaos regieren. Aber hier wollte sie es gemütlich haben. »Adrian!«

»Was?«, tönte es hinter seiner geschlossenen Zimmertür.

»Deine Kleider! Sie liegen schon wieder hier rum. Bring sie bitte in dein Zimmer!« Meistens schaffte es Noémi, liebevoll über die Unordnung ihres Sohnes hinwegzusehen. Doch heute war sie seit dem Aufstehen gereizt. Sie hatte schlecht geschlafen. Die ganze Nacht lang hatten sie Albträume geplagt, mehrmals war sie hochgeschreckt, und ab fünf Uhr hatte sie wach gelegen.

Adrian kam ins Wohnzimmer geschlurft, in seinem Standardoutfit, bestehend aus Kapuzensweater und schwarzen Jeans. Mit der ihr wohlvertrauten Geste strich er sich den Haarvorhang aus dem Gesicht. »Was ist denn los?«

Wortlos deutete Noémi auf den Tisch und den Sessel, über dessen Lehnen mehrere T-Shirts und eine Jogginghose hingen. Auf dem Boden daneben befanden sich weitere Strümpfe.

Adrian verdrehte die Augen, begann jedoch, seine Kleidungsstücke aufzusammeln. »*Maman*, mach doch nicht immer gleich auf Drama.«

»Unser Wohnzimmer ist keine Wäscheablage, wie oft muss ich dir das denn noch sagen?«

»Dann räum halt auf, wenn's dich so stört.«

»Ich bin nicht deine Putzfrau!«

Adrian richtete sich auf und strich sich erneut die Haare zur Seite. »So ein Aufstand wegen der paar Sachen – auf der Welt herrscht Krieg, *maman*.« Damit verschwand er wieder in seinem Zimmer und knallte die Tür hinter sich zu. Das rote Stopp-Schild, das daran hing und schon monatelang nicht mehr seine grüne Rückseite gezeigt hatte, schwankte wild hin und her.

Genervt blickte Noémi ihrem Sohn hinterher. Seit Neuestem hatten sie ständig solche Reibereien wegen irgendwelcher Kleinigkeiten. Sie ließ sich in den Sessel fallen und schloss die Augen. Warum nur kam sie gar nicht mehr mit ihm klar? Er blockte ab, gab trotzige Antworten und machte sofort dicht. Noémi fühlte sich hilflos wie selten zuvor, seit sie Mutter geworden war. So vieles hatte sie ohne fremde Hilfe gemeistert. Sie hatte gedacht, die schlimmsten Pubertätsjahre lägen hinter ihnen. Aber das war offenbar ein Irrtum. Oder schlugen nun die Gene seines Vaters durch? Vielleicht war es auch einfach an der Zeit, dass Adrian seinen eigenen Weg ging.

Nicht mehr lang, und er würde ausziehen und ein Studium beginnen, höchstwahrscheinlich in einer anderen Stadt. Dann würde sie allein sein in dieser Wohnung. Bestimmt würde sie sich so manches Mal wünschen, über getragene Socken zu stolpern.

Noémi raffte sich auf, wollte zu ihm gehen und ihm sagen, dass sie ihn liebte. Doch gerade, als sie den Flur betrat, klingelte es an der Haustür.

»Adrian? Erwartest du jemanden?«

Keine Antwort. Sicher hatte er wieder die Kopfhörer auf und war in eines seiner Rollenspiele vertieft.

Noémi lief zur Tür und öffnete. Überrascht erblickte sie Claire Molinet. »Madame Molinet –«

»*Bonjour*, Madame Fauré. *Pardon*, dass ich unangemeldet vorbeischaue.«

»Wollen Sie hereinkommen?«

»Gern.«

Noémi führte sie durch den engen Flur ins Wohnzimmer. Wie gut, dass sie gerade aufgeräumt hatte. Trotzdem schämte sie sich für den abgenutzten Sofabezug und die einfachen Möbel. Die Bloggerin lebte bestimmt um einiges luxuriöser.

»Möchten Sie etwas trinken? Einen Kaffee? Tee?«

»Ein Glas Wasser wäre schön, *merci*.« Claire Molinet setzte sich in den Sessel, den kurz zuvor noch die Kleidungsstücke belegt hatten.

Während Noémi aus der Küche eine Karaffe Wasser und zwei Gläser holte, fragte sie sich, was ihr Besuch wohl von ihr wollte. War sie wegen des Blogartikels hier? Oder ging es um den Tod des Historikers?

• • •

Nachdem Raoul mit Gwendoline ins Commissariat zurückgekehrt war, hatte er sich darangemacht, das Gespräch mit Robert Mathieu durchzuarbeiten. Doch er hatte schnell gemerkt, dass er feststeckte. Eric war noch nicht von seinem Treffen mit dem TCM-Arzt Jean-Baptiste Baudet zurück. So hatte Raoul kurzerhand seine Unterlagen eingepackt und war nach Hause gefahren. Eine ordentliche Portion Sauerstoff und gleichmäßige, monotone Bewegung würden Ruhe und Ordnung in seine kreisenden Gedanken bringen.

Nun schlenderte er an den Hafenbecken vorbei in Richtung Garonne. Er ließ sich die Unterredung mit Ducasses Mitarbeiter und alles, was er bisher über den Fall wusste, durch den Kopf gehen.

Zum ersten Mal an diesem Wochenende schafften es die Sonnenstrahlen, die dicke Wolkendecke zu durchbrechen. Raoul streckte sich und genoss die Frühlingswärme auf seinen Schultern.

Er dachte an die Notizen, die Eric in Ducasses Kalender gefunden hatte. Für den vergangenen Donnerstag hatte der SGAR zwei Termine am Vormittag aufgeschrieben. Als Abendtermin hatte er notiert: 19.30 *Le Patio*, dahinter folgten die Initialen seiner Begleiter: HG TC OS PCA. Direkt darüber gab es noch einen Eintrag: 18 MMP TC. Raoul ging davon aus, dass TC wieder für Théodore Calment stand. Was aber bedeutete MMP? War es eine weitere Person, mit der sich die beiden vor dem Abendessen getroffen hatten? Und wo hatte dieses Treffen stattgefunden? Er würde Théodore Calment danach fragen. Und Malou Thomas. Vielleicht wusste auch Ducasses Assistent Olivier Soulard etwas darüber. Bei ihm musste sich Raoul dringend nach Robert Mathieu erkundigen. Dessen verbaler Ausrutscher am Ende ihrer Unterhaltung hatte ihm zu denken gegeben. Hatte Soulard sich mit Mathieu gegen seinen Chef verschworen?

Vor Raoul tauchte auf der linken Seite die *Cité du Vin* auf. Das 2016 eröffnete Museum prägte mit seiner futuristisch abgerundeten L-Form und der glänzenden, gold gestreiften Fassade die Silhouette des nördlichen Teils der Stadt. Kurz nach dem Umzug in seine jetzige Wohnung hatte Raoul hier einen abwechslungsreichen Nachmittag verbracht. Es hatte ihn überrascht, wie viele spannende Geschichten es rund um das Thema Wein gab. Fasziniert hatte er vor der riesigen Projektion eines prunkvollen Châteaus gestanden, das er spontan irgendwo im Umland von Bordeaux verortet hätte. Zu seiner Überraschung stand es in China. Zum Abschluss hatte er ein Glas Rotwein an der Bar in der obersten Etage genossen. Besonders an den Panoramablick über die Altstadt, den Fluss und die Viertel auf der anderen Seite dachte er gern zurück. Er nahm sich vor, das Museum bei Gelegenheit wieder einmal aufzusuchen. Zum Beispiel, wenn dieser Fall abgeschlossen war. Wovon sich Raoul derzeit noch meilenweit entfernt fühlte.

Er überquerte den Quai de Bacalan und gelangte durch ein Metalltor in eine parkähnliche Anlage, die um das Museum herum zum Ufer der Garonne hinunterführte. Was Robert Mathieu betraf, so wurde Raoul den Verdacht nicht los, dass dieser bewusst Misstrauen säen wollte. Womöglich, um von sich selbst abzulenken? Interessant war jedenfalls, dass Malou Thomas ihn suspekt fand und umgekehrt er sie ebenfalls.

In Raouls Sakkotasche vibrierte es. Rasch zog er das Handy hervor und warf einen Blick aufs Display. Es war Eric.

»Hallo, Partner. Wie sieht's aus?« Raoul lief über einen Anlegesteg zum Wasser hinunter. »Hatte der Chinadoktor was Aufregendes zu berichten?«

»Ich habe eine Menge über die traditionelle chinesische Medizin gelernt. Echt spannend – der Ansatz ist ganz anders als in der westlichen Schulmedizin.« Eric klang schon wieder so seltsam euphorisch. »In China geht man regelmäßig zum Arzt, auch ohne Beschwerden, um gesund zu bleiben. Anhand solch simpler und vor allem kostengünstiger Methoden wie der Diagnose von Zunge oder Puls lassen sich bereits minimale Störungen der Balance im Körper feststellen. Die kann man dann behandeln, ehe sie sich in einer womöglich ernsten Krankheit manifestieren.« Er räusperte sich. »Ich weiß, das hat nichts mit unserem Fall zu tun.«

»Was du nicht sagst.« Raoul blieb am Rand des Bootsstegs stehen und blickte über den Fluss zu dem gigantischen Pont Jacques Chaban-Delmas zu seiner Rechten.

»Also, bezüglich Ducasse habe ich leider nicht viel Neues rausfinden können. Er hatte keinerlei Allergien oder Lebensmittelunverträglichkeiten. Und den Bluthochdruck hatten sie, laut Aussage Monsieur Baudets, wohl tatsächlich gut mit Akupunktur und spezieller Kräutermedizin im Griff.«

»Was für einen Eindruck hat dieser Baudet auf dich gemacht?«

»Sehr kompetent. Und sympathisch.«

Raoul vermisste die kritischen Untertöne, die Eric normalerweise anklingen ließ. Gerade, als er nachhaken wollte, fuhr sein Kollege fort:

»Ich denke, ich werde ihn demnächst auch mal aufsuchen. Eine gute Empfehlung von Malou Thomas.«

»Ach, daher weht der Wind.« Raoul drehte sich um und lief denselben Weg zurück, den er gekommen war. »Das hätte ich mir ja denken können.«

»Was meinst du?«

»Du solltest aufpassen, dass du dir durch diesen Malou-Thomas-Fimmel nicht deinen sachlichen Blick verdirbst.«

»Jetzt mach aber mal halblang – ich habe keinen Malou-Thomas-Fimmel! Und Ludolphe ist ebenfalls ganz begeistert von der TCM.«

»Na, da sind ja die beiden Richtigen zusammen.«

»Du bist doch bloß gefrustet, weil Bertin nicht wie alle anderen Frauen auf deinen Charme anspringt.«

Raoul lag eine scharfe Bemerkung auf der Zunge, aber er beherrschte sich. Er wollte sich mit Eric nicht streiten, schon gar nicht am Telefon. »Wie gesagt, hoffentlich kommen morgen die Ergebnisse aus dem Labor. Damit wir endlich wissen, in welche Richtung wir weiterermitteln müssen.« Kurz überlegte er, ob er ein gemeinsames Bier vorschlagen sollte. Doch irgendwie verspürte er keine rechte Lust dazu. Er verabschiedete sich von Eric und legte auf. Die Zusammenarbeit zwischen ihnen hatte bisher stets reibungslos funktioniert. Anscheinend wurde sie bei diesem Fall auf einen Prüfstand gestellt.

Raoul dachte an den Kaffee, den er mit Gwendoline Bertin im *Horace* getrunken hatte, nachdem der »Kotzbrocken« Mathieu zu seinem Termin im Hôtel de Nesmond aufgebrochen war. Als plötzlich »Suzanne« aus den Lautsprechern erklang, bekam das Gesicht der Kollegin etwas Verzücktes. »Als Teenager war ich wahnsinnig in Leonard Cohen verschossen.« Sie hatte verlegen gelächelt, und mit einem Mal hatten sie ein gemeinsames Thema gefunden.

Inzwischen hatte Raoul das Weinmuseum wieder umrundet und näherte sich dem Tor, durch das er zurück zur Straße gelangte. Vor ihm ratterte eine Straßenbahn vorbei. Raoul wollte gerade sein Handy einstecken, als er sah, dass das Display einen entgangenen Anruf und eine Sprachnachricht anzeigte. Beides stammte von Claire Molinet. Sie hatte angerufen, während er mit Eric geredet hatte.

Gespannt hörte Raoul ihre Nachricht ab. Es war schon eine Weile her seit ihrer letzten Verabredung, und eigentlich hätte er sie gern mal wieder eingeladen. Doch bis jetzt hatte er sich zurückgehalten, sich bei ihr zu melden. Nun bat sie allerdings um einen Rückruf. Womöglich hatte es mit dem Abend im *Le Patio* zu tun? Immerhin war sie Privatdetektivin. Er drückte den Anrufknopf. Nach zweimaligem Freizeichen erklang der Besetztton.

Raoul legte auf und überlegte, ob er seinen Spaziergang an der

Garonne entlang Richtung Altstadt fortsetzen oder lieber nach Hause zurückkehren sollte. Sein Blick streifte eine Frau, die vor dem Eingang der *Cité du Vin* stand. War das nicht Véronique Ducasse? Raoul sah genauer hin. Mit ihrer überdimensionalen Sonnenbrille und dem dicken Schal konnte er es nicht recht erkennen. Doch dann schob sie die Brille ins Haar, schaute auf ihr Handy und blickte sich suchend um. Nun war er sich sicher. Es war Véronique Ducasse. Und sie schien auf jemanden zu warten.

Betont langsam schlenderte Raoul weiter. Als er das nächste Mal zur Seite schielte, blieb gerade ein junger Mann neben ihr stehen. Die beiden umarmten sich innig. Das sah nach mehr als einer flüchtigen Bekanntschaft aus.

• • •

»Vielen Dank.« Claire nahm das Wasserglas entgegen, das Noémi Fauré ihr reichte, da klingelte ihr Handy. Rasch stellte sie das Glas beiseite, kramte in ihrer Umhängetasche und zog das Telefon hervor. Es war Raoul – ausgerechnet jetzt! Claire drückte den Anruf weg und schaltete das Gerät auf stumm.

Aufmerksam betrachtete sie die *chocolatière*, die ihr gegenüber auf einem Sofa mit marokkanischem Überwurf saß. Der Schock über den Fund des toten Historikers zeigte Spuren, sie hatte dunkle Ringe unter den Augen und sah bedrückt aus.

»Wie geht es Ihnen heute, Madame Fauré?«

»Ach, na ja. Nicht einer meiner besten Tage.« Noémi Fauré verzog das Gesicht zu einem angestrengten Lächeln. »*Pardon*, dass wir unser Gespräch in der *chocolaterie* gestern Morgen so abrupt abbrechen mussten. Sie haben gewiss noch einige Fragen für Ihren Artikel?«

»Die habe ich tatsächlich, aber wir können auch gern ein andermal weitermachen. Ich verstehe, dass der gestrige Tag ein schwerer Schock für Sie war.«

»Das geht schon in Ordnung. Vermutlich ist es gar nicht schlecht, wenn ich mich ein bisschen ablenke. Legen Sie einfach los.«

»Ich glaube, wir waren bei dem Trend neuer Zuckerarten stehen geblieben.« Aus der Tasche kramte Claire Block und Stift heraus und schaltete die Aufnahmefunktion ihres Handys ein. »Weißer Industriezucker hat ja inzwischen einen ziemlich schlechten Ruf. Ist das etwas, über das man sich bei *Hasnaâ Chocolats* Gedanken macht?«

»*Bon*, natürlich bekommen wir Trends wie Stevia, Xylit oder auch Kokosblütenzucker mit. In unseren Produkten verwenden wir sie aber bisher nicht. Dafür nehmen wir ausschließlich hochwertigen Rohrzucker aus biologischem Anbau. Mit gewöhnlichem Industriezucker hat das nichts zu tun.«

Noémi Fauré erzählte von ihrem Arbeitsalltag, von der Schokoladenproduktion und davon, wie das kleine Unternehmen sich in kurzer Zeit in Bordeaux etabliert hatte.

Schließlich sah Claire von ihrem Block auf. »*Merci*. Damit komme ich ein gutes Stück weiter.«

»Gern geschehen. Und wenn Sie noch mehr wissen wollen, melden Sie sich einfach.«

Zwischen ihnen entstand ein Schweigen, in dem etwas Unausgesprochenes schwebte.

»Da wäre noch eine Sache.« Claire zögerte. »Die Unterlagen von Monsieur van den Braak – haben Sie sich die schon angesehen?« Längst waren ihr die Mappen auf dem Couchtisch aufgefallen.

Noémi Faurés Blick schnellte zum Tisch. »Ich wollte mich heute Abend damit befassen. Oder müssen Sie sie doch abgeben?«

Claire zuckte mit den Schultern. »Dürfte ich noch mal reinschauen?«

»Ja, natürlich. Warum nicht?« Sie machte eine kleine Geste in Richtung Tisch.

Claire rutschte auf die Sesselkante vor, zog die Mappen zu sich heran und schlug die oberste auf. Es gab verschiedene Statistiken zu den Todesfällen im Baumol-Skandal, nach Regionen und Départements gelistet. Claire blätterte weiter. Étienne van den Braak hatte Listen über die in den Skandal verwickelten Ärzte, Apotheker und Behörden angelegt. Immer wieder tauchten Namen von Zuständigen der Gesundheitsministerien auf.

»*Maman?*«

Claire blickte von den Unterlagen auf. Im Türrahmen stand ein schlaksiger Teenager. Röhrenjeans, Skaterschuhe, Hoodie – alles in Schwarz. Klassischer Emo-Look, so hatte man es damals genannt. Lediglich die markante Brille fehlte. Eine feingliedrige Hand schob den Vorhang aus dichtem, dunklem Haar beiseite. Darunter kam ein schmales, blasses Gesicht mit kajalschwarz umrahmten Augen zum Vorschein.

»Ich bin dann weg.« Erst jetzt bemerkte er Claire. »Oh, Besuch?«

»*Bonjour.*« Claire lächelte ihn an und stellte sich vor.

Er schaute verlegen zu Boden.

»Das ist mein Sohn Adrian.« Noémi Fauré erhob sich vom Sofa und machte ein paar Schritte auf ihn zu. »Madame Molinet ist die Foodbloggerin, von der ich dir erzählt habe. Die dabei war, als das mit Monsieur van den Braak …« Unbeholfen hob sie die Hände und ließ sie wieder sinken.

»Die Privatdetektivin?«

»*Exactement.*« Claire registrierte ein Aufblitzen in Adrians Augen. Seiner Miene nach zu urteilen, fand er diesen Beruf deutlich spannender als Bloggerin.

»Werden Sie in dem Fall ermitteln?«

»Eigentlich bin ich ja von niemandem beauftragt worden. Dennoch –« Mit dem Daumen blätterte Claire in den Papieren der geöffneten Mappe. »Wir werden sehen.«

»Aber Sie glauben, dass er ermordet wurde?«

»Meiner Erfahrung nach deutet einiges darauf hin. Bleibt abzuwarten, wie das die Polizei sieht. Beziehungsweise die Gerichtsmedizin.« Claire suchte in seinem Gesicht nach Ähnlichkeiten mit der Mutter. »Jedenfalls konnte ich verhindern, dass die Angelegenheit als Herzinfarkt abgestempelt wurde. Dann wäre es mit einer Obduktion und weiteren Schritten schwierig geworden.«

Gedankenvoll nickte Adrian. »*I see*. Gut, dass Sie dort waren, Madame Molinet.« Er wandte sich an seine Mutter. »Kann spät werden heute. Mach dir keine Sorgen. *Bye!*« Er winkte kurz in den Raum, drehte sich um und verschwand.

Wehmütig schaute Noémi ihm hinterher. Als die Wohnungstür ins Schloss fiel, seufzte sie auf. »Er lebt so sehr in seiner eigenen Welt. Interaktive Computerspiele – kennen Sie sich damit aus?«

»Absolut nicht mein Metier, *pardon*.«

Noémi winkte ab. »Meines auch nicht. Bei seinen Freunden heißt Adrian nur noch *Laienraien* oder so. Alle haben solche Fantasienamen. Gemeinsam tauchen sie in fiktive Welten ein. Nun ja, wenn die Realität zu wenig hergibt …« Mit einem müden Lächeln sinnierte sie vor sich hin, dann richtete sie ihre Aufmerksamkeit wieder auf Claire. »Haben Sie Kinder, Madame Molinet?«

»Nein.« Nach einer kleinen Pause fügte Claire hinzu: »Es hat sich bisher nicht ergeben.«

Noémi sah sie einen Moment unverwandt an. »Überlegen Sie

es sich gut.« Sie lächelte melancholisch. »Vieles ist wunderschön, aber ... Man kann sich noch so sehr bemühen, eine gute Mutter zu sein, an irgendeiner Stelle versagt man immer.«

»Ich denke, dass Sie an vielen Stellen vieles richtig gemacht haben. Ist das nicht entscheidender als ein paar Fehler, die sowieso dazugehören?«

Noémi Fauré wiegte den Kopf leicht hin und her. »Sie haben sicher recht.« Sonderlich überzeugt wirkte sie nicht.

Claire überflog das übrige Material. Der Historiker schien sich intensiv mit dem Puderskandal befasst zu haben. In der letzten Mappe befanden sich die Zeitungsartikel neueren Datums, die nichts mit Baumol zu tun hatten. Dazu weitere handschriftliche Notizen. Um das alles in Ruhe zu sichten, brauchte Claire mehr Zeit. Sie schlug den Ordner zu. »Vielleicht wäre es doch besser, wenn ich die Unterlagen der Polizei zukommen ließe. Ich kenne einen Commandant bei der *police nationale*. Ich wollte ihn sowieso wegen einer anderen Sache kontaktieren. Diese Papiere hier könnten einen neuen Blickwinkel auf Monsieur van den Braaks Tod öffnen.«

Ein flehender Ausdruck breitete sich auf Noémi Faurés Gesicht aus. »Bitte! Es wäre wichtig für mich, wenn ich sie ebenfalls ansehen könnte. Ich kann sie Ihnen morgen irgendwo vorbeibringen.«

In Claire arbeitete es. Konnte sie ihr vertrauen? »In Ordnung. Dann mache ich mir schon mal einige Kopien.« Sie griff nach ihrem Telefon und begann, Seite für Seite abzufotografieren.

»Danke für Ihr Verständnis.«

Claire hob den Kopf. »Darf ich fragen, Madame Fauré, woher Ihr starkes Interesse an dem Puderskandal kommt? Wieso haben Sie Monsieur van den Braak aufgesucht?«

Kapitel 11

Montag, 9. April 2018

Es war ein typischer Montagmorgen nach einem Wochenende, das quasi nicht stattgefunden hatte. Raoul stand früh auf, fuhr mit seinem Wagen zu den Klängen von Cohens »Recent Songs« durch ein graues, regnerisches Bordeaux, kaufte bei *Le Fournil de Nina* Frühstück für Eric und sich und saß wenig später mit seinem Kollegen zu einer ersten Besprechung zusammen.

»Wir haben also einerseits eine Witwe mit Alibi, die ihren Mann nicht allzu sehr vermisst und durchaus ein Motiv hätte, und andererseits eine trauernde Geliebte ohne Alibi, die auf den ersten Blick kein Motiv hat. Auch wenn Robert Mathieu sie für manipulativ hält.« Als Raoul sah, dass Eric etwas einwenden wollte, winkte er ab. »Bitte nicht schon am frühen Morgen. Du hast diese Frau ein einziges Mal getroffen!«

»Jetzt wirst du aber ungerecht.« Eric legte sein angebissenes Croissant auf die Tüte, die ihnen als Tellerersatz diente. »Ich hatte lediglich anmerken wollen, dass er, wie du selbst betont hast, nur sehr fadenscheinige Gründe angeführt hat. *La maîtresse royale* aus dem Barock? Ich bitte dich! Da können wir wohl besser ihn auf die Liste der Verdächtigen setzen.«

»Er steht ja auch drauf.« Raoul sah ein, dass er übers Ziel hinausgeschossen war. »Okay. Tut mir leid. Zu Véronique Ducasse habe ich übrigens noch eine Ergänzung – ich habe sie gestern Nachmittag vor der Cité du Vin gesehen. Sie hat sich dort mit einem jungen Mann getroffen. Die beiden schienen sich recht nah zu stehen.«

»Du meinst, sie haben eine Affäre?«

»Sah ganz danach aus.«

»Kanntest du ihn?«

»Nie gesehen.«

»Was ist er für ein Typ?«

»Marke Schönling. Extravaganter Kleidungsstil. Intensive blaue Augen, dessen Wirkung er sich bewusst zu sein scheint.«

»Also wie du vor zwanzig Jahren.«

»Ich hatte nie was mit 'ner reichen Witwe, die meine Mutter sein könnte.« Kurz überlegte Raoul, ob das wirklich stimmte. Mit Anfang zwanzig hatte er eine wilde Zeit gehabt. Okay, da waren ein paar Begegnungen mit reiferen Frauen gewesen. Aber nichts, was über eine Nacht hinausgegangen wäre.

»Was haben sie gemacht? Etwa zusammen das Museum besucht?«

»Sie setzten sich turtelnd vors *Latitude 20* und ließen es sich bei einem Glas Wein gut gehen.«

»*Oh, l'amour!*« Eric warf einen schmachtenden Blick an die Decke. »Und dann?«

Raoul zuckte mit den Schultern. »Als ich näher kam, hat Madame Ducasse mich gesehen, und natürlich hat sie mich erkannt. Ich bin stehen geblieben und habe sie gegrüßt.«

»Wie hat sie reagiert?«

»Im ersten Moment war sie etwas verlegen. Dann ist sie aufgestanden und hat mich ihrem Begleiter präsentiert. Sie ist sofort in die Rolle der selbstsicheren, unabhängigen Frau geschlüpft, die sich ihrer weiblichen Reize bewusst ist und diese auch gern ausspielt.«

»Und der Typ?«

»Der schien sich in der Situation nicht so wohlzufühlen. Hat kein Wort gesagt. Vielleicht schämte er sich wegen des Altersunterschieds. Sie hat ihn mir jedenfalls als Yves Hautecoeur vorgestellt. Ein junger Kostümdesigner. Überprüf doch mal, ob er bei uns irgendwo registriert ist.«

»Wird gemacht.« Eric notierte sich den Namen. »Du meinst, die beiden könnten Ducasse gemeinsam auf dem Gewissen haben?«

»Wäre nicht das erste Mal, so eine Kombination. Wenn Véronique Ducasse ihren Mann, der ihr eh nur noch lästig war und ihr nun auch noch die Kinder wegnehmen wollte, zusammen mit einem Partner ins Jenseits befördert hat, wäre das eine Erklärung für ihr Alibi.« Raoul trank einen Schluck Kaffee und blätterte in seinem Notizbuch. »Ferner hätten wir mit Robert Mathieu einen überambitionierten Mitarbeiter, den Armand Ducasse versetzen lassen wollte. Und der vermutlich engeren Kontakt mit Ducasses Assistenten pflegt, als diesem recht gewesen wäre.«

Eric erhob sich, lief zum Whiteboard und zog eine Linie zwischen Ducasses Assistenten Olivier Soulard und Robert Mathieu. Dann schrieb er *Yves Hautecoeur – Liebhaber?* neben Véronique Ducasse und verband sie ebenfalls mit einem Strich.

»Nicht zu vergessen Ducasses andere Begleiter, wobei wir uns besonders um Théodore Calment kümmern müssen, mit dem sich Armand Ducasse seinem Kalender nach offenbar vor dem Essen schon getroffen hat.« Raoul stand auf und ging zu Eric hinüber. Gemeinsam betrachteten sie die Aufstellung.

»Dazu das Personal aus dem *Le Patio*.« Eric deutete auf die linke Seite, auf der die Angestellten gelistet waren, die an jenem

Abend gearbeitet hatten. Zuoberst hatten sie den Namen des Inhabers aufgeschrieben. Auch wenn Raoul sich beileibe nicht vorstellen konnte, dass der Sternekoch sein eigenes, kostbares Nest beschmutzte, würde er sich hüten, ihn bereits zu diesem Zeitpunkt auszuschließen. Seine langjährige Erfahrung hatte ihn gelehrt, niemals voreilige Schlüsse zu ziehen, so logisch sie auf den ersten Blick erscheinen mochten. »Wie steht es um diesen TCM-Arzt?«

»Bis jetzt habe ich keinerlei Motiv finden können. Noch dazu hat er für den Abend ein Alibi. Donnerstags hat er immer bis zwanzig Uhr Patienten. Die Arzthelferin ist um Viertel nach acht gefahren.«

»Wir setzen ihn in Klammern dazu. Nicht, dass uns irgendwer unter den Tisch fällt.« Raoul trat zwei Schritte zurück und betrachtete das reich beschriebene Whiteboard. »Eine beachtliche Liste!«

»Nicht auszudenken, wie viele womöglich noch dazukommen, denen Armand Ducasse auf die eine oder andere Art auf die Füße getreten ist.«

Raoul rieb sich den Nasenrücken. »Zuallererst einmal müssen wir wissen, woran Ducasse tatsächlich gestorben ist. Wenn wir doch endlich die Laborergebnisse –« Er kam nicht dazu, den Satz zu beenden, da ihn das Klingeln des Telefons unterbrach.

• • •

Claire saß an ihrem Schreibtisch, vor sich die Aufzeichnungen von ihren Gesprächen mit Noémi Fauré, dazu sämtliches Material, das sie für ihren Blogartikel gesammelt hatte. Bereits seit einer Weile versuchte sie sich aufs Schreiben zu konzentrieren, formulierte einen Absatz, um ihn gleich darauf wieder zu löschen. Ständig schweiften ihre Gedanken ab.

Schließlich setzte sie sich in ihren Lesesessel, nahm das Handy und scrollte durch die Fotos von den Unterlagen des Historikers. Gemeinsam mit Eponine war sie gestern Abend den ersten Teil der Bilder durchgegangen.

Von November 1951 bis Februar 1952 war der in den *Laboratoires Daney* in Bordeaux versehentlich mit Arsen kontaminierte Babypuder in zweiundzwanzig Départements ausgeliefert worden. Gestoppt hatte man den Verkauf erst Ende Oktober 1952. Und auch danach hatte es weitere Fälle gegeben, denn in einigen Haushalten gab es noch Dosen mit dem verseuchten Puder. Besonders betroffen waren der Südwesten Frankreichs und die Bretagne. Allein im ersten halben Jahr waren dort achtundfünfzig Babys gestorben.

Wenn Claire an die Berichte der Mütter dachte, stiegen ihr sogleich wieder die Tränen in die Augen. Oftmals hatten die Frauen zunächst, ehe sie einen Arzt aufsuchten, die anfänglichen Rötungen am Po mit mehr Babypuder behandelt. Ohne zu ahnen, dass sie dadurch die Vergiftung nur beschleunigten. Es bildeten sich Wunden von mehreren Zentimetern Durchmesser. Aufgrund anderer Symptome wie hohem Fieber und Durchfall schlossen die Ärzte am Anfang auf eine Lebensmittelunverträglichkeit, einen baldigen Durchbruch der ersten Zähne oder eine durch Milch verursachte Vergiftung. Man diagnostizierte Ekzeme oder eine Magen-Darm-Grippe. Ein Arzt vermutete gar, die Windeln seien versehentlich mit einer ätzenden Chemikalie imprägniert worden. Einen Zusammenhang mit dem Baumol-Puder sahen die konsultierten Mediziner lange nicht, da das Produkt schon seit Jahrzehnten in der Babypflege verwendet wurde. Stundenlang schrien die Babys vor Schmerzen, und keiner wusste, was zu tun war. Die

Ärzte verloren sich in Vermutungen, während die Eltern hilflos mitansehen mussten, wie sich ihre Kinder bis zum Tod quälten. In der Bevölkerung sprach man von einer neuen Epidemie mit unerklärlicher Todesfolge.

Claire legte das Telefon beiseite, stand auf und trat ans Fenster. Es dauerte eine Weile, bis sie die schrecklichen Bilder abschütteln konnte. Schließlich konzentrierte sie sich bewusst darauf, was sie draußen sah. Am Morgen hatten über dem Atlantik noch schwere Regenwolken gehangen. Allmählich lösten sie sich auf, und hier und da stahl sich schon ein Sonnenstrahl hindurch. Im Laufe des Tages sollte es immer besser werden, so lautete zumindest die Prognose des Wetterberichts.

Eigentlich hatte Claire vor, am Nachmittag Philippe in die Gärtnerei zu begleiten. Er hatte vorgeschlagen, einige Haselnusssträucher an der Grundstücksgrenze zum Strand zu pflanzen. Außerdem hatte er vor, ein Beet mit essbaren Blüten anzulegen. »Damit kannst du deinen Salat aufpeppen«, hatte er augenzwinkernd gesagt. Claire hatte keine Ahnung, welche Blumen man ins Essen streuen konnte, und wollte sich gern von ihm schulen lassen. Nach all den erschütternden Recherchen würden ihr ein paar Stunden in Philippes Gesellschaft guttun. Allerdings sollte sie bis dahin ihr Schreibpensum am Blogartikel erledigen.

Unerwartet schob sich Raouls Bild in ihre Gedanken. Nach ihrem Besuch bei Noémi Fauré hatte Claire ihn zurückgerufen. Abermals hatte sie nur seine Mailbox erreicht. Und bis jetzt hatte er sich noch nicht wieder gemeldet. Klar, er hatte vollauf mit den Ermittlungen um Armand Ducasses Tod zu tun. Doch diese Parallele mit der Pilzvergiftung in Rennes, von der Eponine erzählt hatte – ob er davon wusste? Und wer hatte wohl den Fall Étienne van den Braak übernommen? Mehr und mehr war Claire überzeugt, dass der Tod des Historikers mit seinen Recherchen über den Puderskandal zusammenhing.

Sie drehte sich um und schaute unentschlossen im Raum umher. Ihr Schreibtisch mit all dem Material schien sie mahnend anzublicken. Aber irgendwie fühlte es sich gerade völlig falsch an, sich einem Artikel über Desserts, Gebäck und Kuchen zu widmen. Ihr Blick blieb an der großen Pinnwand hängen, die an der Wand links von ihrem Schreibplatz hing. Bei der Suche nach dem verschwundenen Schoßhündchen hatte sie sie kaum benutzt. Seitdem herrschte dort gähnende Leere.

Claire zögerte einen Moment, dann gab sie sich einen Ruck, ging zum Schreibtisch und nahm einen Bogen Papier aus dem Druckerfach. Mit einem Filzmarker schrieb sie *Étienne van den Braak* auf das Blatt und heftete es mittig auf die Pinnwand. Als Nächstes fügte sie *Noémi Fauré* hinzu.

Seit gestern verstand sie, warum die *chocolatière* sich für diese furchtbare Katastrophe interessierte: Noémi Fauré hatte ihr anvertraut, dass eines der Opfer der kleine Bruder ihrer Mutter gewesen war. Die Mutter hatte als Sechsjährige seinen Tod miterlebt. Die Erinnerungen daran hatte sie verdrängt und Jahrzehnte später durch eine Therapie wiederentdeckt. Noémi selbst war erst kürzlich, nachdem ihre Mutter verstorben war, auf die Geschichte gestoßen, die wie ein düsterer Schatten über ihrer Familie lag.

Als Claire alles, was sie bisher wusste, in Form von DIN-A4-Blättern und Post-its an die Wand gebracht hatte, trat sie ein paar Schritte zurück und betrachtete das Ergebnis. Unten schlug eine Tür. Verwundert sah Claire auf die Uhr – gerade mal kurz vor zwölf. Philippe wollte erst um drei kommen. Was nach seinem Zeitempfinden eher auf halb vier herauslaufen würde. Außerdem besaß er keinen Schlüssel. Misstrauisch lief Claire zur Treppe.

• • •

Eric ging zum Schreibtisch, nahm ab und meldete sich, dann reichte er den Hörer an Raoul weiter. »Für dich. Telepathie funktioniert also doch.«

»*C'est* Frida Salles. *Bonjour*, Monsieur le Commandant.«

»*Bonjour*, Docteur Salles. Ich hoffe, Sie haben zum Wochenstart gute Nachrichten für mich?«

»Wie man es nimmt. Die Analyse der Getränkereste aus Monsieur Ducasses Glas war negativ.«

»Also kein Gift im *Pineau*.« Raoul ließ sich in seinen Schreibtischsessel sinken. Damit war zwar das *Le Patio* außen vor, und sie konnten einige Kandidaten von ihrer Liste streichen. Aber gleichzeitig war auch die einfachste Lösung vom Tisch.

Frida Salles fuhr fort: »Positiv ist hingegen: Erstens wissen wir nun definitiv, dass Armand Ducasse an einer Vergiftung gestorben ist.« Sie machte eine kleine Pause, ehe sie hinzufügte: »Und zweitens, um welches Gift es sich handelt.«

Raouls Handflächen wurden feucht. Sobald die Todesursache klar war, mussten sie nicht länger derartig blind herumstochern. Endlich konnten sie mit den Ermittlungen in die nächste Phase einsteigen.

Die Gerichtsmedizinerin räusperte sich. »Es handelt sich um Tetrodotoxin. Ein Neurotoxin, sprich: Nervengift. Es ist eines der stärksten, nicht proteinartigen Gifte, auch bekannt als das Gift des tödlichen Kugelfischs.«

»Aha?«

»Sie wissen schon, diese japanische Delikatesse, mit der man Russisch Roulette spielt. Wird der Fisch falsch zubereitet, war's das. Tetrodotoxin blockiert die Nervenleitungen des Körpers, es kommt zu Lähmungserscheinungen, und schließlich erstickt das Opfer bei vollem Bewusstsein.«

»Das ist ja grauenvoll. Und es gibt kein Gegengift?«

»Bisher nicht. Mit einer frühzeitigen Intubation und künstlicher Beatmung hat der Betroffene bei guter Grundkondition eventuell Überlebenschancen. Nach vierundzwanzig Stunden lässt das Gift wieder nach.«

»Warum um alles in der Welt will man so etwas freiwillig essen?«

»Berechtigte Frage. In Japan ist es ein totaler Kult. Die Köche, die ihn zubereiten, müssen eine jahrelange Ausbildung durchlaufen. Innerhalb der EU sind sowohl Einfuhr und Handel als auch Zubereitung von Kugelfischen verboten.«

»Wie schnell wirkt denn dieses Tetra … wie hieß es noch gleich?«

»Tetrodotoxin. Die ersten Vergiftungserscheinungen treten nach zehn Minuten bis zu einer Dreiviertelstunde auf. Wir wissen von einem Fall, bei dem der Tod bereits nach siebzehn Minuten eintrat.«

»Also eine hochgradig explosive, verbotene Delikatesse.« Raoul angelte sich einen Stift und begann, sich auf einem leeren Blatt Notizen zu machen. »Verstehe ich das richtig: Armand Ducasse hat also etwas gegessen, das falsch zubereiteten Kugelfisch enthielt? Oder kann das Gift auch auf andere Art in den Körper gelangen?«

»Es kann auch inhalativ oder eventuell über die Haut aufgenommen werden.« Wieder machte die Gerichtsmedizinerin eine kleine Pause. »Aber tatsächlich hat Ducasse das Gift oral zu sich genommen. Allerdings stammt es nicht aus dem Kugelfisch.«

»Sie verwirren mich.«

Am anderen Ende ertönte ein kurzes Lachen. »Na, das ist doch mal was Neues!« Dann fuhr Frida Salles in ernstem Ton fort: »Die Speisereste aus dem Magen, die wir analysiert haben, lassen darauf schließen, dass das Gift einem Törtchen oder etwas ähnlich Süßem beigefügt worden ist.«

»Kugelfischgift in einem zuckrigen Törtchen? Wie passt denn das zusammen?«

»Lassen Sie mich kurz ausholen. Tetrodotoxin – oder auch schlicht TTX, wie wir im Fachjargon sagen – kann man als wasserlösliches Pulver beziehen. Dann heißt es TTX-Citrat. Wenn man dieses in der richtigen Dosierung Speisen beimischt, haut es den stärksten Mann aus den Latschen.«

»Was bedeutet ›in der richtigen Dosierung‹ genau?«

»Für einen normalgewichtigen Erwachsenen reicht ein Milligramm aus. Das Zeug ist zehntausendmal stärker als Zyankali.«

»Du lieber Himmel!« Raoul richtete sich in seinem Stuhl auf. »Ich gehe mal davon aus, dass man das Zeug nicht einfach in der Apotheke kaufen kann.«

»Absolut korrekt. TTX-Citrat ist eine wichtige Substanz zur Testung bestimmter Zellprozesse und kann ausschließlich von Forschungslaboren über den Feinchemikalienhandel bezogen werden.«

»Das heißt, bei irgendeinem dieser Labore muss es ein Leck geben. Oder könnte man auch beispielsweise übers Darknet an die Substanz kommen?«

»Auch das wäre eine Möglichkeit.«

Raoul verabschiedete sich von Frida Salles und legte auf. Eric sah ihn erwartungsvoll an. »Na, was sagt die Fachfrau?«

»Armand Ducasse ist an einer Kugelfisch-Vergiftung gestorben.«

»Hier in Frankreich?« Eric sah ihn ungläubig an. »Ich weiß ja, dass das *Le Patio* einen asiatischen Touch hat, aber eine Lizenz für Fugu hat Routier wohl kaum.«

»Das Gift war in einem Törtchen.« Rasch teilte Raoul seinem Partner mit, was Frida Salles berichtet hatte.

»Also muss Ducasse das kurz vor dem Restaurantbesuch gegessen haben.« Eric lehnte sich in seinem Schreibtischstuhl zurück und verschränkte die Hände hinter dem Kopf.

»Vermutlich.« Raoul überlegte. »Allerdings hat Henry Routier etwas von einem Amuse-Gueule erzählt, das er speziell für seinen Stammgast Armand Ducasse kreiert hat.«

»Du meinst, es ist womöglich mit dem Drink zusammen serviert worden?« Eric fischte die Mappe mit den Aussagen aus einem Stapel auf seinem Schreibtisch und blätterte darin. »*Nope*. Alle haben ausgesagt, dass Ducasse und seine Begleiter im *Le Patio* lediglich einen Aperitif zu sich genommen haben. Das Personal sowie die umsitzenden Gäste. Inklusive deiner Claire.« Er warf Raoul einen vielsagenden Blick zu, den dieser bewusst übersah.

»Vorher also. Auf dem Weg ...« Erneut verfiel Raoul ins Grübeln.

Eric klappte die Mappe zu. »Wenn das Gift nicht im Aperitif war und er dort nichts gegessen hat, dann wären Henry Routier und sein Team aus dem Schneider.«

Skeptisch verzog Raoul das Gesicht. »Ich möchte Henry Routier auch gern so schnell wie möglich gestatten, sein Restaurant wieder zu öffnen. Aber dazu müssen jegliche Zweifel ausgeräumt sein. Ansonsten handeln wir uns einen Riesenärger ein. Immerhin sitzen uns in diesem Fall sämtliche Vorgesetzte bis nach ganz oben im Nacken.«

Wie aufs Stichwort öffnete sich die Tür, und Nathanel Aguerre stand im Türrahmen. »*Bonjour, messieurs*! Wie sieht's aus? Schon eine heiße Spur? Einen konkreten Verdacht? In den nächsten Tagen muss was passieren – ewig kann ich die Truppe vom Innenminister nicht hinhalten.«

Am liebsten hätte Raoul ihm geantwortet, dass die Jagd nach einem Mörder per se von Stress geprägt war. Und dass es nicht unbedingt half, wenn dieser unnötig verdoppelt wurde. Doch er hielt sich zurück. Verärgerte er Aguerre, endete es womöglich damit, dass die DGSI den Fall übernahm. Stattdessen gab er auch seinem Chef eine Zusammenfassung von Frida Salles' Bericht.

»Gift also. Die klassische Waffe der alten Römer.« Nathanel Aguerre kratzte sich am Kinn. »Wie gedenken Sie, nun fortzufahren?«

»Capitaine Rosset und ich sind gerade bei der Aufgabenverteilung.« Raoul nickte zu seinem Kollegen hinüber. »Ich jedenfalls werde unverzüglich mit Théodore Calment sprechen. Laut Ducasses Kalender haben sich die beiden vor dem Abendessen getroffen. Da müsste er ja mitbekommen haben, ob Ducasse schon etwas gegessen hat.«

Nathanel Aguerre wiegte bedächtig den Kopf hin und her. »Geben Sie acht. Ein Geschäftsmann wie Calment hat viele Kontakte in die Politik. Setzen Sie sich nicht in die Nesseln.«

• • •

Claire lief in den Flur und die Treppe hinunter in die Wohnetage. Von der Haustür aus kam ihr Eponine entgegen.

»Schon zurück? Das war ja ein kurzer Arbeitstag. Ist etwas passiert?« Aufmerksam forschte Claire in den Gesichtszügen der Freundin.

»Wie man's nimmt.« Eponine warf ihre Laptoptasche aufs Sofa und ließ sich gleich danebenfallen. Sie öffnete die Tasche und zog ihren Computer hervor. »Ich habe noch weitergegraben, was den

Baumol-Skandal angeht. Diese Geschichte lässt mich nicht mehr los.«

»Geht mir genauso.« Claire setzte sich ihr gegenüber in einen ausladenden Korbsessel und winkelte die Beine an. »Ich bin ganz Ohr.«

»In unserem Archiv habe ich einiges an Material gefunden. Die Presse, insbesondere die *Sud Ouest*, spielte nämlich eine tragende Rolle.« Sie klickte ein paar Mal auf der Tastatur, dann sah sie Claire an. »Als die ersten Mediziner endlich die Verbindung der Krankheitsfälle zum Babypuder von Baumol herstellten und es testen ließen, kam heraus, dass der Puder Arsen enthielt. Doch von behördlicher Seite her wurde gezögert. Es gab Fehlentscheidungen sowie gravierende Mängel in der Koordination und Kommunikation des Gesundheitsministeriums. Das alles hat den Aufklärungsprozess verschleppt, und die Todeszahlen stiegen weiter.«

»Wie bitte? Da hätte doch sofort ein kompletter Verkaufsstopp – wir sprechen hier von Babypuder, der Arsen enthielt!«

»Ich gebe dir absolut recht.« Eponine schaute auf ihren Laptop und wieder zu Claire. »Wenn man liest, was damals abgegangen ist, kann man nur die Hände über dem Kopf zusammenschlagen. Es gab beispielsweise ein Telegramm vom Ministerium für Gesundheit. Darin wurde von schweren infektiösen Dermatitisfällen bei Babys gesprochen. Auf die Dringlichkeit der Angelegenheit wurde hingewiesen, doch zugleich wurde darum gebeten, das Ganze vorerst vertraulich zu behandeln.«

»Vertraulich?« Fassungslos sah Claire sie an. »So etwas hätte sofort in die Presse gehört! Wer weiß, wie vielen Babys man damit das Leben hätte retten können.«

»Das war auch mein erster Gedanke. Die ganze Angelegenheit

ist ziemlich kompliziert. Damals war die Direktion für Gesundheit den Präfekturen untergeordnet.«

»Was bedeutet, dass jeder Präfekt erst mal für sich entscheiden musste.«

»Genau. Und die Auswertung der Daten hat sich ewig hingezogen. Dazu brauchte man Angaben aus den Laboratoires, die den Puder herstellten, Listen, wie viele Dosen wann wohin geliefert wurden.«

»Was hat es mit diesem Laboratoire eigentlich auf sich? Konntest du darüber auch was rausfinden?«

»*Mais oui.*« Eponine scrollte auf dem Touchpad herum. »Den Babypuder Baumol gab es schon seit 1914. Damals produzierten ihn die *Laboratoires Francam*, die jedoch Ende der Vierzigerjahre begannen, einzelne Marken zu veräußern. Die *Laboratoires Daney* waren 1947 vom gleichnamigen Apotheker gemeinsam mit seinem Freund Jacques Cazenave gegründet worden. Im April 1950 erwarben sie die Marke Baumol. Zwei Monate zuvor war allerdings Monsieur Daney verstorben. Woran, konnte ich nicht herausfinden.« Sie blickte kurz auf, ehe sie fortfuhr: »Jedenfalls scheint Cazenave, der Erbe der *Laboratoires Daney*, mit der Leitung völlig überfordert gewesen zu sein.«

»Heißt also, dieser Cazenave hat schlampig gearbeitet. Und war damit für den Tod vieler Babys verantwortlich.«

»Genau. Besonders brisant ist die Tatsache, dass es seit dem fünfzehnten Januar 1951 ein neues Dekret gab, das den Hersteller einer Arzneispezialität verpflichtete, sowohl die Rohstoffe als auch das Fertigerzeugnis regelmäßig zu überprüfen.«

»Lass mich raten: Das hat er nicht getan.«

»Ich habe Archivbilder des Laboratoires gefunden. Wenn du das Durcheinander siehst, wird dir schlecht. Harmlose Stoffe stehen einfach so neben Gefahrenstoffen.«

»Und dort ist also das Arsen fatalerweise in den Puder geraten?«

Eponine nickte. »Wobei noch eine Verwechslung hinzukommt: Offenbar hat man Cazenave siebeneinhalb Kilogramm Arsen statt Zinkoxid geliefert.«

»Und er hat die Ware ungeprüft verwendet.« Claire lief ein Schauder des Grauens über den Rücken. Das Leid der Eltern, die Qualen der Babys – sie mochte sich das gar nicht ausmalen. »Du warst verdammt gründlich in deinen Recherchen.« Dunkel erinnerte sich Claire, dass Eponine ihr bei einem ihrer ersten Gespräche anvertraut hatte, investigativ arbeitende Journalistinnen seien ihre Vorbilder. Da war sie nun natürlich in ihrem Element.

»Ich bin noch nicht fertig.« Eponine tippte erneut auf dem Computer herum. »Ich habe nämlich eine Abhandlung entdeckt, ein Buch, das eine Journalistin vor ein paar Jahren veröffentlicht hat. Kein Verlag hat sich getraut, es zu drucken. Da hat sie es schließlich selbst herausgegeben. Ich habe es vorhin als E-Book gekauft.« Sie stellte das Gerät auf den Couchtisch und drehte es zu Claire um.

Auf einem türkisfarbenen und dunkelblauen Hintergrund stand *Enquête sur le scandale de la poudre Baumol* (1951–1959), darunter gab es ein Foto der Puderdose sowie einige Ausschnitte von Zeitungsüberschriften. Die Autorin hieß Annick Le Douget.

»Diese Frau hat akribisch recherchiert, was genau alles falsch gelaufen ist und wer beteiligt war.« Eponine sah Claire über den Tisch hinweg unverwandt an. »Sogar Aussagen von Menschen, die das Gift überlebt haben, hat sie eingebaut. Ich hab's vorhin nur kurz überflogen. Summa summarum war es eine Katastrophe, die das gesamte Land erschüttert hat.«

Claire zog den Rechner zu sich heran und blätterte durch das E-Book. »Ich kann es einfach nicht fassen, dass dieser Jacques Cazenave mit achtzehn Monaten auf Bewährung und einer so lächerlichen Geldstrafe davongekommen ist.«

»Eigentlich ist es ein Wunder, dass sich keines der betroffenen Elternpaare an ihm gerächt hat.« Eponine ballte die Hände. »Hätte ich wegen seiner Schlamperei auf so grausame Weise mein Kind verloren, ich könnte nicht ausschließen, selbst zur Mörderin zu werden.«

Innerlich gab Claire ihr recht. Wie oft war sie nicht schon an Gerichtsurteilen verzweifelt. Dass Betrug und Steuerhinterziehung für gewöhnlich härter geahndet wurden als Vergehen an Menschen, würde sie nie begreifen. Es war einer der entscheidenden Gründe gewesen, weshalb sie nicht Jura studiert hatte, sondern Privatermittlerin geworden war.

Doch unabhängig vom Urteil gegen den Apotheker Jacques Cazenave: Wie hatte ein so düsteres Kapitel dermaßen in Vergessenheit geraten können? War es dem Historiker Étienne van den Braak darum gegangen, den Fokus noch einmal auf diese unfassbare Katastrophe zu richten? Oder war er auf etwas Neues gestoßen? Und wollte jemand genau das verhindern? Lag dort das Motiv für seinen Tod? Sie atmete geräuschvoll aus. Zu viele Gedanken schwirrten ihr durch den Kopf. »Das geht ganz schön an die Substanz. Vielleicht sollten wir mal eine Pause machen?«

Eponine hob den Kopf. »Das passt. Du hast nämlich Besuch.« Sie deutete in Richtung Fenster.

Claire drehte sich um. Philippe stand auf der Terrasse und winkte ihnen zu. Rasch lief sie zur Terrassentür und öffnete. »*Bonjour!*« Sie umarmte ihn. »Du kommst genau richtig. Wir brauchen dringend etwas Abwechslung.«

»Als hätte ich es geahnt!« Er schielte an Claire vorbei zur Couch. »*Salut*, Eponine! Wie schön, dich zu sehen.« Er wandte sich wieder an Claire. »Eigentlich wollte ich dich mit einem spontanen gemeinsamen Lunch überraschen.«

»Damit kommst du wie gerufen. Essen ist so ziemlich das Letzte, woran wir gedacht haben.«

»Wenn ich gewusst hätte, dass du Besuch hast, hätte ich eine größere Form genommen.«

»Was hast du denn dabei?« Neugierig lugte Claire in den Korb, den Philippe trug.

»Eine Quiche mit grünem Spargel und Ziegenkäse.«

»Hmm …!« Mit einem Mal spürte Claire ihren Magen rumoren. »Kein Problem, wir teilen einfach. Ich mache schnell einen Salat dazu.« Sie erhob sich aus dem Sessel.

»Perfekt. Im Gewächshaus ist noch Rucola, und die ersten Frühlingszwiebeln sind auch schon so weit –« Fragend hielt er inne. »Wobei habe ich euch denn gerade eigentlich gestört?«

Claire wechselte einen Blick mit Eponine. »Ach, wir betreiben nur investigative Nachforschungen zu einem sehr aufwühlenden Thema. Wir hatten eh gerade beschlossen, eine Pause einzulegen.«

Wieder glitten seine Augen zwischen den beiden Frauen hin und her. »Darüber müsst ihr mir unbedingt mehr erzählen.«

»Das wird sich vermutlich gar nicht vermeiden lassen.« Claire lächelte ihn an. »Eponine wirst du übrigens zukünftig öfter hier sehen. Sie ist ab jetzt meine Mitbewohnerin.«

»Ah, endlich fruchten meine Gebete über mehr Solidarität im Villenviertel.« Philippe rieb sich die Hände. »Schon ewig meine Rede: Es ist ein Jammer, dass all diese riesigen Häuser hier den größten Teil des Jahres leer stehen. Wenn man die anders nutzen würde … Du setzt damit ein Zeichen, Claire.«

»Ich bin nicht sicher, ob meine Nachbarn sich davon überzeugen lassen.« Claire dachte an die beiden steinreichen Familien, die

die Grundstücke rechts und links von ihr besaßen. Großzügige Spenden waren okay, die beruhigten das Gewissen. Aber bloß keinen in die eigene Komfortzone hereinlassen. Geschweige denn, sie mit anderen zu teilen!

»Das kommt nur auf die richtige Argumentation an. Der erste Riss in der Mauer dieses Nobelgettos ist jedenfalls da.« Philippes braune Augen blitzten auf. »Dann kannst du ja doch noch in unser Selbstverteidigungstraining mit einsteigen, Eponine.«

Im vergangenen Herbst hatte er Claire bei Ermittlungen um eine verschwundene Studentin zu einem Einsatz in einer Bar begleitet. Dabei hatte er Eponine aus einer brenzligen Situation gerettet. Ohne ihn hätte es damals übel ausgehen können. Seither nahm Claire bei ihm Unterricht. Philippes Stil setzte sich aus Techniken der Kampfsportarten Kyusho Jitsu, Baguazhang und Kalarippayat zusammen. Über die Grundbegriffe waren sie vor seiner Abreise nicht hinausgekommen. Obwohl Claire sich bemüht hatte, alle paar Tage zu üben, fühlte sie sich ziemlich eingerostet. »Lass uns doch gleich heute Abend starten.«

»Euer Wunsch sei mir Befehl!« Philippe strahlte sie an. »Dann hole ich jetzt mal die Vitamine.« Damit verschwand er durch die Terrassentür.

»Er ist schon toll!« Eponine klappte den Laptop zu. »Ehrlich, ich verstehe nicht, warum ihr beiden kein Paar seid.«

»Ach, das ist –« In diesem Moment klingelte Claires Handy auf dem Couchtisch. Ihr Mund wurde trocken, als sie Raouls Namen auf dem Display las.

Kapitel 12

Dienstag, 10. April 2018

»Und, was ist Ihr Eindruck von Monsieur Calment?« Raoul sah zu Gwendoline Bertin hinüber, die heute wieder den Dienstwagen fuhr.

»*Bof*.« Die Kollegin atmete hörbar aus, während sie im Kreisverkehr die zweite Ausfahrt nahm. »Ein typischer Geschäftsmann, der sich nicht gern in die Karten schauen lässt.«

Sie hatten den Bauunternehmer am Vormittag in seinem Büro in Pessac getroffen und waren nun auf dem Rückweg ins Commissariat.

»Nehmen Sie ihm seine Version ab?«

»Sie meinen, dass Armand Ducasse und er sich vor dem Abendessen im *Le Patio* am *Monument aux Marins Péris en Mer* treffen wollten, Calment jedoch im letzten Moment ein Termin dazwischengekommen war?« Unentschlossen wiegte sie den Kopf hin und her. »Ich weiß nicht. Auf mich machte er einen ziemlich nervösen Eindruck. Besonders, als Sie wegen des Grunds für das Treffen nachgehakt haben.«

»Das ist in der Tat merkwürdig: die Besprechung von Details eines Bauvorhabens für soziales Wohnen, bei dem Ducasse die Schirmherrschaft trägt. Warum ausgerechnet an so einem abgelegenen Platz? Das Denkmal der auf dem Meer umgekommenen Seeleute eignet sich ja wohl eher für romantische Spaziergänge.«

»Angeblich sei der Ort Ducasses Wunsch gewesen. Den sich Calment auch nicht erklären konnte.«

»Sagt er.« Mit gemischten Gefühlen dachte Raoul an die fadenscheinige Aussage des Unternehmers zurück. »Aber mal angenommen, das stimmt so weit. Dann hat Armand Ducasse von dem Moment an, als er das SGAR verlassen hat, bis zu seiner Ankunft im *Le Patio* Leerlauf gehabt. Wie hat er dieses spontane Zeitfenster gefüllt? Hat er sich stattdessen mit jemand anderem getroffen?«

»Womöglich mit einer Frau?« Gwendoline Bertin überholte einen schleichenden PKW. »Malou Thomas mag von seiner Treue zu ihr überzeugt sein. Aber mal ehrlich: So einer hat doch immer ein paar Geliebte auf Abruf in Reichweite. Hat die Auswertung der Telefondaten diesbezüglich etwas ergeben?«

»Gleich nach unserer Unterredung habe ich eine entsprechende Nachricht an unsere Kriminaltechniker geschickt, die sich mit seinem Handy befassen. Allein schon, um zu überprüfen, ob Calments Aussage stimmt und er Ducasse tatsächlich eine SMS geschickt hat, um den Termin zu canceln.«

Beide verfielen in Schweigen, und Raoul sinnierte vor sich hin. Aus dem Verhalten des Mittfünfzigers wurde er nicht schlau. Irgendetwas passte nicht. »Ducasse ist also allein vor dem Restaurant angekommen«, nahm er den Faden wieder auf.

»Nein, warten Sie. Calment hat doch gesagt, er habe Ducasse auf dem Weg dorthin getroffen. Auf dem Boulevard Mestrezad, vor einer Weinbar, ganz in der Nähe der Querstraße, wo er seinen Wagen geparkt hatte. Er habe Ducasse erst auf den zweiten Blick gesehen, weil dieser von einer Horde junger Frauen umringt war.«

»Richtig.« Raoul sah sie anerkennend an. Dieses Detail war ihm beinahe entfallen. Die Kollegin hatte mit ihrem Gedächtnis nicht übertrieben. Er nickte vor sich hin. »Ein Junggesellinnenabschied – dafür eignet sich Arcachon wahrlich gut.«

»Das hat ihm sicher gefallen, so eine Schar aufgebrezelter junger Dinger um sich herum.«

Der Spott in Gwendoline Bertins Stimme war nicht zu überhören. Auch wenn sich ihre Aussage im Prinzip gegen den untreuen Staatsmann richtete, wunderte sich Raoul nicht zum ersten Mal, warum Frauen oft auf so abwertende Weise übereinander sprachen. Wie entstand so etwas, und wann fing es an? War seine Kollegin schon als Kind so verbittert gewesen? Dunkel erinnerte er sich, dass es in seiner Grundschule Mädchen gegeben hatte, die ständig gelästert und hinter dem Rücken über andere hergezogen hatten. Woran lag es, dass Mädchen bereits in so frühen Jahren aufeinander herumhackten? Lernten sie das von ihren Müttern? Irgendwann wollte er mal mit einer Frau über dieses Thema sprechen. Doch vielleicht nicht gerade jetzt, und vielleicht auch nicht gerade mit Gwendoline Bertin. So behielt Raoul seine Überlegungen für sich und fragte stattdessen: »Was hat Ducasse noch gleich zu Calment gesagt?«

Gwendoline Bertin dachte einen Moment nach. »Sinngemäß, glaube ich, dass die Spielchen, die sich die jungen Leute für diesen Tag ausdenken, immer verrückter werden.«

»Was genau hat er damit wohl gemeint?«

»Na, vermutlich haben sie irgendwas mit ihm angestellt, vielleicht musste er die Braut küssen oder sich fotografieren lassen oder so etwas. Manchmal muss sie ja auch einen Haufen Kitsch verkaufen – was weiß ich.«

Während Raoul die niedrigen Altbauten mit ihren größtenteils unrenovierten Sandsteinfassaden betrachtete, die die enge Straße säumten, ließ er diese Informationen sacken. Das Event, in das Ducasse offenbar zufälligerweise geraten war, stellte einen unkalkulierbaren Faktor dar. Hatte er dort womöglich das vergiftete Törtchen gegessen? Calment hatte jedenfalls nichts dazu gewusst. »Machen Sie bitte diese Weinbar ausfindig, und erkundigen Sie sich nach dem Junggesellinnenabschied. Außerdem müssen wir mehr über das Bauprojekt wissen. Versuchen Sie, so viel wie möglich darüber herauszufinden. Unter anderem, ob der andere Geschäftsmann, Hubert Geneste, ebenfalls daran beteiligt ist.« Er machte eine kleine Pause, ehe er hinzufügte: »Ich steige da vorn an der Ecke aus.« Auf ihren verwunderten Blick fügte er hinzu: »Ich muss in der Mittagspause etwas erledigen.«

Vom Commissariat fuhr Raoul mit seinem eigenen Wagen in die Innenstadt. Auch wenn er inzwischen recht passabel mit seiner neuen Kollegin auskam, wollte er ihr keinesfalls auf die Nase binden, dass er zum Mittagessen mit einer Privatdetektivin verabredet war.

Unterwegs wanderten seine Gedanken zu seinem gestrigen Telefonat mit Claire. Was sie über den Tod dieses Historikers und seine Recherchen zu dem Baumol-Skandal erzählt hatte, klang in der Tat merkwürdig. Heute früh hatte er gleich nachgesehen, wer den Fall von Étienne van den Braak bearbeitete. Renée Nagot war eine noch junge, aber angesehene Kriminalistin, doch in der momentanen Situation stand ihr lediglich ein kleines Team zur Verfügung. Die gesammelte Aufmerksamkeit der Abteilung floss nun einmal in die Ermittlungen um den weitaus aufsehenerregenderen Mord an Armand Ducasse. Es war schwer, sich mit etwas anderem dagegen zu behaupten.

Raoul stoppte an einem Zebrastreifen, um eine Gruppe Kindergartenkinder hinüberzulassen. Die Kleinen trugen Reflexwesten und hielten sich an den Händen, die Jüngsten saßen in einem Bollerwagen, den eine der beiden Betreuerinnen zog. Lachend winkten die Kinder Raoul zu. Unwillkürlich musste er an seine

Kindheit denken. Diese war stark geprägt gewesen von einer alleinstehenden Nachbarin, Sylvie Bonneaud, die sich um ihn gekümmert hatte, wenn seine Mutter wie so oft Überstunden machen musste. Liebevoll hatte er sie *mamie* Sylvie genannt. Es war lange her, dass er an sie gedacht hatte. Das Telefonat mit Claire hatte die Erinnerungen an seine Ersatzoma wieder geweckt. Genau genommen war es der Skandal um den mit Arsen verunreinigten Babypuder gewesen, den sie erwähnt hatte.

Baumol war Raoul ein Begriff, auch wenn sich diese entsetzliche Tragödie mehr als zwanzig Jahre vor seiner Geburt ereignet hatte. Damals lebte Sylvie Bonneaud noch mit ihrem Mann in der Bretagne, die am stärksten von der Katastrophe betroffen gewesen war. Wegen des verseuchten Puders hatte sie ihr einziges Kind verloren. Die Ehe war daran gescheitert, dass ihr Mann und sie nicht mit dem Verlust zurechtgekommen waren. All das hatte Raoul erst als Erwachsener von seiner Mutter erfahren. Seither hatte er *mamie* Sylvie mit völlig anderen Augen gesehen. Für sie war Raoul vermutlich das Kind gewesen, das sie selbst nicht hatte großziehen können. Er wiederum hatte bei ihr vergnügte Stunden verbringen dürfen. Stundenlang hatte sie ihm seine Lieblingsbücher vorgelesen, mit ihm gemalt und gebastelt. Stets hatte sie diese kleinen, furchtbar süßen Erdbeerschaumstückchen in einer Dose auf dem Küchentisch, die es bei ihm zu Hause so selten gab. Zu jener Zeit hatte er sie geliebt, heute würde er die nicht mehr runterkriegen.

Wie doch Lebenswege miteinander verzahnt waren. Raoul hatte mit seiner Zieh-Oma nie über ihr Schicksal gesprochen. So etwas war kein Thema für einen Geburtstagsanruf. Eigentlich hatte er längst einmal bei ihr vorbeischauen und mit ihr darüber sprechen wollen. Aber es war einer der Punkte auf seiner imaginären To-do-Liste, die er immer wieder aufschob. Bis es irgendwann womöglich zu spät sein würde. Und jetzt ploppte dieser Skandal plötzlich im Zusammenhang mit einer Mordermittlung auf. Konnte an Claires Mutmaßungen etwas dran sein? Falls ja, so fühlte er sich beinahe moralisch dazu verpflichtet, sich darum zu kümmern. Das war er *mamie* Sylvie schuldig.

• • •

Das Bistro *Chez Lolotte* lag in einer kleinen Seitenstraße, nur einen Steinwurf weit vom Grand Théatre de Bordeaux. Claire stellte ihren Wagen an der Place des Quinconces ab und überquerte den Platz, der zu den größten Europas zählte. Sein Name ging zurück auf die Bepflanzung mit exakt 1.818 Bäumen, die nach dem Muster vieler nebeneinanderliegender Würfel mit der Augenzahl Fünf, *quinconces*, angeordnet waren.

Während sie an der Nationaloper entlangschlenderte, dachte sie an ihr allererstes »Arbeitsessen« mit Commandant Raoul Chénier. Damals waren sie in einer korsischen Tapasbar gewesen und anschließend in einer Weinbar eingekehrt. Beinahe hätte sie an diesem stimmungsvollen Abend die Kontrolle verloren. Heute war alles deutlich harmloser, immerhin trafen sie sich am helllichten Tag. Außerdem ging es, anders als bei ihren vergangenen sporadischen Kaffeetreffen, mal wieder wirklich um etwas Berufliches. Und trotzdem war da ein Kribbeln in Claires Magengrube.

Als sie das kleine Restaurant durch die geöffnete Glastür betrat, sah sie Raoul bereits an einem der hohen, quadratischen Tische im Hintergrund sitzen. Wie üblich in einem dunklen Anzug mit weißem Hemd, hatte er sich in die Speisekarte vertieft. Sofort schoss in Claire eine Fontäne unterschiedlicher Emotionen hoch. Sie blieb stehen und atmete durch. Gleichzeitig fragte sie sich, ob ihr Erscheinen Ähnliches in ihm auslöste. Heute hatte sie ein tailliertes, lindgrünes Kleid mit weit schwingendem Rock gewählt und damit ein bisschen mehr Weiblichkeit zugelassen, als sie es sonst bei ihm zu tun pflegte.

Raouls Blick hob sich und wanderte zum Eingang hinüber. Ihre Augen trafen sich, und ein Lächeln breitete sich auf seinem Gesicht aus. Claire lächelte zurück. Sie genoss es, freute sich auf ihr Treffen. Und im selben Moment warnte ein drängendes Flüstern in ihrem Innern davor, sich nicht die Finger zu verbrennen. Denn das würde sie zwangsläufig, wenn sie ihn zu nah an sich heranließ. Es waren nicht nur die äußere Ähnlichkeit zu Stéfane und die anderen Parallelen, die es zu ihrem Ex gab, wie die Begeisterung für Cohens Musik. Zwischen Raoul und ihr wirkte eine besondere Anziehungskraft, die sich nur schwer in Worte fassen ließ.

Sie begrüßten sich mit drei *bisous*, und Claire sog seinen herbfrischen Duft ein, der vertraut und fremd zugleich war.

»Schön, dich zu sehen, Claire.« Seine dunkle Stimme klang herzlich und war meilenweit entfernt von dem spröden Ton, den er bei ihrer allerersten Begegnung angeschlagen hatte, damals, beim Fund der Leiche an der *Dune du Pilat*. Deutlich verriet heute sein Blick seine Bewunderung, sodass er ein Kompliment über ihr Aussehen nicht mal hätte aussprechen müssen. Er tat es trotzdem: »Du siehst – fabelhaft aus.«

»*Merci*.« Sie setzte sich und schenkte ihm einen jener Augenaufschläge, die Interesse spiegeln, aber nicht zu lasziv wirken sollten. Während sie das Menü überflog, versuchte Claire, die Schwingungen zu sondieren. Das hier war so ganz anders als bei ihrem ersten Treffen. Es fühlte sich viel mehr nach einem Date an. Irgendwie hatten sie sich seinerzeit beide professioneller verhalten. Claire wusste, sie sollte sich nun stärker abgrenzen, doch etwas in ihr sträubte sich dagegen. Sie sah in Raouls markant geschnittenes Gesicht, in dem sich die sensiblen Züge stets zu verstecken suchten. Vermutlich lag es am Frühling, dass sie sich plötzlich wünschte, er würde mit ihr flirten. Trotz aller Alarmglocken in ihrem Kopf. Noch ein paar Minuten wollte sie dieses Gefühl der prickelnden Leichtigkeit genießen, zumindest, bis sie ihre Bestellung aufgaben. Und dann aufs Berufliche umschwenken, nahm sie sich vor.

Claire senkte die Speisekarte. »Geht es dir gut?«

»Es passt schon. Und selbst?«

»Alles bestens.«

Was für alberne Floskeln gaben sie da bloß von sich? Sie waren doch sonst nicht so blockiert. In Raouls Blick lag eine vage Unsicherheit.

Beinahe beiläufig bemerkte er: »Privat scheint sich bei dir ja einiges getan zu haben.«

»*Bon* –« Claire hatte keine Ahnung, worauf er anspielte. »Ich habe seit Neuestem eine Mitbewohnerin. Eponine, du erinnerst dich an sie?«

»Ah, *oui*. Die Barfrau aus dem *Le Poisson Qui Chasse*. Sie wohnt jetzt bei dir?«

»Sie brauchte etwas Neues. Ist erst mal übergangsweise. Übrigens arbeitet sie inzwischen als Journalistin.«

Raoul nickte. Ohne den Blick von der Karte zu lösen, fragte er: »Und dein neuer Freund?«

Claire sah ihn verständnislos an.

»Ihr wart doch im Restaurant, als das mit Ducasse –«

»Ach, Philippe.«

»Ihr seid ein schönes Paar.« Er klappte die Karte zu und legte sie beiseite.

»Wir sind nicht zusammen. Philippe ist bloß ein sehr guter Kumpel.« Das war zwar nur die halbe Wahrheit, aber mehr brauchte Raoul nicht zu wissen. Und ein Paar waren Philippe und sie ja nun wirklich nicht.

»Ach so.«

Zeigte sich da ein Anflug von Erleichterung in seinem Gesicht, oder bildete sie sich das ein?

»Haben Sie gewählt?« Unbemerkt war ein junger Mann in weiß-rot gestreiftem Shirt an ihren Tisch herangetreten. Freundlich lächelte er sie an.

Claire bestellte eine *Trilogie des tomates* mit Pesto als Vorspeise, gefolgt von einem *Croque monsieur végétarien au gorgonzola* und als Dessert Crème brûlée. »Die musst du hier einfach probieren – sie ist göttlich.« Claire strich sich eine Haarsträhne aus der Stirn. »Ach ja, ich vergaß, du stehst ja nicht so auf süß. Oder hat sich das inzwischen geändert?«

»Ich arbeite daran. Vielleicht magst du mich wieder probieren lassen?«

»Von meiner kostbaren Crème brûlée?« Claire tat empört. »*Bon, d'accord*. Weil du es bist.«

»Du bist zu gütig.« Raoul wandte sich an den Kellner. »Dann fange ich mit dem Oktopus an und nehme als Hauptgericht die Dorade à la bordelaise. Und danach einen Espresso.«

Nachdem der Kellner ihnen den Rücken gekehrt hatte, gab sich Claire einen Ruck. Jetzt musste sie umschwenken, sonst würde das hier völlig ins Private abdriften. »Ich wollte dich heute treffen, weil ich da in eine Geschichte reingezogen worden bin, die mich ziemlich beschäftigt.«

Sogleich änderte sich Raouls Haltung, und auf seinem eben noch entspannten Gesicht erschien ein Ausdruck von professionellem Interesse. »Dann leg mal los.«

Claire berichtete, wie sie mit Noémi Fauré die Leiche des Historikers gefunden hatte. Vom Auftauchen der Gendarmerie und des Arztes und auch davon, wie sie all ihre Überzeugungskraft hatte aufbringen müssen, um zu erreichen, dass Letzterer »Todesursache ungeklärt« auf dem Totenschein eintrug.

»Respekt – da warst du wohl ziemlich überzeugend. Aber das weiß ich ja bereits seit unserer ersten Begegnung.« Raoul schmunzelte.

Ehe sie etwas antworten konnte, kam der Kellner mit ihren Getränken und den Vorspeisen.

»*Santé*.« Er prostete ihr mit seinem Gingerale zu. »Was den Fall Étienne van den Braak betrifft: Ich werde mich mal bei der zuständigen Kollegin nach dem Stand der Ermittlungen erkundigen. Was hat es mit seinen Recherchen im Baumol-Skandal auf sich, die du gestern erwähnt hast?«

»In seinem Arbeitszimmer gab es eine ganze Menge Unterlagen.« Claire nippte an ihrem alkoholfreien Cocktail. Sie zögerte kurz, dann sagte sie mit gesenkter Stimme: »Einen Teil davon habe ich mitgenommen.«

»Du hast was?« Raoul blickte Claire entgeistert an. »*Dieu du ciel* – du kannst doch nicht einfach an einem Tatort Dokumente unterschlagen!«

»Nach dem, wie sich die beiden Gendarmen verhalten haben, war es das Vernünftigste, was ich tun konnte. Wenn man die hätte gewähren lassen, wären van den Braaks Überreste vermutlich schon eingeäschert. Herzinfarkt eines alten Mannes – tragisch, aber keine große Sache.« Claire sah ihn eindringlich an. »Und schließlich komme ich ja jetzt mit den Unterlagen zu dir.«

Ungläubig schüttelte Raoul den Kopf und trank einen ordentlichen Schluck Gingerale. »Eigentlich müsste ich dir – okay, dann lass mal sehen. Aber glaub nicht, dass ich die Unterschlagung damit abgehakt habe.«

Claire griff nach ihrem Telefon, öffnete den Ordner mit den

Fotos und reichte es ihm. Während sich Raoul jedes der Bilder einzeln ansah, widmete sie sich ihrer Tomatentrilogie. Nach einer Weile betrachtete sie seine unberührte *poulpe persilée*. »Schmeckt's dir nicht?«

»Wie bitte?« Raoul wirkte, als hätte sie ihn aus einer anderen Welt herausgerissen. »Ach ja, stimmt. Da war ja noch was.« Sobald er in Eiltempo seine Vorspeise verzehrt hatte, vertiefte er sich wieder in die Dokumente des Historikers.

Claire verzog das Gesicht. Als Gourmet konnte man Raoul Chénier wahrlich nicht bezeichnen.

Kurz darauf servierte der Kellner den Hauptgang. Zu ihrer Überraschung legte Raoul das Handy zur Seite. »Zu viel Arbeit beim Essen verdirbt den Magen.«

»Da gebe ich dir recht.« Genüsslich schnitt Claire ein Stück ihres Toasts ab.

»Und das da ist komplett vegetarisch?« Misstrauisch beäugte Raoul ihren Teller.

»Ah, *oui*! Und ich kann es wärmstens empfehlen. Magst du mal kosten?«

»Ich bin nicht sicher.«

»Ach was, sei nicht so skeptisch. Los, gib dir einen Ruck, und hüpf über deinen Schatten. Oder vertraust du mir nicht?«

»Da bin ich mir noch nicht so sicher.«

Während Raoul ihr seine Gabel hinhielt, berührten sich ihre Finger leicht, und Claire durchfuhr es, als hätte sie einen Stromschlag bekommen.

»Ist tatsächlich gar nicht mal schlecht.« Raoul nickte anerkennend. »Um nicht zu sagen: sehr gut. Dann musst du jetzt aber auch diese großartige Dorade versuchen.«

Wenn irgendjemand sie beobachtete, käme er automatisch zu dem Schluss, sie seien ein verliebtes Pärchen, dachte Claire, als er ihr einen Bissen abschnitt, auf ihre Gabel schob und über den Tisch reichte. »Köstlich. Er scheint ein glückliches Fischdasein gehabt zu haben.«

»Oder sie – wie kann man das bei Fischen eigentlich erkennen?«

»Keine Ahnung.« Claire lachte. In Raouls Gegenwart fühlte sie sich unglaublich wohl. Am liebsten hätte sie ewig so unbeschwert weitergemacht.

Viel zu schnell war das Essen verzehrt, und sie mussten zu den beruflichen Themen zurückschwenken. Diesmal war es Raoul, der den Anfang machte: »*Alors*, ehe dein Dessert serviert wird, lass uns noch mal auf diese Angelegenheit zurückkommen. Ein Historiker befasst sich mit einem Jahrzehnte zurückliegenden Babypuderskandal. Kurz darauf ist er tot, höchstwahrscheinlich ermordet. Wenn deine Vermutungen stimmen, dann müsste er also bei seinen Recherchen jemandem so unsanft auf die Füße getreten sein, dass derjenige oder diejenige nicht vor einem Mord zurückschreckt.«

»Könnte es sich auf politischer Ebene abspielen? Immerhin ging es bei dem Baumol-Skandal ja äußerst dubios zu.«

»Ich weiß nicht.« Raoul kratzte sich am Kinn. »Das Ganze ist doch schon so lange her. Viele der damals Beteiligten leben heute gar nicht mehr. Cazenave beispielsweise ist vor einigen Jahren gestorben. Wenn sich an dem jemand hätte rächen wollen, das könnte ich nachvollziehen.«

»Aber erst jetzt sind Verbindungen aufgetaucht, die bis in die Gegenwart reichen.«

Raoul sah sie überrascht an. »Worauf beziehst du dich?«

Langsam sagte Claire: »Vielleicht denkst du jetzt gleich, ich sehe Gespenster. Doch Eponine hat herausgefunden, dass es kürzlich in der Bretagne ebenfalls einen Fall von Vergiftung gab. Eine Pilzvergiftung. Das Opfer hat in der Präfektur gearbeitet.«

Raoul rieb sich die Schläfe. »Warte mal, da läutet was ... War das nicht eine Frau aus der Verwaltung, die kurz vor der Rente stand? Soweit ich weiß, sind die Kollegen dort zu dem Schluss gekommen, dass es sich um einen Unfall handelte.«

»Das stimmt. Allerdings –« Claire zögerte den Moment, ihren finalen Trumpf auszuspielen, ein wenig hinaus. Am gestrigen Abend, nach dem Training mit Philippe, hatten Eponine und sie sich die letzten Dokumente des Historikers genauer angesehen und waren dabei auf eine Überraschung gestoßen.

»Das Opfer hieß Virginie Échenoz. Sie war unverheiratet. Ihr Vater war Bruno Échenoz. Er arbeitete damals für die Versicherung, die den Opfern des Baumol-Skandals den sogenannten Schadenersatz auszahlte. Die Versicherung hat die regulären Summen dabei krass runtergedrückt. Und die oftmals sehr armen und nicht sonderlich gut informierten Leute sind da mitgegangen.«

»Was willst du damit andeuten?«

»Wie das zusammenhängt, weiß ich auch noch nicht. Jedenfalls hat Étienne van den Braak einige Papiere darüber zusammengetragen. Er scheint eine Verbindung zu der Baumol-Geschichte gesehen zu haben.« Sie nahm ihr Handy und scrollte zu dem entsprechenden Dokument.

»Hm.« Raoul vergrößerte das Bild und betrachtete es eingehend. »Und das ist die letzte Seite seines Materials?«

»Mehr haben wir nicht gefunden. Allerdings wäre es ja nicht auszuschließen ...« Sie brach ab. Ihr kam soeben eine Idee. »Was wäre, wenn der Mörder nach der Tat im Garten noch ins Haus gegangen wäre und einige Papiere an sich genommen hätte?«

»Du meinst, es könnte weitere Unterlagen geben oder gegeben haben, die vielleicht noch andere Leute in die Angelegenheit einbeziehen?«

»Auszuschließen ist das nicht.« Claire fühlte sich ganz in ihrem Element und war froh, dass Raoul ihre Theorien nicht gleich abgeschmettert hatte, sondern darauf einging. »Man müsste mehr über diese Virginie Échenoz wissen. Wollte sie womöglich mit der Vergangenheit ihres Vaters aufräumen und hat sich damit bei irgendjemandem unbeliebt gemacht?«

»Ich werde mich auf jeden Fall bei den Kollegen in Rennes nach den Details ihrer Ermittlungen erkundigen. Und nachfragen, was bei der Obduktion des Historikers herausgekommen ist. Wenn er vergiftet wurde …« Er ließ den Satz unvollendet in der Luft hängen.

Da in diesem Moment der Kellner mit Dessert und Espresso erschien, beendeten sie ihr berufliches Gespräch vorerst. Stattdessen gab sich Claire der himmlischen Komposition ihrer Crème brûlée hin. Die Masse war gestockt und dennoch zartschmelzend sahnig, die Karamellkruste wunderbar knusprig. Auch war die Creme nicht zu süß, sondern fein abgerundet mit einer dezenten Vanille- und Salznote. Claire verdrehte verträumt die Augen. »Göttlich! Kaum zu übertreffen.«

»Davon muss ich mich erst überzeugen.«

»Vergiss es – jeder Bissen ist heilig.«

»He, du hast es mir versprochen!«

»Hab ich?« Unschuldig riss Claire die Augen auf. Dann lachte sie. »Also gut. Aber nächstes Mal bestellst du dir ein eigenes Dessert.«

Nachdem Raoul die Creme probiert hatte, streckte er beide Hände aus. »Du hast gewonnen. Sie ist umwerfend.«

Er bestand darauf, die Rechnung zu übernehmen. Claire

sträubte sich zunächst und gab erst nach, als sie festgelegt hatten, dass beim nächsten »Arbeitsessen« sie zahlen würde.

Wenige Minuten später standen sie vor dem Restaurant auf der Straße.

»Es war wirklich schön, dich zu treffen, Claire.« Die türkisgrünen Sprenkel in Raouls Augen tanzten.

Es kostete Claire jedes Mal Kraft, sich nicht fallen zu lassen. Und trotzdem suchte sie immer aufs Neue den Kontakt zu ihm. Sie räusperte sich. »Also dann, tauschen wir uns bald wieder aus. Die Bilder habe ich dir gerade alle geschickt.«

»Sehr gut. Wo hast du deinen Wagen geparkt?«

»Am Garonneufer. Und du?«

Er wies mit dem Daumen in die entgegengesetzte Richtung die Straße hinunter. »Also dann ...«

Unverwandt standen sie sich gegenüber. Mitten am Tag schien es noch schwerer, eine angemessene Verabschiedung zu finden. Raoul machte einen Schritt auf sie zu. Es waren die typischen *bisous* – und gleichzeitig auch nicht. Die Berührungen waren zarter, dauerten ein wenig länger als üblich. Oder bildete sie sich das nur ein?

»Ich melde mich bei dir, sobald ich das alles gesichtet und mit der Kollegin gesprochen habe, die in dem Fall ermittelt.« Raoul fuhr sich durch die Haare.

»Und ich rufe dich an, wenn ich irgendetwas Neues erfahre.«

»So machen wir's.«

Beide verharrten, als warteten sie auf eine Reaktion des anderen. Schließlich gab Claire sich einen Ruck. »*À tout à l'heure!*« Spontan trat sie nah an ihn heran und hauchte ihm einen Kuss auf den Mund. Dann drehte sie sich um und ging davon.

Kapitel 13

Was war das denn eben gewesen? Verwirrt sah Raoul Claire hinterher, wie sie hocherhobenen Hauptes in Richtung Grand Théatre davonschritt. Hatte sie ihn gerade wirklich mitten auf der Straße auf den Mund geküsst? Er hob die Hand an seine Lippen, ließ sie wieder sinken – dass ihn dieses Mittagessen so durcheinanderbringen würde, darauf war er nicht eingestellt gewesen.

Bei ihren bisherigen Begegnungen hatte sie sich rein äußerlich sehr dezent und neutral gegeben. Dabei hatte ihr Kleidungsstil auch dieses Mal nichts Aufreizendes an sich. Vermutlich lag es daran, dass er sie vorher nie in einem Kleid gesehen hatte. Doch schon als Claire im Restaurant aufgetaucht war, hatte er gespürt, dass sich etwas zwischen ihnen verändert hatte. Zunächst hatte er es darauf geschoben, dass sie nun liiert war, wie er geglaubt hatte. Aber statt der erwarteten Unbefangenheit empfand er eine unterschwellige Enttäuschung. Als riefe sein Unterbewusstsein ihm zu: Du hast deine Chance vertan! Jetzt hat sie jemanden gefunden und ist vergeben. Welche Chance?, hätte er am liebsten zurückgerufen. Darum ging es hier doch gar nicht. Oder? Immerhin musste er sich eingestehen, dass er insgeheim erleichtert gewesen war, als sie ihn über ihren Kumpel aufgeklärt hatte.

Das berufliche Gespräch zu beginnen, war dieses Mal deutlich schwieriger gewesen. Es war wie ein Sog gewesen, der ihn von den ernsten Themen weg zu der Leichtigkeit zwischen ihnen gezogen hatte.

Dabei hatten sie nicht einmal offensiv geflirtet. Alles war subtil geblieben. Unverfänglich. Bis auf ihren Kuss zum Abschied. Mit dem hatte er so überhaupt nicht gerechnet. Perplex hatte er dort gestanden und ihr hinterhergesehen. Während die zarte Berührung ihrer Lippen allmählich verblasste.

Raoul blieb stehen und betrachtete eine marode Sandsteinfassade, an der üppige Weinranken emporkletterten. Wie wohltuend ein solches Fleckchen Grün in der engen, dicht bebauten Straße doch war. Genauso wie ein unerwarteter Kuss in einem tristen Arbeitsalltag.

Er versuchte, ihn festzuhalten, diesen Moment, der nichts Verbindliches hatte, nichts versprach. Und trotzdem alles offenließ. Er war wie eine Ahnung gewesen von etwas, das sein könnte zwischen ihnen. Damit hatte sie eine Tür zu einem unbekannten Raum geöffnet. Nun lag es an ihm, zu entscheiden, ob er eintreten wollte.

Jähes Verlangen loderte in ihm auf. Abrupt drehte er sich um und setzte seinen Weg fort. Zurück ins Büro, zurück an die Arbeit, zurück zum Fall. Momentan konnte er sich wahrlich keine amouröse Ablenkung erlauben. Mit seinen möglichen oder unmöglichen Gefühlen zu Claire Molinet würde er sich zu einem späteren Zeitpunkt auseinandersetzen müssen. Wenn dieser Fall gelöst war. Und sein Chef ihm nicht länger im Nacken saß. Bis er im Commissariat ankam, hatte Raoul über seine verwirrenden Emotionen bereits dicke Gedankenschichten zu Ducasse, sämtlichen Verdächtigen und allen erdenklichen Verstrickungen ausgebreitet.

Schon im Gang kam ihm Gwendoline Bertin entgegen. »Ah,

da sind Sie ja, Commandant Chénier. Haben Sie kurz Zeit? Ich habe einiges zu diesem Bauprojekt herausgefunden.«

»*Formidable*. Ich komme in ein paar Minuten zu Ihnen rüber.«

»In Ordnung.« Prüfend sah sie ihn an, mit einem seltsamen Ausdruck im Blick. »Hatten Sie einen guten Lunch?«

Lächelnd nickte Raoul, doch ehe er die Tür zu seinem Büro öffnete, wischte er sich verstohlen über den Mund. Eric würde eventuelle Lippenstiftspuren nicht unkommentiert lassen.

Diesem jedoch schien nichts Ungewöhnliches an Raoul aufzufallen. »Renée Nagot hat angerufen. Du sollst dich bitte bei ihr melden, sobald du zurück bist.« Er runzelte die Stirn. »Hast du einen weiteren Fall übernommen?«

»Natürlich nicht. *Merci*, ich rufe sie gleich zurück.« Raoul fuhr seinen Computer hoch, ignorierte die fragende Miene seines Kollegen und schaute in seinen Maileingang. Tatsächlich gab es bereits Ergebnisse zu Ducasses Handy. Gespannt klickte er die Nachricht an. »Okay, Théodore Calments Aussage stimmt.« Rasch informierte er den Kollegen über die Unterredung, die Gwendoline Bertin und er mit dem Bauunternehmer geführt hatten. »Er hat Ducasse den Termin um siebzehn Uhr abgesagt.« Er sah zu Eric hinüber. »Ungefähr zu dieser Zeit hat Ducasse das SGAR verlassen.«

»Gibt es weitere Mitteilungen? Hat er jemandem geschrieben? Vielleicht hat Gwendoline Bertin ja recht, und es gab neben der offiziellen auch noch eine heimliche Geliebte?«

Raoul prüfte die Liste der Telefondaten. »Um 17.09 Uhr hat er eine Nummer angerufen, die ziemlich oft erscheint. Das könnte Malou Thomas sein.«

»Lass mal sehen.« Eric blätterte in seinen Unterlagen. »Wie lautet die Nummer?«

Raoul reichte ihm einen Zettel über den Tisch.

Kurz darauf hob Eric den Daumen. »Bingo. Sonst noch irgendwelche Aktivitäten von seinem Handy aus, ehe er ins *Le Patio* kam?«

»Eine SMS an seine Noch-Ehefrau, die die Wochenendplanung mit den Kindern betraf. Und dann ein eingegangener Anruf um 17.28 Uhr von einer unterdrückten Nummer.« Raoul hob den Kopf und sah Eric an. »Die müssen wir noch zuordnen lassen.«

»Ehe ich es vergesse: Henry Routier hat schon wieder angerufen. Er möchte wissen, wie es denn nun mit seinem Restaurant weitergeht. Fürs Wochenende hat er eine Menge Reservierungen, die er sonst zeitnah stornieren müsste.«

»Ich rufe ihn zurück. Zum jetzigen Zeitpunkt kann ich mir kaum vorstellen, dass Nathanel das Lokal wieder freigibt.« Der Restaurantbesitzer tat Raoul leid. Es musste schrecklich sein, wenn das Lebenswerk vom Ruin bedroht war und man selbst gar nichts unternehmen konnte, um es zu retten. »Wie sieht es eigentlich mit dem Alibi von Véronique Ducasse aus?«

»Ihre Freundin hat bestätigt, dass sie an besagtem Nachmittag im Spa waren und danach essen. Und das deckt sich mit den Angaben aus dem Restaurant sowie aus dem Wellnesstempel.«

»Bleibt immer noch ihr seltsamer Liebhaber, dieser Yves Hautecoeur. Hast du den mal überprüft?«

»Er ist tatsächlich in den Akten registriert.«

Raoul horchte auf. »Was hat er angestellt?«

»Bloß eine Naturschutzdemo, bei der unser lockiger Jüngling mal mit der Polizei aneinandergeraten ist. Das ist aber schon neun Jahre her. Ansonsten gibt es über seine Arbeiten als Kostümdesigner einiges an Bildmaterial im Netz. Er hat auch eine recht imposante Homepage. Alles sehr avantgardistisch. Übrigens hast du recht, Marke Schönling passt.«

»Hm.« Raoul überlegte. »Ich hätte ihn gar nicht so eingeschätzt. *Alors*, den avantgardistischen Stil schon. Aber wie einer, der sich auf Demos mit der Polizei anlegt, wirkte er überhaupt nicht.«

»Er war damals erst siebzehn. Vielleicht bloß eine Teenagerphase. Ich habe in dem Alter eine Zeit lang als Punk abgehangen.«

»Echt jetzt?« Belustigt betrachtete Raoul seinen Kollegen. Er konnte sich Eric kaum mit gefärbtem Irokesenschnitt und nihilistischer Weltanschauung vorstellen.

»Haben wir nicht alle in der Jugend irgendwelche Irrwege beschritten?«

»Ein gutes Thema für den nächsten Feierabendwein. Hast du zu unserem angehenden Lagerfeld eine Adresse ausfindig machen können?«

»Gemeldet ist er in einem Studentenwohnheim in Paris. Allerdings erst seit einem halben Jahr. Vorher hat er hier in Bouliac bei seinen Eltern gewohnt.«

»Hast du auch eine Telefonnummer?«

»*Mais bien sûr*. Vorhin war das Telefon ausgeschaltet.«

»Versuch es später noch mal.« Raoul erhob sich. Ihm fiel ein, dass Gwendoline Bertin ihn wegen des Bauvorhabens sprechen wollte, das Calment mit Ducasse geplant hatte. Zuvor würde er rasch bei Renée Nagot vorbeischauen. Eric musste nicht unbedingt mitbekommen, dass er sich nach einem anderen Fall erkundigte.

• • •

Mit einem euphorischen Gefühl, das sie vergeblich auf die Frühlingshormone zu schieben versuchte, erreichte Claire ihren MINI. Soeben stahl sich die Sonne zwischen den Wolken hervor und goss ihr glitzerndes Licht über den Fluss. Spontan beschloss

Claire, einen kleinen Spaziergang einzuschieben. Sie wollte im *Magazin Général* auf der anderen Seite ein paar Biosachen einkaufen, ehe sie nach Hause fuhr. Sie überquerte den Pont de Pierre, Bordeaux' älteste, noch unter Napoleon geplante Steinbrücke. Für den Weg ins Darwin Écosystème, das angesagte alternative Viertel, brauchte sie so nicht viel länger, als wenn sie das Auto nahm und einen Umweg über eine der beiden anderen Brücken machen müsste.

Vor ihr tauchte die Place de Stalingrad mit dem Blauen Löwen auf, jener markanten, sechs Meter hohen Skulptur des Lyoner Künstlers Xavier Veilhan, als ihr Handy den Eingang einer Nachricht meldete. Claire blieb stehen und zog ihr Telefon aus der Tasche. Eine Mitteilung auf Signal, genauer gesagt, eine Anfrage zu einem geheimen Chat. Der Benutzername lautete *LeonardLorca*. Claires Herz setzte für einen Moment aus. Stéfane? Das war sein Pseudonym für alle möglichen Onlineaccounts gewesen! Doch ihr Ex-Freund konnte es nicht sein. Nach den Vorfällen in seiner Familie, die letztendlich der Grund für ihre schmerzhafte Trennung gewesen waren, hatte er sich komplett von ihr losgesagt. Monatelang hatte Claire auf ein Lebenszeichen von ihm gehofft, hatte bei jeder eingehenden Nachricht gebetet, sie möge von ihm stammen, um danach in eine neue Enttäuschung abzugleiten. Schließlich hatte sie all seine Kontaktdaten aus ihrem Smartphone gelöscht.

Claire fiel nur eine einzige weitere Person ein, die sich hinter diesem Namen verbergen konnte. Jemand, der ein ebenso großer Cohen-Fan war ... Kurz zögerte sie, dann nahm sie die Anfrage an. Sogleich ging eine Mitteilung ein, die ihre Vermutung bestätigte. *LeonardLorca* war Raoul! Jetzt schlug ihr Herz ein paar Takte schneller. Hatte seine Nachricht womöglich mit ihrem Abschiedskuss zu tun? Rasch klickte sie sie an und begann zu lesen.

In knappen, sachlichen Worten berichtete er vom Stand der Ermittlungen im Fall des Historikers. Dem Autopsiebericht zufolge war Étienne van den Braak tatsächlich vergiftet worden, und zwar mit Batrachotoxin, besser bekannt als das tödliche Gift des Schrecklichen Pfeilgiftfroschs.

Über diesen leuchtend gelben oder auch orangefarbenen Frosch, der in den Regenwäldern Südamerikas lebte, hatte Claire schon einiges gelesen. So niedlich er aussehen mochte, mit seinen kugelrunden, schwarzen Augen, galt er doch als das giftigste Tier der Welt. Um einen Menschen zu töten, reichte eine winzige Menge des hochkonzentrierten Giftes aus.

Also hatte sie richtiggelegen, als sie die Einstichstelle am Hals des alten Mannes entdeckt hatte: Jemand hatte ihn offenbar mithilfe eines mit BTX verseuchten Spritzenpfeils getötet.

Claire las die letzten Sätze der Mitteilung. Darin schrieb Raoul, seine Kollegen bräuchten das Originalmaterial, das sie abfotografiert hatte, und wollten es bei Noémi abholen. Sie solle ihm bitte umgehend deren Adresse schicken. Außerdem wies er noch darauf hin, dass sie nichts auf eigene Faust unternehmen solle. Ganz der professionelle Ermittler. Kein persönlicher Kommentar zu ihrem Treffen.

Schlagartig verflüchtigte sich Claires Hochgefühl. Da hatte sie den Beweis: Sie sollte alldem keine zu große Bedeutung beimessen, sondern besser ihre Grenzen wahren. Raoul Chénier war und blieb ein eingefleischter Junggeselle, der ausschließlich mit seinem Job und den jeweiligen Fällen verheiratet war. Bestenfalls würden sie irgendwann zusammen im Bett landen, vermutlich würde es sogar umwerfend gut sein. Und danach? Wäre sie höchstwahrscheinlich vollkommen aus der Bahn geworfen, mit schwerst demolierten Schutzwällen. Dann doch lieber die nette, kalkulierbare Unverbindlichkeit mit Philippe weiterführen.

Nachdenklich schlenderte sie am Garonneufer entlang in Richtung Parc aux Angéliques. Sie musste Noémi auf der Stelle kontaktieren. Aber sie erreichte lediglich die Mailbox, und so bat sie die *chocolatière*, sie umgehend zurückzurufen.

Noch einmal las sie Raouls Nachricht Wort für Wort. Im Grunde bewegte er sich auf ziemlich dünnem Eis, dass er ihr solche vertraulichen Informationen zukommen ließ.

Eine Vergiftung mit Pfeilgift ... das Einstichloch am Hals ... Sie erstarrte. Eine neue Idee nahm in ihr Gestalt an.

• • •

Gwendoline Bertin präsentierte Raoul die Ergebnisse ihrer Recherche. »Ducasse wollte ein neues Wohngebiet für sozial benachteiligte Familien im Nordwesten erschließen. Verständlicherweise hatte er sich von dem Projekt einiges an Prestige erhofft.« Sie zog die linke Augenbraue hoch. »Allerdings gab es schon nach kurzer Zeit Schwierigkeiten. Umweltschützer protestierten, dass schon wieder eine große Fläche versiegelt werden sollte. Sie verwiesen auf den Umbau im Quartier Grand Parc.«

Raoul hatte von der Renovierung der Sechzigerjahre-Wohnblocks gehört. Ein Architektenteam hatte mit verhältnismäßig geringem Aufwand über fünfhundert Sozialwohnungen renoviert, die die Stadt ursprünglich abreißen und neu bauen wollte. Zeitlich und kostentechnisch war diese Lösung beispielhaft gewesen. Die Familien konnten während der Umbauphase sogar in ihren Wohnungen verbleiben.

Seine Kollegin fuhr fort: »Es war ein ziemliches Hin und Her, bis schließlich die Baugenehmigung erteilt wurde. Dann kamen jedoch weitere Schwierigkeiten hinzu, irgendetwas scheint mit den Bodenwerten nicht zu stimmen. Momentan ruhen die Baumaßnahmen.«

»Das klingt nach etwas, wo wir nachbohren sollten.« Raoul machte sich Notizen. »Bleiben Sie da dran, Capitaine Bertin. Es würde mich nicht wundern, wenn es bei dem geheimen Treffen zwischen Calment und Ducasse genau darum gehen sollte.«

»Anzunehmen. Ein Scheitern dieses Projekts wäre für Ducasse jedenfalls ein Gesichtsverlust gewesen. Er hat sich dafür ganz schön weit aus dem Fenster gelehnt.«

»Dass so etwas überhaupt genehmigt wird, bevor nicht alle Messungen abgeschlossen sind.«

»Vermutlich ist irgendwo geschlampt worden. Wäre ja nicht das erste Mal.« Gwendoline Bertin warf einen Blick auf ihren Bildschirm. »Ach ja, Hubert Geneste ist mit einigen der Start-ups aus dem Technologiepark als Partner des Energiekonzeptes ebenfalls an dem Vorhaben beteiligt.«

Im Geist sah Raoul den Tisch im *Le Patio* vor sich: Armand Ducasse als Schirmherr des Projekts samt seinem Assistenten Olivier Soulard. Pierre-Claude André, der für die Regionaldirektion für Umwelt, Entwicklung und Wohnungsbau zuständig war. Théodore Calment als Bauleiter und dazu Hubert Geneste als weiterer Unternehmer. Der Anlass für das gemeinsame Essen lag auf der Hand. Aber wieso wollten Ducasse und Calment vorher Details ohne die anderen besprechen? Da ging doch etwas nicht mit rechten Dingen zu. »Prüfen Sie die Protokolle der Aussagen von Soulard und Geneste über den Abend im *Le Patio* hinsichtlich dieses Bauprojekts. Und dann sollten wir uns mit den beiden sowie mit Calment bald noch einmal unterhalten.«

Als Raoul aus Gwendolines Büro zurückkehrte, empfing ihn Eric mit einer weiteren Neuigkeit: »Ich habe mehr über diesen Kostümdesigner, diesen Yves Hautecoeur, herausgefunden.«

»Womöglich etwas, das im Zusammenhang steht mit Armand Ducasse?« Raoul setzte sich an seinen Schreibtisch und klappte sein Notizbuch auf.

»Das nicht. Aber etwas, das mit Malou Thomas zu tun hat.«

»Wie bitte?« Überrascht sah Raoul von seinen Notizen auf. »Da bin ich aber gespannt.«

»Bei einem Werbespot für *Mademoiselle Canelé* im letzten Jahr hat er als Assistent mitgewirkt. Das kann natürlich ein Zufall sein.«

Nachdenklich drehte Raoul seinen Kugelschreiber in der Hand hin und her. »Aber es ist schon auffällig, dass er zu beiden Frauen, die in Armands Leben eine große Rolle gespielt haben, Kontakt hatte. Beziehungsweise hat.«

»Vielleicht hat er Véronique durch Malou kennengelernt?«

»Wo die zwei sich so gar nicht verstehen? Das kann ich mir kaum vorstellen.« Raoul erzählte Eric von dem Bauvorhaben. »Hat Malou Thomas nicht gesagt, dass Armand alle wichtigen beruflichen Dinge mit ihr bespricht?«

»Das stimmt. Sie hat es ziemlich poetisch ausgedrückt, warte mal, irgendwie so, dass sie sich als der Spiegel sah, der seine Fragen und Probleme in einem anderen Licht reflektierte.« Für einen Moment huschte ein Lächeln über Erics Gesicht.

Raoul registrierte es argwöhnisch, ohne es zu kommentieren. Stattdessen sagte er: »Sie müsste also über dieses Projekt Bescheid wissen.«

Erics Lächeln verstärkte sich. »Ich sollte noch einmal mit ihr reden. Dann kann ich auch gleich nach diesem Hautecoeur fragen.«

»Du nimmst natürlich Ludolphe mit.«

»Natürlich.«

Die Antwort kam zu schnell. Prüfend schaute Raoul seinen

Kollegen an. Er dachte einen Moment nach, dann fügte er hinzu: »Ich fände es gut, wenn dieses Mal Ludolphe die Chance bekäme, die Unterhaltung zu führen.«

»Wenn du meinst.« Erics Miene verriet, dass das nicht ganz seinen Vorstellungen entsprach. Brüsk erhob er sich und griff nach seiner Jacke. »Dann lässt du also auch Gwendoline Bertin das nächste Gespräch mit Véronique Ducasse führen?«

Raoul spürte Ärger in sich aufsteigen. Er hatte Eric stets auf Augenhöhe behandelt, auch wenn er vom Dienstgrad her über ihm stand. Bisher brauchte er das nicht herauszukehren. Raoul schätzte ihr kollegiales, manchmal fast kumpelhaftes Arbeitsverhältnis. Doch anscheinend stieß er in diesem Fall an die Grenzen. Er räusperte sich: »Das entscheidet der Leiter dieser Ermittlungen immer noch selbst.«

Erics verwunderter Blick, in den sich Trotz und ein Anflug von Verletztheit mischten, traf ihn, und sofort bereute Raoul diesen Satz. Aber ehe er sich dazu durchringen konnte, ihn zurückzunehmen, hatte Eric bereits grußlos den Raum verlassen.

Eine Weile lang starrte Raoul auf die geschlossene Tür. War das wirklich nötig gewesen? Natürlich fühlte sich Eric in seiner Kompetenz beschnitten. Wenn es um Malou Thomas ging, triggerte irgendetwas am Verhalten des Kollegen Raoul derart, dass er überreagierte. Wahrscheinlich war es das Beste, er würde das für sich klären und sich bemühen, zukünftig weniger gereizt zu reagieren.

Aber nicht jetzt. Als Erstes musste er sich um die neuesten Erkenntnisse kümmern. Er vertiefte sich wieder in seine Notizen. Gwendoline Bertin hatte ganze Arbeit geleistet. Dieses Bauvorhaben schien ein reines Prestigeprojekt zu sein, getarnt unter dem Deckmantel der Wohltätigkeit. Raouls Herkunft aus dem Arbeitermilieu meldete sich. Die Überheblichkeit von Entscheidungsträgern, die vom sicheren Schreibtisch aus oder bei teuren, vom Staat finanzierten Geschäftsessen über die Schicksale von einfachen Menschen entschieden, war ihm schon oft sauer aufgestoßen. Geld, Macht und Ruhm anstelle von Menschlichkeit. Wie gut doch Cohen es in seinem Song »Everybody knows« zusammengefasst hatte. Die Armen blieben immer arm, die Reichen wurden immer reicher. Raoul bezweifelte, dass derartige Ungerechtigkeiten jemals ein Ende nehmen würden.

Schließlich blätterte er zu der Seite zurück, auf der er die Angaben zum Fall van den Braak notiert hatte. Claires Instinkt war wieder einmal richtig gewesen. Der Historiker hatte keinen Herzinfarkt erlitten, sondern war vergiftet worden. Tod durch Atemlähmung und Herzstillstand. Es hätte nicht viel gefehlt, und dieser Mord wäre unerkannt geblieben. So etwas kam tatsächlich häufiger vor, als man gemeinhin erwartete. Besonders bei älteren Menschen.

Mit einem Mal durchfuhr Raoul ein Gedanke: In dem Autopsiebericht war von einem Einstichloch am Hals die Rede, durch welches das Gift in den Körper gelangt war. Der Mann war in seinem Garten gestorben. Möglicherweise hatte der Täter sein Opfer aus größerer Entfernung attackiert? Falls er ein Blasrohr benutzt hatte, was war dann mit dem Pfeil geschehen? Hatte er Zeit gehabt, ihn wieder einzusammeln? Oder hätte er damit riskiert, am Tatort von Nachbarn gesehen zu werden? War die Spurensicherung inzwischen schon vor Ort gewesen? Sogleich rief Raoul Renée Nagot an, um sich danach zu erkundigen, aber sie nahm nicht ab. Wenn er bei den Kollegen der forensischen Abteilung nachfragen würde, weckte er womöglich Misstrauen.

Raoul dachte an seinen eigenen, noch immer ungelösten Fall. Doch die Vorstellung, dass ein so wichtiges Beweisstück am Ende unentdeckt unter irgendeiner Hecke oder in einem Blumenbeet herumlag, ließ ihm keine Ruhe. Er schaute auf die Uhr, die über der Tür hing. Eigentlich müsste er sich dringend näher mit diesem Bauprojekt befassen. Dann kam ihm *Mamie* Sylvie in den Sinn und all die anderen Hinterbliebenen und noch lebenden Opfer des Baumol-Skandals. Kurz entschlossen steckte er sein Notizbuch ein und verließ das Büro.

Im Eiltempo durchquerte er die Stadt, fuhr bei orangeroten Ampeln über die Kreuzungen und erreichte knapp zwanzig Minuten später van den Braaks Einfamilienhaus in Canéjan. Er parkte vor dem Haus, trat durch das Gartentor und umrundete das Gebäude. Als er um die Ecke bog, blieb er überrascht neben der Terrasse stehen. Vor dem Rosenbeet im hinteren Teil des Gartens kniete eine Gestalt.

Kapitel 14

Das konnte doch wohl nicht wahr sein! Fassungslos steuerte Raoul auf die Beete zu. »*Pour l'amour du ciel*, Claire!«

Claire fuhr hoch, im ersten Moment erschreckt, bis sie ihn erkannte. Dann kam sie auf ihn zu und streckte ihm ihre behandschuhte Rechte entgegen, in der sie eine Plastiktüte hielt. »Das passt ja gut, dass du gerade hier vorbeikommst. *Et voilà*.«

Raoul ignorierte ihre Geste. »Eigentlich müsste ich dich jetzt verhaften!«

»Sei doch nicht so spießig. Schließlich helfe ich dir. Wir können von Glück sagen, dass wir dem Täter zuvorgekommen sind. Ist das nicht das Wichtigste?«

»Du kannst von Glück sagen, dass ich allein hier bin, sonst hättest du jetzt ein echtes Problem.«

»Vielleicht solltest du dich mal beruhigen und dir meinen Fund ansehen.« Claire reichte ihm die Tüte. »Deswegen bist du doch hergekommen, *n'est-ce pas?*«

Raoul betrachtete den Inhalt des Plastikbeutels. Am einen Ende des Plastikröhrchens befand sich eine spitze Nadel, das andere zierte ein anthrazitfarbener, flauschiger Puschel. Ein Flugstabilisator, wie Raoul sogleich erkannte. Eindeutig handelte es sich um einen Spritzenpfeil, wie Veterinäre sie für Betäubungsblasrohre verwendeten. »Wo hast du den gefunden?«

»Gleich hier, unter den Rosen.«

»Das war echt nicht deine Aufgabe, Claire!«

»Stimmt, das solltet ihr längst erledigt haben. Wieso hat das noch keiner überprüft? Ist die Spurensicherung überlastet?«

Raoul überging ihre berechtigte Frage. »Und wie soll ich jetzt erklären, warum ich mitten in meinen Ermittlungen den Tatort eines anderen Falls absuche?«

»Dir wird schon was einfallen. Vielleicht hast du eine Verbindung zwischen den Fällen gesehen oder so.« Sie zuckte mit den Schultern. »Außerdem hättest du das Problem doch auch ohne mich. Schließlich konntest du nicht wissen, dass ich hier bin, als du hergefahren bist.«

»Trotzdem kannst du nicht einfach …«

»Jedenfalls kannst du dir diesen Fund nun auf die Fahnen schreiben.«

Raoul fühlte sich ertappt. Wider Willen dachte er daran, dass er Claires Vergiftungstheorie im *Le Patio* Frida Salles gegenüber als seine ausgegeben hatte. In versöhnlicherem Ton sagte er: »Zweimal an einem Tag sind wir uns bisher nicht begegnet.«

Doch Claire schien nun ihrerseits eingeschnappt zu sein. »Das ist wohl auch besser so.«

Raoul dachte an ihren Abschiedskuss und fühlte sich mit einem Mal grässlich. Erst Eric und jetzt Claire – heute war offenbar sein Fettnäpfchentag. Er lächelte sie an. »Lass uns einen Kaffee trinken, ehe ich ins Commissariat zurückfahre.«

Claire sah im direkt in die Augen. »Ich kann nicht, tut mir leid. Ich bin noch verabredet.«

Vollkommen überraschend und absolut fehl am Platz stach bei Raoul die Eifersucht zu. »*Bon*, dann werde ich mal das Corpus Delicti ins Labor bringen.«

»Viel Erfolg. *À la prochaine*.« Sie wandte sich zum Gehen.

»Ach, Claire?«

»*Oui?*«

Er zögerte. »Nichts. Schon gut. *À la prochaine.*« Lag da der Hauch einer Enttäuschung auf ihrem Gesicht? Raoul nickte ihr zu, drehte sich um und verließ den Garten. Diese Beziehung gestaltete sich kompliziert, ehe sie überhaupt eine war. Im nächsten Moment erschrak er vor seinen eigenen Gedanken. Hatte er gerade tatsächlich den Begriff »Beziehung« im Zusammenhang mit Claire Molinet gedacht?

Erst jetzt fiel ihm auf, dass sie das Frühlingskleid gegen schwarze Leggings, eine lange Strickjacke und derbe Schuhe getauscht hatte. Sie konnte unmöglich nach dem Essen den weiten Weg bis nach Pilat Plage und wieder zurück gefahren sein, um sich umzuziehen. Hatte sie stets ihren halben Kleiderschrank dabei? Sie war und blieb ihm ein Rätsel. Außerdem wartete er immer noch auf die Adresse dieser Frau, bei der die Unterlagen waren. Auch hatte Claire kein Wort darüber verloren, dass er ihr absolut vertrauliche Informationen geliefert hatte. Als ob er das für jeden tun würde! Im Gegenteil, normalerweise war er die personifizierte Diskretion. Missmutig stapfte er zu seinem Wagen zurück.

Zumindest war er nicht umsonst hergekommen. Möglicherweise gab es an der Spritze Fingerabdrücke, die seine Kollegen bei den Ermittlungen weiterbringen würden. Wenn er doch nur in seinem eigenen Fall solche Fortschritte machen würde. Gerade wollte er losfahren, da bemerkte er, dass er völlig vergessen hatte, das Gelände rings um das Haus nach Spuren des Täters zu inspizieren. Er kehrte in den Garten zurück und lief zu den Rosenbüschen. Der Fundort der Leiche war deutlich markiert. Raoul sah sich um. Ein geübter Schütze traf sein Ziel mit einem Betäubungsblasrohr aus zehn bis zwölf Metern Entfernung. Verwendete man eine Verlängerung, waren sogar fünfzehn und mehr Meter möglich, das wusste er von einem früheren Fall.

Gleich hinter der niedrigen Gartenmauer begann ein Waldstück. Idealere Bedingungen konnte es nicht geben. Raoul blickte über die Mauer und prüfte den Waldboden. In den letzten Tagen hatte es ab und an geregnet. Fußabdrücke konnte er mit bloßem Auge keine erkennen. Hier würden die Forensiker in Kürze alles absuchen. Dass sie es noch nicht getan hatten, war im Grunde unverzeihlich und konnte selbst mit der Brisanz des Ducasse-Falls kaum entschuldigt werden.

Was ihn wieder daran erinnerte, dass er schleunigst ins Commissariat zurückfahren und sich darum kümmern sollte. Er verließ das Grundstück und stieg in seinen Wagen. Bevor er losfuhr, schaute er auf sein Handy. Es gab zwei neue SMS von Eric. »Wo bist du?«, lautete die erste. Die zweite folgte kurz darauf: »Die graue Eminenz hat nach dir gefragt.«

• • •

Von Canéjan aus machte Claire einen spontanen Abstecher zu Noémi. Vielleicht hatte sie Glück, und die *chocolatière* war inzwischen zu Hause. Oder ihr Sohn Adrian. Einen Versuch war es jedenfalls wert. Auf der Fahrt dorthin ärgerte sie sich noch eine Weile über Raouls Reaktion. Sicher, er war Polizist und musste sich an die Regeln halten. Trotzdem, sie würde nie verstehen, dass behördliche Vorschriften über allem standen, oftmals sogar über logischem Denken.

Sie zerstörte schließlich keine Spuren, sie war Ermittlerin und wusste, wie man sich an einem Tatort zu verhalten hatte. Immerhin hatte sie jetzt einen deutlichen Wink des Schicksals bekommen: Das mit Raoul und ihr konnte nicht funktionieren. Sie würde van den Braaks Unterlagen im Commissariat abliefern und sich dann, so gut es eben ging, von ihm fernhalten.

Über den Autobahnring gelangte Claire zügig in das nördlich vom Zentrum Bordeaux' gelegene Bruges, und bald darauf stand sie vor dem grau-beigen Hochhauskomplex aus den Siebzigern, in dem Noémi Fauré lebte.

Sie beschloss, ihr schlichtes, dunkles Outfit anzubehalten. Da man nie wusste, in welche Situationen man beim Ermitteln geriet, hatte sie immer eine Tasche mit »Notfall-Outfits« im Kofferraum dabei. Claire hatte gelernt, die Wirkung von Kleidung für ihre Arbeit zu nutzen. Im Fall der Gartenvisite waren rein praktische Aspekte ausschlaggebend gewesen – so musste sie nicht mit dem feinen Kleid zwischen den Rosen herumrobben.

Claire drückte auf den Klingelknopf über dem Namensschild *Fauré*, und gleich darauf summte der Türöffner. Sie betrat das Haus und stieg die Stufen zur zweiten Etage hinauf. In dem kahlen, weiß getünchten Treppenhaus mischten sich unterschiedliche Essensgerüche. Gerade als sie die Tür von Noémi Faurés Wohnung erreichte, öffnete sich diese. Vor ihr stand deren Sohn, auch heute wieder ganz in Schwarz gekleidet.

»*Bonjour*, Adrian.«

»*Bonjour*, Madame Molinet.«

»Du kannst ruhig Claire sagen. Sonst fühle ich mich steinalt.« Sie lächelte ihn an, aber er musterte sie nur mit ernster und zugleich interessierter Miene, wobei sie einen Anflug von Anerkennung angesichts ihres ebenfalls schwarzen Outfits zu erahnen glaubte. Ein Nebeneffekt, über den sie zuvor gar nicht nachgedacht hatte, begab sie sich doch damit automatisch mehr auf seine Ebene. Auf den ersten Blick unbedeutende Details, die dennoch in ihrer psychologischen Wirkung nicht zu unterschätzen waren. »Ist deine Mutter zu Hause?«

»Tut mir leid, sie ist noch bei der Arbeit. Vor halb sechs kommt sie nicht zurück.«

»Ich bin wegen ein paar Unterlagen da. Vielleicht kannst du mir helfen?«

»Meinst du die Dokumente von dem toten Historiker?«

»Ja, genau. Als ich vorgestern hier war, haben wir vereinbart, dass ich sie abhole. Da waren sie im Wohnzimmer.«

Adrian nickte. »Ich schaue mal nach.«

Während Claire an der Wohnungstür wartete, sinnierte sie darüber, dass zwischen ihm und ihr nicht viel mehr als eine Dekade lag. Dennoch trennten sie Welten voneinander. Adrian, der dabei war, die Schule zu beenden. Auf dem Sprung ins »richtige« Leben, wie man zu sagen pflegte. Als hätte man die ersten zwanzig Jahre ein falsches oder unfertiges Dasein geführt.

Hätte man Claire damals prophezeit, dass sie einmal als *enquêtrice privée* arbeiten würde, sie hätte vermutlich lauthals losgelacht. Was war in der Zeit nach dem Abitur nicht alles in Claires Leben passiert! Manches hätte sie gern ausgelassen. Was wohl Noémis Sohn in diesem besonderen Lebensabschnitt erwarten würde? Auf Claire machte er einen intelligenten und sensiblen Eindruck. Auch wenn Fehler und ihre Konsequenzen sowie Schicksalsschläge generell zum Erwachsenwerden dazugehörten, so wünschte sie ihm dennoch, dass das Leben ihn nicht zu hart anpacken würde.

Nach einer Weile erschien Adrian wieder. »Tut mir leid, ich kann sie nicht finden. Brauchst du sie dringend?«

»Eigentlich schon. Ich sollte sie im Commissariat abliefern.«

»Dann ermittelt die Polizei jetzt echt in dem Fall – krass. Also war es wirklich kein Herzinfarkt?«

Claire schüttelte leicht den Kopf.

»Weißt du, woran er gestorben ist?«

»Es ist noch zu früh, um das mit Bestimmtheit sagen zu können.«

»Hast du denn eine Vermutung?«

»Möglicherweise war Gift im Spiel. Aber wie gesagt, noch weiß man das nicht genau.« Auf keinen Fall würde Claire etwas von den Informationen ausplaudern, die Raoul ihr anvertraut hatte.

»Ist ja voll spannend, dein Beruf.« Adrian lehnte sich an den Türrahmen und sah sie mit wachsendem Interesse an. »Wie wird man eigentlich Privatdetektiv?«

»Das ist in Frankreich seit 2006 ziemlich streng geregelt. Vorher genügten ein paar Kurse, um eine Lizenz zu bekommen. Seither braucht man allerdings ein Hochschuldiplom, und lediglich zwanzig Anwärter pro Jahr sind für das dreijährige Studium zugelassen.«

»Und du bist eine davon. *Impressive!*«

»Tja, ich war fleißig und hatte auch ein bisschen Glück.« Claire wollte ihm nicht noch unter die Nase reiben, dass sie als Jahrgangsbeste abgeschlossen hatte. »Also dann ... grüß deine Mutter von mir.«

»Kann man bei dir ein Praktikum machen?«

Überrascht sah sie ihn an. »Du meinst, du möchtest ...«

»Ich glaube, das könnte mich auch interessieren. Zumindest würde ich gern mal reinschnuppern.«

Claire überlegte einen Moment. Im Grunde war es keine schlechte Idee, jemandem, der sich ernsthaft für diesen Beruf interessierte, die Chance zu geben, ihn unverbindlich auszuprobieren. Sie wiederum konnte auf dem Weg gleich einmal testen, ob sie langfristig über einen Assistenten nachdenken sollte. »Ich hatte zwar bisher noch keine Praktikanten, aber – ich denk mal drüber nach.«

»Cool.« Zum ersten Mal lächelte Adrian. »Im Moment bereite ich mich eh auf die Abschlussprüfungen vor. Aber wenn ich fertig bin – im Sommer vielleicht?«

»*Bon*, melde dich einfach, dann schauen wir, ob ich gerade an etwas Spannendem arbeite. Manchmal kann der Job nämlich auch richtig langweilig sein.« Claire zog ihr Kästchen mit den Visitenkarten heraus und gab ihm eine ihrer Privatdetektivin-Karten, die sie unter denen für ihren Foodblog parat hatte.

»*Merci*.« Adrian steckte die Karte in die Gesäßtasche seiner Jeans. »Vielleicht hat meine Mutter die Unterlagen mit in ihr Schlafzimmer genommen. Wenn du möchtest, sehe ich da noch mal nach.«

»Klar, gern.«

Tatsächlich kam Adrian kurz darauf mit den Ordnern zurück und reichte sie ihr. »Jetzt war deine Fahrt in den tristen Norden der Stadt doch nicht umsonst.«

»Wunderbar, ich danke dir.«

Sie verabschiedete sich von ihm, lief zu ihrem Wagen und legte die Dokumente auf den Beifahrersitz.

Von Bruges zum Commissariat nahm Claire den Boulevard-Gürtel in südlicher Richtung. Unterwegs warf sie immer wieder einen Blick auf den Ordnerstapel neben sich. Die Papiere zogen sie magisch an, sie musste sie unbedingt ein weiteres Mal durchsehen. Als sie die Einbahnstraße an der Friedhofsmauer des *Cimetière de la Chartreuse* entlangfuhr und es nur noch wenige Fahrminuten bis zum Commissariat waren, hielt sie am Parkstreifen links von der Fahrbahn an. Sie griff nach der obersten Mappe und blätterte sie durch.

Claire dachte an das Gespräch mit Raoul und ihre Überlegungen, ob es mehr Material gab, das der Täter an sich genommen haben könnte. Um sicherzugehen, dass sie nichts übersehen hatte, suchte sie den Ordner mit den aktuellen Papieren heraus und schlug die letzte Seite auf. Sie war leer. Gedankenversunken blätterte Claire zurück. Auf der vorigen Seite war ein Zeitungsartikel zum Tod von Virginie Échenoz eingeklebt, der Frau aus der Bretagne, die an einer Pilzvergiftung gestorben war. So viele Tote durch Gift – war das nicht eigenartig? Oder stachen ihr diese Fälle nur deswegen ins Auge, weil sie ihren Fokus darauf gerichtet hatte?

Einer plötzlichen Eingebung folgend schlug Claire noch einmal die letzte Seite auf. Eingehend betrachtete sie das unbeschriebene Blatt, dann strich sie mit den Fingerkuppen darüber. Ihr Puls beschleunigte sich. Sogar durch das dünne Plastik der Handschuhe spürte sie die Einkerbungen im Papier. Hier stimmte etwas nicht.

• • •

Eric saß im Büro und hörte die Aufnahme des Gesprächs mit Malou Thomas ab. Ludolphe hatte seine Sache überraschend gut gemacht. Er hatte kluge Fragen gestellt und umsichtig zu allen wichtigen Punkten gelenkt.

Während Eric ihm und Malou Thomas gelauscht und aufmerksam mitgeschrieben hatte, war er wie beim ersten Mal geblendet gewesen. Was für ein bezaubernder, faszinierender Mensch sie doch war. Wenn er ehrlich war, musste er sich eingestehen, dass Raoul mit seiner Kritik nicht ganz unrecht hatte. Es fiel Eric tatsächlich schwer, die nötige professionelle Distanz zu wahren. Plötzlich war er froh, dass er dieses Mal nicht das Gespräch hatte führen müssen. Trotzdem nahm er Raoul nach wie vor übel, dass er ihn derart abgekanzelt hatte.

Malou Thomas hatte ihnen jedenfalls gleich bestätigt, dass Armand Ducasse mit ihr über das geplante Bauvorhaben gesprochen hatte. Eric startete das Band von Neuem und konzentrierte sich auf ihre Aussage: »Und nicht nur ein Mal. Es lag ihm unglaublich am Herzen. Er wollte seinen Teil dazu beitragen, die Wohnsituation für ärmere Familien zu verbessern, hatte viele Ideen, wie man laufende Kosten, besonders im Energiebereich, senken könnte. Deswegen war es ihm auch so wichtig, Hubert Geneste und die Start-ups mit einzubeziehen.«

Über die Probleme mit den Umweltschützern wusste sie ebenfalls Bescheid: »Es war klar, dass es bei einem solchen Projekt auch Gegner geben würde. Alles hat leider seine Schattenseiten, auch wenn der gute Wille noch so groß ist.« Sie seufzte leise. »Sobald ein neues Bauvorhaben größeren Ausmaßes geplant ist, werden natürlich diejenigen aktiv, die die Versiegelung weiterer Naturflächen verhindern wollen. Es ist ein bisschen wie mit den Naturreservaten in Afrika. Wir Europäer schimpfen über die Wilderer und wollen diese Flächen schützen. Für die Tiere, für die Natur«, hörte Eric ihre Stimme auf dem Tonband sagen. »Doch was ist mit den Eingeborenen, denen dieses Land weggenommen wurde? Die in ihren Gebieten jagen wollen, um ihre Familien zu ernähren, wie sie es seit Jahrhunderten gewohnt sind? Bei näherer Betrachtung ist alles viel komplexer, als es zunächst den Anschein hat.«

Während er das Band weiter abhörte, erinnerte sich Eric an den Enthusiasmus, mit dem Malou Thomas gesprochen hatte, und an das Lächeln, mit dem sie erst Ludolphe und dann ihn angesehen hatte. Immer noch kam es ihm vor, als hätte ihr Blick zu ihm ein wenig länger gedauert als bei ihrer ersten Begegnung. Aber vielleicht hatte er sich das auch nur eingebildet.

Auf Ludolphes Nachfrage bezüglich Schwierigkeiten mit den Bodenwerten hatte sie hingegen passen müssen. Verwundert hatte sie sich eine Haarsträhne aus dem Gesicht gestrichen. »Davon höre ich zum ersten Mal. Sind Sie sicher, dass diese Informationen aus einer zuverlässigen Quelle stammen und es sich nicht um irgendwelche Fake News handelt? Bestimmt hätte Armand mir davon erzählt, falls es solche Probleme gegeben hätte.«

Ebenso wusste sie nichts von dem Treffen zwischen Ducasse und Théodore Calment unmittelbar vor dem Restaurantbesuch. »Das erstaunt mich jedoch nicht sonderlich. Die beiden sind schon lange privat befreundet. Und schließlich meldet er nicht jeden seiner Termine bei mir an. Ich bin ja nicht seine Sekretärin.« Wieder lächelte sie, doch Eric hatte etwas misstrauisch gemacht.

»Dieses Projekt ist aber schon offiziell ausgeschrieben worden, nehme ich an?«

»Ja, natürlich.«

Die Antwort war zu schnell gekommen, hatte sich zu glatt angefühlt. Eric hörte sich selbst auf dem Band nachhaken: »Ich meine nur, weil Sie gerade erwähnten, dass Monsieur Ducasse und Monsieur Calment alte Freunde waren.«

»Das stimmt ... das hatte aber nichts damit zu tun, dass seine Firma, *alors*, die Leitung des Projekts übernommen hat. Sie ... hatten einfach das beste Konzept.« Zum ersten Mal klang Malou Thomas unsicher, und ihr sonst so offener Blick verschleierte sich.

Eric und Ludolphe hatten sich angesehen, und Eric hatte gewusst, dass sein Kollege dasselbe dachte wie er: Hatte Armand Ducasse womöglich die Vorgaben der öffentlichen Auftragsvergabe zugunsten seines Freundes umgangen und diesen bevorzugt? Falls diese Vermutung zutraf, war die nächste Frage, was er dafür von Théodore Calment bekommen hatte.

Zu guter Letzt hatte sich Ludolphe nach dem Kostümdesigner Yves Hautecoeur erkundigt. Der Name sagte Malou Thomas zunächst gar nichts. Als Eric den Werbespot für *Mademoiselle Canelé* erwähnte, bei dem Yves Hautecoeur als Assistent mitgewirkt hatte, hatte sie abgewunken.

»Bei solchen Produktionen sind so viele Menschen beteiligt, da kann man sich unmöglich alle Namen merken.«

»Vielleicht hilft ein Bild von ihm weiter.« Eric holte sein Smartphone hervor und rief die Homepage des Kostümdesigners auf. »Hier, das ist er.«

Malou Thomas betrachtete die Aufnahme, die Yves Hautecoeur in einem weinroten Anzug mit Barockelementen und goldfarbenem Hemd zeigte. »Ah, *oui*. Ich erinnere mich an ihn. Ein eigenartiger Mensch. Ich weiß noch, dass er zunächst unglaublich zurückhaltend war und kaum geantwortet hat, wenn ich ihn etwas gefragt habe.« Sie schaute von Ludolphe zu Eric. »Ich bemühe mich immer, zu allen am Set ein freundliches Verhältnis aufzubauen. Alle wertzuschätzen, auch die Assistenten. Sie werden oftmals behandelt, als seien sie Luft. Aber dieser ... Yves – erst bekam man so gut wie keinen Kontakt zu ihm. Und dann, am dritten und letzten Drehtag, kippte das plötzlich, und er war auf einmal sehr ... offen.«

Ludolphe räusperte sich. »Hat er versucht, bei Ihnen zu landen?«

Malou Thomas lachte kurz auf. »Das tun viele in der Branche. Bei Models scheinen sie zu glauben, einen Freifahrtschein zu besitzen. *Alors, oui*, Yves wollte sich gern privat verabreden. Aber selbst wenn ich frei gewesen wäre, hätte ich an ihm keinerlei Interesse gehabt.«

Eric schaltete das Band aus. Wo steckte nur Raoul? Als er mit Ludolphe ins Commissariat zurückgekehrt war, hatte er das Büro leer vorgefunden. Keine Nachricht von ihm, und auch Gwendoline Bertin wusste nicht, wo er war. Eric griff nach seinem Telefon und wollte ihn gerade anrufen, als sich die Tür öffnete und Raoul den Raum betrat.

Gern hätte Eric einen Scherz gemacht à la *Der verlorene Sohn kehrt zurück* oder so, doch nach ihrer Szene am Nachmittag stand ihm nicht der Sinn danach. Wenn Raoul etwas zu erzählen hatte, konnte er es von sich aus tun. So begrüßte er ihn lediglich und begann, ihn über das Gespräch mit Malou Thomas zu informieren.

Kaum hatte sich Raoul an seinen Schreibtisch gesetzt, als die Tür aufflog und ein sichtlich aufgebrachter Nathanel Aguerre auf der Türschwelle erschien. »Chénier, auf ein Wort.«

Wenn die graue Eminenz den Titel wegließ, verhieß das für gewöhnlich nichts Gutes, das wussten sie beide. Rasch erhob sich Eric, murmelte etwas von einem Kaffee und verließ den Raum. Während er den Flur entlanglief, hörte er Aguerres Stimme, die zwar durch die Wände gedämpft wurde, aber deutlich die normalerweise übliche Dezibelzahl überschritt.

• • •

Im Eiltempo fuhr Claire nach Hause zurück. Die Autobahnstrecke zwischen Bordeaux und Pilat Plage, vorbei an nicht enden wollenden Laubwäldern, zog sich auch sonst wie Kaugummi, doch heute kam sie ihr extrem lang vor.

Kurzerhand hatte sie sich entschieden, die Unterlagen mit nach Hause zu nehmen und gründlich zu untersuchen, ehe sie sie Raoul aushändigte. Sie musste diese leere Seite überprüfen!

Endlich erreichte Claire die Abfahrt Richtung *Dune du Pilat*. Von hier aus waren es bloß noch ein paar Minuten bis in ihr Viertel mit den Villen im durchweg neobaskischen Stil, welchen einst der Bauunternehmer Louis Gaume hier eingeführt hatte. Laut den Bestimmungen seiner Erben, die die Immobilien über die *Agence Gaume* verwalteten, durften die Anwesen auch heutzutage nur nach genau festgelegten Auflagen renoviert werden.

Claire war gerade mal zwei Querstraßen von ihrem Zuhause entfernt, als ihr Handy klingelte. Sie angelte es aus dem Fach unter dem Radio und schielte aufs Display. *Anonym* – vielleicht war es Raoul, der aus dem Commissariat anrief und Noémis Adresse wissen wollte. Rasch nahm sie ab. »Allô?«

Am anderen Ende knisterte es.

»Raoul?«

Eine verzerrte Fistelstimme erklang: »Halt dich da raus, Claire Molinet. Sonst wird es dir noch leidtun.« Ein Klacken ertönte, gefolgt von einem Besetztzeichen.

Claire stockte der Atem. Sie bremste ab und hielt am Straßenrand an. Verstört schaute sie auf das Display. Einige Minuten lang blieb sie einfach nur so sitzen und versuchte, ihren rasenden Puls wieder unter Kontrolle zu bekommen. Sie konnte keinen klaren Gedanken fassen. In ihrer Magengegend breitete sich ein düsteres, nagendes Gefühl aus. Irgendjemand hatte seinen Radar auf sie gerichtet.

Kapitel 15

Aufgewühlt fuhr Claire wieder an und erreichte wenig später ihre Villa. Sie betätigte den automatischen Toröffner und parkte den MINI in der Garage, über der sich die zum Ozean hin gelegene Terrasse befand.

Mit den Dokumenten unter dem Arm eilte sie die Außentreppe neben der Terrasse hoch, die auch zur Haustür führte. In ihrem Kopf sprangen die unterschiedlichsten Gedanken wie wild durcheinander. Hatte der Anruf mit dem Tod des Historikers zu tun? Vielleicht hatte jemand sie in seinem Garten beobachtet. Oder hing es gar mit dem Mord an Armand Ducasse zusammen? Womöglich hatte man sie heute Mittag mit Raoul gesehen. Wurde er am Ende beschattet? Was auch immer dahintersteckte, ab jetzt musste sie höllisch aufpassen.

Sobald sie in ihrem Arbeitszimmer war, zog sie Einmalhandschuhe an, öffnete die Dokumentenmappe und nahm die leere Seite heraus. Sie hielt sie ins Licht der Schreibtischlampe. Eindeutig konnte man Buchstaben erkennen, die sich von einem anderen Blatt durchgedrückt hatten. Ein anderes Blatt, das nicht mehr in der Mappe war.

Aus den Stiften, die in einer rosenbedruckten Tasse ohne Henkel auf dem Schreibtisch standen, wählte Claire einen besonders weichen Bleistift und begann vorsichtig, das Papier zu schraffieren. Dabei blendete sie schlichtweg aus, was Raoul wohl zu ihrer eigenmächtigen Aktion sagen würde.

Zeichen für Zeichen erschienen die ersten Buchstaben auf dem Papier. Claire hielt einen Moment inne. Sie fühlte sich in ihre Kindheitstage zurückversetzt, als das Auftauchen einer solchen Schrift ihr wie Zauberei vorgekommen war. Nur dass es sich dieses Mal nicht um ein unbeschwertes Spiel handelte, sondern um tödlichen Ernst. Hochkonzentriert arbeitete sie weiter. Schon nach kurzer Zeit erkannte sie, dass es Namen waren, die jemand – vermutlich Étienne van den Braak – untereinandergeschrieben hatte. Mit größter Sorgfalt führte sie den Stift über das Papier. Schön gleichmäßig, bloß nicht zu viel Druck ausüben! Schließlich hatte sie das gesamte Blatt schraffiert. Sie lehnte sich zurück und betrachtete die graue Schraffur, aus der deutlich die Namen hervorstachen. Eine Liste. Was hatte es damit auf sich? Und warum war sie aus der Mappe entfernt worden?

Erneut beugte sich Claire vor und begann, die Namen zu entziffern. Die ersten drei sagten ihr nichts. Beim vierten hingegen stutzte sie. Bruno Échenoz. Échenoz ... Ein ziemlich seltener Name. Und irgendwie klang er bekannt. Hatte sie ihn nicht kürzlich erst gehört? Aber in welchem Zusammenhang? Grübelnd starrte sie durchs Fenster in den sich allmählich verfärbenden Himmel. Échenoz, Échenoz ...

Plötzlich fiel es ihr wieder ein. Natürlich! Virginie Échenoz – die Verwaltungsangestellte aus der Bretagne, die an vergifteten Pilzen gestorben war. Ihr Vater, Bruno Échenoz, hatte für die Versicherung gearbeitet, die die Baumol-Opfer und ihre Angehörigen um die volle Entschädigungssumme geprellt hatte. In van den Braaks Unterlagen hatte sie diese Namen gelesen und zunächst keinen Bezug herstellen können.

Claires Herzschlag beschleunigte sich. Rasch ging sie die anderen Namen durch. Die meisten davon waren ihr fremd. Doch dann, der vorletzte. Claire schnappte nach Luft. Sie konnte es kaum glauben. Dort stand klar und deutlich ANTHONY DUCASSE.

In Windeseile klappte sie ihr Notebook auf und suchte nach Armand Ducasse. Es dauerte nicht lang, bis sie fündig wurde: Anthony Ducasse war Armands Vater gewesen.

Eine düstere Ahnung überfiel Claire. Es brauchte nur wenige weitere Mausklicks, und sie hatte gefunden, was sie wissen musste.

...

Raoul saß allein im Büro und brütete über seinen Notizen. Eric hatte sich gerade in den Feierabend verabschiedet. Kurz nachdem Nathanel Aguerre polternd den Raum wieder verlassen hatte, war sein Kollege mit einem Automatenkaffee zurückgekommen. Demonstrativ hatte er das Gesicht verzogen, als er die schwarze Brühe in sich hineingekippt hatte. Doch Raoul war nicht danach gewesen, auf das übliche Kaffee-Qualitäts-Geplänkel einzusteigen. Nach ein paar knappen Wortwechseln war Eric schließlich gegangen. Seither starrte Raoul abwechselnd auf den Bildschirm, sein Notizbuch und das Whiteboard. Er suchte nach einem roten Faden.

»*Sacrebleu*, Chénier, wo haben Sie gesteckt? Keiner wusste, wo Sie waren, Sie mischen sich in einen unwichtigen Fall ein, der Sie nichts angeht, anstatt alle Energie in Ihre eigenen Ermittlungen zu stecken! Was dringend notwendig wäre – da tut sich ja nichts! Nicht mal ein überzeugendes Motiv haben Sie! Und das, obwohl die Ducasse-Angelegenheit von oberster Priorität ist! Reißen Sie sich zusammen, sonst fliegt uns das beiden um die Ohren!« Sein

Chef hatte ihn ordentlich zusammengestaucht. Er hatte auch keinerlei Erklärungen geduldet, sondern war Raoul, sobald dieser nur zwei Worte zu sagen versucht hatte, über den Mund gefahren.

Raoul wusste, dass der Innenminister seinem Chef im Nacken saß, und trotzdem ärgerte ihn dieser heftige Ausbruch. Zugegeben, die Extratour zu van den Braaks Garten war im Grunde nicht seine Aufgabe gewesen. Dass den Chef die sichergestellte tödliche Blasrohrspritze absolut kaltgelassen hatte, fand er wiederum unangemessen. Raoul war sich nicht sicher, ob er sich mehr über Aguerres Schimpftirade und seine Sturheit aufregte oder über dessen offensichtliche Einstufung in wichtige und unwichtige Todesopfer. Auch wenn er schon vor Jahren das Rauchen aufgegeben hatte – jetzt bekam er gerade große Lust auf eine Zigarette.

Raoul dachte an *mamie* Sylvie und ihr totes Baby. Und an die zahlreichen weiteren Opfer des Baumol-Skandals. Allein die Art und Weise, wie die betroffenen Familien seinerzeit behandelt, wie sie mit ein paar Almosen abgespeist und danach vergessen worden waren – im Grunde hatte sich nichts geändert, Revolution hin oder her. Der Klerus war zwar abgeschafft worden und ein Teil des Adels der Guillotine zum Opfer gefallen, doch die Machtstrukturen hatten sich lediglich verschoben. Von wegen Gleichheit – Frankreich war nach wie vor eine Klassengesellschaft. Man wurde in eine Gesellschaftsschicht hineingeboren, und nach oben kam man nur mit größter Anstrengung und einer gehörigen Portion Glück. Das hatte Raoul am eigenen Leib erfahren. Wie gern hätte er damals eine der berühmten *Grandes Écoles* besucht! Dennoch durfte er sich nicht beklagen, für die einfachen Verhältnisse, aus denen er stammte, hatte er es weit gebracht. Aus seiner Grundschulklasse hatte es außer ihm nur noch ein Mädchen an eine Universität geschafft.

Raoul stand auf, ging zum Whiteboard hinüber und betrachtete eine Weile die Verdächtigen. Zugegeben, sein Chef hatte durchaus recht. Sie wussten immer noch nicht, warum Armand Ducasse sterben musste. Zwar gab es genügend Verdächtige und Beweggründe für den Anschlag, nur waren sie der Wahrheit bisher keinen Schritt näher gekommen.

Es konnten Eifersucht und Rache einer gekränkten Ehefrau sein, gekoppelt mit der Angst vor dem Verlust der Kinder an den Mann, der sie betrogen hatte. Möglicherweise unter Mithilfe ihres Geliebten. Außerdem kam sein Gegner Robert Mathieu infrage, der unter Ducasse um seine berufliche Laufbahn fürchten musste. Nicht zu vergessen ganz aktuell das fragwürdige Sozialbauprojekt des Generalsekretärs, das einen undurchsichtigen Bauunternehmer in den Fokus rückte.

Seufzend kehrte Raoul an den Schreibtisch zurück. Ehe er das Büro verließ, wollte er sich noch einen exakten Überblick über den derzeitigen Stand der Ermittlungen im Fall Ducasse verschaffen. Dazu prüfte er sämtliche Berichte seines Teams in Bezug auf die Ergebnisse der vergangenen Tage.

Bisher hatten sie beispielsweise nicht herausfinden können, woher das TTX stammte, durch das Armand Ducasse ums Leben gekommen war. Ludolphe hatte eine Liste aller legalen Bezugsquellen erstellt. Es war völlig klar, dass ausschließlich registrierte Forschungslabore berechtigt waren, Tetrodotoxin zur Testung bestimmter Zellprozesse über den Feinchemikalienhandel zu beziehen. Daraufhin hatte Ludolphe nachgehakt, ob es in letzter Zeit Bestellungen der entsprechenden Labore gegeben hatte. Tatsächlich hatten drei davon Lieferungen erhalten. Deren Überprüfung dauerte noch an. Gab es womöglich irgendwo ein Leck? Oder war jemand dort eingebrochen und hatte TTX entwendet? Andererseits hätte ein Diebstahl natürlich gemeldet werden müssen.

Um einen normalgewichtigen Erwachsenen zu töten,

brauchte man lediglich einen Hauch des Nervengiftes. Frida Salles hatte Raoul zur besseren Vorstellung einen Teelöffel unter die Nase gehalten: »Hierauf passen circa drei Gramm. Mit einer solchen Dosis TTX könnten Sie auf einen Schlag die Bewohner eines kleinen Dorfes umbringen.«

Dass eine so winzige Menge einer Substanz ausreichte, um ein Menschenleben auszulöschen, fand Raoul schwindelerregend und erschreckend zugleich. Allerdings wussten sie immer noch nicht, wo Armand Ducasse das tödliche Gift zu sich genommen hatte. Ihm fiel der Junggesellinnenabschied ein, diese »Horde« junger Frauen, in die der Generalsekretär auf dem Weg zum *Le Patio* geraten war. Gwendoline hatte sich darum kümmern sollen, mehr darüber herauszufinden. Doch dann war ihnen das Bauprojekt dazwischengekommen. Er musste unbedingt nachhaken, ob sie diese Spur inzwischen weiterverfolgt hatte.

Wieder dachte Raoul an die Blasrohrspritze, die er unmittelbar nach seiner Rückkehr an die forensische Abteilung geschickt hatte. Mit Sicherheit würde man daran Spuren des Batrachotoxins finden, das den Historiker getötet hatte.

Auch BTX konnte man nicht einfach in der Apotheke kaufen, für die Substanz galt dasselbe wie für das TTX. Hatte Renée Nagot die entsprechenden Bezugsquellen bereits überprüft? Was, wenn es eine Übereinstimmung bei den Bestellungen gab? Er wollte gerade die Kollegin anrufen, als sein Telefon klingelte.

Auf dem Display stand CLAIRE MOLINET. Schon wieder Claire – was hatte sie ihm nach der eigenartigen Begegnung bei van den Braak jetzt auf einmal zu sagen?

Sie verzichtete auf eine lange Einleitung. »Wo bist du jetzt? Können wir uns treffen?«

»Worum geht es denn?«

»Ich muss dir etwas Wichtiges mitteilen.« Ihre Stimme klang aufgeregt.

»Kannst du mir ein bisschen mehr Informationen geben?«

»Es handelt sich um die Fälle.« Sie machte eine Pause, ehe sie mit nachdrücklicher Stimme fortfuhr: »Sie hängen zusammen, Raoul! Der Tod von Ducasse und van den Braak, und der von Virginie Échenoz ebenfalls.«

»Was sagst du da?«

»Ich bin auf etwas Unglaubliches gestoßen. Es hat –« Wieder stockte sie kurz, ehe sie weitersprach: »Ich habe die Unterlagen hier. Du musst dir das selbst anschauen.«

Raoul atmete hörbar ein. Ehe er dazu kam, Claires erneutes eigenmächtiges Handeln zu kommentieren, ergänzte sie in fast entschuldigendem Ton: »Ja, ich weiß, das war auch nicht meine Aufgabe. Eigentlich wollte ich die Papiere nur bei Noémi Fauré abholen und bei dir abliefern. Aber dann habe ich festgestellt ... Wenn du es siehst, wirst du mich verstehen. Hoffe ich zumindest.«

»Ich bin noch im Commissariat.« Er warf einen Blick auf seine Armbanduhr. »In einer Stunde kann ich bei dir sein.«

Nachdem er aufgelegt hatte, betrachtete er ein weiteres Mal das Whiteboard. Claires Worte gingen ihm nicht mehr aus dem Kopf. Konnte an ihrer Theorie etwas dran sein? Hingen die drei Fälle tatsächlich zusammen? Gewiss, alle Opfer waren an Gift gestorben. Aber was war das verbindende Motiv?

Ehe er das Büro verließ, schrieb Raoul eine Mail an einen Kollegen in Rennes und bat ihn um Details zum Fall Virginie Échenoz.

• • •

Völlig erschlagen schloss Noémi die Wohnungstür auf und stellte den Rucksack mit den Einkäufen neben dem Schuhregal ab. Hin und wieder fragte sie sich, ob sie bis zur Rente so weitermachen wollte. In stillen Momenten verspürte sie Lust, noch mal etwas anderes zu beginnen. Aber solange sie für Adrian sorgte und seine Ausbildung finanzierte, war das unrealistisches Wunschdenken.

Am Spiegel über dem Schuhregal hing ein Zettel. Nur wenige Worte, in Adrians gestochen scharfer Schrift: BIN BEI BASTIAN, KANN SPÄT WERDEN. WARTE NICHT AUF MICH. In der rechten unteren Ecke hatte er einen kleinen Pfeil gemalt. Noémi drehte den Zettel um. PS: CLAIRE WAR HIER, SIE HAT DIE DOKUMENTE MITGENOMMEN.

Deswegen hatte die Privatdetektivin sie also am Nachmittag angerufen. Noémi hatte ihre Nachricht zwischendurch abgehört, aber es war so viel Betrieb gewesen, dass sie es nicht geschafft hatte, sie zurückzurufen. Und dann hatte sie es vergessen. Nun hatte es sich von allein erledigt. Vermutlich war es auch besser so, dass sie diese Papiere nicht mehr bei sich herumliegen hatte. Dokumente eines Verstorbenen – etwas unwohl war ihr bei dem Gedanken die ganze Zeit über gewesen.

Noémi ging ins Wohnzimmer und ließ sich aufs Sofa sinken. Binnen weniger Minuten war sie eingeschlummert. Als sie wieder hochschreckte, wusste sie für einen Moment nicht, wo sie war.

Die Stille des Raumes erdrückte sie. Langsam stand sie auf und streckte sich. Nachdem sie einen Großteil des Tages in der Backstube verbracht hatte, verspürte Noémi keine Lust, sich noch mal an den Herd zu stellen. Schon gar nicht für sich allein. Ein Sandwich würde es heute auch tun.

Unschlüssig lief sie im Zimmer umher, schaltete den Fernseher ein und gleich wieder aus. Das ewige Geplapper nervte bloß. Sie ging zum Bücherregal hinüber und nahm einen Roman heraus, den sie vor Längerem angefangen hatte. Früher hatte sie viel gelesen, eine Woche ohne neues Buch war eine Seltenheit gewesen. Als sie dann ein kleines Kind hatte, wurden Lesestunden rar. So oft hatte sie damals gedacht, wie schön es sein würde, wieder mehr Zeit für sich zu haben. Jetzt hatte sie diese Zeit. Und konnte sie gar nicht richtig genießen.

Sie stellte das Buch ins Regal zurück. Wie viel Leben doch in der Wohnung geherrscht hatte, als Adrian noch jünger gewesen war. In der Schulzeit hatte er in den ersten Jahren manchmal Freunde mit nach Hause gebracht. Später war er meist zu ihnen gegangen. Noémi hatte den Verdacht, dass sich ihr Sohn insgeheim für sein ärmliches Zuhause schämte. Auch wenn er so etwas nie geäußert hatte.

Lustlos ging sie in die Küche und machte sich einen Tee. Während sie mit der dampfenden Tasse am Fenster stand, beschloss sie, endlich einmal die restlichen Unterlagen ihrer Mutter zu sortieren. Noémi warf sich eine Strickjacke über, schlüpfte in ihre ausgelatschten Turnschuhe und lief in den Keller hinunter. Mit zwei Kartons kehrte sie zurück. In ihrem Schlafzimmer legte sie *Quelqu'un m'a dit* auf, ihr Lieblingsalbum von Carla Bruni, und zündete ein paar Kerzen an.

Noémi öffnete den ersten Karton, den sie mit *documents – maman* gekennzeichnet hatte. Völlig wahllos hatte sie damals alles eingepackt, was sich in den Schreibtischschubladen ihrer Mutter und in dem schmalen Regal neben dem Schreibtisch befunden hatte.

Eine gefühlte Ewigkeit später hatte sie den Karton gerade mal zu drei Vierteln abgearbeitet. Vor ihr auf dem Dielenfußboden lagen noch zwei kleine Stapel. Den zweiten Karton würde sie heute definitiv nicht mehr schaffen.

In Gedanken noch bei ihrem Sohn überflog Noémi einen Kontoauszug, der zuoberst auf dem letzten Stapel lag. Bei der vorletzten Zeile stutzte sie. Hundertfünfzig Euro an – Étienne van den Braak? Verblüfft las sie den Namen noch einmal. Nein, sie hatte sich nicht geirrt. Dort stand klar und deutlich der Name des Historikers. Als Verwendungszweck hatte ihre Mutter *Recherche Baumol* angegeben. Überwiesen hatte sie das Geld am einunddreißigsten August 2016.

Überrascht richtete sie sich auf. Ihre Mutter hatte ihn also für seine Recherchen bezahlt! Bisher war Noémi davon ausgegangen, dass er sich unabhängig von ihrer Mutter mit dem Thema befasst und sie ihn aus diesem Grund aufgesucht hatte. So aber schien es, dass sie ihn quasi beauftragt hatte, mehr über den Puderskandal herauszufinden. Hatte es sich um eine einmalige Zahlung gehandelt oder …? Aufgeregt öffnete sie den zweiten Karton. Hoffentlich lagen da auch wirklich die nächsten Auszüge drin! Sonst musste sie doch noch mal in den Keller.

Sie hatte Glück: Unter einigen Mappen mit Versicherungsunterlagen fand sie eine Metalldose, randvoll mit Kontoauszügen. Hochkonzentriert arbeitete sie Seite für Seite durch. Die nächste Überweisung an den Historiker war vom sechsundzwanzigsten November 2016. Und dann wieder drei Monate später, Ende Februar. Das war die letzte Zahlung gewesen, knapp vier Monate vor dem Tod ihrer Mutter.

Noémi musste einen Moment sacken lassen, was sie soeben entdeckt hatte. Mit den Auszügen in der Hand erhob sie sich langsam und lief zu ihrem Bett hinüber. Sie ließ sich auf die orientalische Decke fallen und stopfte sich ihr Lieblingskissen in den Nacken. In ihrem Kopf flogen die Gedanken wild durcheinander. Von den ersten Seiten des Tagebuchs wusste sie, dass ihre Mutter nach ihrem sechzigsten Geburtstag eine Therapie begonnen hatte. Dabei war das Trauma zutage getreten, das sie als Sechsjährige erlebt und danach komplett verdrängt hatte. Der grausame

Tod ihres jüngeren Bruders Noah. Auch nach der Therapie hatte sie nicht darüber sprechen können. Einzig diesem Buch hatte sie die schockierende Wahrheit anvertraut. Und Étienne van den Braak.

Noémi griff nach dem dunkelroten Lederband. Vielleicht hatte ihre Mutter ja etwas über den Kontakt zu ihm in ihrem Tagebuch aufgeschrieben. Mehr als ein Drittel hatte Noémi bisher nicht gelesen.

Erneut prüfte sie das Datum des ersten Kontoauszugs. Ende August 2016. Rasch blätterte sie zu den entsprechenden Einträgen vor. Tatsächlich! Am Freitag, dem neunundzwanzigsten Juli, hatte ihre Mutter geschrieben:

Ich habe einen Historiker ausfindig gemacht. Er wird mir helfen, mehr über diese entsetzliche Tragödie zu erfahren, die, wie ich nun weiß, mein ganzes Leben lang einen Schatten auf meine Familie geworfen hat.

Seite um Seite überflog Noémi, ihre Augen scannten die Zeilen nach dem Namen Étienne van den Braak. Das Hungergefühl war komplett verflogen. An mehreren Stellen schrieb ihre Mutter über die Treffen mit ihm. Dann tauchte er lange nicht mehr auf, und Noémi war nahe daran, das Buch wieder zuzuklappen.

Doch hier, am neunzehnten Juni 2017, wenige Tage vor ihrem Tod:

Heute hat sich Monsieur van den Braak überraschend gemeldet. Er sagte, er habe auf eigene Faust weiterrecherchiert und eine wichtige Entdeckung gemacht. Mehr wollte er am Telefon nicht sagen, er möchte mich lieber persönlich sehen.

Danach folgten nur noch ein paar Seiten, auf denen der Historiker nicht mehr vorkam.

Aufgewühlt klappte Noémi das Buch zu. Eine Weile saß sie auf ihrem Bett und starrte ins Leere. Zu dieser Begegnung war es offenbar nicht mehr gekommen. Wie konnte es sein, dass der Historiker ihr gegenüber nichts davon erwähnt hatte? Zu spät, hallte es in Noémis Kopf. Die einzigen beiden Menschen, die ihr zu alledem etwas hätten sagen können, waren tot.

Kapitel 16

Nachdem Claire mit Raoul telefoniert hatte, verließ sie ihr Arbeitszimmer und ging in die Küche hinunter. Eponine und sie hatten vereinbart, dass sie, wenn sie beide zu Hause waren, abwechselnd kochen würden. Heute war Claire an der Reihe, was ihr ganz gut passte. Der Drohanruf beschäftigte sie nach wie vor. Die Ermittlungen waren eine willkommene Ablenkung, doch nach der Entdeckung, die sie gerade gemacht hatte, brauchte ihr Gehirn eine Pause und sie selbst etwas räumlichen Abstand zu ihrem Schreibtisch. Ein leckeres Essen in entspannter Atmosphäre würde ihr guttun. Danach wäre sie wieder viel leistungsfähiger und würde mit frischem Blick und neuer Energie zu ihrer Arbeit zurückkehren.

Schon früh hatte Claire erkannt, dass es gar nichts brachte, sich bis zur Erschöpfung zu verausgaben und völlig auszubrennen, nur weil sie unbedingt eine Sache zu Ende führen wollte. Selbstfürsorge war der Schlüssel. Außerdem konnte sie beim Kochen ihre Gedanken schweifen lassen, was manchmal zu ungeahnten und überraschenden Erkenntnissen führte.

Sie stand an der Arbeitsfläche und marinierte Lachsfilets mit Orangenscheiben, Ingwer und Olivenöl. Durch ein breites Fenster konnte sie über die Terrasse auf den Atlantik schauen. Soeben rissen die dunklen Wolken auf, und das goldene Licht der untergehenden Sonne ergoss sich über das Wasser. Für einen Moment hielt Claire inne und ließ den Anblick auf sich wirken. Sie hatte sich geschworen, den Luxus dieses Panoramas niemals als selbstverständlich hinzunehmen.

Wie wohltuend die Unterbrechung von ihrer Ermittlungsarbeit war! Auf einmal wurde ihr bewusst, dass sie mitten in einem Fall steckte, für den es keinen Auftraggeber gab. Als selbstständige Geschäftsfrau hätte sie sich eigentlich gar nicht darauf einlassen dürfen. Auch das war eine Art von Luxus: Sie konnte es sich leisten, ihre Zeit der Aufklärung eines Verbrechens zu widmen, ohne damit Geld zu verdienen. Doch Claire war von Anfang an überzeugt gewesen, dass der Tod des Historikers mit seinen Recherchen im Baumol-Skandal zusammenhing. Und nun hatte sie die Gewissheit. Allein für Étienne van den Braaks Engagement in dieser unfassbaren Tragödie war es Claire jede Sekunde wert, die sie sich damit befasste. Die betroffenen Familien kämpften bis heute mit den unterschiedlichen Auswirkungen – Depressionen, Angstzuständen, Traumata, Alkoholismus –, während der Rest der Nation, allen voran die Verantwortlichen, längst einen Haken hinter die Geschichte gesetzt hatte. Die Entdeckungen des Historikers waren enorm wichtig. Erst dadurch wurde klar, wie erschreckend groß und aktuell diese Angelegenheit wirklich war.

Ihre Gedanken hatten sich verselbstständigt. Claire drehte sich um, ging zur Anrichte hinüber und holte eine Auflaufform heraus. Sie bepinselte sie mit Öl, legte die Fischstücke hinein und bestreute sie mit Salz und Pfeffer aus der Mühle sowie mit ihrer selbst gemachten Kräutermischung. Dank Philippe gab es im Garten eine Kräuterspirale aus Natursteinen. Neben den üblichen Sorten wie Oregano, Dill, Petersilie und Basilikum hatte er auch manche gepflanzt, von denen Claire vorher noch nie gehört hatte. Er hatte ihre Namen auf Messingschilder geschrieben, und hin und wieder erklärte er ihr, wozu Pimpinelle, Mutterkraut, Ehrenpreis und wie sie alle hießen, verwendet werden konnten. Jedes Mal war Claire überrascht, wie viele Pflanzen genießbar waren und den gewöhnlichen Salat um einiges abwechslungsreicher schmecken ließen.

Zum Lachs sollte es roten Wildreis aus der Camargue geben, der schon munter auf einer der fünf Flammen ihres extrabreiten Gasherds vor sich hin köchelte. Im Tiefkühlschrank fand Claire eine große Portion Spinat, den sie im Herbst eingefroren hatte, nachdem Philippe geerntet hatte. Der Gärtner, Philosoph und Lebenskünstler, wie sie ihn gern bezeichnete, baute immer so reichlich an, dass es über den kompletten Winter reichte und er sich selbst ebenfalls eindecken konnte.

Sie dünstete eine Zwiebel in etwas Butter, bis sie glasig war, blanchierte den Spinat und rundete das Ganze mit Paprika, Kreuzkümmel, schwarzem Pfeffer, Meersalz und ein wenig Majoran ab. Fehlte nur noch eine Soße zum Fisch. Oder vielleicht ein Dip? Claire öffnete den Kühlschrank und betrachtete den Inhalt. Oft kochte sie nach den Rezepten aus einem ihrer zahlreichen Kochbücher oder eine der Kreationen ihrer Mutter, doch manchmal überkam sie die Lust, spontan mit dem, was sie zu Hause hatte, zu improvisieren. Heute nahm sie einen Rest Naturjoghurt, Crème fraîche und Senf, dazu etwas Honig und verschiedene Kräuter.

Während sie alles in einer Keramikschale zusammenrührte, glitten ihre Gedanken wieder zu dem, was sie kurz zuvor herausgefunden hatte. Was wohl Raoul zu ihrer Entdeckung sagen würde? Nun ließ sich kaum anzweifeln, dass die drei Vergiftungsfälle zusammenhingen. Doch wer hatte diese Liste, deren Abdruck diese unerwartete Wendung herbeigeführt hatte, aus dem Ordner entwendet? War der Mörder nach der Tat ins Haus eingedrungen? Möglich wäre es gewesen, schließlich hatte die Terrassentür offen gestanden. Im Haus des Historikers hatte es so schnell gehen müssen, dass sie die Mappen nur oberflächlich durchgeblättert hatten. Oder hatte am Ende Noémi Fauré das Blatt an sich genommen? Als Claire das erste Mal bei ihr gewesen war, hatte es sich jedenfalls nicht mehr im Ordner befunden, dessen war sie sich sicher. Claire hielt in der Bewegung inne. Konnte sie der *chocolatière* vertrauen?

Gedankenverloren tunkte sie einen Löffel in den Dip und probierte. Zu wenig Salz. Und etwas mehr Schnittlauch. Sie kostete erneut. Jetzt schmeckte es harmonisch. Sie stellte die Schale auf ein breites Holztablett, auf dem schon Besteck, Gläser und Servietten bereitlagen. Anschließend prüfte sie den Lachs, er würde noch einige Minuten brauchen.

Nach diesem anstrengenden Tag konnte sie sich eigentlich einen Drink genehmigen. Sie mischte sich einen Aperol Spritz und hatte gerade den ersten Schluck getrunken, als Eponine in Joggingkleidung durch die Terrassentür hereinkam.

»Hm, das duftet fantastisch!« Sie dehnte ihre Beine. »Ich habe eine Runde am Strand gedreht. Claire, du musst unbedingt das nächste Mal mitkommen! Dieses Farbenspiel am Himmel ist sensationell! Habe ich noch Zeit für eine schnelle Dusche?«

»Ab unter die Dusche mit dir.« Claire lachte sie an.

»*À tout à l'heure, chef de cuisine!*« Eponine eilte durchs Wohnzimmer. Von der Treppe her rief sie: »Machst du mir auch so einen sündigen Drink?«

»*Mais bien sûr!*« Claire trank einen weiteren Schluck, dann stellte sie das Glas zur Seite und holte eines für ihre Mitbewohnerin aus dem Regal. Eigentlich war es ziemlich schön, dass sie jetzt nicht mehr allein in der riesigen Villa lebte.

Bald darauf saßen die beiden Frauen an dem großen Esstisch.

Claire hatte eine Flasche Château Bardins Blanc geöffnet, und während draußen über dem Ozean allmählich die Sonne unterging, genossen sie die gemeinsame Mahlzeit. Sobald allerdings der erste Hunger gestillt war, erzählte Claire Eponine von ihren Erlebnissen und Entdeckungen am Nachmittag. Dabei konzentrierte sie sich ausschließlich auf die Fakten. Die romantischen Gefühle für Raoul und besonders den Kuss sparte sie vorsorglich aus. Als sie Eponine von dem Drohanruf berichtete, weiteten sich deren Augen.

»*Merde*, Claire! Und das erzählst du erst jetzt? Damit ist nicht zu spaßen!«

»Das ist eines meiner Berufsrisiken.«

»Du musst es der Polizei melden.«

»Und was sollen die tun?« Claire hob die Hände und ließ sie wieder sinken. »Bei einem Mal – da passiert gar nix. Aber ich werde es auf jeden Fall Raoul erzählen. Ich habe ihn vorhin angerufen, wegen der Unterlagen. Er müsste jeden Moment vorbeikommen.«

»Raoul Chénier hier bei uns – wie spannend! Ist ja ein ziemlich attraktiver Mann, dein Commandant.«

»Er ist nicht MEIN Commandant.« Zu ihrem Missfallen spürte Claire, dass sie errötete.

»Ah, *oui* – und Ostern und Weihnachten fallen dieses Jahr auf denselben Tag!« Eponine schaute sie vielsagend an und zog amüsiert die Mundwinkel hoch. Dann wurde sie wieder ernst. »Kann ich diese Liste abfotografieren?«

»*Absolument*.« Claire legte ihr Besteck beiseite. »Das habe ich auch vorhin schon gemacht. Möchtest du ein Dessert?«

»*Merci*, aber ich bin pappsatt. Du bist eine umwerfend gute Köchin, Claire. Ich werde vermutlich bald mein Laufpensum verdoppeln müssen, damit ich nicht aufgehe wie ein Hefeteig.«

»Wir können auch mal eine Woche Heilfasten einlegen, darauf schwört Philippe.«

Eponine verzog das Gesicht. »Da renne ich lieber.«

Gemeinsam räumten sie den Tisch ab, und Eponine verschwand ins Obergeschoss.

Claire schenkte sich ein weiteres Glas vom Weißwein ein und brachte die Küche in Ordnung. Sie war gerade dabei, die Reste vom Wildreis in eine Glasbox zu füllen, als es an der Haustür schellte.

• • •

Raoul fuhr mit dem Citroën durch die schmiedeeiserne Toreinfahrt, die sich auf sein Klingeln hin geöffnet hatte. Das Haus entsprach vom Baustil her allen anderen in diesem Viertel. Ein ganz spezieller Stil, ein bisschen nostalgisch, ein bisschen verspielt, mal mit filigraner Holzschnitzerei und zugleich pompös, so kamen sie daher, die Villen in Pilat Plage.

Dem bevorstehenden Treffen sah Raoul mit gemischten Gefühlen entgegen. Einerseits scheute er sich beinahe davor, Claire zu Hause zu besuchen, zu sehen, wie sie lebte, und damit noch mehr Bilder über sie in sich aufzunehmen. Wo er doch eigentlich den Kontakt zu ihr reduzieren wollte. Andererseits musste er einfach wissen, was Claire herausgefunden hatte.

Er stieg eine terrakottageflieste Treppe zur Eingangstür hoch, an der Claire ihn schon erwartete. Das schwarze Outfit, das sie im Garten des Historikers getragen hatte, war verwaschenen Röhrenjeans und einem cremeweißen Pullover gewichen. Zum ersten Mal, seit er sie kannte, trug sie ihre Haare offen.

Sie lächelte ihm entgegen. Die seltsame Stimmung, die heute Nachmittag zwischen ihnen geherrscht hatte, schien verflogen.

»Aller guten Dinge sind drei, wie man in meiner Muttersprache sagt.«

»Auf jeden Fall ein neuer Rekord, was uns betrifft.« Was redete er denn da?

»Hast du schon zu Abend gegessen?«

»Dazu war bisher keine Zeit.«

»Möchtest du etwas haben?«

»Mach dir wegen mir keine Umstände. Ich schiebe mir nachher eine Pizza in den Ofen.«

»Kommt nicht infrage! Dieser industrielle Fraß steckt voller künstlicher Geschmacksverstärker, Farbstoffe – billiges Zeug, das dich nicht nährt. Du brauchst etwas Anständiges.« Als sie sah, dass Raoul protestieren wollte, stoppte sie ihn mit einer resoluten Handbewegung. »Keine Widerrede. Außerdem machst du mir gar keine Umstände. Es ist noch genug vom Abendessen da. Aber komm erst mal rein.«

Raouls Magen knurrte tatsächlich schon seit einer ganzen Weile, und so widersprach er nicht. Er folgte ihr durch einen kurzen, breiten Flur in ein geräumiges Wohn-Ess-Zimmer, das linker Hand in eine großzügige Küche überging. Vergeblich hielt er nach Philippe Ausschau. Hatte Claire nicht am Nachmittag gesagt, sie sei verabredet?

»Erst das Essen, dann die Arbeit.« Vom Kühlschrank aus lächelte Claire zu ihm hinüber. »Ich wärme es dir schnell auf.«

Während sie in der Küche hantierte, sah sich Raoul interessiert um. Hinter einem rustikalen Esstisch stand eine einladende, grau melierte Sitzgruppe, ergänzt durch zwei cognacfarbene Ledersessel nahe an einem offenen Kamin. An den Wänden hingen wenige, gut platzierte Kunstwerke, bei denen es sich vermutlich um Originale handelte. Besonders ein Ölgemälde gefiel ihm, das eine Frau in einem altmodischen Badeanzug zeigte. Er trat näher heran, um die Signatur zu entziffern. Biatturi – das hatte er schon mal gehört. Claire hatte unbestreitbar einen ausgeprägten Sinn für Ästhetik. Sofern sie ihr Zuhause selbst eingerichtet und keinen Innenarchitekten oder Stylisten damit beauftragt hatte, wie es in ihren Kreisen üblich war.

»Nimmst du ein Glas Wein?«

Raoul zögerte. »Sagen wir ein halbes. Ich muss ja noch fahren.«

Claire lief zu einer antiken Anrichte hinüber, sicherlich ein Erbstück, und kehrte mit einem Tablett zurück, auf dem zwei Weingläser und ein Teller standen.

Mit flinken Handgriffen deckte sie den Esstisch für ihn. »*Et voilà!*«

»*Merci.*« Raoul setzte sich und betrachtete die blütenweiße Stoffserviette. »Das ist lange her.«

»Stoffservietten?« Claire zog belustigt die Brauen hoch.

Wieder zögerte er. Die Bemerkung war ihm herausgerutscht, ehe er darüber nachgedacht hatte. »Ich meine, dass jemand so für mich – eine Mahlzeit hergerichtet hat. Noch dazu selbst gekocht.«

Sie nahm ihm gegenüber Platz und sah ihn mit einem unergründlichen Blick an. »Na, dann wurde es ja Zeit.«

Raoul probierte vom Lachs, dem Spinat und dem Wildreis. Alles schmeckte ausgesprochen köstlich. Er war froh, dass er nicht auf seiner Pizza bestanden hatte. »Ich ziehe meinen Hut vor deinen Kochkünsten!«

»*Merci.*« Sie lächelte. »Mit solchen Eltern hat sich das zwangsläufig ergeben.«

»Es gibt Schlimmeres, was man von seinen Eltern übernehmen kann.«

Während Raoul sein Essen genoss, plauderten sie eine Weile über Kindheitserlebnisse, wobei er sich dabei ertappte, ungewöhnlich viel von sich preiszugeben. Claire hatte eine Art, zuzuhören, die ihn berührte und auf unerklärliche Weise öffnete. Zwischendurch meldete sich zwar eine mahnende Stimme in seinem Kopf, den eigentlichen Zweck seines Besuchs nicht komplett aus dem Fokus zu verlieren, aber solange er aß, gelang es Raoul, sie auszublenden. Wie gut es doch tat, sich ungezwungen zu unterhalten und für kurze Zeit den Arbeitsalltag, insbesondere den Ärger mit seinem Chef, zu vergessen. Trotz allen Widerstands musste er sich eingestehen: Er fühlte sich wohl mit Claire.

Raoul hatte seinen Teller beinahe vollständig geleert, da sah Claire ihn auf einmal mit einem seltsamen Blick an. »Ich fürchte, ich werde beschattet.«

»Wie kommst du darauf?«

Sie erzählte ihm, dass sie am frühen Abend einen Drohanruf erhalten hatte. »Von einer anonymen Nummer.«

Raoul ließ die Gabel sinken, die er soeben mit dem letzten Bissen zum Mund führen wollte. »Im Ernst?«

»Mit so etwas scherze ich nicht.«

»Nein, natürlich nicht, *pardon*.«

»Ich habe mich auch schon gefragt, ob jemand womöglich dir nachspioniert und uns zusammen gesehen hat.«

Er dachte nach. »Natürlich ist es möglich, dass, wer auch immer hinter Ducasses Tod steckt, mich im Visier hat. Speicher am besten die Nummer vom Commissariat, und solltest du wieder so einen Anruf bekommen, könntest du sie zum Gespräch hinzufügen. Manchmal reicht so etwas schon als Abschreckung.«

»Hm, du hast recht, das könnte ich probieren.«

»Andernfalls müsste man den offiziellen Weg über einen richterlichen Beschluss gehen, um den Anrufer ausfindig zu machen. Leider muss dafür schon etwas vorgefallen sein.« Entschuldigend hob Raoul die Hände, ehe er nach der Stoffserviette griff und sich den Mund abwischte. »Vielen Dank fürs Essen. Du hast recht, überhaupt kein Vergleich zum Tiefkühlfraß.«

»Ich kann nicht zulassen, dass du dir so minderwertigen Quatsch einverleibst.« Sie lächelte ihn an, während sie rasch den Tisch abräumte. »Man sollte seinem Magen nur beste Qualität anbieten, pflegt mein Vater zu sagen.«

»Ein kluger Mann, wie mir scheint.«

»Ihr würdet euch gut verstehen.« Claire trug das Tablett in die Küche und kam mit einer durchsichtigen Plastiktüte zurück, in der einige Ordner steckten. »Aber nun zu meiner Entdeckung.« Sie legte die Tüte auf den Esstisch, holte eine Packung mit Einmalhandschuhen und reichte ihm ein Paar, dann streifte sie sich selbst welche über.

»Ich bin gespannt. Am Telefon hast du davon gesprochen, dass du etwas entdeckt hättest, was die Fälle verbindet?«

»*Exactement*. Beim vorigen Mal habe ich etwas übersehen.« Claire nahm die Mappen heraus und schlug die oberste auf der letzten Seite auf. »Raste jetzt nicht gleich aus, *s'il te plaît*. Ich musste das einfach überprüfen.«

Raoul betrachtete das schraffierte Blatt. Es dauerte einen Moment, ehe er begriff, worauf Claire hinauswollte. Es war eine Namensliste. Unter dem Material, das Claire ihm am Mittag gezeigt hatte, war sie nicht gewesen, da war er sich sicher.

»Wenn ich es richtig verstehe, hast du also in dem Ordner eine leere Seite gefunden, auf der sich durchgedrückte Buchstaben abgezeichnet haben. Durchs Schraffieren hast du dann herausgefunden, dass das Blatt davor eine handschriftliche Liste gewesen ist.«

»Die nun nicht mehr da ist.«

»Die also vermutlich jemand an sich genommen hat. Falls van den Braak sie nicht selbst herausgerissen hat.«

Verwundert sah Claire ihn an. Dieser Gedanke schien ihr gar

nicht gekommen zu sein. Dann schüttelte sie den Kopf. »Lies dir mal die Nachnamen durch. Dann verstehst du.«

Raoul überflog die Namen. Schließlich nickte er. »Échenoz und Ducasse – das ist in der Tat auffällig. Könnte aber auch ein Zufall sein. Immerhin wissen wir nicht, was diese Liste zu bedeuten hat.«

»Ich hätte da was anzubieten.« Claires eindringlicher Blick hatte nichts Privates mehr wie noch kurz zuvor bei ihrem Gespräch während des Essens. »Anthony Ducasse war Armands Vater. Zur Zeit des Baumol-Skandals hatte er einen hohen Posten im Gesundheitsministerium der Präfektur der Bretagne. Und Virginie Échenoz ist die Tochter von Bruno Échenoz, der ja für die Versicherung arbeitete, die die betroffenen Familien um die volle Entschädigungssumme geprellt hat. Das stand schon in van den Braaks Unterlagen, erinnerst du dich?«

Raoul brauchte einen Moment, um die Tragweite ihrer Entdeckung zu erfassen. »Das ist ja –« Ihm fehlten die Worte angesichts dieser Informationen, die seine bisherige Arbeit im Fall Ducasse über den Haufen warfen.

»Jetzt verstehst du, warum du unbedingt herkommen solltest.«

Raoul nickte. »Das würde bedeuten, jemand hat Étienne van den Braak getötet, um an dieses Material zu kommen?«

»Oder um zu verhindern, dass er noch weiter recherchiert. Vielleicht ist er irgendwem zu nahe getreten?«

»Womöglich jemandem, der auf dieser Liste steht? Aber warum sollte derjenige dann die anderen, die ebenfalls dort genannt werden, beseitigen wollen?«

Claire zuckte mit den Schultern. »Da liegt noch ein heftiges Stück Arbeit vor uns.«

»Als Erstes müssen wir herausfinden, welche Personen zu denen auf der Liste gehören. Offenbar sind es Nachkommen von Menschen, die damals mit dem Baumol-Skandal zu tun hatten.«

»Womöglich schweben noch mehr von ihnen in Gefahr?«

Raoul stieß einen kurzen Seufzer aus. »Ich weiß jedenfalls, womit ich die Nacht verbringen werde.«

»Soll ich dir helfen?«

Während Raoul noch überlegte, was genau Claire damit meinte, fuhr sie fort: »Wir könnten die Namen aufteilen. Du recherchierst die erste Hälfte in deinem Büro – oder was weiß ich, wo, ich die zweite Hälfte hier in meinem Arbeitszimmer.«

»Lass uns das machen. Ich nehme den oberen Teil, du den unteren.« Raoul war erleichtert darüber, dass sie nicht vorgeschlagen hatte, gemeinsam über dem Papier zu brüten. Es wäre nicht gut, wenn er sich zu lang in diesem Haus, in Claires Nähe aufhalten und am Ende gar dicht neben ihr sitzen und auf einen Bildschirm starren würde. Es wäre schlichtweg zu gefährlich. Doch glücklicherweise schien es ihr ähnlich zu gehen. »Dann mache ich mich mal auf den Weg nach Bordeaux.« Er packte die Mappen wieder in die Plastiktüte. »Danke noch mal fürs Essen. Schön hast du's übrigens hier. Ich vermute, du hast sogar Meerblick?«

Claire wies zu den bodentiefen Fenstern. »Jetzt ist es dunkel, aber von dort draußen aus kannst du es erahnen. Und hören. Wenn du vor deiner Rückfahrt kurz lauschen möchtest?« Sie machte ein paar Schritte auf die Terrassentür zu.

Er folgte ihr, und wenige Augenblicke später standen sie auf der Terrasse. Unterhalb der Horizontlinie glitzerte es, und ein sanftes Rauschen drang an Raouls Ohren. Eine Weile verharrte er reglos und lauschte dem gleichbleibenden, beruhigenden Rhythmus der Wellen. Für einen Moment konnte er loslassen, konnte all das Leid, dem er täglich begegnete, von sich abstreifen.

Als folgten sie einer unsichtbaren Choreografie, drehten sie sich gleichzeitig zueinander um. Viel zu nah standen sie beisammen, so nah, dass es Raoul nicht schaffte, irgendeine Art von Distanz zu wahren. Er müsste nur einen Schritt zurückgehen, und der Zauber wäre gebannt. Doch der Sog zu Claire war zu stark. Ihr Duft erinnerte ihn an eine Mischung aus Vanille und Pfingstrosen, er wollte mehr davon in sich aufnehmen. Auch Claire rührte sich nicht von der Stelle, stand nur da und sah ihn an.

Unendlich langsam beugte Raoul sich vor. Seine Lippen berührten ihre, ganz zart zunächst, wie eine Frage. Sie zuckte nicht zurück, sondern erwiderte den Kuss. Mit einem Mal lagen sie sich in den Armen. Raoul schloss die Augen, spürte den zarten Flaum in ihrem Nacken unter seinen Fingerkuppen.

»Claire, wo bist du?« Eine Stimme ertönte vom Wohnzimmer her.

Augenblicklich fuhren sie auseinander, doch es war zu spät. »Oh, *pardon*, ich wollte nicht ...« Eponine stand in der Terrassentür. Sofort schirmte sie ihr Gesicht mit einer Hand ab. »Ich habe nichts gesehen. Vergesst, dass ich da war. Macht einfach weiter.« Sie drehte sich auf dem Absatz um und verschwand in Richtung Obergeschoss.

Der Moment der Nähe war verflogen. Raoul strich sich das Hemd glatt. »Tja, dann fahr ich mal. Ich muss ja noch die Unterlagen ins Commissariat bringen.«

»Du kannst gleich hier die Außentreppe nehmen, da kommst du in den Garten runter und musst nur ums Haus laufen zum Eingangstor.« Claires Stimme klang belegt.

»*Alors*«, er griff nach der Tüte, die er auf einem Terrassenstuhl abgestellt hatte, und wandte sich zum Gehen. »Ich melde mich bei dir.«

»In Ordnung.«

Wie sie so dastand, vor ihrer großen Villa, wirkte sie mit einem Mal sehr verletzlich. Er hätte sie gern noch einmal in den Arm genommen oder zumindest etwas erklärt. Aber alles, was sich gerade in seinem Kopf formierte, fühlte sich falsch an. Er nickte ihr zu. »*À bientôt.*«

Kapitel 17

Mittwoch, 11. April 2018

Es dämmerte, als Claire erwachte. Ihr Handy zeigte halb sechs. Viel zu früh! Sie rollte sich auf den Bauch und versuchte, wieder einzuschlafen. Es wollte nicht funktionieren. Ihre Gedanken drehten sich unablässig um die Ermittlungen und ließen ihr keine Ruhe. Hier und da sickerte auch eine Erinnerung an den Kuss auf der Terrasse durch, doch Claire schob jedes Mal energisch innerlich einen Riegel vor.

Nachdem sie sich eine Weile herumgewälzt hatte, gab sie auf. Sie setzte sich auf die Bettkante und atmete ein paarmal tief ein und aus. Durch das große Fenster zum Wasser hin beobachtete sie die Wolken, die in unterschiedlichen Abstufungen von Weiß nach Grau den Himmel bedeckten. Claire stellte sich vor, jeder der kreisenden Gedanken in ihrem Kopf würde in einer solchen Wolke schweben. Normalerweise gelang es ihr so, ihren Geist zu beruhigen. Heute funktionierte selbst das nicht. Stattdessen wurde ihr schwindelig. Sie brauchte dringend frische Luft. Rasch schlüpfte sie in eine Jogginghose, T-Shirt und eine Sweatjacke. Obwohl die Tür zu Eponines Zimmer geschlossen war, bemühte sie sich, kein Geräusch zu machen. Sie wollte jetzt einfach allein sein.

In der Küche trank sie im Stehen ein Glas Leitungswasser,

dann schnappte sie sich die Wohnungsschlüssel und verließ das Haus.

Durch den Garten lief sie ans Wasser hinunter. Es herrschte Ebbe, sodass der schmale Sandstreifen freilag. Bei Flut schlugen die Wellen bis über die untersten Steinstufen zu ihrem Grundstück hin. Claire blickte auf die Wasseroberfläche, die an diesem Morgen ordentlich vom Wind aufgewirbelt wurde. Es passte zu dem Chaos in ihrem Kopf.

Nachdem Raoul am gestrigen Abend so überstürzt aufgebrochen war, hatte sie sich einen doppelten Whiskey eingeschenkt, sich damit aufs Sofa gesetzt und ins Leere gestarrt. Irgendwann war Eponine heruntergekommen und hatte zerknirscht ihr gegenüber Platz genommen. Claire erinnerte sich an ihr Gespräch zurück: »Schlechtes Timing ist meine größte Problemzone.«

»Ist schon gut. Du kannst ja nichts dafür, dass ... Die Situation ist halt kompliziert.«

»Deshalb bist du jetzt von heimischer weißer Traube auf irische Gerste umgestiegen.« Eponine deutete auf Claires halb leeres Glas.

Claire lachte kurz auf. »Meine Mutter meint zwar immer, es bringe nichts, seinen Kummer in Alkohol zu ertränken. Aber diesmal muss ich eine Ausnahme machen.«

»So schlimm?«

»Im Gegenteil – so schön. Das ist ja das Dilemma.« Gedankenversunken nippte sie an ihrem Drink.

»Erde an Claire! Ich kann dir nicht folgen.«

»Macht nichts. Möchtest du auch einen?« Sie stellte das Glas auf den Couchtisch.

»Schneit es in Sibirien? Ich brauch dringend eine Pause!« Seit dem Abendessen hatte Eponine auf eigene Faust sämtliche Namen auf der Liste recherchiert. »Allesamt haben sie Dreck am Stecken! Sprich: Manche von ihnen haben, bewusst oder unbewusst, dazu beigetragen, dass sich die Aufklärung des Baumol-Skandals verzögert hat. Andere haben dafür gesorgt, dass der Schuldige mit so einer milden Strafe davongekommen ist. Wieder andere, wie Virginie Échenoz' Vater, haben die Versicherungssummen bei den betroffenen Familien runtergedrückt.«

Eponine hatte eine neue Liste mit vier Spalten angelegt. In der ersten standen die Namen, die Claire herausschraffiert hatte. In der zweiten hatte Eponine die Berufe und die Rolle im Skandal notiert. Die dritte Spalte enthielt die Namen der Nachkommen. Und die vierte schließlich deren Berufe.

Claire fiel auf, dass die Söhne und Töchter der Beteiligten oftmals in ähnlichen oder gar höheren Positionen saßen als ihre Eltern. Niemand war gesellschaftlich abgestiegen.

Schwer beeindruckt von Eponines Arbeit hatte Claire die Liste sogleich an Raoul weitergeleitet, um ihm die unnötig gewordene Nachtarbeit zu ersparen. Kurz und sachlich hatte sie ihre Nachricht gehalten. Kein überflüssiges Wort. Erst recht nicht über den Kuss.

Jetzt, wo sie auf dem schmalen Sandstreifen stand und aufs offene Meer blickte, ließ Claire die Erinnerungen an Raouls Umarmung in sich aufleben. Sie tauchte ein in die unendlich zarten Berührungen. Sie wollte mehr davon, unbedingt! Eine Weile genoss sie die Gefühle, die er in ihr ausgelöst hatte. Dann übergab sie sie dem Wind, der ihr erfrischend ins Gesicht blies und ihr Sehnen mit sich forttrug.

Ihre Angst davor, sich zu öffnen und noch einmal so verletzt zu werden, war einfach zu groß. Ein weiteres Mal würde sie einen derartigen Verlust nicht verkraften. Raoul war nicht Stéfane, aber ... Warum konnte es nicht jemand sein, der weniger wie ihr Ex war? Sie wusste genau, was Philippe ihr darauf antworten würde: »Weil das Leben dir immer dieselbe Aufgabe stellt. Bis du sie löst.«

Claire begann zu joggen – etwas, das sie nur tat, wenn sie dringend den Kopf freibekommen musste und der Atlantik zu kalt zum Schwimmen war. Dieser Fall erforderte ihre gesamte Konzentration. Es war nötig, dass sie mit Raoul zusammenarbeiten konnte. Ohne emotionalen Ballast zwischen ihnen. Ganz bestimmt sah er es ebenso.

Während sie dem Meeressaum in Richtung *Dune du Pilat* folgte, dachte sie über die nächsten Schritte nach. Eponines Liste war pures Dynamit. So, wie es aussah, schwebten noch andere Menschen in Lebensgefahr.

Claire passierte die *Escalier la Corniche*, eine Holztreppe, die zum nördlichsten Punkt der Düne hinaufführte. Von dort oben hatte man einen überwältigenden Panoramablick. Doch heute war ihr nicht nach Treppensteigen zumute, und so lief sie weiter am Strand entlang bis zu einem Waldstreifen, hinter dem sich eine Luxushotelanlage befand.

Nach wenigen Metern hatte sie den äußersten Punkt des Festlands erreicht, und dahinter öffnete sich linker Hand die Bucht der größten Wanderdüne Europas. Claire machte eine Pause an einem graffitibesprühten Betonblock, der wie ein Fremdkörper aus dem weichen Sand hervorstach. Genau an der Stelle, an der das Land am weitesten ins Wasser hineinragte, lagen Überreste einer alten Befestigungsanlage aus dem achtzehnten Jahrhundert. Im Zweiten Weltkrieg hatten die Deutschen versucht, auch diese Anlage in Hitlers Großprojekt, den sogenannten Atlantikwall, zu integrieren.

Links von Claire breiteten sich oberhalb des Ozeans die enormen Sandflächen aus. Wie immer, wenn sie hier stand, musste sie unweigerlich an den Fall im vergangenen Herbst denken, an den

Leichenfund, den sie damals drüben an der Düne gemacht hatte. Dort war sie Raoul zum ersten Mal begegnet.

Claire drehte sich um und machte ein paar Dehnübungen. Es wurde allmählich Zeit, den Rückweg anzutreten. Sie war noch nicht weit gekommen, da vibrierte ihr Handy in der Jackentasche. Sie blieb stehen und zog es hervor. Neugierig schaute sie aufs Display. Wer rief sie zu solch früher Stunde an?

ANONYM.

Mit einem unguten Gefühl nahm Claire den Anruf an: »*Allô*?«

Sogleich erkannte sie die hohe, verzerrte Stimme.

»Wir haben dich gewarnt, Claire Molinet. Wenn du uns ignorierst und weiterhin mit der Polizei zusammenarbeitest, machen wir ernst. Das ist die letzte Warnung.«

Es klickte in der Leitung. Wie zu Eis erstarrt stand Claire da, unfähig, einen klaren Gedanken zu fassen. Entsetzen breitete sich in ihr aus. Jetzt war es amtlich: Jemand beobachtete sie und hatte mitbekommen, dass Raoul gestern Abend bei ihr gewesen war. Hektisch sah sie sich um. Zu dieser Uhrzeit war der Strandstreifen menschenleer. Claire steckte das Handy ein. Fieberhaft überlegte sie: Ihre Pistole hatte sie natürlich nicht mitgenommen. Nicht mal ein Pfefferspray. Schließlich kramte sie den Schlüsselbund aus der anderen Jackentasche und schloss ihre rechte Faust darum. Den Rückweg zu ihrem Haus rannte sie, bis sie mit Seitenstechen durch den Garten hastete.

Eponine war mittlerweile wach und in der Küche dabei, Kaffee zu kochen. »*Bonjour*! Dass du zu so früher …« Mitten im Satz hielt sie inne, als sie Claire ins Gesicht schaute. »*Ciel*, was ist passiert?«

»Wieder – so ein – Anruf.« Claire schnappte nach Luft. Sie lief zur Anrichte, goss sich aus der dort stehenden Karaffe ein Glas Wasser ein und stürzte es herunter.

»Noch ein Drohanruf?« Eponine stellte die Milch beiseite, die sie gerade aufschäumen wollte.

Claire nickte. »Dieselbe Stimme wie beim letzten Mal.« Erst jetzt fiel ihr ein, was Raoul ihr geraten hatte. An das Hinzufügen des Commissariats zum Gespräch hatte sie in dem Moment nicht gedacht. Aber selbst wenn es ihr eingefallen wäre, bezweifelte sie, ob sie sich damit einen Gefallen getan hätte. Rasch erzählte sie Eponine, was vorgefallen war, und gab den Wortlaut des Anrufers wieder.

»Ruf Raoul an!«

»Um Viertel nach sieben?«

»Na und?«

»Ich brauch erst mal einen Kaffee.« Mit gesenktem Kopf stützte sich Claire auf der Anrichte ab.

»Ich kümmere mich darum.« Eponine kam zu ihr herüber und legte ihr einen Arm um die Schultern. »Nimm du doch schnell eine Dusche. Ich habe im Eisfach ein paar Croissants gefunden. Die backe ich uns auf.«

Claire hob den Kopf und lächelte sie an. »Ich bin froh, dass du da bist.«

»Wo soll ich sonst sein?« Eponine erwiderte ihr Lächeln. »Ab unter die Dusche!«

Während Claire ins Obergeschoss lief, hörte sie Eponine in der Küche fluchen: »So verdammt mutig kann man sein und anonym am Telefon drohen! Komm du mir unter, du *salaud*, *connard*, *fils de pute*!«

...

Raoul war früh aufgestanden und saß schon um halb acht in seinem Büro.

Dank Claires Mail, die ihn bei der Rückkehr in seine Wohnung am Abend zuvor im Posteingang erwartet hatte, war er um eine Nachtschicht herumgekommen, mit der er fest gerechnet hatte. Eponines Arbeit hatte ihn beeindruckt und zugleich erschreckt. Bei zwei Gläsern Weißwein hatte er darüber nachgegrübelt, wie es weitergehen sollte. Ignorieren ließen sich diese Zusammenhänge nicht. Selbst Nathanel Aguerre musste das einsehen.

Dass Claire in ihrer Nachricht mit keinem Wort auf den Kuss auf der Terrasse eingegangen war, beruhigte ihn ein wenig. Momentan konnte und wollte er sich nicht damit befassen. Trotz seines unterschwellig schlechten Gewissens, das an ihm nagte, ihn piesackte und ihm immer wieder zuflüsterte: »Du hättest diese Grenze nicht überschreiten dürfen!« Nun galt es, Schadensbegrenzung zu betreiben. Jeglichen Fokus auf die Ermittlungen zu legen.

Die halbe Nacht hatte Raoul über diese Liste nachgegrübelt. Die Tatsache, dass eine Seite aus den Unterlagen des Historikers entwendet worden war, legte die Frage nahe, ob es weiteres Material gab, das sie nicht kannten. Wer steckte dahinter? Wer hatte ein solches Interesse an den Recherchen eines alten Mannes über einen Skandal, der mehr als fünfzig Jahre zurücklag?

Raoul hatte seine Notizen vor sich auf dem Schreibtisch ausgebreitet. Eponines Liste hatte er gleich als Erstes ausgedruckt. Immer noch erschreckte es ihn, wie viele Menschen aus dem Verwaltungsapparat und dem Gesundheitswesen zu jener Zeit Fehlentscheidungen getroffen hatten. Wie viel Dreck damals unter den Teppich gekehrt worden war. Immerhin hatte es etliche tote Kinder gegeben! Befürchtete man auf staatlicher Ebene womöglich, dass all diese fatalen Fehlentscheidungen neu aufgerollt werden würden? Dass es neue Schadensersatzansprüche geben könnte?

Raoul schaute auf die Uhr über dem Eingang. Fünf vor acht. Als sich kurz darauf die Tür öffnete, erwartete er, Eric zu sehen. Doch stattdessen betrat ein übertrieben gut gelaunter Nathanel Aguerre den Raum.

»*Bonjour*, Commandant Chénier, wie werden Sie heute weitermachen?«

Augenblicklich war Raoul auf der Hut. So früh hatte sich sein Chef noch nie bei ihm blicken lassen. Dieser Sinneswandel verhieß nichts Gutes. Wollte er ab jetzt jeden Schritt der Ermittlungen überwachen? Obwohl die Liste Raouls Ansicht nach für sich sprach, war er dennoch unsicher, wie Aguerre auf diese brisanten Informationen reagieren würde. Andererseits konnte er sie ihm schlecht verheimlichen. Um sich nicht wieder vorwerfen lassen zu müssen, nicht mit offenen Karten zu spielen, beschloss er, dieselben auf den Tisch zu legen: »Es hat sich eine neue Spur aufgetan.«

»Ich bin gespannt. Fangen Sie an.« Händereibend trat Nathanel Aguerre an Raouls Schreibtisch heran.

Kurz und knapp berichtete er von den Ergebnissen des Historikers, dem verschwundenen Dokument und den möglichen Zusammenhängen zwischen den drei Todesfällen. Er präsentierte die schraffierte Liste sowie diejenige, die Eponine erstellt hatte.

Doch Nathanel Aguerre warf nicht einmal einen Blick auf das Material. Als hätte jemand einen Hebel umgelegt, war die aufgesetzte Fröhlichkeit aus seinem Gesicht verflogen. »Das kann nicht Ihr Ernst sein, Chénier!«

»Es ist mein vollkommener Ernst. Und ich würde es sehr begrüßen, wenn Sie sich einen Moment Zeit nehmen ...«

»*Pardon*, aber für mich klingt das ziemlich an den Haaren herbeigezogen.« Demonstrativ verschränkte Nathanel Aguerre die Arme. »Dieser alte Skandal, das ist doch längst abgehakt. *Ciel*, gehen Sie endlich glaubwürdigeren Motiven nach.« Er betrachtete das Whiteboard. »Was ist mit dem Liebhaber von Madame Ducasse? Hat er für die Tatzeit ein Alibi?«

»Wir haben ihn noch nicht ausfindig machen können.«

»Wie bitte? Und da kümmern Sie sich um solch abwegige Theorien, die auf einer mehr als ein halbes Jahrhundert zurückliegenden Geschichte basieren? Anstatt sich mit dem Naheliegenden zu befassen?« Nathanel Aguerre war schon wieder kurz davor, zu explodieren.

Dennoch konnte Raoul sich nicht länger zurückhalten: »Wenn Sie damals Ihr Kind, einen Bruder, eine Schwester verloren hätten, sähen Sie das garantiert anders.«

»Immerhin hat es einen ordentlichen Prozess gegeben, und der Verantwortliche …«

»Über diesen Witz von einem Urteil brauchen wir nun wirklich nicht zu diskutieren!« Heftiger als beabsichtigt fiel Raoul ihm ins Wort. Er war nun seinerseits auf hundertachtzig. »Und kommen Sie mir nun bloß nicht mit den Entschädigungszahlungen an die Opfer, die sind dank betrügerischer Machenschaften der Versicherungen so was von lächerlich ausgefallen!«

Commissaire Nathanel Aguerre sah ihn einen Moment lang konsterniert an, ehe er in gefährlich ruhigem Ton neu ansetzte: »Eine solch aufbrausende Art bin ich von Ihnen gar nicht gewohnt. Sind Sie in diesen Skandal womöglich emotional verwickelt? Wenn dem so ist, sollten wir lieber darüber nachdenken, ob Sie weiterhin die Leitung dieser Ermittlungen innehaben können.«

Raoul riss sich zusammen. Nichts wäre fataler, als wenn sein Chef ihn ausgerechnet jetzt vom Fall abziehen würde. »Um meine Professionalität brauchen Sie sich keine Sorgen zu machen.«

»*D'accord*. Aber dann ist auf der Stelle Schluss mit diesem Baumol-Gerede.« Eindringlich blickte er Raoul an. »Seien Sie vorsichtig, Chénier. Setzen Sie Ihren guten Ruf nicht aufs Spiel! Sie waren bisher mein fähigster Ermittler. Klären Sie den Mord an Armand Ducasse auf. Liefern Sie mir den Täter! Präsentieren Sie mir nicht bald etwas Konkretes, wird die DGSI den Fall übernehmen.« Er schickte seinen wenig beruhigenden Worten einen strengen Blick hinterher, ehe er sich zur Tür wandte, die sich genau in diesem Moment öffnete.

Dort stand Eric, der ein kleines Papptablett mit zwei Bechern vor sich herbalancierte. Verwundert machte er einen Schritt zur Seite. »*Bonjour*, Commissaire Aguerre.«

»*Bonjour*, Capitaine Rosset.« Nathanel Aguerre deutete mit einem Kopfnicken in den Raum hinein. »Sehen Sie zu, dass Ihr Partner in der Spur bleibt.« Damit verschwand er.

Eric schaute ihm nach, dann drehte er sich zu Raoul um. »Was sollte das denn jetzt?«

Genervt hob Raoul die Schultern und ließ sie wieder sinken. »Der Ducasse-Fall stresst ihn. Der Innenminister würde gern einen Täter auf dem Silbertablett zum Frühstück serviert bekommen.«

»Apropos Frühstück: Ich habe uns jedenfalls welches mitgebracht.« Eric schwenkte eine braune Papiertüte. »Ich dachte, ich übernehme heute mal den Part.«

»Da kannst du bei meiner Arbeit gleich weitermachen – zumindest, wenn es nach Aguerre geht.« Raoul verdrehte die Augen. »Sieh zu, dass ich in der Spur bleibe.«

»Na ja, du hast gestern ziemlich eigenmächtig und nicht unbedingt … ich formuliere es mal so: nachvollziehbar gehandelt.«

»Seit gestern Abend gibt es einen ganz neuen Ansatz.«

»Wie kommt das auf einmal?«

Raoul hatte sich schon den Kopf darüber zerbrochen, wie er seinen Kollegen am klügsten mit ins Boot holen konnte. Nach seinem gestrigen Alleingang und der Auseinandersetzung mit Aguerre konnte es die Chance für eine Annäherung zwischen ihnen sein. Er erhob sich und lächelte Eric an. »Ich erzähle dir alles beim Kaffee.«

• • •

Während des Frühstücks sprachen Claire und Eponine weder über den Drohanruf noch über die neue Liste. Claire war dankbar über eine kurze Zeitspanne Normalität. Dennoch hatte sie kaum Appetit, und sogar der Cappuccino schmeckte fad.

Gemeinsam räumten sie wenig später den Tisch ab.

»Wann musst du in der Redaktion sein?« Claire nahm Eponine das Tablett ab, das diese ihr reichte, und begann, das Geschirr in die Spülmaschine zu stellen.

»Ich bin meist zwischen neun und halb zehn da.«

»Wenn du magst, kann ich dich mitnehmen. Danach fahre ich gleich im Commissariat vorbei.«

»Prima Idee!« Eponine klappte ihren Laptop zu, der noch auf dem Wohnzimmertisch stand, und steckte ihn in ihre Umhängetasche.

Auch wenn der Schreck über den erneuten Anruf Claire gehörig in die Glieder gefahren war, gedachte sie dennoch nicht, sich davon einschüchtern oder gar von ihren Ermittlungen abhalten zu lassen. Zur Sicherheit packte sie jedoch ihre Lady Hawk ein. Schließlich konnte man nie wissen. Seit dem Fall im vergangenen Herbst war ihre Pistole nicht mehr zum Einsatz gekommen.

Die beiden Frauen verließen zusammen das Haus und machten sich auf den Weg nach Bordeaux. Immer wieder kontrollierte Claire im Rückspiegel, ob ihnen jemand folgte, doch ihr fiel kein verdächtiges Fahrzeug auf. Nachdem sie Eponine am Redaktionsgebäude der *Sud Ouest* rausgelassen hatte, rief sie Raoul an und informierte ihn über den zweiten Drohanruf, woraufhin er sie bat, direkt vorbeizukommen.

Wenig später saß sie ihm in der Besprechungsecke seines Büros gegenüber. Sein Kollege Eric hatte sich ihr vorgestellt und sich dann an den Schreibtisch zurückgezogen. Claire hatte keine Ahnung, wie viel er über ihre Zusammenarbeit mit Raoul wusste, aber die Art und Weise, wie er aufgehorcht hatte, als sie ihren Namen nannte, verriet ihr, dass Raoul sie schon erwähnt haben musste. Jedenfalls war sie froh, dass Eric da war, so liefen sie nicht Gefahr, in irgendetwas Privates abzudriften.

Erneut berichtete sie von dem zweiten Drohanruf, und Raoul hörte mit beunruhigtem Gesichtsausdruck zu.

»Das ist gar nicht gut. Wenn du es zur Anzeige bringen möchtest, können wir dein Telefon überwachen, um den Anrufer zu erwischen.« Er machte eine kurze Pause. »Aber dann musst du natürlich alle Karten auf den Tisch legen.«

Claire stieß hörbar die Luft aus. »Darüber habe ich auch schon nachgedacht. Ich bin nicht sicher.« Sie dachte an die Akten, die sie aus van den Braaks Arbeitszimmer entwendet hatte.

Raoul schien ihre Gedanken zu lesen, gab jedoch keinen Kommentar dazu ab. Er hatte seine professionelle Polizistenmiene aufgesetzt, die Claire inzwischen vertraut war: die Augenbrauen leicht zusammengezogen, wodurch sich eine kleine senkrechte Falte auf der Stirn bildete, konzentrierter Blick, die Kieferknochen arbeiteten.

»Diese Liste –«, Claire senkte die Stimme, da sie nicht wusste, ob Raoul seinen Kollegen bereits eingeweiht hatte. »Wir müssen die Menschen informieren. Sie warnen. Jeder von ihnen könnte das nächste Opfer sein.«

»*Je sais.*« Raoul räusperte sich. »Leider ist es so, mein Chef hält unsere Theorie für – ich formuliere es mal vorsichtig: unglaubwürdig.«

»Wie bitte? Es ist doch ganz offensichtlich!«

»Mir brauchst du das nicht zu erzählen, ich bin absolut von deiner These überzeugt. Aber er möchte bitte schön jetzt auf der Stelle einen Täter für den Mord an Ducasse. Ohne dass dabei Staub aufgewirbelt wird in einer Angelegenheit, deren gesamtes Ausmaß der Staat damals erfolgreich vertuscht hat.«

Im Hintergrund klingelte das Telefon, Eric nahm den Anruf an.

»Daher weht also der Wind.« Claire lehnte sich auf ihrem Stuhl zurück. »Nach all den Jahren, in denen die Wahrheit verschleiert wurde, haben die da oben immer noch Angst, aufzufliegen.« Sie dachte einen Moment nach. »Van den Braaks Recherchen zeigen, dass sich die Strukturen von damals und heute gleichen. Es hat sich also nichts geändert.«

Bedächtig nickte Raoul. »Ich fürchte, genau darum geht es.«

Eric räusperte sich. »Es ist für dich. Jemand aus Rennes.«

»*Pardon*, Claire.« Raoul sprang auf, lief zu den Schreibtischen hinüber und griff nach dem Hörer, den sein Kollege ihm reichte. Er lauschte mit ernstem Gesicht, sagte »*Oui*«, »Nicht zu fassen!« und »*Absolument*«. Ein paar Minuten später verabschiedete er sich: »*Merci*, dass du mir Bescheid gibst. Ich melde mich bei dir.« Raoul legte auf. Alarmiert sah er erst zu Eric, dann zu Claire. »Das war mein Kollege aus Rennes. Man hat einen weiteren Toten gefunden. Es sieht stark nach einer Vergiftung aus.«

Kapitel 18

Im Raum breitete sich Schweigen aus. Claire sah zu Raoul, der wie versteinert neben dem Telefon verharrte. Sie erhob sich und ging zu ihm. »Kennst du den Namen des Opfers?«

»Normand Jacquelot.« Er drehte Eponines Liste zu ihnen um.

Claires Blick flog darüber, inständig hoffte sie, diesen Namen nicht darauf zu finden. Dass sie sich vielleicht doch geirrt hatten. Aber da stand er, an fünfter Stelle, gleich unter Armand Ducasse. Oscar Jacquelot – Gesundheitsministerium Bretagne – Normand Jacquelot – Rechtsanwalt.

Düster schauten Raoul und sie sich an.

»Mehr Beweise braucht es wirklich nicht.« Claire konnte ihre Augen nicht von der Liste lösen. Van den Braaks Liste zusammen mit Eponines Recherche wirkte plötzlich wie eine unheilvolle Prophezeiung.

Raoul ließ sich in seinen Schreibtischstuhl sinken. Er stützte die Ellbogen auf und legte seinen Kopf in die Handflächen, den Blick auf die Papiere vor sich gerichtet. »Das ist eine tickende Zeitbombe.«

»Wir dürfen nicht länger warten.« Energisch schob Eric seinen Stuhl zurück und sah Raoul auffordernd an.

Raoul machte Anstalten, sich zu erheben. »Ich spreche mit Aguerrre. Wenn er jetzt nicht einsieht, dass –«

»*Attends.*« Claire hob den Arm, um ihm die Hand auf die Schulter zu legen, hielt dann aber in der Bewegung inne. »Was, wenn er hart bleibt? Du solltest nicht riskieren, dass er dir am Ende den Fall wegnimmt. Wenn wir gemeinsam daran arbeiten – er muss es ja nicht wissen. Immerhin hast du versucht, ihm von der Liste zu erzählen. Er kann dir also später nicht vorwerfen, du hättest es ihm verschwiegen.«

»Da hat sie recht.« Eric verschränkte die Arme hinter dem Kopf.

Raouls Blick wanderte zwischen seinem Kollegen und Claire hin und her. Claire sah ihm an, wie es in ihm arbeitete. Er stand auf, trat vor das Whiteboard und betrachtete, was sich inzwischen angesammelt hatte. Schließlich stieß er hörbar die Luft aus. »Es ist eine Gratwanderung. Sonderlich wohl fühle ich mich damit nicht. Aber wahrscheinlich ist es wirklich das Beste, wenn wir erst mal weitermachen, ohne ihn miteinzubeziehen.«

Eric nickte zustimmend. »Was ist mit den anderen?«

Raoul überlegte einen Moment. »Je weniger Personen wir einweihen, desto besser, denke ich. Auch wenn es mir widerstrebt, fürchte ich, dass wir jetzt ein Team im Team bilden müssen. Besonders unsere beiden Neuen möchte ich ungern in einen Gewissenskonflikt bringen. Wir ermitteln weiter wie bisher, nur das mit der Liste bleibt unter uns.«

Claire trat ans Fenster neben den Schreibtischen und lehnte sich mit dem Rücken an die Fensterbank. »Ich kann euch dabei helfen.«

Raoul sah zu ihr herüber. »Woran genau denkst du?«

»Es sind siebzehn Leute darauf. Davon –« Sie unterbrach sich. »Ich meine, es waren siebzehn. Jetzt sind es natürlich nur noch vierzehn. Acht leben in der Bretagne und die übrigen sechs in Bordeaux. Die kann ich übernehmen. Ich kontaktiere sie persönlich, erkläre ihnen behutsam die Situation und versuche herauszufinden, ob bei ihnen in der letzten Zeit irgendetwas Ungewöhnliches vorgefallen ist.«

Skeptisch verzog Raoul das Gesicht. »Ich weiß nicht. Den Drohanrufen nach stehst du im Fokus. Das sollten wir nicht auf die leichte Schulter nehmen.«

»Ich glaube, du vergisst da was: Das ist mein Beruf.«

Raoul wirkte immer noch nicht überzeugt.

»Ich kann mich ja maskieren. So wie im Herbst, als wir uns auf dem Weingut begegnet sind. Erinnerst du dich? Du hättest mich nicht erkannt, wenn ich mich nicht verplappert hätte.«

Raoul musste schmunzeln. »*D'accord*. Aber sei vorsichtig. Und sobald dir etwas merkwürdig vorkommt …«

»*Oui, maman*.«

Er sah sie an, und für einen Moment spürte Claire wieder die Verbindung zwischen ihnen. Sie wich seinem Blick aus.

Eric räusperte sich. »Was ist mit denen in der Bretagne?« Er hatte eine Kopie der Liste vor sich liegen und markierte bereits die Namen in unterschiedlichen Farben.

»Meinen Kollegen dort kann ich schlecht fragen.« Mit den Fingern trommelte Raoul auf die Platte des Schreibtischs, als versuche er, so eine Lösung herbeizubeschwören.

Claire überlegte. »Was ist mit Eponine? Schließlich hat sie van den Braaks Liste erweitert.«

»Hast du nicht gesagt, sie arbeitet für die *Sud Ouest*?« Raoul hörte auf zu trommeln und runzelte die Stirn. »Wir dürfen auf gar keinen Fall riskieren, dass die Presse sich darauf stürzt. Schon gar nicht, wenn ich an meinem Chef vorbei agiere. Sonst kann ich mir auch gleich einen neuen Job suchen.«

»Wolltest du nicht immer schon Salat in Nizza anbauen?« Eric grinste ihn an.

»Wenn schon, dann Ziegen züchten im Luberon. Spaß beiseite. Ich verstehe, Claire, dass du Eponine gern einbinden möchtest. Immerhin hat sie mit dieser erweiterten Liste offenbar voll ins Schwarze getroffen. Aber ich darf einfach nicht riskieren, dass irgendetwas davon publik wird, ehe der Fall gelöst ist.«

»Ich bin mir sicher, wenn du ihr versprichst, dass sie nach Abschluss des Falles eine Exklusivstory bringen darf, wird sie absolut dichthalten.« Claire zog das Haargummi, das sich gelockert hatte, aus ihrem Zopf und band die Haare neu zusammen. »So, wie Eponine in diese Sache involviert ist, können wir sie bestimmt dafür gewinnen. Und ein solcher Bericht wäre ein toller Startschuss für ihre Karriere als Investigativjournalistin.«

Nachdenklich rieb Raoul sich das Kinn. »Klingt nach einem Deal, von dem alle profitieren könnten.«

»Vor allem bist du damit erst mal aus der Schusslinie. Falls jemand von den Betroffenen Kontakt zu euch aufnimmt, fällt es bloß auf eine Privatdetektivin und eine Journalistin zurück. Da kann keiner eine Verbindung zu dir ziehen.«

»Also gut.« Raoul nickte ihr zu, ehe er sich an seinen Kollegen wandte: »Eric, kannst du Claire eine Aufstellung der Kontaktdaten von allen, die auf der Liste stehen, schicken?«

»*Sera fait!*« Sogleich begann Eric, auf seiner Tastatur zu tippen.

»*Bon*, dann will ich euch nicht länger von der Arbeit abhalten. Außerdem muss ich dringend Eponine anrufen.« Claire lief zu dem Stuhl, über den sie ihre Jacke gelegt hatte. »Hat mich gefreut, Eric. *À tout à l'heure!*«

»Ganz meinerseits!« Eric sah kurz auf und lüftete einen imaginären Hut.

Raoul erhob sich. »Ich begleite dich nach draußen.« Ehe er den Raum verließ, wandte er sich noch einmal an seinen Kollegen. »Wenn du damit fertig bist, geh doch bitte zu Gwendoline

Bertin und erkundige dich, was sie zu dem Junggesellinnenabschied herausgefunden hat.«

Als sie auf den Aufzug warteten, sagte Raoul: »Bis jetzt habe ich nicht verstanden: Was hatte van den Braak eigentlich mit der Liste vor?«

»Vielleicht wollte er sie publik machen?«

»Um was zu bezwecken?«

Claire zuckte mit den Schultern. »Die Aufmerksamkeit erneut auf diesen Skandal zu richten?«

»Möglich.« Raoul sah nicht überzeugt aus. »Was hat ihn überhaupt dazu gebracht, diese ganzen Recherchen anzustellen? Soweit ich weiß, war er selbst beziehungsweise seine Familie nicht betroffen.«

»Noémi Fauré hat gesagt, ihre Mutter habe mit ihm Kontakt gehabt. Möchtest du, dass ich noch mal mit ihr spreche?«

Die Fahrstuhltüren öffneten sich, und sie stiegen ein.

»Die Liste hat Priorität. Danach vielleicht. Wir halten einfach Kontakt.« Raoul lächelte verlegen. »Claire, wegen gestern Abend …«

Claire fiel ihm ins Wort. »Diese ganze Angelegenheit nimmt erschreckend große Dimensionen an. Es wirkt so, als sei das alles von langer Hand geplant. Wer könnte denn bloß dahinterstecken?«

Raoul räusperte sich. »Eigentlich gibt es nur zwei Möglichkeiten: Entweder jemand will sich rächen.«

»Nach so langer Zeit?«

»Ich weiß, es klingt absurd.«

Claire wiegte den Kopf hin und her. »Gift gegen Gift – das würde zumindest dafürsprechen.«

»Die zweite Möglichkeit wäre, dass es um etwas viel Größeres geht.«

»Du meinst, vonseiten des Staats?«

Raoul senkte die Stimme. »Im Moment muss ich alle Möglichkeiten in Erwägung ziehen, selbst die abwegigsten.«

»Das wäre ja …« Claire fehlten die Worte.

»Jedenfalls scheinen wir es mit mehr als einem Täter zu tun zu haben.« Unter Raouls gewohnt souveräner und energievoller Haltung schimmerte eine für Claire neue Unsicherheit hindurch.

»Du denkst, es könnte eine Organisation dahinterstecken?«

»*Bon*, ein Einzeltäter kommt wohl kaum infrage. Das Ganze wirkt ziemlich professionell aufgezogen. Das würde auch den Einsatz von Giften wie TTX und BTX erklären. Daran kommt man ja normalerweise nicht so leicht.«

Der Fahrstuhl hielt im Erdgeschoss. Sie stiegen aus, und Raoul brachte Claire zum Ausgang. »Noch mal zu den Drohanrufen.« Er sah besorgt aus. »Bitte besorg dir fürs Erste eine Prepaidcard.«

• • •

Nachdem Raoul sich von Claire verabschiedet hatte, nahm er statt des Aufzugs die Treppen. Er brauchte ein bisschen Bewegung, denn der Gedanke, der schon länger in ihm herumgeisterte, breitete sich lähmend in seinem Körper aus. War in den höheren Leitungsebenen alles sauber? Oder gab es womöglich Kräfte, die die wahren Hintergründe von Ducasses Tod verschleiern wollten? Wenn er an das sonderbare Verhalten seines Chefs dachte, beschlichen ihn nicht zum ersten Mal deutliche Zweifel. Zumindest war das ein klares Argument, Nathanel Aguerre erst einmal außen vor zu lassen.

Raoul ging auf direktem Weg in das Büro, das sich Gwendoline und Ludolphe teilten. Eric war noch dort. Bei Raouls Eintreten hellte sich sein Gesicht auf. »Gut, dass du kommst. Gwendoline hat interessante Neuigkeiten.«

Aufmerksam sah Raoul die neue Kollegin an. Nach wie vor kam sie ihm unnahbar vor, als halte etwas in ihr sie ab, ihm und seinem Team rückhaltlos zu vertrauen. Doch wenigstens war die Antipathie, die sich anfangs zwischen ihnen hochgeschaukelt hatte, nicht zurückgekehrt. Den Eifer, den sie nun an den Tag legte, schätzte er. Sie schien inzwischen in dem Fall angekommen zu sein. Und sie hatte ihn offenbar als Leiter der Ermittlungen akzeptiert. Ob sich ihre Spannungen ohne ihre gemeinsame Vorliebe für Cohen genauso schnell gelegt hätten?

»Ich habe mit dem Besitzer des *WINE NOT* gesprochen.« Gwendoline Bertin strich sich eine Strähne ihres Pagenkopfs hinter die Ohren. »Das ist die Weinbar in der Nähe des *Le Patio*. Am letzten Donnerstag hat dort tatsächlich ein Junggesellinnenabschied stattgefunden.«

»*Parfait!*« Raoul setzte sich auf den einzigen Stuhl, der noch frei war. »Konnten Sie herausfinden, auf welchen Namen das Event gebucht war?«

»Ah, *oui*. Und ich muss gestehen, Sie hatten da wohl den richtigen Riecher. Das Mädel, das das Event angemeldet hat, teilt sich die Wohnung mit zwei Freundinnen.«

»Und rate mal, wie eine von ihnen mit Nachnamen heißt.« Eric schaute ihn erwartungsvoll an.

»Spannt mich nicht so auf die Folter.«

Gwendoline Bertins Augen blitzten. »Hautecoeur! Sie ist Yves' Schwester.«

»Sieh mal einer an.« Vielsagend hob Raoul die Brauen. »Der Kostümbildner, der sich erst an Malou Thomas herangemacht hat und dann Véronique Ducasses Liebhaber geworden ist. Jetzt stolpern wir also zum dritten Mal über ihn.«

»Das kann kein Zufall sein!« Eric schlug ein Bein über das andere.

»Wie sieht es mit seinem Telefon aus?«

»Ist immer noch ausgeschaltet. Und an seiner Meldeadresse in Paris ist er offenbar schon länger nicht mehr gewesen.«

»Diese Wohngemeinschaft werden wir umgehend inspizieren.« Raoul erhob sich und begann, in dem kleinen Raum hin und her zu laufen. »Außerdem denke ich, wir sollten uns noch einmal mit Véronique Ducasse unterhalten.« Er blieb stehen. »Mein Vorschlag ist folgender: Eric, du stattest Ducasses Witwe mit Brigadier Prévot«, er nickte Ludolphe zu, »einen Besuch ab. Capitaine Bertin, wir fahren zu der WG raus. Wie sieht es mit den Überprüfungen der Labore aus?«

Eric stand ebenfalls auf. »Da sind Marc und Fabien dran. Ich gehe gleich mal rüber.«

»Halt mich auf dem Laufenden. Wir müssen endlich wissen, woher das TTX stammt.« Raoul drehte sich zu seiner Kollegin um. »Wo liegt diese Wohnung, von der Sie eben gesprochen haben?«

»In der Rue Hortense.« Auf Raouls fragenden Blick fügte sie hinzu: »Auf der anderen Seite der Garonne, im Bastide-Viertel. Sie verläuft zwischen dem *Jardin botanique* und der *Caserne Niel*.«

»*Très bien*. Ich muss nur vorher noch kurz etwas erledigen.«

Raoul verließ den Raum und lief den Gang hinunter bis zum vorletzten Zimmer, das sich Renée Nagot mit einem Kollegen teilte. Er wollte unbedingt wissen, ob die Untersuchungsergebnisse des Pfeils aus van den Braaks Garten schon da waren.

• • •

Eine Stunde später saß Eric mit Ludolphe im Wohnzimmer von Véronique Ducasse, die zwar überrascht über den Besuch der beiden Polizisten gewesen war, sich jedoch sofort bereit erklärt hatte, weitere Fragen zu beantworten.

»*Merci*, Madame Ducasse, dass Sie uns so spontan empfangen.« Eric betrachtete das sorgsam geschminkte und sicherlich gebotoxte Gesicht, das ihm ihre Angst vor dem Altern entgegenzuschreien schien. »Das letzte Mal waren meine Kollegen bei Ihnen, Commandant Chénier und …«

»Ich erinnere mich sehr gut an ihn.« Veronique Ducasse lächelte vielsagend. »Bitte richten Sie ihm herzliche Grüße aus. Er darf gern noch einmal vorbeikommen und mich – befragen.«

»Äh, ja. *Alors*, Commandant Chénier hat Sie neulich im *Latitude* 20 an der *Cité du Vin* gesehen. Sie waren mit einem Bekannten dort, Yves Hautecoeur heißt er.«

»Yves ist nicht irgendein Bekannter. Er ist mein Geliebter. Zumindest war er das zu dem Zeitpunkt noch, als wir Commandant Chénier begegnet sind.«

»Was wollen Sie damit sagen? Haben Sie sich inzwischen getrennt?«

Véronique Ducasse machte eine vage Handbewegung. »Das Leben ist kurz, die Liebe ist flatterhaft wie ein Schmetterling. *Qui sait?*«

»Können Sie vielleicht etwas deutlicher werden? Haben Sie noch Kontakt zu Monsieur Hautecoeur?«

»Spielt das für Ihren Fall eine Rolle?«

»Möglicherweise. Und es wäre hilfreich, wenn Sie auf meine Fragen antworten würden.«

»Seit unserem Date im *Latitude* 20 habe ich nichts mehr von ihm gehört. Nach der Begegnung mit Commandant Chénier war er recht schweigsam. Eigentlich wollte er am Freitagabend herkommen, doch er hat sich noch nicht gemeldet.« Sie nahm eine Zigarette aus einem goldenen Etui. »Möchten Sie auch eine?«

»Non, *merci.*« Eric sah zu Ludolphe hinüber, der ebenfalls dankend ablehnte. Er wandte sich wieder an die Witwe. »Ist so ein Verhalten typisch für Monsieur Hautecoeur?«

»Der Zuverlässigste ist er nie gewesen. Dafür kann er einen mit seiner Spontaneität durchaus überraschen.«

»Was genau meinen Sie damit?«

»Nun, er taucht manchmal unangekündigt auf und hat Ideen für einen Ausflug, beispielsweise. Was mit zwei Kindern und einem wenig zuverlässigen Ex-Mann nicht immer übereingeht.« Sie seufzte leicht auf. »Möglicherweise hat ihn aber auch meine Libido verschreckt.«

Eric glaubte, sich verhört zu haben. »*Pardon?*«

»Die jungen Männer heutzutage scheinen nicht so viel Feuer in sich zu tragen. Vielleicht liegt's an all den Östrogenen in unserem Trinkwasser?« Genüsslich inhalierte sie den Rauch der Zigarette und stieß kleine Rauchringe aus. »Wenn ich da an meine Jugend zurückdenke, da war das etwas ganz anderes. *Mon Dieu*, was die Jungs vor Testosteron strotzten. Sie konnten gar nicht genug Sex bekommen. Damals war mir das manchmal zu viel. Heute ist das anders.« Sie bedachte Eric mit einem lasziven Blick.

Unwillkürlich musste er an Sharon Stone in *Basic Instinct* denken. Aus den Augenwinkeln fing er Ludolphes amüsierten Gesichtsausdruck auf. Er räusperte sich und setzte neu an: »Ihr Noch-Ehemann und Yves Hautecoeur, sind die beiden sich hier bei Ihnen einmal begegnet?«

»Allerdings.« Véroniques Mundwinkel zuckten. Sie schien die Situation zu genießen. »Hier bei mir im Haus war es. Armand kam früher mit den Kindern zurück, unzuverlässig wie immer. Yves war noch hier. Ich meine, nicht, dass das ein Problem ist, wir führen ja schon länger separate Leben. Doch ich versuche in der Regel, mein Liebesleben vom Alltag mit den Kindern zu trennen.«

»Und da haben die beiden miteinander gesprochen?«

»Genau. Yves hatte einige Fragen zu Armands Arbeit. Besonders dieses soziale Bauprojekt interessierte ihn. Das war ja Armands Lieblingsthema. Bestimmt eine halbe Stunde haben sie sich angeregt unterhalten.«

»Wann ist das gewesen?«

»Oh, was weiß ich ... in der Zwischenzeit ist so viel – nein, warten Sie, es war das Wochenende vor Amélies Ballettprüfung. Also ... vor zweieinhalb Wochen.«

Eric wechselte einen Blick mit Ludolphe, der von seinen Notizen aufgeschaut hatte. Dann wandte er sich wieder an Véronique Ducasse. »Erinnern Sie sich an Details dieses Gesprächs?«

»*Non. Désolée.* Politik und Verwaltung interessieren mich nicht besonders, und soziale Bauprojekte schon gar nicht. Ich war in der Küche und habe Essen für die Kinder gemacht.«

Das aufgesetzte Gehabe und die Arroganz von Véronique Ducasse gingen Eric auf die Nerven. Die verwöhnte Witwe, die in ihrer Luxusvilla Hof hielt und sich mit jungen Liebhabern vergnügte, hätte mal für einen Monat in einer Sozialwohnung leben sollen, ging ihm durch den Kopf. Kaum merklich nickte Eric seinem Kollegen zu. Es war Zeit für einen Wechsel. Ludolphe hüstelte kurz und richtete sich auf. »Wie haben Sie Monsieur Hautecoeur kennengelernt, Madame Ducasse?«

»Das war vor einigen Wochen auf einer Vernissage im *Institut Culturel*. Ich bin mit der Kaufmännischen Leiterin befreundet.« Sie streckte den Arm aus, um den Aschenbecher auf dem Couchtisch zu erreichen. »Ein paar Kollegen meines Mannes waren auch dort. Einer von ihnen hatte Yves dabei. Er ist mir sofort aufgefallen. Jemand wie er sticht aus der Masse heraus. Ich bin sicher, dass er eine große Karriere vor sich hat, er ist sehr talentiert.«

Eric hatte seinen Notizblock aufgeschlagen und schrieb mit,

während Ludolphe fortfuhr: »Wissen Sie noch, wer der Kollege war, mit dem Monsieur Hautecoeur dort gewesen ist?«

»Oh ja, das habe ich nicht vergessen. Es hat mich sogar ein bisschen beruhigt, dass es genau dieser Kollege war, mit dem Yves auftauchte.«

Überrascht hob Eric den Blick.

»Wieso das?«, fragte Ludolphe.

»Weil er der Einzige ist, der meinem Mann nicht permanent Honig um den Bart schmierte. So wie die anderen in seinem Team.«

»Wie lautet sein Name?«

Demonstrativ drückte Véronique Ducasse ihre Zigarette aus, ehe sie antwortete: »Robert Mathieu.«

Kapitel 19

Claire befolgte Raouls Ratschlag und besorgte sich eine Prepaidcard für ihr Telefon. Dann rief sie Eponine an. Wie Claire erwartet hatte, reagierte diese hellauf begeistert. »Ist das dein Ernst? Ich kriege eine Exklusivstory?« Ihre Stimme tanzte einige Nuancen höher als gewohnt. »Wow! Claire, ich drehe hier gerade Pirouetten!«

»Hoffentlich bekommst du keine Probleme mit deinem Arbeitgeber?«

»Wen interessiert das, wenn man so eine Chance kriegt! Davon abgesehen: Ich wäre heute und morgen eh im Archiv eingeteilt gewesen. Das lässt sich bestimmt verschieben.«

»Es darf nur keiner sonst etwas davon erfahren.«

»Hey, ich war Barkeeperin – du kannst dir gar nicht vorstellen, wie viele Geheimnisse ich mit mir rumschleppe.«

Lachend verabschiedete sich Claire. Kurz darauf traf Erics Nachricht mit den Kontaktdaten ein, und Claire leitete diejenigen aus der Bretagne an Eponine weiter, die sogleich Daumen hoch via Whatsapp schickte. Claire antwortete ihr: »Melde dich, wenn du dort bist. Und pass auf dich auf!«

Im nahe gelegenen *Quartier Chartrons* setzte sie sich ins *Juliena*, eines ihrer Lieblingscafés in diesem Viertel. Bei einem Matcha Latte und einem hausgemachten *tartelette au citron meringuée* legte sie sich anhand von Erics Liste und Google Maps eine Route für die sechs Betroffenen zurecht, die in Bordeaux und der näheren Umgebung lebten. Ehe sie allerdings ihre Tour startete, wollte sie sich noch, wie sie es Raoul versprochen hatte, ein anderes Aussehen zulegen.

Claire fuhr ins nächstgelegene Parkhaus und vergewisserte sich, dass ihr auch wirklich niemand folgte. Sie kramte in ihrer Notfall-Tasche und entschied sich für einen wadenlangen, rostroten Rock und ein weißes Top. Im Handschuhfach fand sie ein Paar strahlend blaue Kontaktlinsen und eine dunkelbraune Langhaarperücke mit Pony. Wenige Handgriffe genügten, und schon hatte Claire ihr eigenes Haar mit einer Handvoll Haarnadeln hochgesteckt und die Perücke aufgesetzt. Zu guter Letzt schminkte sie sich die Brauen dunkler, denn Haare und Augenbrauen sollten immer eine glaubwürdige Einheit abgeben.

Der MINI blieb im Parkhaus stehen, das Claire zu Fuß verließ. Via *Citiz* reservierte sie sich einen Kleinwagen. Wie praktisch, dass die Carsharing-Stationen über die ganze Stadt verteilt waren. Auf dem kurzen Weg zu ihrem Leihwagen prüfte Claire ihr Äußeres noch einmal mit kritischem Blick in einem Schaufenster. Sie erkannte sich selbst kaum wieder. Beinahe erschreckte es sie, mit welch einfachen Mitteln man sein Aussehen komplett verändern konnte.

Bis zum Nachmittag hatte Claire fast alle Namen auf der Liste abgearbeitet. Die meisten hatten zunächst skeptisch reagiert, waren aber trotzdem bereit gewesen, sie zu treffen. Claire hatte damit gerechnet, dass sie umsichtig vorgehen musste. Schließlich kreuzte nicht jeden Tag jemand Wildfremdes auf, der einen zeitlich weit zurückliegenden Skandal hervorkramte, in dem Familienangehörige keine rühmliche Rolle gespielt hatten. Und dann bekamen sie auch noch mitgeteilt, dass sie höchstwahrscheinlich in Lebensgefahr schwebten. Es gehörte einiges an Fingerspitzengefühl dazu, bei diesen Menschen erst einmal eine Vertrauensbasis zu schaffen.

Claire traf Verwaltungsangestellte, Versicherungsmitarbeiter und Ärzte. Eine Frau war verreist. Jetzt fehlte nur noch ein pensionierter Anwalt. Er hieß Joseph Fichet und wohnte in einer gepflegten Appartementanlage im Süden der Stadt unweit des Golfplatzes.

Anfangs verhielt er sich ebenfalls reserviert. Wie in den vorherigen Begegnungen fand Claire jedoch auch bei dem Rentner mit dem lebhaften Blick und der auffallend geraden Haltung schnell einen Ansatzpunkt, über den es ihr gelang, ein lockeres Gespräch zu eröffnen. Es brauchte lediglich Einfühlungsvermögen und eine wache Beobachtungsgabe, um etwas zu entdecken, das ihrem Gegenüber wichtig war. Diesmal waren es Orchideen. Das Gesicht des Rentners fing förmlich an zu strahlen, als sie ihn auf die üppige Blütenpracht auf seinen Fensterbänken ansprach. Von da an war es ein Kinderspiel, und bald darauf saßen sie Tee trinkend auf seiner überdachten Terrasse.

Aufmerksam hörte Joseph Fichet Claire zu, während sie behutsam und diskret die Umstände erklärte, wie sie die Liste entdeckt hatte, ohne ermittlungstechnische Details zu verraten. Zwischendurch nickte er und sagte ein paarmal »*Je comprends*«. Als sie geendet hatte, verharrte er eine Weile schweigend und mit nachdenklichem Blick.

»Natürlich bin ich mit dieser Geschichte vertraut«, begann er schließlich. »Und glauben Sie mir, es hat mich nicht glücklich gemacht, als ich erkennen musste, in welche Sache mein Vater verwickelt war. Ich war damals gerade dabei, die Schule zu beenden, es war einige Jahre nach dem Prozess. Mein moralischer Kompass war bis dahin ziemlich intakt gewesen.« Er lachte bitter auf. »Recht naiv hatte ich geglaubt, mein Vater würde sich als Anwalt für die Gerechtigkeit einsetzen. Nie im Leben bin ich auf die Idee gekommen, dass er in eine windige Angelegenheit verwickelt sein könnte. Erst recht nicht in so eine – Schweinerei. Es war ein hartes Erwachen.«

»Wie haben Sie davon erfahren?«

»Ein Student, den ich in einer Bar kennenlernte, horchte bei meinem Namen auf. Er öffnete mir quasi die Augen. Als ich meinen Vater kurz nach dieser Begegnung auf den Prozess ansprach, hatten wir einen furchtbaren Streit.« Er machte eine Pause, ehe er fortfuhr: »Mein Vater wollte unbedingt, dass ich, wie er, Jura studierte. Ich erklärte ihm, dass ich das im Leben nicht tun werde. Außerdem warf ich ihm vor, dass er uns all die Jahre getäuscht und sich in einem strahlenden Licht dargestellt habe. Dass er ein Verbrecher sei und aus dem Leid anderer Profit geschlagen habe. Daraufhin hatten wir eine Zeit lang keinen Kontakt mehr. Ich wollte mit alledem nichts zu tun haben.« Er verstummte. Mit trübem Blick schien er seinen Erinnerungen nachzuhängen.

Claire griff nach der gläsernen Teekanne und füllte beide Tassen wieder auf.

»*Merci.*« Joseph Fichet lächelte sie an. »Es ist lange her, dass ich darüber gesprochen habe.«

»Wie kam es, dass sie dann doch Anwalt geworden sind? Haben Sie Ihre Meinung geändert?«

»Erst einmal nicht. Ich habe abenteuerliche Pläne geschmiedet, wollte die Welt retten.« Mit einem Seufzer fuhr er fort: »Ich ging nach Indien, in einen Ashram. Meditierte viel. Dann verliebte ich mich in eine Inderin. Sie wurde schwanger. Ich brauchte Geld. Auf keinen Fall wollte ich meinen Vater anbetteln.« Er sinnierte vor sich hin, wiegte leicht den Kopf hin und her. »Heute, mit all den Möglichkeiten, die sich durch das Internet bieten, hätte ich sicher einen anderen Weg eingeschlagen. Aber damals ...« Er wedelte vage mit der Hand.

Schweigend tranken sie von ihrem Tee. Mit sanftem Ton fragte Claire: »Sie gingen dann doch zurück nach Hause?«

»Ich habe einiges probiert. Am Ende kroch ich zu Kreuze.« Wieder seufzte Joseph Fichet. »Mein Vater triumphierte und machte zur Bedingung, dass ich Jura studierte und in die Kanzlei eintrat.« Resigniert zuckte er mit den Schultern. »Das war's dann. Ich habe mich in mein Schicksal gefügt. Doch immerhin hatte ich mein privates Glück gefunden. Manika und ich haben vierundvierzig Jahre lang eine glückliche Ehe geführt. Wir haben drei Kinder bekommen, und bald werde ich zum achten Mal Großvater.«

»Wie wundervoll.« Claire blickte in sein faltiges Gesicht, in dem die Zufriedenheit gegenüber Kummer, Sorgen und Ärger überwog. »Hat Ihre ehemals kritische Haltung Sie in Ihrer Arbeit beeinflusst?«

»Ich habe durchaus versucht, vieles anders anzugehen. Beispielsweise habe ich mich für alleinerziehende Mütter eingesetzt. Ich habe eine Sprechstunde eingerichtet, in der ich sie kostenlos beraten habe. Doch auch ich bin an meine Grenzen gestoßen. Ein ums andere Mal habe ich erfahren müssen, dass Rechtsprechung oftmals nur wenig, manchmal gar nichts mit Gerechtigkeit zu tun hat. Es fiel mir nicht immer leicht, den Glauben an das Gute im Menschen zu bewahren.«

»Ich danke Ihnen für Ihre Offenheit, Monsieur Fichet.« Claire betrachtete den Rentner, und für einen Moment fragte sie sich, welchen Lebensweg er wohl genommen hätte, wäre sein Vater in Bezug auf die Berufswahl nicht so stur gewesen. Von allen, die sie an diesem Nachmittag getroffen hatte, war ihr der alte Mann am sympathischsten. »Wie gesagt, wir treffen erst einmal nur Vorsichtsmaßnahmen. Ist Ihnen in letzter Zeit irgendetwas Ungewöhnliches aufgefallen? Hat Sie jemand Fremdes kontaktiert?« Der Vollständigkeit halber stellte sie auch Joseph Fichet diese Frage, obwohl sie sich nicht viel davon erhoffte. Die anderen hatten ihr jedenfalls nichts Neues sagen können.

Monsieur Fichet dachte nach. »Eigentlich nicht.« Kopfwiegend grübelte er vor sich hin. »Etwas war schon anders. Ob das aber von Bedeutung ist, ich glaube es kaum.«

»Erzählen Sie, *s'il vous plaît*.« Claire neigte sich vor und sah ihn aufmunternd an. »Manchmal verstecken sich gerade in Kleinigkeiten, die auf den ersten Blick völlig unwichtig erscheinen, entscheidende Hinweise. Aber das wissen Sie als ehemaliger Anwalt vermutlich selbst sehr genau.«

»Oh, ja, das kommt mir in der Tat bekannt vor.« Joseph Fichet lächelte hintergründig. »*Bon*, ich habe eine Putzfrau, die einmal in der Woche zu mir kommt. Sie ist sehr zuverlässig und gründlich. Vor ein paar Wochen war sie krank. Ein Kollege von ihr ist zweimal da gewesen. Nach seinem ersten Besuch habe ich meine Ersatzschlüssel vermisst. Ich weiß, ich bin ziemlich vergesslich geworden.« Verlegen strich er sich über das schüttere graue Haar. »Aber solche essenziellen Dinge haben bei mir einen festen Platz. Ich habe überall gesucht, ohne sie zu finden.«

»Was haben Sie dann getan?«

»Das war das Merkwürdige: Irgendwann waren sie wieder da. Hingen an ihrem gewohnten Haken am Schlüsselbord im Flur.«

»Lassen Sie mich raten: Es war genau, nachdem der Ersatzkollege das zweite Mal bei Ihnen geputzt hatte?«

»Wenn ich jetzt so darüber nachdenke«, er hielt inne und wiegte wieder mit dem Kopf, »Sie könnten recht haben.«

»Monsieur Fichet, es wäre gut, wenn Sie so bald wie möglich Ihr Türschloss auswechseln ließen.« Claire überlegte einen Moment. Sie wollte den alten Mann nicht zu sehr erschrecken. Gleichzeitig durfte sie nicht riskieren, dass ihm etwas passierte. Sie gab sich einen Ruck: »Bis das geschehen ist, übernachten Sie bitte woanders. Ab sofort. Bei Verwandten, Freunden, gehen Sie in ein Hotel.«

»Sie glauben wirklich, dass das notwendig ist?«

»Ich möchte kein unnötiges Risiko eingehen.« Claire sah ihn eindringlich an. »Dieser junge Mann, der Ihre Putzfrau vertreten hat, könnten Sie mir beschreiben, wie er aussieht?«

• • •

Raoul hatte den Dienstwagen in der Rue Hortense schräg gegenüber von dem Haus geparkt, in dem Yves Hautecoeurs Schwester Monique mit zwei Freundinnen eine Wohnung im Dachgeschoss gemietet hatte. Auf ihr Klingeln hatte keiner geantwortet. Während sich Gwendoline bei den Nachbarn über die junge Frau erkundigte und vor allem nachforschte, ob deren Bruder in letzter Zeit gesehen worden war, beobachtete Raoul vom Wagen aus den Hauseingang. Bisher war niemand hineingegangen oder herausgekommen.

Nachdenklich betrachtete er die Informationen, die er soeben in sein Notizbuch eingetragen hatte. Seine Kollegin Renée Nagot hatte ihm die Untersuchungsergebnisse des Spritzenpfeils aus van den Braaks Garten mitgeteilt. Fingerabdrücke des Täters hatte man darauf nicht gefunden, dafür jedoch eindeutig Rückstände von BTX. Außerdem lieferte ein Abgleich der DNA des toten Historikers mit der Spritzenspitze ein positives Ergebnis. Kurz danach hatte sich der junge Lieutenant Marc Jaubert gemeldet, der mit seinem Teamkollegen Fabien die Labore überprüfen sollte. Sie waren fündig geworden: In einem Labor südlich von Rennes waren geringfügige Mengen TTX und BTX entwendet worden. Der Laborleiter war am Boden zerstört, dass der Diebstahl nicht früher aufgefallen war. Raoul hatte umgehend seine Kollegen in Rennes informiert, die sich um die weiteren Ermittlungen vor Ort kümmern würden.

Sein Telefon klingelte, es war Eric. Er war mit Ludolphe auf dem Rückweg zum Commissariat und berichtete ihm von der Unterredung mit Véronique Ducasse.

Gespannt hörte Raoul zu und machte sich gleichzeitig Notizen. Als Eric geendet hatte, legte er den Stift beiseite. »Sie hat sich also mit Yves Hautecoeur eingelassen, weil er mit dem Rivalen ihres untreuen Gatten befreundet ist?«

»Sicherlich spielten auch andere Faktoren eine Rolle. Wobei sie von seiner Potenz offenbar nicht so angetan war.« Eric ließ ein Schnauben hören. »Du hast recht, sie ist eine spezielle Frau. Ich verstehe, warum Armand Ducasse ihr Malou Thomas vorgezogen hat.«

»Jedenfalls bekomme ich immer stärker den Verdacht, dass Yves Hautecoeur Véronique Ducasse für seine Zwecke benutzt hat.«

»Bei Malou Thomas hat er nicht landen können, also hoffte er, auf dem Weg an Interna über Armand Ducasse heranzukommen?«

»So in der Art. Wann, sagtest du, sind Hautecoeur und Ducasse sich über den Weg gelaufen?«

»Vor zweieinhalb Wochen.«

Raoul kratzte sich am Kopf. »Womöglich hat er da einen Blick in den Terminkalender des SGAR geworfen.«

»Ob er für Robert Mathieu spioniert hat?«

»Schnapp dir Ludolphe, und schaut, dass ihr Mathieu auftreibt. Wir müssen mehr über die Verbindung zwischen den beiden wissen.« Er überlegte kurz. »Ach, und bei der Gelegenheit kannst du ihm gleich mal bezüglich Ducasses Assistenten Olivier Soulard auf den Zahn fühlen.«

Raouls Telefon meldete den Eingang eines weiteren Anrufes. Es war Claire. Rasch verabschiedete er sich von Eric und nahm das Gespräch an. In ihrer wie gewohnt klaren und strukturierten Art berichtete sie von ihren Begegnungen mit den verschiedenen Menschen von der Liste. Besonders interessierte ihn, was der pensionierte Anwalt Joseph Fichet über den Ersatz-Putzmann erzählt hatte. »Die Beschreibung passt nicht auf Yves Hautecoeur.« Raoul notierte sich die Stichpunkte dunkle Haare, Baseballkappe, schmale Gestalt unter der Überschrift *MÖGLICHER VERDÄCHTIGER*, ehe er seinerseits Claire auf den aktuellen Stand der Ermittlungen brachte.

Als er geendet hatte, blieb es am anderen Ende einen Moment still, dann sagte sie: »Unsere Vermutungen scheinen sich zu bestätigen: Wir haben es mit einer organisierten, tödlichen Kampagne zu tun, die sich gegen die in den Baumol-Skandal verwickelten Personen und deren Familien richtet.«

»Treffender hätte ich es nicht formulieren können.«

»Wenn Armand Ducasse nicht das einzige Ziel war, sondern lediglich ein Punkt auf einer Liste, der bereits abgehakt wurde, ...«

» ... dann kann es sich im Grunde nur um einen Racheakt handeln. Was bedeutet, dass Geschädigte oder deren Angehörige dahinterstecken müssen.« Automatisch hatte Raoul seinen Chef mit seiner engstirnigen Schwerpunktsetzung im Kopf.

»Was wiederum darauf hindeutet, dass sich mehrere von ihnen zusammengeschlossen haben.«

Es war genau wie beim letzten Mal im Herbst, bei ihrem ersten gemeinsamen Fall, dass Claire und er sich die Ermittlungsbälle zuwarfen. Raoul spürte sofort, dass sein Energielevel stieg. Sie tauschten sich noch eine Weile aus und vereinbarten, dass Claire sich melden würde, sobald sie etwas von Eponine hörte.

Raoul hatte gerade aufgelegt, da trat Gwendoline Bertin aus dem Hauseingang und kam zu ihm herüber. Sie öffnete die Beifahrertür und setzte sich neben ihn. Ihre indifferente Miene ließ nicht erkennen, ob sie von den Nachbarn brauchbare Informationen erhalten hatte.

»Haben Sie etwas herausgefunden?«

»*Oui et non.*« Gwendoline Bertin kramte in ihrer Umhängetasche, die sie im Fußraum des Wagens abgestellt hatte, und zog eine Trinkflasche hervor. »Monique Hautecoeur und ihre beiden Mitbewohnerinnen sind nicht besonders aufgefallen. Es gab keinerlei Beschwerden in irgendeiner Hinsicht. Als ich das Bild von Yves gezeigt habe, konnten mir jedoch mehrere Nachbarn bestätigen, dass sie ihn schon öfter hier gesehen haben. Er scheint hier zu wohnen, wenn er nicht in Paris ist. Einer meinte sogar, ihm erst gestern im Hausflur begegnet zu sein.« Sie drehte den Verschluss der Flasche auf und begann zu trinken.

»*Parfait!*« Raoul schob den Sitz weiter nach hinten und streckte die Beine aus. »Dann warten wir eben. Irgendwann muss schließlich einer von den Hautecoeur-Geschwistern hier auftauchen.«

Gwendoline Bertin verstaute die Flasche wieder, zog eine Packung *Noisettine du Médoc* hervor und öffnete sie. »Was für ein Glück, dass ich gestern bei meinem Lieblingsladen vorbeigekommen bin. Möchten Sie auch?« Auffordernd hielt sie ihm die Schachtel vor die Nase.

»Na, da sag ich nicht Nein.« Raoul nahm sich eine der karamellisierten Haselnüsse. »Also gibt es doch Dinge, die Sie an dieser Region schätzen.«

Erstaunt schaute sie ihn an. »Ach, Sie meinen wegen des

Weins? Nun, man muss das Beste aus seiner Situation machen, *n'est-ce pas?*«

»Darf ich Sie etwas fragen, Capitaine Bertin?«

»So förmlich – womit darf ich denn nun rechnen?« Sie zog leicht die Brauen nach oben. »Aber bitte, fragen Sie.«

»Warum sind Sie hier? Ich meine, wenn Sie sich in dieser Gegend ganz offenbar nicht wohlfühlen. Commissaire Aguerre hat mir von Ihren Verdiensten in Metz erzählt. Sie hatten doch sicherlich die Möglichkeit, Wünsche für die Region anzugeben?«

Schweigend sah Gwendoline Bertin auf die goldene Schachtel in ihren Händen.

»*Pardon*, ich wollte Ihnen nicht zu nahe treten.«

»*Pas de problème*. Ich ...« Sie räusperte sich. »Damals hat es einen Grund gegeben, weswegen ich mich für Bordeaux entschieden habe. Genau genommen einen männlichen Grund. Die Dinge sind jedoch ...« Sie räusperte sich erneut. »Es ist anders gekommen, als ich es mir vorgestellt habe.« Ihr Gesichtsausdruck machte deutlich, dass sie nicht weiter über das Thema sprechen wollte. »Noch eine Haselnuss, Commandant Chénier?«

»Sehr gern, *merci*.« Raoul zog eine CD aus dem Seitenfach an der Tür. »Dazu ein bisschen Cohen, Capitaine Bertin?« Zu seiner Überraschung huschte ein Lächeln über das Gesicht seiner Kollegin.

• • •

Es war schon später Nachmittag, als Claire mit ihrem MINI durch die heimischen Straßen rollte. Sobald sie zu Hause war, wollte sie sich etwas Anständiges zu essen machen.

Claire setzte den Blinker und fuhr in die Einfahrt ihrer Villa. Sie drückte auf die Fernbedienung, aber das schmiedeeiserne Tor öffnete sich nicht. Sie probierte es noch zwei weitere Male, doch nichts geschah. Die Elektrik des automatischen Toröffners hakte wieder einmal. Sie würde Philippe bitten, sich das anzusehen. Er hatte das Problem, das von Zeit zu Zeit auftrat, bisher jedes Mal lösen können. Natürlich konnte sie das Tor auch manuell öffnen. Claire fand es jedoch ungemein praktisch, dass sie dafür nicht extra aussteigen musste, besonders, wenn es dunkel war. Immerhin standen die meisten Villen hier in der Gegend außerhalb der Saison leer, und nicht umsonst sicherten Alarmanlagen auf dem neuesten Stand der Technik die Grundstücke in Pilat Plage.

Seufzend stieg Claire aus und ging zum Tor. Sie wollte gerade den Schlüssel ins Schloss stecken, als ein Geräusch sie herumfahren ließ.

Wie aus dem Nichts war hinter ihr eine vermummte Gestalt aufgetaucht. Der Schlüsselbund glitt Claire aus der Hand. Sie blickte in ein schwarz maskiertes Antlitz, dann registrierte sie die behandschuhte Rechte, mit der der Angreifer auf sie zielte. Instinktiv kreuzte sie die Arme vor dem Gesicht. Mit der rechten Handkante drückte sie seinen Arm herunter, um ihm mit ihrer linken einen Kinnhaken zu versetzen.

Der Vermummte taumelte rückwärts, fing sich jedoch und stürmte auf sie los. Claire gelang es, seitlich auszuweichen. Gleichzeitig zog sie ihr Knie hoch, verfehlte aber ihren Gegner und streifte lediglich seinen Magen. Im nächsten Moment traf sein Fuß sie an der linken Schulter. Claire verlor das Gleichgewicht und stürzte. Unsanft landete sie auf dem Asphalt. Sofort warf sich der Maskierte auf sie und begann, sie zu würgen. Claire versuchte, ihn von sich abzuwerfen, doch er war zu stark. Vergeblich rang sie nach Luft und krallte verzweifelt ihre Nägel in die Arme ihres Angreifers. Der Stoff seiner Jacke war zu dick. Sie riss an ihm, boxte, schlug – was sie auch probierte, er hatte sie in ihrer

Gewalt. Claire spürte ihre Kräfte schwinden, als ihr ein Geistesblitz kam: ihr Schlüsselbund! In heller Panik tastete sie über den Boden. Vor ihren Augen flimmerte es. Da – die Finger ihrer rechten Hand fühlten etwas Hartes. Da war er! Sie griff zu, umklammerte ihn fest und rammte ihrem Gegner einen der Schlüssel mit voller Wucht ins schwarze Antlitz. Er brüllte auf und ließ sie los.

Blitzschnell stieß Claire ihn von sich weg und schnappte nach Luft. Hastig kroch sie ein Stück nach hinten und zog die Arme schützend hoch. Im selben Augenblick hielt ein Auto auf der Straße, die Beifahrertür öffnete sich, und jemand schrie: »*Vas-y!* Das reicht!« Der Vermummte wandte sich um, sprintete zu dem Wagen, sprang hinein, und das Fahrzeug jagte mit quietschenden Reifen davon.

In Schockstarre verharrte Claire auf dem Asphalt. Ihr Herz raste wie verrückt, ihre Kehle schmerzte. Sie versuchte, sich auf ihre Atmung zu konzentrieren, um wieder Kontrolle über ihren Körper zu bekommen. Nach einer Weile wurden ihre Atemzüge länger, das Brennen im Hals ließ nach. Sie streckte und drehte die Beine und Arme. Nichts schien gebrochen zu sein.

Erst jetzt bemerkte sie den Stofffetzen links neben sich auf dem Boden. Claire griff danach und musterte ihn. Ein schwarzes, rechteckiges Stück mit einem Emblem darauf. Offenbar hatte sie es ihrem Gegner im Kampf von seiner Jacke abgerissen.

Mühsam erhob sie sich, stützte sich mit den Handballen auf den Knien ab und atmete noch ein paarmal tief ein und aus, ehe sie sich aufrichtete. Als sie endlich stand, fuhr sie sich übers Gesicht und spürte etwas Feuchtes an der Stirn. An ihren Fingern klebte Blut.

Claire schleppte sich zu ihrem MINI und ließ sich in den Sitz fallen. Jetzt, da sie in Sicherheit war, fühlten sich alle Knochen wie aus Blei an. Sie konnte sich nicht rühren, saß nur da und starrte ins Leere. Was zur Hölle war das gewesen? Prepaidcard, Mietwagen, Verkleidung – alles umsonst.

Nach einer geraumen Weile raffte sie sich auf. Es half nichts, sie musste noch einmal aussteigen und das Tor aufschließen. Dieses Mal nahm sie ihre Lady Hawk mit. Wie hatte sie nach den Drohanrufen so leichtsinnig sein können? Sie hatte ihre Pistole doch extra heute Morgen mitgenommen, um sich zu schützen!

Mehrmals schaute Claire sich um, konnte aber niemanden sehen. Jeder Muskel war sofort von Neuem angespannt. Nachdem sie aufgeschlossen und die Torflügel geöffnet hatte, hastete sie zurück zum Wagen und fuhr aufs Grundstück. Sie hielt an und eilte mit gezückter Waffe erneut zum Tor. Als sie gerade dabei war, es zu schließen, drangen von rechts her Schritte an ihr Ohr.

Kapitel 20

Das *Secrétariat Général pour les Affaires Régionales* lag im Mériadeck, in unmittelbarer Nähe zur Präfektur. Schon von Weitem fiel der graubraune Hochhauskomplex mit seinen grafischen Balustraden auf, der Eric an Science-Fiction-Filmkulissen aus den Sechzigern denken ließ. Selbst die Parkanlage vor dem Eingangsbereich konnte die düstere Stimmung, die von dem Gebäude ausging, nicht wettmachen.

Ludolphe schien Ähnliches durch den Kopf zu gehen, denn auf einmal blieb er stehen und betrachtete kopfschüttelnd Armand Ducasses ehemalige Arbeitsstelle. »*Alors*, unser Commissariat ist ja schon keine architektonische Schönheit, aber in diesem Kasten möchte ich wahrlich nicht meine Zeit bis zur Rente absitzen. Da vergeht einem ja schon beim bloßen Anschauen die gute Laune.«

Eric musste grinsen. Insgeheim jedoch fragte er sich, was es eigentlich mit den Menschen machte, wenn sie sich einen Großteil ihrer Lebenszeit in einer hässlichen Umgebung aufhielten. Inwiefern schlug sich so etwas auf das Gemüt und langfristig auf die Gesundheit nieder? Ihm fiel ein Artikel ein, den er kürzlich gelesen hatte. Darin ging es um Architekten, die Häuser aus Beton und Stahl entwarfen, selbst hingegen überwiegend in Holzhäusern lebten. Dann dachte er an seine gute Freundin Marie-Christel, die gemeinsam mit ihrem Mann ein kleines Weingut betrieb. Sie verbrachte den größten Teil des Tages in der Natur und strahlte eine solche Frische und Lebensfreude aus, dass Eric nach jedem Besuch bei ihr im Geiste seinen Polizeiberuf an den Nagel hängte.

Zum Eingang des SGAR führte eine breite betongraue Treppe hinauf. Gerade als Eric und Ludolphe diese erreichten, öffneten sich oben die Schiebetüren, und Robert Mathieu trat heraus. In einem braunen Nadelstreifenanzug mit passender Krawatte und einem Trenchcoat über dem Arm kam er lässigen Schritts die Stufen herunter und schien dabei völlig in seine Gedanken versunken. Die beiden Männer, die am Fuß der Treppe standen, nahm er offenbar gar nicht wahr, denn als Eric auf ihn zuging und ihn ansprach, traf ihn ein irritierter Blick.

Eric stellte sich und Ludolphe vor. »Wir hätten kurz ein paar Fragen an Sie.«

Der junge Mann schaute auf seine Armbanduhr und verzog das Gesicht. »Meine Zeit ist knapp bemessen, ich bin gleich verabredet.«

»Kein Problem, es sollte nicht lang dauern. Es geht um Ihren Bekannten Yves Hautecoeur.«

Robert Mathieu sah verwundert aus. »Ich weiß nicht, wen Sie meinen, *désolé*.«

»Der Kostümdesigner, mit dem Sie vor einer Weile auf einer Vernissage im *Institut Culturel* waren.«

Immer noch schien Robert Mathieu nicht zu wissen, wovon Eric sprach. Eric zog sein Handy heraus und öffnete den Bilderordner. Für die aktuellen Ermittlungen pflegte er stets ein Album anzulegen, in dem er relevantes Bildmaterial sammelte. Schnell hatte er ein Foto von Yves Hautecoeur gefunden.

Mit gerunzelter Stirn betrachtete Robert Mathieu das Bild.

Schließlich glitt ein Ausdruck des Erkennens über sein Gesicht, und er nickte. »Ah, jetzt weiß ich, wen Sie meinen. *Pardon*, ich konnte mit dem Nachnamen nichts anfangen – wie war der noch gleich?«

»Hautecoeur.« Eric beobachtete sein Gegenüber ganz genau und versuchte herauszufinden, ob dessen Ahnungslosigkeit echt war oder ob er ihm gerade etwas vorspielte.

»Yves Hautecoeur, der Kostümdesigner.« Robert Mathieu nickte erneut. »Zuerst wusste ich nicht, worauf Sie hinauswollten. Als meinen Bekannten würde ich ihn allerdings definitiv nicht bezeichnen.«

»Aber Sie kennen ihn. Bitte erzählen Sie, was Sie über ihn wissen.«

»Ich würde es allerhöchstens eine Zufallsbekanntschaft nennen.« Robert Mathieu verschränkte die Arme vor der Brust und sah ihn abwartend an.

»Können Sie ein bisschen konkreter werden?« Eric versuchte, seine aufsteigende Ungeduld zu zügeln. Nicht selten war es schiere Taktik der Befragten, die Ermittler mit vagen, ausweichenden Antworten zu ermüden.

»An besagtem Abend war ich zunächst auf einen Drink im *Engrenage*. Meine Begleitung verspätete sich. Yves war ebenfalls dort, wir kamen ins Gespräch. Ich fand ihn extravagant, aber durchaus interessant. Ich habe gleich gemerkt, dass er in einer völlig anderen Welt lebt.« Robert Mathieu verzog die Mundwinkel.

Endlich kam er in Gang! Mit einem leichten Kopfnicken forderte Eric ihn auf, fortzufahren.

»Jedenfalls stellte sich heraus, dass Yves genau wie ich auf dem Weg zur Vernissage im *Institut Culturel* war. Als meine Begleitung erschien, schloss er sich uns kurzerhand an.«

»Und weiter?«

»Nichts weiter. Wir kamen dort an und liefen noch eine Weile gemeinsam herum. Irgendwann unterhielt er sich mit –« Robert Mathieu stutzte. »Richtig, er sprach mit Ducasses Noch-Ehefrau.« In seinem Gesicht arbeitete es. »Wollen Sie damit andeuten, dass er …?« Er ließ den Satz unvollendet und fuhr mit seiner rechten Hand durch die Luft.

»Ich möchte gar nichts andeuten.« Eric wechselte einen Blick mit Ludolphe, der eifrig mitschrieb. »Nur noch eine Frage: Handelte es sich bei Ihrer Begleitung um Olivier Soulard?«

Robert Mathieus Miene verschloss sich wieder. »Spielt das eine Rolle?«

»In Anbetracht der Tatsache, dass es sich bei ihm um Armand Ducasses Assistenten handelt und Sie, wie Sie selbst zugegeben haben, kein besonders gutes Verhältnis zu Ihrem Chef hatten, ist es für uns durchaus von Belang.«

»*Un second*, das klingt ja so, als stünde ich im Verdacht, etwas mit Monsieur Ducasses Tod zu tun zu haben.«

»Ein richtiges Alibi haben Sie ja auch nicht.«

»Ich war hier, habe gearbeitet.«

»Was niemand bezeugen kann.«

»Jedes Mal, wenn wir dieses Gebäude betreten«, Robert Mathieu deutete hinter sich, »loggen wir uns mit unserer Karte ein«, er zog seinen Mitarbeiterausweis aus der Sakkotasche, »und wenn wir unseren Arbeitsplatz verlassen, loggen wir uns wieder aus. Diese Daten werden gespeichert und sind abrufbar.«

»Es gibt immer Mittel und Wege, ein solches System zu überlisten, wenn man will.« Ehe sein Gegenüber widersprechen konnte, fügte Eric hinzu: »Aber zu Ihrer Beruhigung: Wir sind gerade nicht an dem Punkt, wo wir Ihnen das unterstellen.«

»Das beruhigt mich wirklich ungemein!« Robert Mathieu sah aus, als könne er sich nur mühsam beherrschen.

Eric schickte Ludolphe einen von einer dezent hochgezogenen Augenbraue begleiteten Blick hinüber, und dieser nickte unmerklich.

»Monsieur Mathieu«, begann sein Kollege mit seinem gewohnt jovialen Lächeln, »wir wollen nicht zu viel Ihrer Zeit in Anspruch nehmen. Ich fasse mal kurz zusammen: Sie haben also an jenem Abend Yves Hautecoeur im *Engrenage* kennengelernt und –«

»ER hat MICH angesprochen!«

»*Bon*, Yves Hautecoeur hat Sie angesprochen, und da Sie dasselbe Ziel hatten, nämlich die Vernissage im *Institut Culturel*, hat er sich Monsieur Soulard und Ihnen angeschlossen.«

»*C'est correct*. Sind wir fertig?«

»Fast.« Erneut ergriff Eric das Wort. Ehe Robert Mathieu protestieren konnte, sprach er schnell weiter. »Haben Monsieur Soulard und Sie sich über Monsieur Ducasses soziales Wohnbauprojekt ausgetauscht?«

Robert Mathieu kniff die Augen zusammen. »*Comment* –? Nein, wir haben nicht darüber gesprochen. Und jetzt habe ich wirklich keine Zeit mehr. Wenn Sie mich noch einmal benötigen, rufen Sie mich vorher an.«

Eric und Ludolphe sahen ihm hinterher, wie er mit hastigen Schritten in Richtung *Palais de Justice* davoneilte.

Ludolphe klappte seinen Notizblock zu. »Er lügt.«

• • •

Claires Kopf flog herum. Mit der Waffe zielte sie in die Richtung, aus der die Schritte kamen.

»*Bonsoir*, Mademoiselle Molinet!«

Erleichtert ließ sie die Lady Hawk sinken. »*Bonsoir*, Monsieur Ernest.«

Dem ehemaligen Bankier gehörte eine prächtige Ferienvilla in der nächsten Querstraße. Seitdem er in Rente war, lebte er den größten Teil des Jahres dort, zusammen mit seinen zwei ebenfalls betagten Siamkatern, während seine Frau es vorzog, weiterhin in Paris zu residieren. Mit seinen täglichen Spaziergängen, morgens und abends, hielt sich Monsieur Ernest in Form. »Man braucht seine Routinen«, predigte er Claire bei fast jeder Begegnung.

Erst jetzt registrierte er die Pistole in ihrer Hand und sah sie geschockt an. »*Oh là là* – ich hoffe doch sehr, das ist eine Attrappe.« Er kam näher und blickte sie prüfend an. »*Bonté divine* – Sie bluten ja! Was ist passiert?«

Mit einem tiefen Seufzer sicherte Claire die Waffe und verstaute sie in ihrer Tasche. »Ich bin –« Ihre Stimme versagte. Tränen stiegen ihr in die Augen. Verlegen wischte sie sie weg. »Nicht so schlimm, ich bin ausgerutscht und gestürzt.«

»Soll ich Ihnen einen Arzt rufen?« Beunruhigt trat der Rentner von einem Bein aufs andere. »Ich dachte zuerst, es hätte mit diesem Wagen zu tun, der da vorhin an der Straßenecke stand.«

Alarmiert schaute Claire ihn an. »Was für ein Wagen?«

»Ein alter Volvo Kombi. Dunkelgrau. Oder schwarz?« Er überlegte kurz. »Jaja, dunkelgrau, ich bin mir ziemlich sicher. Vollkommen unelegant, diese Kiste.«

Claire speicherte die Infos ab. »Ist Ihnen sonst noch etwas aufgefallen, Monsieur Ernest?«

»Ach, ich habe mich nur gewundert, warum solch eine klapprige Karre hier auf der Straße herumsteht. So etwas kommt ja nicht oft vor. Ein Mann saß drin, am Steuer.«

»Wie sah er aus?«

»Oh, Details auf die Entfernung ... das schaffen meine Augen nicht mehr.« Monsieur Ernest lächelte entschuldigend. »Ich glaube, dunkle Haare hatte er.« Er dachte einen Moment nach, dann nickte er bekräftigend. »Jaja, blond war er nicht. Als er mich bemerkte, hat er sich auffällig schnell weggedreht. Mit einem Mal ist er losgeprescht. Wie in diesen amerikanischen Actionfilmen.« Sein Lächeln bekam einen spitzbübischen Ausdruck, als er hinzufügte: »Aber ich war schneller.«

»Wie meinen Sie das?«

Er klopfte auf die Brusttasche seines Hemdes. »Mit seinem Handy telefoniert man schließlich nicht nur. Für alle Fälle habe ich den Wagen fotografiert, man weiß ja nie. Jaja, plötzlich ist irgendwas passiert, und dann kommt die Polizei und stellt Fragen.«

»Monsieur Ernest, Sie sind große Klasse!« Schon spürte Claire ihre Energie zurückkehren. »Könnten Sie mir das Foto schicken?«

»Aber natürlich, Mademoiselle Molinet. Wir dauerhaft Residierenden müssen doch zusammenhalten.« Er zwinkerte ihr zu. »Wo es hier doch keine *concierge* gibt.«

Claire bedankte sich bei ihm und verabschiedete sich. Sorgfältig verschloss sie das Eingangstor und parkte das Auto in der Garage. Wenigstens funktionierte dieses Tor noch auf Knopfdruck.

Im Haus kümmerte sie sich als Erstes um ihre Stirnverletzung. Aus einem Schrank im Flur holte sie Desinfektionsmittel und Pflaster und verarztete sich vor dem hohen Garderobenspiegel. Dann ging sie in die Küche und goss sich ein Glas Leitungswasser ein, das sie in kleinen Schlucken trank. Das kühle Wasser beruhigte ihre Kehle. Sie nahm eine Banane aus dem Obstkorb und eine Dose mit Salzmandeln, lief ins Wohnzimmer und ließ sich aufs Sofa fallen.

Nachdem sie sich gestärkt hatte, rief sie Raoul an. Als sie ihm von dem Angriff erzählte, reagierte er schockiert und beschwor sie, heute das Haus nicht mehr zu verlassen.

»Ich mache mir die allergrößten Vorwürfe, dass ich dich diese Ermittlungen habe machen lassen.« Raouls Stimme klang rau.

»Am liebsten wäre es mir, du würdest dich zu Hause einschließen, bis das alles vorbei ist.«

»Du vergisst wohl schon wieder, dass das mein Beruf ist.« Claire versuchte es mit Leichtigkeit, auch wenn ihr derzeit nicht danach zumute war.

»Ernsthaft, Claire, mit so etwas ist nicht zu spaßen. Wenn ich könnte, würde ich jetzt vorbeikommen, aber ich stecke gerade mitten in einer Observation. Soll ich dir einen Kollegen vorbeischicken?«

»Du bist ja richtig besorgt.«

»Jetzt vergisst du wohl meinen Beruf.« In ungewohnt sanftem Ton sagte er: »Ich könnte nicht damit leben, wenn dir etwas passiert.«

Claire spürte einen Kloß im Hals, der rasch anschwoll. Die Tränen, die sie eben zurückgedrängt hatte, stiegen wieder hoch.

»Claire?«

Sie räusperte sich. »Für alle Fälle trage ich zukünftig immer meine Lady Hawk bei mir. Ab jetzt bin ich noch vorsichtiger, da kannst du sicher sein.«

»Ich denke trotzdem, es wäre gut, wenn jemand bei dir wäre. Eponine ist sicher noch unterwegs, *n'est-ce pas?*«

»Sie hat sich vorhin gemeldet, sie ist auf dem Rückweg.«

»Wie lange wird es dauern, bis dein Tor repariert ist?«

Claire zögerte kurz, ehe sie antwortete: »Philippe wird sich darum kümmern.«

Am anderen Ende blieb es für einen kleinen Moment still, dann sagte Raoul neutraler: »*Bon*, wenn du keinen Polizeischutz beantragen willst, erstatte wenigstens Anzeige bei der örtlichen Gendarmerie in Arcachon. Wie viel die machen können, ist fraglich, aber trotzdem …«

»Ich werd's machen.«

Sie vereinbarten, sich weiterhin gegenseitig auf dem Laufenden zu halten. Claire legte auf und ließ sich in die Kissen zurücksinken. Ohne Philippes Training hätte sie sich bestimmt nicht so effektiv zur Wehr setzen können. Vielleicht hatte Raoul recht, und sie sollte jetzt wirklich nicht allein sein. Sie griff nach ihrem Handy, das sie neben sich aufs Sofa gelegt hatte, und rief Philippe an. Doch sein Telefon war ausgeschaltet.

Vor ihrem inneren Auge versuchte Claire, die Bruchstücke zu einem einheitlichen Gefüge zusammenzusetzen: die Drohanrufe, der Angriff, der klapprige Volvo, den Monsieur Ernest erwähnt hatte. Rasch sah sie nach, ob das Foto, das er geschossen hatte, bereits angekommen war.

Monsieur Ernest hatte sein Wort gehalten. Claire betrachtete das Bild. Ein dunkelgrauer Volvo, der tatsächlich recht heruntergekommen aussah. Den Fahrer konnte man leider nicht erkennen. Claire vergrößerte die Aufnahme. Zu ihrem Bedauern war auch das Nummernschild nicht zu entziffern. Sie legte das Telefon wieder neben sich.

Der Stofffetzen fiel ihr ein. Sie hatte ihn in ihre Hosentasche gestopft. Sogleich kramte sie ihn hervor, strich ihn glatt und musterte ihn eingehend. Ein rot gestickter, schwungvoller Schriftzug auf schwarzem Baumwollstoff. *fantasty* – vom Y fehlte ein kleines Stück, und womöglich waren weitere Buchstaben abgerissen.

Claire erhob sich, um ein weiteres Glas Wasser zu trinken, dann lief sie nach oben in ihr Arbeitszimmer. Sie klappte ihren Laptop auf, öffnete den Browser und tippte *fantasty* in das Suchfenster ein. Es dauerte nicht lange, da hatte sie einen Treffer: *fantastyca*, ein Geschäft in der Nähe der *Basilique Saint-Michel* in der Innenstadt von Bordeaux. Der Homepage nach gab es dort alles, was man für Fantasy-Rollenspiele benötigte. Der Laden hatte bis neunzehn Uhr geöffnet.

Claire blickte auf die Anzeige des Bildschirms. Es war halb sechs. Eine innere Unruhe trieb sie an, dieser Spur, so minimal sie auch war, auf jeden Fall nachzugehen. Wenn sie sich beeilte, konnte sie es vor Ladenschluss noch schaffen. Da sie keine Lust mehr verspürte, heute ein weiteres Mal mit ihrem MINI unterwegs zu sein, rief sie sich ein Taxi.

Anschließend eilte sie in ihr Ankleidezimmer. Claire öffnete die schwere Holztruhe mit den filigranen Schnitzereien, in der sie ihre Perücken aufbewahrte, und wählte einen kobaltblauen Pagenkopf. Gut, dass ihre Haare vom Nachmittag bereits hochgesteckt waren, so konnte sie sich die neue Frisur einfach darüberstülpen. Dazu die schwarzen Leggings und das schwarze Shirt vom Vortag. Aus ihrer Schublade mit Accessoires nahm sie ein breites Nietenarmband. Sie griff nach der Lederjacke aus Studienzeiten, die an der Hakenleiste neben der Tür hing – das musste reichen.

Claire lief durch den Flur in Richtung Treppe und verharrte einen Moment an dem großen Fenster zur Straßenseite. Sie war dabei, genau das Gegenteil von dem zu tun, was ihr Raoul nahegelegt hatte. War es die richtige Entscheidung?

Am Ende der Straße tauchte ein Taxi auf.

«*Vas-y!*«, ermunterte sie sich selbst und sprang die Stufen hinunter.

Kapitel 21

Es war, als hätte jemand einen Schalter in Claire umgelegt. Nicht eine Sekunde länger hielt der Schockzustand an. So ging es ihr meistens, und es war wohl einer der Gründe, warum sie diesen Beruf trotz seiner Gefahren so mochte. Den Fokus nach vorn zu legen, sich nicht unterkriegen zu lassen, egal, was passiert war. Nur darauf kam es an. Immer vorwärts!

Die ganze Fahrt über recherchierte Claire im Internet zu dem Thema Rollenspiele. Bisher hatte sie sich noch nie näher damit befasst, und ihre Vorstellungen davon waren mehr als vage. Die Bandbreite des Themas überraschte sie. Es gliederte sich in verschiedene Bereiche, von denen besonders der der Computer-Rollenspiele in den letzten Jahren enorm zugenommen hatte. Galten Rollenspieler in den Anfängen als Sonderlinge, hatte diese Unterhaltungsform inzwischen eine breite gesellschaftliche Akzeptanz erreicht. Manche sprachen mittlerweile gar von einer »Fantasypädagogik«.

Claire vermutete allerdings, dass sie es in diesem Fall, vielleicht nicht ausschließlich, jedoch sicherlich teilweise, mit Live-Rollenspielern zu tun hatte. Beim sogenannten LARP, dem Live Action Role Playing, handelte es sich um ein recht junges Medium. Die Spieler schrieben ihre Rollen, auch als Charaktere bezeichnet, meist selbst. Die Szenarien stammten größtenteils aus dem Fantasy-Metier, Veranstaltungen fanden in entsprechendem Ambiente statt. Es konnte Schwerpunkte geben, beispielsweise Schlachten oder Abenteuer. Bei Kämpfen kamen oftmals realistisch aussehende, aber ungefährliche Polsterwaffen wie Schwerter, Dolche, Äxte oder Pfeil und Bogen zum Einsatz. Für gewöhnlich wurden solche Events von Vereinen organisiert.

Claire wurde ein nervöses Kribbeln im Bauch nicht los: Hatte sie nicht erst neulich von diesem Thema gehört?

Um zehn vor sieben stieg sie am Quai de la Monnaie unweit des Pont de Pierre aus dem Taxi. Wenig später stand sie vor dem *fantastyca*, das in einer kleinen Seitenstraße lag. Ohne den markanten roten Schriftzug, der auf schwarzem Grund über dem Eingang prangte und identisch war mit jenem auf dem abgerissenen Stoffstück, hätte sie den Laden glatt übersehen, so unscheinbar wirkte er von außen. Die Schaufenster waren mit dunklen Batiktüchern verhängt. Hierhin fand nur, wer genau wusste, wonach er suchte. Claire öffnete die abgeschabte blaue Holztür und betrat das Geschäft.

Drinnen umfing sie eine altertümliche Atmosphäre. Claire fühlte sich, als tauche sie in ein mittelalterliches Kellergewölbe oder eine mystische Grotte ein. Schummrig leuchteten Fackeln an den Wänden ringsum, von der Decke hing ein Kronleuchter mit brennenden Kerzen, und über den Boden verteilt standen Glasgefäße mit dicken Stumpenkerzen darin. Claire betrachtete die Regale, die aus grobem Holz gezimmert waren. Es gab thematische Schwerpunkte wie Science-Fiction, Western, Gothic, Vampire oder Horror, dann aber auch allgemein sortierte Bereiche. Sie entdeckte eine Ecke, in der Kunsthaar-Perücken in allen Farben und Längen aufgereiht waren. Was für eine Fundgrube! Unfassbar, dass sie diesen Laden bisher übersehen hatte. Hier war sie sicherlich nicht zum letzten Mal.

Als Claire auf den Verkaufstresen zuging, wusste sie, dass sie instinktiv das richtige Outfit gewählt hatte. Die junge Frau hinter dem Tresen trug ein schwarzes, nietenbesetztes Minikleid und hatte die pink gefärbten Haare zu zwei hohen Zöpfen geflochten. Ihr dichter kanariengelber Pony reichte fast bis zu den tätowierten Augenbrauen.

»*Salut*, ich weiß, ihr schließt gleich.« Claire lächelte sie freundlich an.

»Wann wir schließen, bestimme ich.« Die Verkäuferin zwinkerte ihr zu. »Womit kann ich dir helfen?«

»Ich bin neu in der Stadt. Euer Laden ist echt cool.«

»Cool? Okay, dann sind wir cool. Manche finden uns sonderbar. Suchst du was Bestimmtes?«

»Ihr habt sicher farbige Kontaktlinsen, *n'est-ce pas?*«

»Gibt es Sand in der Sahara?« Sie ließ ein kehliges Lachen hören und kam hinter dem Tresen hervor. An Claire vorbei ging sie einen schmalen Gang entlang in den rückwärtigen Teil des Geschäfts. Vor einem hohen Apothekerschrank blieb sie stehen. »*Voilà*, für alle, die mit ihrer Augenfarbe unzufrieden sind.«

»Wow!« Beeindruckt glitten Claires Augen über die vielen kleinen Schubladen, auf denen Bilder der unterschiedlichsten Augenfarben klebten. Neben einer breiten Palette an gewöhnlichen Farbtönen gab es zahlreiche Fantasievarianten wie zum Beispiel Zebrastreifen-Linsen, grün-rot karierte und schwarze mit Feuerkranz. Claire wählte je drei Paar blaue und braune und dazu noch gelbe, rote und weiße für besondere Gelegenheiten.

Während die Verkäuferin die Etiketten scannte, fragte Claire beiläufig: »Kennst du hier in der Stadt einen Club für Rollenspiele?«

Die Verkäuferin blickte auf und zog die Augenbrauen hoch, sodass sie unter dem gelben Pony verschwanden. »Darum geht's also eigentlich.« Sie taxierte Claire und zwirbelte ein Ende ihres pinken Zopfes um den rechten Zeigefinger. »Es gibt ein paar private Gruppen.«

»Cool, weißt du, wo sie sich treffen?«

»Schon wieder cool.« Ein weiteres Mal zuckten die Brauen nach oben. »Sorry, ich war noch nicht dabei.« Argwöhnisch musterte sie Claire, als wolle sie sichergehen, dass diese vertrauenswürdig war.

Nach außen hin gelassen, konzentrierte sich Claire darauf, in ihrer Rolle zu bleiben. Was für ein Meta-Theater! Aber auf keinen Fall wollte sie ihre wachsende Aufregung durchscheinen lassen. Bloß nicht zu viele Worte, das wirkte schnell unglaubwürdig. Eine innere Stimme flüsterte ihr zu, dass sie hier auf etwas gestoßen war.

Die Verkäuferin scannte das letzte Preisschild und packte die Linsenauswahl in eine schwarze Plastiktüte mit dem roten Schriftzug. Ohne Claire anzusehen, sagte sie: »Möglicherweise treffen sie sich irgendwo am rechten Garonneufer, im Industriegebiet.«

Claire tat, als krame sie in ihrem Kopf. »Da drüben war ich erst einmal. Wird ziemlich krass gebaut in der Gegend, *n'est-ce pas?*«

»Die sind total bescheuert! Luxusappartements, die garantiert nach dem nächsten Börsencrash veröden. Das leidige Spiel: Kaufe Dinge, die du nicht brauchst, von Geld, das du nicht hast.« Die Verkäuferin pustete ihren Pony aus der Stirn. »Noch gibt es ein paar der alten Gelände mit leer stehenden Hallen. Aber wie lange die noch da sein werden …« Sie nahm eine Zigarette aus einer Schachtel und zündete sie an. »Auch eine?«

Claire konnte sich nicht erinnern, wann sie zuletzt geraucht hatte. Doch jetzt abzulehnen, wäre mehr als dumm gewesen. »Gern.«

Die Verkäuferin gab ihr Feuer, dann griff sie nach ihrem

Smartphone, wischte auf dem Bildschirm herum und kritzelte einige Ziffern auf die Rückseite einer Werbepostkarte des Geschäfts. »Hier, du kannst dich ja einfach mal bei ihm melden.«

»*Merci*.« Claire betrachtete die Telefonnummer. »Und du sagst, er ist ein Bekannter von dir?«

»Bestell ihm Grüße von Cynthia aus dem *fantastyca*. Er hat unseren Schriftzug entworfen. Und er hatte sogar mal eine Show hier mit Kostümen, die er designt hat.« Sie blies den Rauch aus und fügte hinzu: »Übrigens darf er gern demnächst für seinen letzten Einkauf bezahlen.«

»Coo …« Claire brach ab und setzte neu an. »Spannend.« Innerlich jubilierte sie. Ihr Instinkt, den Stofffetzen betreffend, war goldrichtig gewesen. »Hast du auch einen Namen für mich?« Schon ehe Cynthia ihn aussprach, ahnte Claire die Antwort.

• • •

Ein weiteres Mal wanderte Erics Blick den düsteren, klobigen Bau entlang, in dem das SGAR untergebracht war. Die Begegnung mit Robert Mathieu hallte in ihm nach. Ludolphe hatte recht. Was Mathieus Aussage bezüglich Ducasses Assistenten Olivier Soulard und das Sozialwohnbauprojekt anging, glaubte Eric ihm kein Wort.

Womöglich war Soulard noch an seinem Arbeitsplatz? Einen Versuch war es jedenfalls wert. Eric wollte soeben den Mund öffnen und Ludolphe in seine Gedanken einweihen, als sein Kollege sagte: »Vielleicht sollten wir nachsehen, ob Monsieur Soulard noch arbeitet.«

»Genau, was ich gerade … ja, machen wir.«

Auf Ludolphes Gesicht breitete sich ein Grinsen aus, als sie gemeinsam die Stufen zum Eingang des Gebäudes hochstiegen.

Die Sekretärin am Empfang wies auf eine Sitzgruppe links von der Tür. »Sie können gern hier auf Monsieur Soulard warten. Ich rufe ihn kurz an.«

Eric versuchte zu rekapitulieren, was im Bericht von Simon und Justine zu Ducasses Assistenten stand.

Derweil holte Ludolphe sein Telefon aus der Tasche und tippte darauf herum. »Ah, hier ist es.« Er hielt Eric das Display hin. »Der Bericht von Lieutenant Nebout und Brigadière Estrade zu Olivier Soulard.« Auf Erics überraschten Gesichtsausdruck fügte er verlegen hinzu: »Ich habe mir angewöhnt, die wichtigsten Dokumente abzufotografieren. Mein Gedächtnis ist nicht mehr so gut wie früher.«

»Genial! Warum ist mir das nicht eingefallen?« Eric war beeindruckt. Am meisten jedoch versetzte ihn in Erstaunen, dass die Telepathie zwischen Ludolphe und ihm schon jetzt funktionierte. Raoul und er hatten deutlich länger dafür gebraucht.

Die beiden Teamkollegen hatten den Assistenten des Generalsekretärs als introvertiert, aber höflich beschrieben. Insgesamt seien seine Reaktionen etwas träge gewesen, doch schließlich hatte er ihnen anvertraut, er habe nach dem Vorfall im Restaurant derart unter Schock gestanden, dass er sich ärztlich behandeln lassen hatte. Was Eric nicht verwunderte, immerhin hatte er am engsten von allen mit Armand Ducasse zusammengearbeitet. Ansonsten gab es in dem Gesprächsprotokoll nichts, das auffällig herausstach.

Einer spontanen Eingebung folgend, schlug Eric Ludolphe vor, dass sie sich bei der vor ihnen liegenden Begegnung mit den Fragen abwechseln könnten.

Wenig später saßen sie Olivier Soulard in einem kleinen, praktisch eingerichteten Büro gegenüber. Eric wusste aus den Unterlagen, dass Ducasses Assistent fünfunddreißig Jahre alt war, doch mit seiner vorgebeugten Haltung und den ausgeprägten Geheimratsecken wirkte der hagere Mann deutlich älter. Auch heute verhielt er sich extrem zurückhaltend. Mit leiser Stimme hatte er sich ihnen vorgestellt und sie gebeten, Platz zu nehmen.

»*Bon*, ich vermute, dass Sie etwas Neues zum Tod meines Chefs herausgefunden haben?« Nervös spielten seine Finger mit einem Block Haftzettel.

Eric beschloss, ohne großartige Einleitung loszupreschen: »Wir möchten gern wissen, was Sie mit Robert Mathieu bezüglich des Sozialwohnbauprojekts Ihres Chefs besprochen haben.«

Dem Assistenten schoss das Blut in den Kopf. »Ich ... äh ... habe nicht mit ihm ...«

Nachsichtig lächelte Ludolphe ihn an: »Dann erzählen Sie uns doch stattdessen von dem Abend, als Monsieur Mathieu und Sie gemeinsam auf der Vernissage im *Institut Culturel* waren.«

»Wir ... es war Zufall, dass wir uns dort begegnet sind.«

»Tatsächlich?« Eric hob die Brauen. »Interessant, denn Monsieur Mathieu hat angegeben, Sie hätten sich zuvor im *Engrenage* auf einen Drink getroffen und seien dann gemeinsam zur Vernissage gegangen.«

»Ich ... *alors* ...«

»Monsieur Soulard«, Ludolphe beugte sich auf seinem Stuhl nach vorn. »Ich denke, es wäre an der Zeit, dass Sie uns erzählen, was wirklich passiert ist.«

»Das ist nicht so einfach zu erklären.«

»Wir haben Zeit.« Eric sah zu Ludolphe hinüber.

Dieser nickte bekräftigend. »Zeit haben wir.«

»Nun gut.« Olivier Soulard räusperte sich. »Erstmals habe ich mich bei einem betriebsinternen Sommerfest länger mit Robert Mathieu unterhalten. Wir stellten fest, dass wir uns ganz gut verstanden. Von da an haben wir öfter mal einen Kaffee zusammen getrunken.«

Ludolphe runzelte die Stirn. »Aber Sie hatten mitbekommen, dass Ihr Chef und Robert mehr schlecht als recht miteinander auskamen.«

»Von den Diskrepanzen zwischen den beiden habe ich gewusst. Deswegen haben wir unseren Kontakt auch überwiegend auf die Freizeit beschränkt. Irgendwann fing Robert jedoch an, gezielt nach Armands Arbeit zu fragen.«

»Wonach fragte er genau?« Eric beschlich eine Ahnung. »Können Sie uns ein konkretes Beispiel nennen?«

»Nach Details zu Armands Beschlüssen. Warum er beispielsweise manche Anträge für Projekte ablehnte. Robert vermutete, dass Armand recht willkürlich – oder möglicherweise zu seinem eigenen Vorteil – entschied.« Olivier Soulard kämpfte sichtbar damit, schlecht über seinen verstorbenen Chef zu sprechen. »Ich glaubte nicht daran und wollte den privaten Kontakt zu ihm abbrechen. Aber da«, für einen Moment hielt er inne und schüttelte leicht den Kopf, ehe er fortfuhr, »da nahm mich auf einmal Armand zur Seite und bat mich, herauszufinden, welche persönlichen Pläne Robert Mathieu bei uns verfolgte. Was seine Ideen für seine berufliche Zukunft waren und dergleichen. Er hatte wohl doch mehr von dem Kontakt zwischen Robert und mir mitbekommen, als ich gedacht hatte.«

Überrascht sah Ludolphe kurz zu Eric hinüber. Dann richtete er seine Aufmerksamkeit wieder auf den jungen Assistenten. »Sie sollten Mathieu für Ihren Chef ausspionieren?«

»So könnte man sagen, ja.« Olivier Soulard atmete hörbar ein und aus. Fast schien er erleichtert, endlich alles loszuwerden. »Armand meinte, dass er in Robert Mathieu seinen einzigen echten Gegner beim SGAR hatte. Und er hatte ja auch recht damit. Robert war beinahe jedes Mittel recht, um an seinem Stuhl zu sägen.«

»Sowohl Ducasse als auch Mathieu erwarteten von Ihnen, dass Sie dem jeweils anderen auf den Zahn fühlten. Ein Doppelagent, wie ihn le Carré nicht besser hätte anlegen können.« Eric schenkte ihm einen verständnisvollen Blick. »Die große Frage lautet nun aber: Wem gehörte Ihre Loyalität?«

»Natürlich meinem Chef.« Olivier Soulard zögerte. »Obwohl ich sein Verhalten Robert gegenüber manchmal nicht ganz angemessen fand.«

»Wie meinen Sie das?«

»*Bon*, er hatte ihn eben hin und wieder richtig auf dem Kieker.« Olivier Soulard fuhr sich durch sein dünnes, aschblondes Haar. »Die Chemie zwischen den beiden stimmte einfach nicht, und das konnte Armand, *pardon*, leider manchmal nicht sauber trennen.«

Ludolphe lächelte ihn aufmunternd an. »Wie ging es weiter mit Ihrer Situation zwischen zwei Stühlen?«

»Auf einmal wollte Robert Details zu dem Bauprojekt wissen. Er verlangte, ich solle Akten für ihn abfotografieren. Besonders an den Verträgen, die Armand mit der Baufirma geschlossen hatte, war er interessiert.«

»Was wissen Sie über dieses Projekt?« Eric schlug die Beine übereinander. »Hatte Ihr Chef etwas zu verbergen?«

Olivier Soulard nestelte an den Knöpfen seiner Hemdsärmel. »Ich hatte bisher keinerlei Verdacht geschöpft, dass irgendetwas nicht mit rechten Dingen zugehen könnte. Als Robert nach den Unterlagen fragte, habe ich mich zunächst geweigert. Erst nach Armands Tod … *alors*, inzwischen habe ich mir einige der Ordner, zu denen nur Armand Zugang hatte, genauer angesehen. Offenbar hat er Théodore Calment bei der Ausschreibung bevorzugt. Und wie es aussieht, hat er dafür eine nicht unbedeutende Summe kassiert.« Er stützte den Kopf in die Hände und schloss die Augen. Diese Erkenntnis hatte sichtlich schwer auf Olivier Soulards Gewissen gelastet.

Alles fügte sich glasklar zusammen. Armand Ducasse hatte sich bestechen lassen. Ob es das erste Mal gewesen war oder er bereits in der Vergangenheit Gelder für sich hatte beiseiteschaffen können, würde nun von anderen Stellen überprüft werden müssen. Mit dem nötigen Geschick hatte er in seiner Position als SGAR durchaus die Möglichkeit gehabt, Entscheidungen zu seinen Gunsten zu beeinflussen, ohne dass es großartig aufgefallen wäre. Hatte der charismatische Lebemann, der gern im Mittelpunkt stand, womöglich bewusst einen Beruf im Hintergrund gewählt, um Einfluss nehmen zu können, ohne zu sehr aufzufallen? Eric schaute zu Ludolphe, dem eine weitere Frage auf den Lippen zu liegen schien. Kaum merklich nickte er dem Kollegen zu.

»Warum sind Sie eigentlich an besagtem Abend, als Sie sich im *Le Patio* getroffen haben, nicht gemeinsam nach Arcachon rausgefahren?«

»Armand hatte gesagt, er müsse vorher noch etwas erledigen.«

Eric fiel das Treffen zwischen Ducasse und Calment wieder ein, das der Bauunternehmer in letzter Minute abgesagt hatte. Dann dachte er daran, was dieser zu Protokoll gegeben hatte, und nahm Ludolphes Faden auf: »Als Sie sich am Restaurant getroffen haben, hat da Monsieur Ducasse Ihnen gegenüber einen Junggesellinnenabschied erwähnt?«

Olivier Soulard sah ihn begriffsstutzig an.

»Monsieur Calment, der ja an besagtem Abend auch dabei war, hat uns erzählt, dass er Monsieur Ducasse von jungen Damen umringt unweit des *Le Patio* angetroffen hätte.«

»Stimmt.« Olivier Soulard schien sich zu erinnern. »Jetzt, wo Sie es sagen: Als wir uns am Restaurant trafen, hat Armand erwähnt, dass er auf dem Weg mitten unter feiernde junge Menschen geraten sei.«

»Sie wissen nicht zufällig, ob er etwas zu essen oder zu trinken angeboten bekommen hat?«

»Ich glaube, da war etwas. Lassen Sie mich überlegen ... wie hat er sich noch ausgedrückt?« Olivier Soulard dachte nach. »Ach ja, genau. Er hat gesagt, dass er soeben die besten selbst gemachten *chouquettes* seines Lebens gekostet hätte.«

Kapitel 22

Nachdem Claire das *fantastyca* verlassen hatte, lief sie zum Garonneufer zurück und überlegte, ob sie sich ein Taxi rufen und nach Hause fahren sollte. Bis ins Industriegebiet auf der anderen Seite des Flusses war es nicht weit. Eine ganze Reihe der Gebäude standen leer, teilweise in völlig heruntergekommenem Zustand. Claire verspürte den drängenden Impuls, sich dort umzusehen. Kurzerhand mietete sie eines der zahlreichen Leihfahrräder, die überall in der Stadt herumstanden, und wenig später radelte sie über den Pont de Pierre in den rechtsseitigen Teil von Bordeaux.

Als sie die Garonne überquert hatte und die Brücke herunterrollte, vernahm sie das charakteristische Plingen einer Mitteilung auf ihrem Smartphone. Am Blauen Löwen hielt sie an und zog das Gerät aus ihrer Tasche.

Eponine hatte ihr eine Sprachnachricht geschickt. Sie mache gerade eine Rast und gehe die Protokolle noch mal durch. »Etwas ist mir aufgefallen: Zwei Leute von der Liste beschrieben einen Wagen, den sie in ihrer Nachbarschaft bemerkt hätten. Einen gammeligen Volvo Kombi in dunklem Grau. Ein Betroffener hat sogar das Nummernschild notiert, weil er es merkwürdig fand, dass der Wagen so lange in der Straße parkte. Sie hatten dort in der Vergangenheit mit Einbrüchen zu tun.« Eponine nannte das Kennzeichen.

Sofort drückte Claire auf Pause, kramte einen Stift und ein Stück Papier aus ihrer Tasche und hörte die Mitteilung noch einmal ab. Sobald sie die Nummer aufgeschrieben hatte, rief sie Raoul an, doch es meldete sich nur seine Mailbox. Knapp fasste sie die Infos über das Fahrzeug zusammen und gab ihm das Kennzeichen durch. Der Vollständigkeit halber schickte sie das Foto mit, das ihr Nachbar geschossen hatte.

Einen Moment lang musste sie Eponines Neuigkeiten sacken lassen. Sie waren ein erstaunliches Stück weitergekommen: Zum einen konnte der unbekannte Angreifer ausfindig gemacht werden, zum anderen hatten sie den Beweis, dass sie mit ihrer Theorie zu van den Braaks Liste und den zusammenhängenden Fällen genau richtiggelegen hatten. Nun galt es, weitere Anschläge zu verhindern!

Davon angespornt setzte Claire ihre Fahrt entlang des Garonneufers in Richtung Norden fort. Sie radelte an der Redaktion der *Sud Ouest* vorbei und durch den *Parc aux Angéliques*, den die Stadt vor einigen Jahren angelegt hatte, als sie damit begann, die Uferumgebung neu zu gestalten. Abgeschlossen war dieses Projekt noch lange nicht, und je näher Claire der Hubbrücke Jacques Chaban-Delmas kam, desto deutlicher trat der Charakter des ehemaligen Industriegebiets zum Vorschein.

Schon erreichte sie das erste brachliegende Gelände. Claire hielt an und betrachtete nachdenklich den graffitibesprühten, blickdichten Bauzaun, der das Areal umgab. Zu hoch, um darüberzuklettern, nirgendwo ein Loch, um hindurchzuschauen. Kurzerhand stellte sie ihr Fahrrad am nächstbesten Baum ab und spazierte den Zaun entlang. Er reichte bis zum Fluss hinunter, wo ein Bootssteg aufs Wasser hinausragte. Genau dazwischen entdeckte Claire einen Spalt, maximal einen halben Meter breit und komplett zugewachsen. Ein schmaler Mensch konnte sich durchaus durch die Efeuranken und das übrige Gestrüpp winden. Claire sah sich um, momentan war sie völlig allein hier. Sie kletterte auf die Brüstung des Stegs und spähte auf das Gelände. Hier waren die Abrissbirnen bereits kräftig zugange gewesen und hatten lediglich Überreste von einer alten Lagerhalle und jede Menge Bauschutt zurückgelassen. Unverrichteter Dinge lief Claire wieder zu ihrem Rad und setzte ihren Weg fort. Das wäre ja auch zu einfach gewesen.

Kurz darauf kam sie zu einer Halle, deren Wände ebenfalls über und über mit Graffitis verziert waren. Eines der riesigen Rolltore war demoliert und so verbogen, dass man an einer Stelle darunter durchkriechen konnte. Claire trat an den Betonsockel heran und äugte vorsichtig durch den Spalt. Das Gebäude war komplett leer.

Weiter ging es an einem Lager für diverse Baumaterialien vorbei, während auf der gegenüberliegenden Seite das Gelände eines Weinhändlers in Sicht kam. Edel, modern, akkurat – ein Kontrast wie Tag und Nacht. So etwa würde es in ein paar Jahren vermutlich überall in der Gegend aussehen.

Doch gleich danach stieß sie wieder auf das Gegenteil. Dieses Mal stellte der verwahrloste Zustand alles, was Claire vorher gesehen hatte, in den Schatten. Sie kannte einige ärmliche Bezirke von Bordeaux, aber dass es ein solches Elendsviertel gab, hatte sie nicht geahnt. Im ersten Moment glaubte sie, auf einem Schrottplatz für ausrangierte Campingwagen gelandet zu sein. Als sie genauer hinsah, erkannte sie, dass der Schrottplatz bewohnt war. Betroffen blieb Claire stehen.

Vor ihr breitete sich ein Gelände von der Größe eines Fußballfeldes aus, das Erinnerungen an Bilder von Flüchtlingsunterkünften in Südosteuropa wachrief. Unzählige heruntergekommene Wohnwagen, an die aus Zeltplanen und Spanplatten improvisierte

Anbauten angeklatscht waren, wechselten sich mit Bretterbuden und Holzverschlägen ab. An manche der provisorischen Behausungen waren Satellitenschüsseln montiert. Dazwischen spannten sich Wäscheleinen, sammelten sich Plastikschrott und andere Abfälle an. Auf den kargen Wegen pickten und scharrten ein paar zerrupfte Hühner.

Claire war schockiert. Dass Menschen hier unter solch unwürdigen Bedingungen hausten, mitten in einer wohlhabenden und gepflegten Stadt wie Bordeaux! Sie stieg von ihrem Rad, zückte ihr Handy und begann zu fotografieren.

»*No Fotos!*« Ein Junge von vielleicht zehn Jahren in löcherigem T-Shirt und fleckigen Shorts kam auf sie zu. Ihm folgte ein kleines Mädchen in einem zerschlissenen Trägerkleid. Der Junge hob mahnend den Zeigefinger und wiederholte eindringlich: »*No Fotos!*«

»Schon gut.« Mit beschwichtigender Geste steckte Claire ihr Telefon ein.

Das Mädchen trat hinter dem Rücken des Jungen hervor, machte zwei Schritte auf Claire zu und streckte ihre kleine, schmutzige Hand aus. »Ein Euro, *s'il vous plaît.*«

Claire betrachtete die beiden barfüßigen Kinder und fühlte sich völlig hilflos. Dieser schreckliche Ort war ihr Zuhause, diese beklemmende Umgebung ihr Leben. Schlagartig hatte sie Philippes Erzählungen und seine Bilder im Kopf, aus Indien und Bangladesch, aus Bolivien und Paraguay. Doch so etwas hier! Größer konnte die Kluft kaum sein, verglichen mit dem, was für Claire als Kind normal war. Dann hatte sie eine Idee. Sie zog ihr Handy wieder heraus, suchte nach dem Zettel mit dem Nummernschild und sagte an den Jungen gewandt: »Okay, *no Fotos*. Ich habe verstanden. Aber vielleicht kannst du mir eine Information geben?«

Der Junge sah sie verständnislos an.

»*Information.*« Claire sprach das Wort englisch aus, dabei öffnete sie ihren Bilderordner und klickte die Aufnahme des alten Volvos an, die ihr Nachbar ihr geschickt hatte. »Hast du diesen Wagen hier in der Nähe gesehen?« Sie deutete auf das Display, anschließend auf den Zettel. »Das ist das Kennzeichen.«

Stirnrunzelnd musterte der Junge das Foto und die Kombination von Ziffern und Buchstaben. Er schüttelte den Kopf. Das Mädchen zupfte an seinem Ärmel und sagte etwas in einer Sprache, die Claire nicht verstand. Offenbar wollte sie auch auf das Handy schauen. Doch ihr Bruder brachte sie in scharfem Ton zum Schweigen. Die rechte Hand ausgestreckt, blickte er Claire herausfordernd an. Sie zückte ihr Portemonnaie, gab ihm einen Euro, und die beiden zogen ab.

Nachdem sie ein paar Meter gefahren war, hörte sie hinter sich jemanden rufen. Es war eine Kinderstimme. Rasch hielt Claire an und sah sich um.

Winkend rannte das kleine Mädchen auf sie zu. »Madame, Madame! Bitte, ich möchte auch gucken.« Sie strahlte Claire an.

»Okay.« Claire zog ihr Telefon hervor und zeigte dem Mädchen das Foto.

»Ich glaub, ich kenne Auto.« Die Kleine nickte aufgeregt, ihre dunklen Augen begannen zu leuchten.

»Du hast das Auto schon mal gesehen?« Überrascht stieg Claire vom Rad ab.

Die Kleine nickte heftig.

Claire holte den Zettel wieder heraus und ging in die Hocke. »Das hier ist das Nummernschild. Kannst du schon lesen?«

»*Un peu*, Madame.«

»Wie alt bist du denn?«

»Fünfeinhalb.«

»Und wer hat dir das Lesen beigebracht?«

»Ich, Madame!« Selbstbewusst reckte sie das Kinn nach vorn.

»Das ist ja fantastisch!« Claire schenkte ihr ein warmes Lächeln. Das Mädchen rührte sie. »Wo hast du denn das Auto gesehen?«

Mit ausgestrecktem Arm wies die Kleine geradeaus. »Dahinten, nach Brücke noch weiter, dann da lang.« Ihre Finger winkten nach rechts. »Alte Halle, viel kaputt. Mein Bruder manchmal spielt Fußball da. Bild auf Mauer, rot und gelb. Ein Stück weiter noch mehr bunte Bilder, da Auto gestanden. Zweimal.«

Eine Welle der Zuneigung schwappte über Claire hinweg. Was für ein rührendes und intelligentes kleines Mädchen, das sich selbst das Lesen beibrachte und die französische Sprache weitaus besser beherrschte als ihr um einiges älterer Bruder. »Wie heißt du?«

»Nadira, Madame.«

»Ich heiße Claire. Weißt du, Nadira, du hilfst mir damit sehr!« Sie war im Begriff, ihr Portemonnaie hervorzuziehen, als sie in der Bewegung innehielt. Was brachte es, ihr einen Geldschein zu geben? Er hätte für sie noch keine wirkliche Bedeutung. Außerdem würde sie ihn sofort abliefern. Am liebsten hätte Claire sie mitgenommen und ihr eine Schulbildung ermöglicht. Unrealistisch. Doch auf irgendeine Art und Weise wollte sie sich ihr erkenntlich zeigen. Claire kramte in ihrer Tasche. Als sie ihren Schlüsselbund sah, hatte sie eine Idee. Sie löste den goldenen Anhänger, der die Form eines Engels hatte, von den Schlüsseln und legte ihn in Nadiras kleine Handfläche und schloss ihre Finger darum. »Ich danke dir.«

Mit offenem Mund blickte Nadira zunächst auf ihre Hand, dann in Claires Gesicht.

»Der ist für dich. Nur für dich. Trag ihn nah bei dir.« Claire legte sich eine Hand aufs Herz. »Er wird dir Glück bringen und dich beschützen.« Sie schaute in die großen, dunklen Kinderaugen, die gewiss schon viel zu viel Leid gesehen hatten. »Vergiss nie: Du bist wertvoll.« Claire war sich sicher, dass Nadira ihre Worte verstanden hatte, denn in ihrem Blick lag mit einem Mal eine neue Wachheit.

Mit ernster Miene fixierte sie Claire und presste den goldenen Engel an ihre Brust. »*Merci*, Madame Claire. Ich nicht vergessen.« Dann drehte sie sich um und rannte zurück in das Elend, das ihr Zuhause war.

Claire sah ihr hinterher, wie sie durch ein Loch im Zaun kroch und zwischen den Wohnwagen verschwand. Sie wünschte sich so sehr, dass Nadira einen Weg heraus finden würde.

Nachdenklich stieg sie wieder auf ihr Fahrrad und fuhr weiter. Hatte Nadira das Auto wirklich wiedererkannt? Oder hatte sie nur versucht, an mehr Geld zu kommen? Etwas in Claire war davon überzeugt, dass sie die Wahrheit gesagt hatte.

Zuversichtlich radelte sie am Pont Jacques Chaban-Delmas vorbei und hielt sich danach rechts. Bald kam sie an eine Querstraße und bog ab. Nach wenigen Metern begann ein abgezäuntes Areal. Claire stoppte und schaute die Straße entlang.

Es handelte sich um ein riesiges Fabrikgelände mit einer lang gezogenen, baufälligen Halle. Die Fensterscheiben waren zerbrochen, hohe Büsche verdeckten große Teile des Mauerwerks, und an manchen Stellen hatte sich wilder Wein bis unters Dach ausgebreitet. Die Natur war im Begriff, sich ihr Terrain zurückzuerobern. An einem freien Stück Wand leuchtete Claire ein rot-gelbes Graffiti entgegen. Hier musste es sein!

• • •

Noémi legte die frisch gewaschene Kleidung auf Adrians Bett. Alles in Schwarz, ebenso wie das Bettgestell und die Bettwäsche. Sie drehte sich um und betrachtete den Schreibtisch, das Bücherregal, den Kleiderschrank – Adrian hatte sie vor zwei Jahren eigenhändig schwarz lackiert. Es war der Kompromiss, auf den sie sich geeinigt hatten, nachdem sie seinen Wunsch, die Wände schwarz zu streichen, kategorisch abgelehnt hatte.

Sie dachte daran, wie sie das Zimmer vor langer Zeit in einem pastelligen Blau tapeziert hatte. Nicht etwa, weil sie damals gerade erfahren hatte, dass ein Junge in ihr heranwuchs, sondern weil sie in einem Ratgeber gelesen hatte, Blautöne würden beruhigend wirken. Später folgte die Bärchentapete, danach waren Weltraum, Sternbilder und Raketen angesagt gewesen. Den Fußballtrend seiner Mitschüler hatte Adrian hingegen konsequent verweigert.

Auch der Schreibtisch hatte unterschiedliche Phasen durchlaufen, die sich vor allem an der Auflage zeigten. Seit einigen Jahren zierte ihn eine überdimensionale Weltkarte. Die Orte, an denen er schon gewesen war, hatte Adrian blau eingekreist. Mit roten Kringeln hatte er zukünftige Reiseziele markiert.

Noémi trat an den wie immer penibel aufgeräumten Schreibtisch und besah sich die Kringel. Im Elsass waren sie gemeinsam gewesen, in Barcelona und Marseille ebenfalls. London, das war die Schulabschlussfahrt gewesen. Auf der Wunschliste fanden sich nun exotischere Ziele: Vietnam, Sydney, San Francisco.

Plötzlich stutzte sie. An der linken Seite lag die Unterlage nicht flach auf, sondern schwebte ein Stück in der Luft. Nur wenige Millimeter. Als befände sich etwas darunter.

Es war ein Impuls, dass Noémi sie anhob und –

»*Maman*! Was machst du da?«

Sie fuhr herum. Adrian stand im Türrahmen, und einen Atemzug lang funkelten seine Augen sie an, ehe sich der dunkle Haarschleier darüberlegte.

»*Mon poussin*, es tut mir leid, ich wollte nicht –« Egal, was sie in diesem Moment sagte, es würde alles falsch klingen.

Zwischen ihnen herrschte tiefes Schweigen. Während Noémi krampfhaft überlegte, wie sie es überwinden konnte, klingelte Adrians Handy. Er schaute aufs Display, hob den Blick und strich sich die Haare aus dem Gesicht. »Lass mich allein.« Seine Stimme klang frostig.

Noémi hörte noch, wie er das Gespräch annahm: »Ja, was gibt's?« Dann schlug die Zimmertür zu.

Unschlüssig verharrte sie in dem engen, dunklen Flur. Sie fühlte sich grässlich. Gerade wollte sie ihr eigenes Zimmer betreten, da öffnete sich die Tür wieder, und Adrian stürmte heraus.

»Adrian, bitte verzeih, ich –«

»Ich hab jetzt keine Zeit, Ma.« Damit hastete er an ihr vorbei, und wenige Augenblicke später fiel die Haustür hinter ihm ins Schloss.

Kapitel 23

Durch einen grobmaschigen, von Efeu überrankten Zaun betrachtete Claire den vor der Halle liegenden Schotterplatz. An den Seiten lagen zwischen wucherndem Unkraut zerbeulte Getränkedosen. Alte Autoreifen markierten zwei Tore. Dies musste der Ort sein, an dem Nadiras Bruder Fußball spielte. Weiter vorn konnte sie ein Eisentor mit verbogenen Stäben ausmachen. Am Ende des Platzes gab es eine Absperrung, dahinter setzte sich die Halle fort. Claire stellte ihr Fahrrad auf der gegenüberliegenden Straßenseite an einem Laternenpfahl ab, dann lief sie den Maschendrahtzaun entlang, der an mehreren Stellen große Löcher aufwies. Hinter dem Absperrgitter wurde das Gelände noch verfallener. Hier und da türmten sich Schutthaufen. Claire erkannte einen demolierten Sicherungskasten. Sie schaute die Straße hinunter. Ein gutes Stück entfernt entdeckte sie eine Einfahrt.

Als sie dort ankam, blieb sie stehen. Auf einem vollkommen verwahrlosten Vorplatz stand zwischen Bauschutt und kaputten Europaletten ein ausgebranntes Auto. Welch apokalyptische Szene! Fasziniert betrachtete Claire die Eingeweide des einstigen Fahrzeugs, während sie den Platz überquerte.

Nach wenigen Metern versperrte ihr eine über und über mit Graffitis besprühte Mauer mit einem massiven Eisentor die Sicht. Beim Anblick des blanken Vorhängeschlosses strömte erneut das

Adrenalin durch ihre Adern. Claire pfiff leise durch die Zähne. So heruntergekommen das Gelände auch wirkte, der Zustand des Schlosses sprach für sich.

Prüfend glitten ihre Augen die Mauer entlang. Linker Hand wuchs eine knorrige Eiche mit tiefen Ästen. Ein idealer Kletterbaum – als Kind hätte Claire binnen kürzester Zeit oben in der Krone gesessen. Aufmerksam schaute sie sich nach allen Seiten um. Außer ihr war hier keine Menschenseele. Behände kletterte sie die dicken Äste hoch, schwang sich auf die Mauer und landete mit einem Sprung auf der anderen Seite.

Vor ihr lag eine zweite, kleinere Halle, die deutlich weniger verfallen war als die erste. Die Reihe der Fensterscheiben, die sich unter dem Dach entlangzog, sah sogar aus, als sei sie erst kürzlich ausgebessert worden. Mit gezückter Pistole pirschte sich Claire an das Gebäude heran. Ein überdimensionales Schiebetor war ebenfalls mit einem massiven Kettenschloss gesichert. Sie lief um das Bauwerk herum und schickte ein Stoßgebet ins Universum, es möge irgendwo eine Möglichkeit geben, ins Innere zu gelangen. Als sie kurz darauf eine Feuerleiter entdeckte, frohlockte sie. Um ihr Karmakonto schien es offenbar nicht so schlecht zu stehen. Die Leiter endete an einer kleinen Plattform, und die niedrige Tür in der Wand dahinter war nur angelehnt.

Ohne zu zögern, erklomm Claire die Sprossen, und wenig später schlich sie sich durch die Türöffnung. Drinnen führte eine metallene Wendeltreppe nach unten. Stufe um Stufe tastete Claire sich vor, bis sie am Fuß der Treppe angekommen war und vor einer Metalltür stand. Hoffentlich war sie nicht abgeschlossen! Die Lady Hawk fest in ihrer Rechten, drückte sie vorsichtig die Klinke hinunter.

• • •

Raoul war mit Gwendoline ins Commissariat zurückgekehrt, nachdem die Teamkollegen Marc und Fabien sie mit der Überwachung bei Monique Hautecoeur abgelöst hatten. Während Gwendoline in ihrem Büro die letzten Vorkommnisse protokollieren wollte, beschloss er, seine Unterlagen mit nach Hause zu nehmen.

Als er die notwendigen Ordner zusammensuchte, fiel ihm sein Handy ein. Vergeblich tastete er seine Sakkotaschen ab. Hatte er es wie so oft im Dienstwagen liegen lassen? Zügig packte er seine Tasche, verließ das Büro und eilte zurück ins Parkhaus, wo die Fahrzeuge der *police nationale* standen.

Tatsächlich lag sein Telefon im Fach unter dem Radio. Raoul steckte es ein und lief zu seinem Citroën, der eine Etage tiefer parkte. Er stieg ein und stellte seine Tasche auf den Beifahrersitz. Ehe er losfuhr, warf er einen Blick aufs Display seines Telefons. Ein entgangener Anruf von Claire samt Sprachnachricht, dazu noch eine Signal-Mitteilung. Sofort befiel ihn eine bohrende Unruhe. Hatte es womöglich einen weiteren Vorfall gegeben? War am Ende jemand in ihr Haus eingebrochen? Raoul öffnete seinen Signal-Account. Claire hatte ihm ein Bild eines sehr alten Volvo Kombis geschickt. Rasch hörte er die Nachricht ab. Er zerrte sein Notizbuch aus der Tasche und notierte sich das Kennzeichen. Nachdenklich starrte er auf die Nummer. Ihn beschlich das ungute Gefühl, dass Claire nicht wie vereinbart zu Hause geblieben war. Vorsichtshalber rief er sie an. Wie befürchtet, antwortete sie nicht. Als die Mailbox ansprang, redete er drauflos, ohne nachzudenken: »Claire, wo bist du? Ich mache mir Sorgen!« Dann besann er sich. »*Merci* für die Infos. Ich werde den Wagen sofort überprüfen lassen.« Er überlegte einen Moment und fügte hinzu: »Melde dich, wenn du meine Nachricht abgehört hast, *s'il te plaît*.«

Eingehend studierte er das Foto. Der Besitzer des Volvos schien sich kaum für die Pflege und Instandhaltung seines PKWs zu interessieren. Augenblicklich leitete er die Informationen über den dunkelgrauen Volvo an sein Team weiter. Wenn das Fahrzeug unterwegs war, würde es gewiss nicht lange dauern, bis sie es entdecken würden. So viele Wagen dieses kantigen Typs gab es in Bordeaux und Umgebung nicht.

In gemächlichem Tempo fuhr Raoul quer durch die Stadt und nahm die Uferstraße in Richtung Bacalan. Nach ein paar Minuten tauchte vor ihm auf der rechten Seite die monumentale Hubbrücke Jacques Chaban-Delmas auf. Er ordnete sich auf der mittleren Spur ein und hielt an der roten Ampel an.

Gedankenversunken betrachtete er die vorbeifahrenden Autos und stutzte. Konnte das wirklich sein? Von links rauschte ein dunkelgrauer Volvo Kombi über die Straße auf die Brücke zu.

Raoul schaute auf die Fahrspur neben sich, sie war frei. Er warf einen Blick in den Rückspiegel und sah einen Lieferwagen, der sich auf der Abbiegerspur näherte. Rasch setzte Raoul den rechten Blinker und rollte ein Stück auf die Spur. Sobald es grün wurde, legte er einen Schnellstart hin und schoss um die Kurve. Er wechselte direkt nach links und überholte zwei PKWs, dann ordnete er sich wieder rechts ein. Nun fuhr er genau hinter dem Volvo. Raoul beugte sich nach vorn und kniff die Augen ein wenig zusammen, um das Nummernschild lesen zu können. Kein Zweifel – es war das gesuchte Fahrzeug.

• • •

Aufmerksam blickte sich Claire in der Halle um. Nirgendwo regte sich etwas. Allmählich wurde es draußen dunkel, und hier drinnen herrschte schwächer werdendes Dämmerlicht. Wieder einmal war Claire für ihre ausgezeichnete Sehkraft dankbar. Eine Zeit lang noch konnte sie auf den Einsatz ihrer Taschenlampe verzichten.

An der linken Längsseite standen fünf Zielscheiben aus Stroh, die Claire an Robin-Hood-Verfilmungen erinnerten. Gleich neben der Tür, durch die sie gekommen war, gab es ein Regal mit unterschiedlichen Hanteln, rechts von der Tür hingen vier Sandsäcke von der Decke. Weiter hinten konnte sie auf der rechten Seite eine Reihe von Sprossenwänden ausmachen. Das hier schien auf den ersten Blick ein Trainingsplatz zu sein. Doch war es wirklich ein so harmloser Ort?

An der gegenüberliegenden Wand erkannte Claire drei geschlossene Türen. Noch einmal schaute sie sich aufmerksam um, dann huschte sie an den Zielscheiben vorbei zur anderen Seite. Sie steuerte die erste Tür an und drückte die Klinke herunter. Verschlossen. Bei der zweiten hatte sie Glück. Claire tastete nach einem Lichtschalter, und eine Neonröhre an der Decke flammte auf. Rasch schloss sie die Tür. Die Luft roch staubig und abgestanden. Suchend sah sich Claire um. Ihr Blick fiel auf zahlreiche, mit Requisiten gefüllte Regale. In einer Ecke stapelten sich bemalte Leinwände. Rechts von Claire stand ein schwerer Metallschrank mit einem Drehverschluss, der ebenfalls abgeschlossen war.

Sie verließ den Raum und versuchte es bei der dritten Tür. Auch diese war unverschlossen. Hier befand sich eine Reihe von Spinden, an denen Namensschilder prangten. Claire las Namen wie Lunnyc, Alela, Dathaler und Tyrande. Tief in ihren Hirnwindungen rührte sich etwas, doch sie konnte es nicht greifen.

Im Spind von Dathaler fand sie unter einer schwarz glänzenden Trainingshose einen Schlüsselbund. Claire nahm ihn, kehrte in den zweiten Raum zurück und probierte ihn am Schloss des Metallschranks. Tatsächlich – der vierte Schlüssel passte!

• • •

Am Ende der Brücke bog der Volvo links ab. Raoul folgte ihm in gebührendem Abstand. Er verlangsamte das Tempo noch mehr, als am Wagen vor ihm der rechte Blinker aufleuchtete und er kurz darauf in eine Seitenstraße einbog.

Raoul fuhr um die Ecke und sah das Auto in einer Einfahrt verschwinden. Gemächlich rollte er an dem baufälligen Industriegelände entlang und warf einen Blick in die Einfahrt. Was für ein Schrottplatz! Und mittendrin der Volvo, der in dieser vermüllten Kulisse kaum auffiel. Raoul lenkte seinen Citroën vorbei und parkte hinter der nächsten Biegung am Straßenrand. Über ein brachliegendes Feld näherte er sich dem abbruchreifen Gelände, das auf dieser Seite eine graffitiverzierte Mauer umgab. Er folgte ihr bis zum Eingang, wo immer noch das verdächtige Fahrzeug stand. Den Fahrer konnte er nirgendwo entdecken. Vorsichtig pirschte sich Raoul an das metallene Tor in der Mauer heran und reckte sich, um hinüberzuschauen. Die Halle, die auf der anderen Seite lag, war in einem überraschend guten Zustand. Mit routiniertem Blick prüfte er die Fassade. Ein schwarzes Kästchen unterhalb der Dachrinne erregte seine Aufmerksamkeit. Raoul schaute genauer hin. Es bestand kein Zweifel: Dort oben war eine Kamera installiert. Nur wenige Sekunden später hatte er zwei weitere Kameras entdeckt. Raoul lief denselben Weg zurück, den er gekommen war, und folgte der Mauer. An der Rückseite des Geländes ging sie in einen Maschendrahtzaun über. Einige Stellen wiesen Löcher auf, aber keines war groß genug, als dass er hätte hindurchklettern können. Wieder suchte er nach Kameras, doch hier konnte er keine entdecken. Unschlüssig betrachtete er die Rückwand der rotbraun geklinkerten Halle. Was verbarg sich dahinter? Raoul wurde das drängende Gefühl nicht los, dass hier etwas sehr Merkwürdiges im Gange war.

• • •

Volltreffer! Claire musterte den Inhalt des Metallschranks: Mehrere Armbrüste standen dort, dazu Köcher mit Pfeilen und eine Reihe scharf geschliffener Degen. Im Regal darüber lagen Messer in unterschiedlichen Größen, teils mit geschnitzten Griffen. In manche waren sogar die Fantasienamen von den Spinden eingeritzt. Sämtliche Warnsignale schlugen in Claire Alarm. Das waren keine Pseudowaffen, wie Rollenspieler sie verwendeten!

Sie verschloss den Schrank sorgfältig und verließ den Raum. Jetzt noch die erste Tür. Claire begutachtete den Schlüsselbund und wählte einen silbernen Schlüssel mit langem, gezacktem Bart. Geschmeidig glitt er ins Schloss und ließ sich auf Anhieb drehen.

Auch hier knipste sie die Deckenbeleuchtung an und betrat den Raum. Fassungslos verharrte sie auf der Türschwelle. Im ersten Moment hatte sie das Gefühl, in einer Polizeizentrale zu stehen. Ringsum hingen Pinnwände mit Fotos und Haftzetteln. In der Mitte standen zwei aneinandergeschobene Schreibtische, auf denen großformatige Bögen Papier lagen. Claire trat an die Tische heran. Ein Schauder jagte ihr den Rücken hinunter, als sie begriff, um was es sich handelte. Es war eine Liste, ähnlich der, die sie aus van den Braaks Papieren herausschraffiert und die Eponine ergänzt hatte, nur in einer anderen Reihenfolge. Virginie Échenoz stand zuoberst darauf, dann folgten Armand Ducasse, Étienne van den Braak und zuletzt Normand Jacquelot. Wobei es so aussah, dass der Historiker nachträglich zwischen zwei bereits bestehende Zeilen gequetscht worden war. Hinter die Namen hatte jemand mit einem roten Filzschreiber den Todestag geschrieben und dazu einen Kommentar wie Giftpilz (Todeskappe), TTX oder BTX. Am Schluss der Zeile war jeweils einer der Fantasienamen notiert und dahinter ein Haken gesetzt. Demnach war für Virginie Échenoz' Tod ein Kaeldas verantwortlich, eine Malaiana hatte Armand Ducasse ermordet, ein Lionrian Étienne van den Braak und ein Paragas Normand Jacquelot. Etwas klingelte kurz bei ihr, eine schwache Erinnerung, doch Claire konnte sie nicht greifen. Mit wachsendem Entsetzen las sie die folgenden Punkte auf der Liste, die noch offen waren. Hier waren mit Bleistift Daten und vorgesehene Todesarten festgehalten.

Ihr Puls begann zu rasen. In den kommenden Tagen sollten an verschiedenen Orten in der Bretagne und rund um Bordeaux die Menschen getötet werden, die auf Eponines Liste standen. Das Erschreckendste war jedoch, dass der nächste Eintrag auf diese Nacht datiert war. Der Name des geplanten Opfers brannte sich in Claires Netzhaut: Joseph Fichet, der pensionierte Anwalt, den sie heute Nachmittag besucht hatte. Ihr wurde schwindelig. Sie hielt sich an der Tischkante fest und atmete einige Male ein und aus. So schnell wie möglich musste sie hier raus und Raoul Bescheid geben!

Plötzlich hörte sie von der Halle her ein Geräusch. Sie fuhr herum und richtete die Pistole auf den Türeingang. Mit einem Knall schlug die Tür zu. Unmittelbar danach vernahm Claire ein Scharren und Klicken im Schloss.

• • •

Zügigen Schritts lief Raoul zum Eingang zurück, wo der Volvo unverändert parkte. Ein weiteres Mal spähte er über die Mauer. Just in diesem Moment trat ein Mann aus der Halle und warf eine schwere Metalltür hinter sich zu. Ohne lang zu überlegen, hastete Raoul zu den Resten eines ausgebrannten Autos auf der rechten Seite und versteckte sich hinter der rußgeschwärzten Karosserie.

Nur wenige Sekunden später öffnete sich das Tor. Selbst auf diese Entfernung erkannte Raoul den Mann sofort. Es war der Kostümdesigner Yves Hautecoeur. Sorgfältig sicherte er das Tor mit einem wuchtigen Vorhängeschloss. Er war gerade fertig damit, als sein Telefon schellte.

Raoul kroch so nah wie möglich an den Rand des Autos heran, und tatsächlich konnte er das meiste von Yves Hautecoeurs Gespräch verstehen.

»Ich habe dir gleich gesagt, dass es ein Fehler war. Ich wollte sie erledigen. Aber du ... Jetzt haben wir sie am Hals!« Er schwieg einen Moment, ehe er in bestimmtem Ton fortfuhr: »Gib den anderen Bescheid. Alarmstufe Rot. Wir müssen hier alles auflösen.« Erneutes Schweigen, dann fuhr er mit aufbrausender Stimme fort: »Was weiß ich, ob sie schon jemanden informiert hat. Ich habe sie jedenfalls drinnen eingesperrt. In der Zentrale. Wir sind so kurz vor dem Ziel! Das können wir uns nicht kaputt ...« Noch während er sprach, stieg er in den Volvo und brauste davon.

Auf der Stelle benachrichtigte Raoul das Commissariat und ordnete die Verfolgung des Wagens an. »Ich brauche hier ein Einsatzkommando! Sofort!«

Kapitel 24

Putain! Der Schreck fuhr Claire durch alle Glieder. Sie hatte doch tatsächlich den Schlüssel außen an der Tür stecken lassen. Wie hatte sie nur so fahrlässig sein können!

Zu allem Überfluss ging nun auch noch das Licht aus. Um sie herum war es pechschwarz. Offenbar hatte derjenige, der sie eingesperrt hatte, den Hauptstrom abgedreht. Hastig kramte Claire ihr Handy hervor und schaltete die Taschenlampe ein. Kein Empfang! Trotzdem probierte sie den Notruf, in vielen Fällen konnte er sich über ein anderes Netz absetzen.

Es funktionierte nicht. Seufzend ließ sie das Telefon sinken. Ihr blieb nichts anderes übrig, als auszuharren und sich bereitzuhalten. Sie zog ihre Lady Hawk wieder heraus und entsicherte sie. Raouls Worte fielen ihr ein: *Am liebsten wäre es mir, du würdest dich zu Hause einschließen, bis das alles vorbei ist.*

Claire brach der Schweiß aus. Es war lange her, dass sie in eine derart brenzlige Situation geraten war. Was erwartete sie, wenn der Feind zurückkam? Was, wenn er nicht allein war? Oder noch schlimmer: wenn sie sie einfach hier drin eingesperrt lassen würden?

Sie musste sich fokussieren! Mit der Taschenlampe des Handys leuchtete sie den Raum ab. Der billige Trick des Türaufschießens, der in Film und Fernsehen gern zum Einsatz kam, funktionierte in der Realität leider nicht so leicht, das wusste sie seit einer praktischen Übung in ihrem Studium. Dafür hätte sie ein schwereres Geschütz gebraucht als ihre Lady Hawk. Claire überlegte, welches der beste Platz wäre, ihren Gegner zu empfangen. Gleich neben der Tür hätte sie vermutlich die größten Chancen, ihn zu überraschen. Gab es hier Wasser? Ein Waschbecken entdeckte sie nicht, dafür aber in einer Ecke einen Sechserpack Evian. Das würde eine Zeit lang reichen. Sie schnappte sich eine der Flaschen und bezog neben der Tür Position. Um den Akku ihres Telefons zu schonen, schaltete sie das Licht wieder aus.

Während sie im Dunkeln ausharrte, schweiften ihre Gedanken erneut ab. Warum war so plötzlich jemand hier aufgetaucht? War sie womöglich ein weiteres Mal verfolgt worden und hatte es nicht gemerkt? Oder hatte man sie hier auf dem Gelände bemerkt? Claire schlug sich mit der freien Hand gegen die Stirn: Kameras! Wie hatte sie nur so unachtsam sein können! Bestimmt waren welche im Außenbereich sowie im Gebäude installiert. Heutzutage war es ein Leichtes, so eine Halle per Computer, ja sogar über das Smartphone zu überwachen. Dann wussten ihre Gegner auch, dass sie eine Waffe hatte.

Ein kaltes Zittern überfiel sie. Neben der Sache mit der Tür war das ihr zweiter dicker Fehler in kurzer Zeit. Wahrscheinlich hätte sie nach dem Überfall doch nicht gleich wieder losstürmen sollen. Jetzt saß sie hier drin fest wie eine naive Amateurin und hatte keine Ahnung, wie sie diese Situation meistern sollte.

Schluss damit! Innerlich fegte Claire die destruktiven Gedanken fort. Das Dümmste, was man unter solchen Umständen machen konnte, war, sich von Panik überrollen zu lassen. Sie konzentrierte sich auf ihren Atem. Von Philippe hatte sie das Ujjayi Pranayama gelernt. *Man nennt sie auch die siegreiche Atmung. Jedes Ein-*

atmen gibt Kraft und Energie, jedes Ausatmen sorgt für Entspannung. Das waren seine Worte gewesen, die sich ihr eingeprägt hatten.

Während sie tief in die Übung eintauchte und dem feinen Ton lauschte, der dabei in ihr entstand und sie an das Rauschen des Meeres erinnerte, kam Claire mehr und mehr zur Ruhe. Mit einem Mal ploppte eine Erinnerung in ihr auf. Schlagartig wusste sie wieder, wer die Rollenspiele erwähnt hatte.

• • •

Nachdem die Tür hinter Adrian ins Schloss gefallen war, kehrte Noémi in ihr Schlafzimmer zurück und ließ sich aufs Bett fallen. Verstimmungen mit Adrian setzten ihr immer zu. Überhaupt nicht ertragen konnte sie jedoch, wenn er im Streit wegging. Was, wenn ihm irgendetwas zustieß? Sie kramte ihr Handy aus der Hosentasche und rief ihn an. Es klingelte zweimal, dann wurde der Anruf weggedrückt.

Noémi legte das Telefon auf die Bettdecke. Wohl oder übel musste sie sich anderweitig beschäftigen. Adrian würde irgendwann spät in der Nacht zurückkommen, und morgen, beim Frühstück, würden sie sich wieder vertragen. Doch sie schaffte es nicht, sich zu beruhigen. Eine brennende Unruhe bohrte sich tief in sie. Etwas stimmte nicht. Etwas fühlte sich völlig falsch an.

Aufgewühlt griff Noémi nach dem Tagebuch ihrer Mutter und versuchte, sich damit abzulenken. Aber heute wollte es nicht funktionieren. Sofort hatte sie die Kontoauszüge im Kopf, die sie tags zuvor gefunden hatte. Was wollte der Historiker ihrer Mutter damals mitteilen? Erst jetzt fiel ihr die Parallele auf: Auch bei ihr hatte er sich gemeldet, kurz vor seinem Tod. Noémi seufzte, sie würde wohl weder auf das eine noch auf das andere jemals eine

Antwort bekommen. Zu gern hätte sie sich über all das mit Adrian ausgetauscht!

Sie klappte das Buch zu und legte es weg. Es war sinnlos, zu sehr belastete es sie, dass sie das Vertrauen ihres Sohnes missbraucht hatte. Warum hatte sie nur die Unterlage angehoben? Er dachte nun bestimmt, sie würde regelmäßig in seinen privaten Sachen herumschnüffeln.

Gleichzeitig war in jenem Moment ein völlig neuer Gedanke in ihr gekeimt. Ein Gedanke, der bis dahin in ihrer Vorstellungskraft nicht existent gewesen war: Verbarg Adrian etwas vor ihr, etwas, das ihm schaden könnte, das womöglich außerhalb der Legalität lag?

Noémi richtete sich auf. Permanent musste sie daran denken, was Adrian unter der Schreibtischunterlage aufbewahrte. Sie hatte nur einen Blick darauf erhascht und ... Hatte sie sich geirrt?

Aufräumen lenkte sie normalerweise ab. Sie begann, in der kleinen Wohnung umherzulaufen und verschiedene Gegenstände wieder an ihren Platz zu legen. Dabei ging ihr durch den Kopf, dass sie sich hier immer sicher gefühlt und geglaubt hatte, jeden Winkel zu kennen. Natürlich hatte ihr Sohn Geheimnisse, die hatten ja alle, doch auf einmal hatte das vertraute Heim, ihr gemütliches Nest, einen Riss bekommen. Etwas von außen war eingedrungen, das hier nicht hingehörte. Noémi blieb stehen. Es half alles nichts. Sie brauchte Gewissheit.

Ohne weiter zu überlegen, lief sie zu Adrians geschlossener Zimmertür. Als sie die Hand nach der Klinke ausstreckte, fühlte sie sich wie eine Verräterin. Die Tür war abgesperrt. Schlagartig breitete sich Hitze in ihrem ganzen Körper aus. Was hatte das zu bedeuten? Das unbestimmte Gefühl, dass irgendwas nicht stimmte, bekam immer mehr Nahrung.

Schon während der Schwangerschaft hatte sie erkannt, dass

sie auf einmal instinktiver handelte als früher, was sich nach der Geburt noch verstärkt hatte. Noémi hatte stets auf ihre Eingebungen gehört, selbst wenn sie manchmal nicht zu erklären waren. Jedes Mal hatte sie hinterher begriffen, dass sie mit ihrer Intuition richtiggelegen hatte. Dieses Mal schlug ihr Mutterinstinkt Alarm wie nie zuvor.

Wie ferngesteuert lief Noémi in den Flur und holte aus dem Schrank unter dem Garderobenspiegel ein Holzkästchen hervor. Hier bewahrte sie sämtliche Ersatzschlüssel auf. Sicherheitshalber hatte sie auch von den Zimmerschlüsseln Kopien anfertigen lassen.

Vor Adrians Zimmertür zögerte sie einen Moment, dann gab sie sich einen Ruck, steckte den Schlüssel ins Schloss und drehte ihn herum.

Hatte Adrian die Papiere woanders versteckt? Oder gar mitgenommen? Zitternd trat Noémi an den Schreibtisch und hob die Unterlage an. Ihr Hals wurde staubtrocken, als sie auf dem obersten Blatt Étienne van den Braaks Handschrift erkannte. Eine Liste, ergänzt durch Namen, die Adrian dahinter geschrieben hatte. Sie sagten Noémi nichts. Drei Zeilen waren akkurat mit dem Lineal durchgestrichen, wie es typisch für Adrian war. Als sie den untersten gestrichenen Namen entzifferte, wurde ihr übel. Sie ließ sich auf den Schreibtischstuhl sinken. Armand Ducasse.

Verzweifelt bemühte sich Noémi, einen klaren Gedanken zu fassen. Vielleicht deutete sie ja alles falsch, vielleicht versuchte ihr Sohn, den Mord an Ducasse zu lösen? Der letzte Strohhalm, an den sie sich klammerte, obwohl sie spürte, wie spröde er war.

Sie hatte mit Adrian über die Vergangenheit ihrer Familie gesprochen. Sie hatte ihm das Geheimnis anvertraut, das ihre Mutter seit der Kindheit im Unterbewusstsein mit sich herumgeschleppt hatte. Was hatte er mit diesem Wissen angefangen?

Fieberhaft überflog sie die restlichen Dokumente. Danach gab es keine Zweifel mehr. Die Papiere glitten ihr aus der Hand und segelten zu Boden. Eine schwarze, eiskalte Gewissheit brach über Noémi herein.

• • •

Raoul eilte auf den Eingang der Halle zu. Dank eines idealen Kletterbaums direkt neben der Mauer hatte er es problemlos auf die andere Seite geschafft.

Zu seiner Überraschung ließ sich die Metalltür öffnen. Yves Hautecoeur hatte wohl gedacht, es reiche, das Gelände von außen zu sichern. Rasch zog Raoul sein Handy hervor, schaltete die Taschenlampe ein und betrat die Halle. Die Einrichtung nahm er nur am Rand wahr, in erster Linie suchte er nach einer weiteren Tür. Schließlich entdeckte er gleich drei am anderen Ende. So schnell er konnte, sprintete er darauf zu.

»Claire, bist du dadrin?« Er hämmerte an die Tür. Nach ein paar Sekunden vernahm er ihre gedämpfte, überrascht klingende Stimme: »Raoul – bist du das?«

»In Person!« Hastig klopfte Raoul seine Taschen ab. Hatte er es dabei? Normalerweise trug er es immer mit sich, es war eine Routineaktion, dass er es stets umpackte, wenn er die Hose wechselte. Da war es ja! Aufatmend zog Raoul sein Lockpicking-Set heraus. »Noch ein paar Sekunden, dann bist du frei!« Er begann sofort, am Schloss zu hantieren. Das erste Werkzeug passte nicht, doch schon mit dem zweiten hatte er Erfolg. »Et *voilà*!« Rasch stieß er die Tür auf.

Im nächsten Augenblick flog ihm jemand mit blauem, halblangem Haar um den Hals.

»*Bon sang*, bist du es wirklich?« Die Stimme klang zweifelsfrei nach Claire.

Schweigend standen sie einen Moment lang so da, und Raoul spürte, wie all die angestaute Angst von Claire abfiel. Eine immense Erleichterung ergriff ihn. Am liebsten hätte er sie gar nicht mehr losgelassen. Dabei mussten sie sich nun dringend in Sicherheit bringen.

Claire schien etwas Ähnliches durch den Kopf zu gehen. Verlegen löste sie sich von ihm. »*Merci*.«

»*De rien*.« Er strich ihr eine Haarsträhne aus dem Gesicht. »Wieder mal maskiert?«

»Hat nicht viel genützt.«

»Was machst du bloß für Sachen! Dich darf man echt nicht allein lassen.« Wie gern hätte er sie noch einmal an sich gezogen. Er riss sich zusammen. »Los, verschwinden wir.«

Claire fasste ihn am Handgelenk. »Erst musst du dir etwas ansehen. Sie haben weitere Morde geplant, schon für heute Nacht!« Sie schaltete die Taschenlampe an ihrem Handy an, ließ den Strahl die Wände ringsum entlanggleiten und richtete ihn dann auf einen Tisch in der Mitte.

Konzentriert musterte Raoul die auf dem Tisch befestigten Bögen. Es dauerte einen Moment, bis er die Tragweite des Materials begriff. »*Putain de merde!* Sie haben sich zusammengeschlossen und sich organisiert wie –«, er dachte kurz nach, »wie eine Terrorzelle.«

»Ich leuchte für dich, du machst die Beweisbilder.«

Raoul zückte sein Handy und fotografierte in Windeseile die Wandanschläge sowie die Papiere auf dem Tisch ab. Währenddessen las er die Fantasienamen der Täter laut vor sich hin. »Wie kommt man auf so was? Wird das etwa englisch ausgesprochen?

Lionrian –« Er sprach den Namen mit englischer Betonung aus. »Soll vermutlich einen Bezug zu Löwen haben.«

Claire schnippte mit den Fingern. »*Mais, oui!* Das ist es!«

»Das ist was?« Verständnislos sah Raoul sie an.

»Adrian! Adrian steckt mit drin!«

»Wer ist Adrian?«

»Noémi Faurés Sohn.« Auf Raouls immer noch begriffsstutziges Gesicht fügte sie hinzu: »Die *chocolatière*, mit der ich die Leiche gefunden habe. *Mon Dieu!* Ich selbst habe ihr die Unterlagen mitgegeben!« Aufgeregt lief sie in dem kleinen Raum herum. »Jetzt ergibt alles einen Sinn!«

»Nicht für mich, *pardon*. Kannst du vielleicht etwas deutlicher werden?«

»Ich hatte schon die ganze Zeit die schwache Erinnerung, dass vor Kurzem jemand von Rollenspielen gesprochen hat. Vorhin, als ich eingeschlossen war, ist es mir eingefallen. Noémi Fauré hatte erzählt, dass ihr Sohn sich damit beschäftigt. Allerdings sprach sie von Computerspielen, deshalb habe ich es wohl nicht direkt miteinander in Verbindung gebracht.« Claire wies auf die Papiere auf dem Tisch. »Und diesen Namen hier, Lionrian, hat sie genannt, als Adrians Rollenname. Aber sie hat es englisch ausgesprochen, so wie du eben.« Ihre Augen weiteten sich. »Als ich die Unterlagen abgeholt habe, war nur er da, wir haben uns unterhalten. Er …« Ungläubig schüttelte sie den Kopf. »Er hat mich ausgehorcht. Er sei angeblich daran interessiert, Privatdetektiv zu werden, und wollte ein Praktikum bei mir machen. Ich habe ihm meine Karte gegeben.«

»Daher hatten sie deine Nummer und konnten dich ausfindig machen.« Raoul schaute ein weiteres Mal auf die Tischplatte. »Demnach hat er Étienne van den Braak getötet.«

»Wenn das Noémi erfährt.« Claire sah ihn bestürzt an.

Raoul schoss noch zwei Fotos. »Jetzt aber nichts wie raus hier.«

Nacheinander verließen sie den kleinen Raum, der ihnen die furchtbare Wahrheit enthüllt hatte. Gerade als sie auf der Höhe der zweiten Zielscheibe waren, schwang die Eingangstür der Halle auf, und eine Armee vermummter Gestalten stürmte herein.

Kapitel 25

Nach ihrer Rückkehr ins Commissariat suchte Eric alle Unterlagen zusammen, die mit Ducasses Sozialbauprojekt zu tun hatten. Es waren zwei dicke Ordner, dazu einiges an digitalem Material. Gwendoline Bertin hatte ganze Arbeit geleistet. Er gab Ludolphe den Teil mit den Protesten von Naturschutzverbänden und den Grundwasseranalysen, und sein Kollege verzog sich damit in sein Büro. Eric hingegen begann, sich durch die Bewerbungen und Angebote der Baufirmen zu lesen. Wie viele Mitbewerber hatte es gegeben? Wie sahen deren Kalkulationen im Detail aus? Mit welcher Begründung hatte sich Armand Ducasse für Théodore Calment entschieden? Während er las, erhärtete sich immer stärker sein Verdacht, dass es um Ducasses Neutralität nicht zum Besten gestanden hatte. Wie oft hatte er wohl seine Position ausgenutzt und Bekannte bei der Vergabe von Staatsaufträgen bevorzugt – und dafür abkassiert? Wenn Eric Beweise fände, dass Calment ihm unter der Hand ein ordentliches Sümmchen für den Auftrag ...

Die Tür des Büros flog auf. Gwendoline Bertin stand dort, in Schutzoverall und mit einem Helm in der Hand. »Akuter Notfall! Wir müssen sofort los.« Binnen Sekunden informierte sie ihn über die aktuelle Lage.

Eric sprang vom Stuhl, griff nach seiner Jacke und raste zum Umkleideraum, wo die Schutzanzüge und kugelsichere Westen bereithingen. Nur wenige Minuten später stürzte er aus dem Gebäude, genau in dem Moment, als drei Einsatzfahrzeuge aus dem Parkhaus schossen. Das Letzte, ein schwarzer Bus, hielt an, und die Schiebetür öffnete sich. Eric sprintete hinüber und ließ sich auf den freien Platz neben Ludolphe fallen.

• • •

Claire spürte Raouls Griff um ihr Handgelenk. Blitzschnell zog er sie hinter den strohgeflochtenen Unterbau einer der Zielscheiben.

»Sie werden zuerst in dem Raum nachsehen, wo du eingeschlossen warst«, flüsterte er, holte seine Dienstwaffe heraus und entsicherte sie. »Ich habe vorhin die Zentrale benachrichtigt. Die Kollegen sind bestimmt schon unterwegs.«

Auch Claire zerrte ihre Pistole hervor. »Solange es so dunkel hier drinnen –«

Im selben Moment flammten an der Decke Neonröhren auf.

»*Putain!*« Sie hatten es gleichzeitig gewispert und blinzelten sich kurz an. Raoul drückte ihre Hand. »Wir schaffen das!«

Vorsichtig lugte Claire um die Zielscheibe herum. Die schwarz maskierten Gestalten schwärmten durch die Halle. Manche von ihnen hatten Armbrüste dabei, andere trugen an Gürteln befestigte Messer. Noch hatten sie Raoul und Claire nicht entdeckt, doch lange konnten sie in diesem Versteck nicht bleiben. Konzentriert musterte Claire die rückwärtige Außenwand. War sie nicht vorhin an einem Notausgang vorbeigekommen? Richtig! Hinter der letzten Zielscheibe, ungefähr zehn Meter entfernt, leuchtete ihr ein grün-weißes Schild entgegen: *Sortie de secours*. Sie stupste Raoul an und deutete mit der Lady Hawk in Richtung Tür.

Raoul hob den Daumen. Gemeinsam spähten sie wieder nach vorn. Auf der linken Seite näherten sich zwei Gestalten, fünf weitere steuerten die Räume von der anderen Seite an. Im Eingangsbereich hatten sich mehrere Bewaffnete in kurzen Abständen aufgestellt. So professionell, wie sie sich im gesamten Raum positionierten, hatten sie so eine Situation mehr als einmal trainiert.

Claire wartete, bis die drei Vermummten an ihnen vorbei waren, und wechselte einen schnellen Blick mit Raoul. Er nickte ihr zu.

In geduckter Haltung huschten sie zu dem Notausgang hinüber. Raoul drückte den länglichen, silbernen Griff herunter. Erbärmlich quietschte die Tür in den Angeln. Die Köpfe der Maskierten flogen zu ihnen herum.

Im selben Moment stieß Raoul die Tür auf und schob Claire hindurch. Kaum war sie draußen, hörte sie ihn aufschreien, dann ertönte ein Poltern.

Sie riss die Tür, die dabei war, zuzufallen, wieder auf. Raoul lag ausgestreckt vor ihr auf dem Boden. In seinem Rücken steckte ein Spritzenpfeil.

Ein gutes Stück entfernt stand sein Angreifer und lud sein Gewehr mit Zielfernrohr nach. Claire richtete ihre Pistole auf ihn, bückte sich gleichzeitig und fegte mit der freien Hand über Raouls Rücken, sodass der Pfeil in weitem Bogen davonflog.

Etwas zischte an ihrem Ohr vorbei. Von links näherte sich ein zweiter Schütze mit einer Armbrust. Claire zielte in seine Richtung. Unbeeindruckt schoss er einen neuen Pfeil ab. Sie konnte ihm gerade eben ausweichen. Aus den Augenwinkeln nahm sie zwei weitere Maskierte wahr, die von rechts auf sie zukamen. Der Schütze vor ihr hatte sein Gewehr wieder bereit und richtete den Lauf auf Claire. Mit einem Schritt wäre sie durch die angelehnte Tür gewesen. Sie schaute auf den ohnmächtigen Raoul zu ihren Füßen. Auf keinen Fall konnte sie ihn hier liegen lassen. »Ihr habt es nicht anders gewollt!« Mehrere Male feuerte sie ihre Lady Hawk ab.

• • •

Mit Blaulicht und Sirene rasten sie durch die Stadt. Kaum waren sie losgefahren, hatte Eric Raouls entgangenen Anruf auf seinem Handy entdeckt. Wieso war ihm der durchgegangen? Er schlug mit der Hand auf den Sitz. »*Bordel de merde!*« Natürlich! Vor dem Gespräch mit Olivier Soulard hatte er das Gerät lautlos geschaltet. Danach hatte er offensichtlich vergessen, es wieder umzustellen. Und als er mit den Unterlagen beschäftigt war, hatte es in seiner Jacke am Stuhl gelegen, sodass er den Vibrationsalarm nicht mitbekommen hatte. Für einen Moment war Eric versucht, ihn zurückzurufen, doch dann steckte er sein Telefon zurück in die Jackentasche. Wenn sich Raoul in einer Gefahrensituation befand, konnte ein klingelndes Handy tödlich sein.

Mit quietschenden Reifen überquerten sie den Pont Jacques Chaban-Delmas und passierten kurz darauf ein verlassenes Industriegebiet. An einer verwahrlosten Fabrikhalle bremsten sie schließlich ab und bogen in eine Einfahrt.

Eric reckte sich, um aus der Frontscheibe zu schauen. Auf einem heruntergekommenen Schotterplatz parkten vor einer graffitibesprühten Mauer einige Fahrzeuge. Die Wagen des Einsatzkommandos hielten dahinter. Als Eric aus dem Bus sprang, brachen die ersten Polizisten bereits das Tor in der Mauer auf. Eric zog seine Dienstwaffe und entsicherte sie. Gemeinsam mit Gwendoline und Ludolphe folgte er dem Einsatzkommando durch die nun offene Einfahrt. Hinter der Mauer lag eine weitere Halle. In diesem Moment fielen mehrere Schüsse. Eric stoppte kurz.

Gwendoline, die inzwischen einen ordentlichen Vorsprung

hatte, drehte sich zu ihm um. »Hier entlang!« Während die Polizisten vor ihr auf den Halleneingang zusteuerten, bog sie nach rechts ab und sprintete um das Gebäude herum. Eric und Ludolphe rannten hinterher. Allerdings schafften sie es kaum, bei ihrem Tempo mitzuhalten. Noch einmal wandte sie den Kopf. »Es muss einen Hinterausgang geben!«

• • •

Schreiend lag der Gewehrschütze am Boden und hielt sich das blutende Bein. Es war das erste Mal, dass Claire einen Menschen angeschossen hatte. Für eine Millisekunde fühlte sie sich grässlich, doch sofort schaltete sie um. Funktionieren!

Die anderen drei Angreifer kamen immer näher. Bisher hatte Claire den Pfeilen ausweichen können. Ein paar waren an ihrer Lederjacke abgeprallt. Von weiter hinten bewegten sich noch zwei Gestalten in ihre Richtung. Nach drei Seiten hin konnte sie sich unmöglich absichern. Sie hatte die Chance, nach draußen zu fliehen. Aber dann wäre Raoul verloren.

Plötzlich wurde hinter Claire die Tür aufgerissen. Geschockt fuhr sie herum. Wenn sich von dort jemand herangepirscht hatte, war es aus.

Es drängten jedoch keine vermummten Attentäter herein, sondern drei bewaffnete Polizisten. Durch die Helme, die sie trugen, konnte Claire sie nicht erkennen, doch sie glaubte, dass einer von ihnen Eric war. Sie registrierten Raoul auf dem Boden und erfassten nur einen Wimpernschlag später die komplette Situation. Jeder von ihnen sicherte den verletzten Kollegen zu einer anderen Seite hin. Auch vom Haupteingang stürmten jetzt Polizisten nach drinnen. Schlagartig brach in der gesamten Halle Tumult aus. Die Maskierten schossen Pfeile auf sie ab, manche griffen sogar mit den Messern an. Schüsse fielen. Schreie füllten den Raum. »Ergebt euch! Nieder mit den Waffen!«, tönte es aus einem Megafon.

Die Vermummten brüllten zurück: »Niemals – Kampf der Gerechtigkeit! Nieder mit der falschen Staatsmacht!«

Einige von ihnen verfielen in Panik und rannten ziellos umher. Von ihrer organisierten Aufstellung war nichts mehr übrig. Binnen kürzester Zeit lagen mehrere der Attentäter am Boden. Eine hohe, junge Frauenstimme erscholl: »Nicht schießen! Ich ergebe mich!«

Claire schaute zu Raoul hinunter, der immer noch bewusstlos war. Länger durfte sie auf keinen Fall warten! Mitten im Durcheinander schlüpfte sie durch den Notausgang nach draußen. Auch wenn die Polizisten bestimmt schon den Rettungsdienst alarmiert hatten – sie wussten nichts von dem Spritzenpfeil. Ihre Hände zitterten, als sie den Notruf wählte. Sie zwang sich dazu, ihre Angaben mit klarer und deutlicher Stimme zu machen. »Kommen Sie so schnell wie möglich. Eines der Opfer wurde vergiftet, vermutlich mit TTX oder BTX.«

Sobald sie aufgelegt hatte, zögerte sie keine Sekunde, wieder nach drinnen zu stürzen. Gefahr hin oder her – sie würde Raoul nicht im Stich lassen.

• • •

Der letzte Krankenwagen rollte vom Schotterplatz. Eric wandte sich um und blickte zu seinen Kollegen. Auch die Polizeiautos waren bereit zur Abfahrt. Sie hatten noch einmal Verstärkung anfordern müssen, um alle Verhafteten fortzubringen.

Zum ersten Mal, seit Gwendoline Bertin in sein Büro gestürmt war, konnte er durchatmen. Seither waren fast drei Stunden vergangen, die ihm wie wenige Minuten vorgekommen waren. Das

Adrenalin würde noch eine Weile durch seinen Körper kreisen, und irgendwann würde ihn eine ungeheure Mattheit überfallen. Schon jetzt kam ihm das eben Erlebte vor wie ein böser Traum.

Sein Blick fiel auf eine Gestalt nahe der Mauer. Mit einer Rettungsdecke um die Schultern stand dort Claire Molinet. Scheinbar hatte sie es abgelehnt, zur Überwachung mit ins Krankenhaus zu fahren. Er ging zu ihr hinüber. »*Pardon*, Madame Molinet, sollen wir Sie mit in die Stadt nehmen?«

Sie sah ihn an, als wäre sie ganz weit weg. Es dauerte einige Sekunden, bis sie reagierte. »*Merci*, das ist nett von Ihnen. Ich bin mit einem Leihfahrrad gekommen, das ich noch abgeben müsste.« Sie schaute an ihm vorbei auf einen unbestimmten Punkt in der Ferne.

»Wir bringen Sie nach Hause. Und um das Fahrrad machen Sie sich mal keine Gedanken, darum kümmern wir uns.« Gerade als Eric sie fragen wollte, ob er ihr sonst irgendwie helfen könne, richtete sie ihre Augen auf ihn.

»Der Mann, den ich angeschossen habe, wie heißt er?«

»Yves Hautecoeur. Ist wohl einer der Drahtzieher.«

»Wie ist es um ihn bestellt?«

»Es war nur ein Streifschuss. Er wird es überleben.«

Erleichterung machte sich auf Claires Gesicht breit. »Ich wollte ihn nicht …« Sie rang sichtbar damit, die Fassung nicht zu verlieren.

»Sie haben vollkommen richtig gehandelt. Es war Notwehr. Sie haben auf die Beine gezielt. Das hätten wir kaum besser hinbekommen.«

Für einen Moment erhellte ein schwaches Lächeln ihr Gesicht. Sogleich wurde sie wieder ernst. »Was ist mit Adrian Fauré? Wurde er … hat er überlebt?«

»Er wurde nicht verletzt.«

Claire atmete auf.

»Wir haben ihn verhaftet. Auf ihn kommt einiges zu. Er scheint neben Yves Hautecoeur einer der Anführer dieser Truppe zu sein.«

»Ich kenne seine Mutter.« Schmerzlich verzog sie den Mund, dann schüttelte sie den Kopf, als wolle sie einen quälenden Gedanken loswerden.

Eric nickte verstehend. Er sah Claire an, dass ihr noch etwas anderes auf der Seele brannte. Doch sie schien nicht zu wagen, es auszusprechen. Sacht legte er seine Hand auf ihre Schulter. »Was Raoul angeht: Ich bin sicher, dass er es schafft.« Er spürte förmlich, wie die Angst von ihr abfiel.

»Meinen Sie wirklich?«

»Es hat ihm das Leben gerettet, meinte der Notarzt, dass Sie den Pfeil sofort entfernt haben. Er hat gesagt, Sie hätten extrem klug und umsichtig gehandelt.« Anerkennend hob Eric die Brauen. »Dem kann ich mich nur anschließen, das ist in einer solchen Ausnahmesituation keine Selbstverständlichkeit. So mancher hätte nur noch versucht, seine eigene Haut zu retten. Das werden wir Ihnen nie vergessen.«

»Ich konnte doch nicht zulassen, dass sie ihn ...« Fast lautlos fügte sie hinzu: »Ihm darf nichts passieren!«

Man musste schon vollkommen gefühlsblind sein, um nicht zu sehen, wie viel Raoul ihr bedeutete. Eric lächelte sie an. »Wenn das einer packt, dann Raoul. Ihn haut so schnell nichts um.«

Claire erwiderte sein Lächeln. Im nächsten Augenblick schlug sie erschrocken die Hand vor den Mund. »Bitte entschuldigen Sie, ich muss kurz telefonieren.«

Mit angespanntem Gesicht drückte sie auf ihrem Telefon herum. Eric hörte, wie sie sagte: »*Bonsoir*, Monsieur Fichet, *pardon*, dass ich Sie so spät störe. Ich wollte nur fragen, ob es Ihnen gut geht.« Sie machte eine Pause und nickte Eric zu, der ihr mit einer Handbewegung signalisierte, dass er am Wagen auf sie warten würde. Im Weggehen hörte er sie weiterreden: »Ah, das beruhigt mich. Das *Hôtel de Normandie* ist ja eine gute …«

Kapitel 26

Donnerstag, 12. April 2018

Das strahlende Frühlingswetter, mit dem der Tag Eric begrüßte, passte so gar nicht zu seiner Stimmung. Viel Schlaf hatte er letzte Nacht nicht bekommen, da er noch lange im Commissariat gewesen und das beschlagnahmte Material der Terrortruppe, wie er sie nannte, durchgegangen war. Auch heute waren wieder Kollegen der Spurensicherung auf dem Industriegelände.

Es würde ein intensiver Tag werden, an dem seine volle Konzentration gefordert war. Rund um die Uhr würden sie mit den Vernehmungen der jungen Leute beschäftigt sein. Achtzehn Festnahmen hatte es gestern gegeben, dazu kamen vier Verletzte, die sich in der Universitätsklinik befanden. Eine junge Frau schwebte in Lebensgefahr.

Eric hatte zu Hause bereits zwei Espressi getrunken und holte sich nun bei *Le Fournil de Nina* seinen obligatorischen Cappuccino. Er dachte an Raoul, der ebenfalls im Krankenhaus lag. Wenigstens hatte Eric herausfinden können, dass sein Kollege wieder bei Bewusstsein war. Bei dem Angriff war er gestürzt und mit dem Kopf aufgeschlagen. Das Gift der Spritze hatte sich, Claire Molinet sei Dank, nicht zu weit im Körper ausgebreitet. Raoul war knapp an einer künstlichen Beatmung vorbeigekommen. Er war sehr geschwächt, hatte eine Gehirnerschütterung und musste noch ein paar Tage zur Überwachung dortbleiben.

Gwendoline Bertin würde Raoul bei den Befragungen ersetzen. Eric hatte mit ihr vereinbart, dass sie sich vorab zusammensetzen und ihr Vorgehen abstimmen würden.

Er traf sie in ihrem Büro an. Auch ihr war die kurze Nacht anzumerken. Dunkle Schatten lagen unter ihren Augen, die bereits wieder die vor ihr auf dem Schreibtisch ausgebreiteten Unterlagen sichteten.

Eric setzte sich ihr gegenüber auf einen Stuhl. Nachdem er einen Schluck Cappuccino getrunken hatte, räusperte er sich. »Respekt, Ihre Kondition ist ja beeindruckend. Wie viel trainieren Sie denn so?«

»Drei Stunden.«

»In der Woche?«

Sie hob den Blick. »Am Tag natürlich. In erster Linie Laufen und Radfahren. Ab und zu ein bisschen Schwimmen, dazu an drei Tagen Krafttraining.«

»Wow.« Inständig hoffte Eric, sie würde ihm keine Gegenfrage zu seinen Trainingsgewohnheiten stellen. Weder wollte er lügen noch die peinliche Wahrheit gestehen, dass seine Laufschuhe im Regal verstaubten. Die Hanteln hatte er unter sein Bett gerollt, damit sie ihm nicht ständig ein schlechtes Gewissen bereiteten, wenn sein Blick auf sie fiel.

Doch Gwendoline, die bisher wenig von sich preisgegeben hatte, lehnte sich auf ihrem Stuhl zurück und erzählte: »Ich habe früher Triathlon gemacht. Da waren es sogar vier bis fünf Stunden pro Tag. Eigentlich hatte ich geplant, Profisportlerin zu werden. Aber –« Sie brach ab. Für einen Moment wirkte sie ungewohnt verletzlich. Sie schüttelte kurz den Kopf, dann hatte sie ihren neutralen Ausdruck zurückgewonnen. »Es hat nicht sollen sein. Stattdessen ist es die Polizei geworden.«

Eric merkte ihr an, dass mehr dahintersteckte, sie jedoch im Moment keine weiteren Details über ihre Vergangenheit auspacken wollte. »*Alors*, lassen Sie uns mal die Tagesplanung angehen. Langweilig wird uns jedenfalls nicht werden.«

Gemeinsam besprachen sie die zu klärenden Punkte und ihre Vorgehensweise bei den unterschiedlichen Vernehmungen. Sie kamen erstaunlich schnell voran. Schließlich sah Eric auf die Uhr. Es war Viertel vor zehn. »In einer Viertelstunde geht es los.«

»Ich bin bereit.«

Eric hatte noch Raouls Worte nach seiner ersten Befragung mit Gwendoline im Ohr. »Capitaine Bertin, ich …«

»Keine Sorge, ich werde mitschreiben. Darum wollten Sie mich doch bitten, *n'est-ce pas?*« Zu Erics Überraschung zwinkerte sie ihm zu.

• • •

Claire hatte in der Nacht keine Sekunde geschlafen. Noch vom Polizeiwagen aus hatte sie Eponine angerufen, die gerade aus der Bretagne zurück war. Sie hatten bis drei Uhr in der Früh zusammengesessen. Eponine war geschockt gewesen über das, was Claire erlebt hatte. Irgendwann waren ihr jedoch die Augen zugefallen, und sie war auf dem Sofa eingeschlafen. Claire hatte die Freundin zugedeckt, war in ihr Zimmer gegangen und hatte wach gelegen, bis die Sonne aufging.

Da sie wusste, dass das Krankenhaus ihr telefonisch keine Auskunft zu Raouls Zustand erteilen würde, beschloss sie nach dem Morgenkaffee, einfach hinzufahren. Sie wollte so lange warten, bis man sie zu ihm lassen würde oder sie zumindest erfahren hatte, wie es ihm ging.

Eine gute Stunde später lief sie durch die nüchternen Gänge des Universitätsklinikums. Man hatte ihr nur spärliche Informationen gegeben, womit Claire gerechnet hatte. Schließlich war sie weder verwandt mit Raoul, noch waren sie liiert. Da er seit dem Morgen bei Bewusstsein war, durfte er Besuch empfangen.

An der Tür seines Zimmers blieb Claire stehen und horchte kurz in sich hinein. Gestern Abend waren sie sich näher gewesen als je zuvor. Wie sollte es weitergehen? Wollte sie, dass es weiterging? Absurderweise hatte sie auf einmal einen von Philippes Leitsätzen im Kopf. *Panta rhei* – alles fließt. Im Original stammte der Spruch von dem griechischen Philosophen Heraklit. Vielleicht sollte sie sich daran halten, was Raoul betraf. Überhaupt ging es nun erst einmal darum, dass er gesund wurde. Entschieden klopfte sie und öffnete die Tür.

»Claire …«

Sie erschrak. So blass und schwach, wie er ihr entgegensah, hatte er kaum etwas gemein mit dem vor Energie und Stärke strotzenden Ermittler, den sie kannte. »Oh, *mon Dieu*! Raoul –« Sie trat an sein Bett.

»So göttlich fühle ich mich gerade nicht.« Er verzog die Mundwinkel zu einem missglückten Lächeln.

Gegen ihren Willen musste Claire schmunzeln. »Na, solange du deinen Humor nicht verloren hast.«

»Wie sagt man doch: Unkraut vergeht nicht.«

»Mein Gärtner hat mir beigebracht, dass es kein Unkraut gibt. Die so genannten Wild- oder auch Beikräuter, die wir zumeist mit Missachtung strafen oder ausrotten, sind größtenteils extrem nährstoffreich und viel nützlicher, als wir ahnen. Insofern: Was für ein Glück, dass du ein zähes Wildkraut bist.« Sie zog sich einen Stuhl heran und setzte sich neben sein Bett.

»Ich bin so froh, dich zu sehen!« Dieses Mal wirkte sein Lächeln fast wieder normal.

»Und ich erst!«

»*Merci*.« Seine Hand, die auf der blütenweißen Bettdecke ruhte, tastete nach ihrer.

Mit leiser Stimme fuhr er fort: »Du hast mir das Leben gerettet. Ohne dich wäre ich jetzt nicht mehr hier.«

Claire streichelte seine Finger. Sie fühlten sich kalt an. »Ohne deine Kollegen wären wir vermutlich beide nicht mehr hier.«

Schweigend blickten sie sich an, zwischen ihnen so viele ungesagte Worte.

Irgendwann räusperte sich Raoul. »Kannst du mir bitte etwas Wasser geben?«

»*Bien sûr*.« Claire erhob sich, lief ins angrenzende Badezimmer und kam mit einem gefüllten Glas zurück.

Raoul richtete sich auf und trank. »Ah, das tut gut.«

»Wie lange musst du noch hierbleiben?«

»Ich weiß nicht. Der Arzt hat gemeint, dass die Wirkung des Gifts innerhalb von vierundzwanzig Stunden nachlässt. Sobald sich mein Zustand stabilisiert hat, bin ich hier raus.«

Innerlich atmete Claire auf. Das klang schon wieder nach dem Raoul, den sie kannte. »Welches Gift ist es eigentlich gewesen?«

»BTX.«

»Genau wie bei van den Braak.«

»Und das Absurde ist: Als Gegenmittel hat man TTX eingesetzt.«

»Ernsthaft?«

»Absolut. Gift gegen Gift. Zum Glück hast du so schnell reagiert. Hätte ich die volle Dosis abbekommen –« Bedeutungsvoll zog er die Brauen hoch. »Ich hoffe, meine Kollegen kriegen denjenigen bald zu fassen, der das Zeug aus dem Labor entwendet hat.«

»Das Labor wird vermutlich ziemliche Probleme bekommen.«

»Absolut! So etwas darf auf gar keinen Fall passieren.«

»Diese Gruppe war verdammt gut vorbereitet.« Claire dachte an die akkurate Auflistung der geplanten Taten. »Ich bin gespannt, was bei den Vernehmungen rauskommt. Ob wir mit unserer Vermutung richtiggelegen haben und tatsächlich eine Racheaktion von Angehörigen des Baumol-Skandals dahintersteckt.«

»So etwas rechtfertigt natürlich niemals Mord, und dennoch ...« Raoul atmete hörbar aus.

»Das klingt fast so, als wärest du selber betroffen.«

Raoul zögerte. »Das bin ich tatsächlich.«

Überrascht sah Claire ihn an. »Oh ... aber das ... warum hast du nicht ... Möchtest du darüber reden?«

»Nicht jetzt.« Raoul lächelte ihr zu. »Ein andermal. Vielleicht bei einem Abendessen, demnächst?«

»Abgemacht.«

Eine Pause entstand, in der sie sich verlegen anschauten. »Ich muss –«, begannen sie gleichzeitig.

Claire machte eine auffordernde Handbewegung. »Du zuerst.«

»Ich wollte sagen, dass ich nachher unbedingt mit Eric sprechen muss. Ich will wissen, wie die Vernehmungen laufen. Besonders die von Yves und Adrian.«

»Und ich wollte sagen, dass ich mich unbedingt bei Noémi melden muss.« Claire dachte mit Grauen daran, wie es der *chocolatière* wohl gehen mochte. Der einzige Sohn – ein Mörder. Und ausgerechnet van den Braak. Dann fiel ihr etwas anderes ein. »Übrigens war es Yves, der mich überfallen hat. Er hatte eine Wunde an der linken Wange. Sie stammte von dem Schlüssel, den ich ihm ins Gesicht gerammt habe.«

Es klopfte an der Zimmertür.

»Herein.« Raoul stopfte sich das Kissen im Nacken zurecht.

Vorsichtig öffnete sich die Tür, und ein Mann lugte durch den Spalt. Sein grauer Vollbart war genauso wie sein Haupthaar kurz getrimmt. Im ersten Moment hielt Claire ihn für einen Arzt, doch er trug keinen weißen Kittel, sondern einen hellgrauen Anzug.

»*Bonjour*, Commandant Chénier – oh, Sie haben Besuch.« Er verharrte auf der Schwelle. »Ich möchte nicht stören.«

»Bitte bleiben Sie, Commissaire Aguerre.« Raoul richtete sich ein wenig auf. »Das ist Claire. Claire Molinet, brillante Privatdetektivin – und meine Lebensretterin.«

»Sie sind die Frau, die den Spritzenpfeil entfernt hat! Ich habe schon von Ihnen gehört. Ich bin Ihnen zu großem Dank verpflichtet. Ohne Sie hätte ich meinen besten Mann verloren.«

Raoul stellte ihr den Besucher als seinen Chef Nathanel Aguerre vor.

»Commandant Chénier, ich bin so froh, dass Sie noch mal davongekommen sind. Als Allererstes möchte ich mich bei Ihnen entschuldigen. Sie waren auf der goldrichtigen Spur, und ich … *bon* …«

Claire erhob sich. »Ich gehe dann mal.« Sie legte ihre Hand kurz auf Raouls. »Wenn du magst, schaue ich morgen wieder vorbei.«

Das Aufleuchten in seinen Augen reichte ihr. Wie viel lebendiger er wirkte als noch vor einer halben Stunde. Als sie das Krankenzimmer verließ, vernahm sie Commissaire Aguerres Stimme: »Ganz bezaubernd, Ihre Freundin.«

Rasch schloss sie die Tür hinter sich. Sie wollte Raouls Antwort nicht hören.

• • •

Wenig später saß Eric neben Gwendoline in einem der kahlen Vernehmungsräume. Seine Kollegin hatte ihren Stift gezückt und den aufgeklappten Schreibblock vor sich auf dem Tisch. Daneben stand das Aufnahmegerät. Auf der anderen Seite hatte ein schmaler junger Mann mit blassem Teint und schwarzem Haarvorhang Platz genommen. Adrian Fauré, einziges Kind der alleinerziehenden *chocolatière* Noémi Fauré. Der Vater, ein Korse, kam im Leben der beiden nicht vor. Eric hatte sich Adrians Akte gleich nach Dienstantritt heute Morgen vorgenommen. Überrascht hatte er gelesen, dass Adrian bei einem Test in der Schule eine Hochbegabung bescheinigt worden war.

Zur Eröffnung der Vernehmung hielt Gwendoline Bertin ein Foto so in die Luft, dass Adrian es sehen konnte. Es war eine Aufnahme der Unterlagen, die sich auf dem Tisch in jenem Raum befunden hatten, in dem Claire Molinet eingesperrt gewesen war. »Was können Sie uns hierzu sagen?«

Adrian sah kurz auf, dann senkte sich sein Blick wieder auf die Tischplatte. »Nichts.«

»Das heißt, Sie wollen uns nichts sagen. Sie könnten schon.«

»Das heißt, ich weiß nicht, was das ist.«

Eric beugte sich vor und versuchte, sein Gegenüber zwischen dessen schwarzen Haarsträhnen hindurch zu fixieren. »Ich weiß, dass Sie einen IQ von 134 haben, aber halten Sie uns bitte nicht für minderbemittelt. Wir haben Ihre Pläne in der alten Fabrikhalle gefunden. Erklären Sie uns: Was sollte die ganze Aktion?«

»Sinnlos.« Abschätzig verzog Adrian den Mund. »Sie würden es nicht verstehen.«

»Was macht Sie da so sicher? Ich denke, es käme auf einen Versuch an.«

Adrian strich sich die Haare zurück und sah Eric zum ersten Mal richtig an. »Und ich denke, jemand, der nicht betroffen ist, wird es nie wirklich begreifen können.« Er ließ den Vorhang wieder vor sein Gesicht fallen und hüllte sich in Schweigen.

»Monsieur Fauré, sind Sie sich der Tragweite Ihrer Taten bewusst? Da Sie über achtzehn sind, gibt es für Sie keine Haftungsmilderung mehr. Sie sind angeklagt, einen Menschen vorsätzlich getötet zu haben. Ferner kommen Freiheitsberaubung, Bedrohung, Waffenbesitz, maßgebliche Beteiligung an der Ermordung dreier Menschen und die geplante Ermordung von weiteren vierzehn dazu. Ein ziemlich langes Strafregister für jemanden, der noch nicht mal zwanzig ist.« Eric machte eine Pause, um seinen Worten die gewünschte Wirkung zu verleihen. »Sie stehen kurz vor dem Abitur. Man braucht kein Genie zu sein, um zu begreifen, dass Ihre Zukunft schon jetzt vorbei ist. Sie wird sich hinter Gittern abspielen.«

»Dann macht es ja sowieso keinen Unterschied, ob ich Ihnen etwas erzähle oder nicht.«

»Irrtum.« Gwendoline schlug einen freundlichen Ton an. »Wenn Sie mit uns kooperieren, wird sich das strafmildernd für Sie auswirken.«

»Ich soll meine Freunde ans Messer liefern?« Er ließ die Frage einen Moment lang in der Luft schweben, dann schüttelte er den Kopf. »Sorry, kein Interesse.«

»Wenn Sie es nicht tun, tut es einer der anderen«, übernahm Eric wieder das Wort.

Adrian verzog das Gesicht. »Das glaube ich kaum.«

»Sind Sie sicher?« Eric wechselte einen Blick mit Gwendoline. Es war eines der Themen, die sie vorher abgestimmt hatten.

Sie nickte ihm zu und fuhr fort: »Nur zu Ihrer Information. Yves Hautecoeur wird gerade ebenfalls vernommen. Drei Türen weiter. Er erhält dasselbe Angebot wie Sie. Die Frage ist, wer schneller zugreift.«

»Sie bluffen.«

»Wollen Sie es darauf ankommen lassen?«

»Sie wollen uns also gegeneinander ausspielen.«

Eric musterte sein Gegenüber. »Wir wollen verstehen, warum Sie die Ermordung von siebzehn Menschen geplant haben.«

»Sie haben ja keine Ahnung!«

»Dann klären Sie uns auf.«

Adrian schwieg beharrlich.

Es war, als hörte Eric Claire Molinets Worte in sich: »Ich kenne seine Mutter.« Jeder Mörder hatte eine Mutter. Die meisten, wenn sie noch lebten, litten entsetzlich darunter, dass ihr Kind einen Menschen umgebracht hatte. In diesem Fall war die Mutter alleinerziehend, teilte noch die Wohnung mit ihrem Sohn. Eric räusperte sich. »Haben Sie bei der ganzen Geschichte eigentlich auch mal an Ihre Mutter gedacht?«

»Natürlich habe ich das! Ich weiß, wie sehr dieser grauenhafte Baumol-Skandal meine Mutter beschäftigt. Wie es sie quält, dass diese Katastrophe unsere Familie getroffen hat. Hätte sie sonst diesen Historiker aufgesucht?«

»Dieser Historiker hat einen Namen. Étienne van den Braak. Der Mann, den Sie getötet haben.«

Adrian zeigte keine Reaktion.

»Warum haben Sie den Mann getötet? Er stand doch gar nicht auf Ihrer Liste.«

Als Adrian weiter schwieg, schaltete sich Gwendoline ein: »Erklären Sie es uns, wie Sie es Ihrer Mutter erklären werden. Sie wird verstehen wollen, warum ihr Sohn einen Mann umgebracht hat, der ihr geholfen hat.«

In einer hilflosen Geste hob Adrian die Hände und ließ sie wieder fallen. »Ich wollte ihn nicht töten.«

Sofort hakte Eric nach: »Sie geben also zu, dass Sie ihn getötet haben?«

Adrian starrte vor sich auf die Tischplatte.

»Monsieur Fauré«, Gwendoline beugte sich vor. »Erzählen Sie uns, was passiert ist.«

Schweigen breitete sich im Raum aus. Eric und Gwendoline sahen sich an. Es war an der Zeit, eine weitere Taktik anzuwenden: Sie würden das Schweigen aushalten und nichts mehr sagen, bis Adrian irgendeine Art von Reaktion zeigte.

Zunächst saß er einfach mit gesenktem Haupt da. Nach einer Weile hob er den Blick, und Eric glaubte, eine leichte Unsicherheit darin zu erkennen. Die Sekunden verstrichen unendlich langsam. Adrian begann, auf seinem Stuhl herumzurutschen.

Mit einem Mal brach es aus ihm heraus: »Warum konnte er sich nicht mit der Vergangenheit zufriedengeben? Er war doch Historiker! Warum musste er die Gegenwart untersuchen?«

Die einzelnen Bruchstücke setzten sich in Erics Kopf zusammen. »Er war Ihnen auf die Schliche gekommen.«

Adrian kämpfte mit sich. Schließlich sagte er: »Er war Ducasse auf die Schliche gekommen.«

»Und?«, bohrte Eric nach.

»Und er war dort, in Arcachon, an dem Abend, als Ducasse gestorben ist.«

»Was hat er dort gemacht?«

»Ich habe den Verdacht, dass er Ducasse mit seinem Wissen konfrontieren wollte. Vielleicht wollte er ihm drohen, an die Presse zu gehen mit dem, was er über das Bauprojekt herausgefunden hatte, was weiß ich.«

»Das erklärt immer noch nicht, warum Sie ihn getötet haben. Wenn er Ducasse auf dem Kieker hatte, konnte Ihnen das doch eigentlich nur recht sein. Schließlich standen Sie auf derselben Seite. Oder hat er etwas gesehen, was er nicht hätte sehen sollen?«

Adrian atmete hörbar aus. »Er hat mich gesehen.«

»Sie waren auch dort?« Verwundert lehnte sich Eric zurück. »Ich dachte, es war ein Junggesellinnenabschied.«

»Wir agierten im Hintergrund. Aber van den Braak kannte mich, durch meine Mutter. Wir waren uns einmal begegnet. Er hat mitbekommen, dass Ducasse das *chouquette* gegessen hat. Wir waren sicher, wenn er zwei und zwei zusammenzählt ...«

»Und da haben Sie ihn sicherheitshalber umgebracht.« Erics Stimme bekam einen eisigen Klang. »Aber selbst wenn Sie Étienne van den Braak nicht getötet hätten, wären Sie laut Ihres Plans an der Ermordung von siebzehn Menschen – direkt oder indirekt – beteiligt gewesen. Ihre Mutter hätte einen Mörder zum Sohn gehabt. Glauben Sie wirklich, dass sie das als Zukunft für ihren einzigen Sohn gesehen hat?«

»Auf eine rhetorische Frage braucht es keine Antwort, *n'est-ce pas?*«

Gwendoline bedeutete Eric, dass sie weitermachen wollte. »Gehen wir mal an den Anfang zurück. Wer hatte die Idee zu Ihrem Vorhaben?«

Adrian rang mit sich, und Eric war davon überzeugt, dass er sich nun wieder in Schweigen hüllen würde. Zu seiner Überraschung sagte er leise: »Das war ich. Nach dem Tod meiner Oma hat meine Mutter herausgefunden, dass unsere Familie von dem Baumol-Skandal betroffen war. Ich habe angefangen, mich damit zu befassen, und konnte nicht mehr aufhören. Schnell fand ich im Internet Gleichgesinnte, und wir ... wir wollten diese schrecklichen Ungerechtigkeiten nicht länger hinnehmen.«

Gwendoline fuhr fort, erneut im selben freundlichen Ton wie zuvor. »Dann komme ich jetzt noch einmal zu unserer Kooperation: Wir brauchen die Namen der Beteiligten in der Bretagne. Verspielen Sie nicht Ihre Chance. Wenn Yves Hautecoeur auspackt, war's das.«

»Yves wird sich niemals auf eine Kooperation einlassen.«

Eric räusperte sich. »Ich muss mich leider wiederholen: Sind Sie sicher?«

Gwendoline fügte hinzu: »Seine Zukunft steht ebenfalls auf dem Spiel. Er ist angehender Kostümdesigner, *n'est-ce pas*? Wird er nicht alles daransetzen, zu retten, was zu retten ist?«

»Okay, Sie haben gewonnen.« Adrian legte beide Handflächen auf den Tisch. »Ich erzähle Ihnen alles über die Dépendence in der Bretagne. Schreiben Sie mit.« Er zählte insgesamt achtundzwanzig Namen auf, frei aus dem Kopf, ohne auch nur ein einziges Mal nachdenken zu müssen.

Als er geendet hatte, sah Eric ihn verblüfft an. Noch ehe er dazu kam, diese Gedächtnisleistung zu kommentieren, schob Adrian hinterher: »Überprüfen Sie die Namen, es stimmt alles. Ich habe alles hier drin gespeichert.« Er klopfte sich mit dem gekrümmten Zeigefinger an die Schläfe. »Ach ja, falls Sie sich beim Überprüfen die Mühe machen, werden Sie feststellen: Alle, die bei uns dabei waren, haben einen familiären Bezug zu dem Skandal. Jeder stammt aus einer Familie, die auf die eine oder andere Art unter der bodenlosen Fahrlässigkeit eines Apothekers und dem Versagen des Staatsapparats gelitten hat und immer noch darunter leidet. Es mag siebzig Jahre her sein, aber die Wunden sind nie verheilt. Berücksichtigen Sie das bei Ihrem Urteil.«

»Aber Ihre Opfer trugen an dem damaligen Skandal keine Schuld«, wandte Eric ein.

»Wer kann unschuldiger sein als Babys!« Adrian rang verzweifelt die Hände. »Arsen im Babypuder – haben Sie die Berichte der Mütter gelesen? Können Sie sich ausmalen, wie diese kleinen Wesen gelitten haben?« Ein trotziger Zug erschien um seinen Mund. »Familien wie die von Ducasse konnten all die Jahre über ein entspanntes Leben führen, oftmals gar in finanziellem Reichtum. Sie sollten endlich zu spüren bekommen, was wir über Jahrzehnte hinweg gefühlt haben.«

»Sie können nicht einfach herumrennen und Selbstjustiz üben.«

»Was hätten wir denn sonst tun sollen? Auf die Rechtsprechung kann man schließlich nicht zählen. Die hat uns schlichtweg im Stich gelassen!« Empört schlug er mit der Hand auf den Tisch. »Der Baumol-Skandal ist ja wohl Beweis genug dafür, dass das System ÜBERHAUPT NICHT FUNKTIONIERT!« Er machte eine kurze Pause, ehe er fortfuhr: »Erst werden die Eltern mit ihren vor Schmerzen schreienden Babys nicht ernst genommen, sodass sie mitansehen müssen, wie sie elendig krepieren. Dann speist man sie mit einem Schmerzensgeld ab, das ein absoluter Hohn ist! Und zu guter Letzt kann der Hauptverantwortliche für diese unfassbare Misere, der, der VERSEHENTLICH Arsen statt Talkum verwendet hat, dieser personifizierte Teufel Cazenave kann sein Leben weiterleben, nachdem er eine lächerlich niedrige Geldsumme gezahlt hat. Und das soll man einfach so akzeptieren?« Adrian hatte sich so in Rage geredet, dass seine Halsadern angeschwollen waren. Seine Augen blitzten vor Wut. »Sprechen Sie mit den Betroffenen, hören Sie sich Ihre Geschichten an, ehe Sie urteilen! Sprechen Sie mit Chantal aus Lorient, die nach Gebrauch des Puders in einem so erbärmlichen Zustand war, dass man den Tisch durch ihren Babykörper hindurch sehen konnte, weil die Löcher in ihrem Fleisch so tief waren. Sie behielt große Narben zurück, die sie ihr Leben lang beeinträchtigten. Sprechen Sie mit Guy aus Ploërmel, dessen kleiner Bruder durch den Baumol-Puder starb und dessen Mutter jeden Tag den Friedhof besuchte, der nur wenige Meter von ihrem Haus entfernt war. Guys Vater hat sich immer geweigert, dieses Baby zu ›ersetzen‹, heißt: Er hat sie nie mehr angefasst. Sprechen Sie mit Marie-Claude aus Rennes, die von dem Baumol-Pulver eine Blutvergiftung bekam. Ihr rechter und linker Zeigefinger waren von Fäulnis befallen und fielen bis zum zweiten Fingerglied ab. Sprechen Sie mit Alain, dessen Eltern wie viele Bretonen damals in Paris arbeiteten, weswegen sich die Großeltern um die Kinder kümmerten. Seine Schwester starb mit nicht einmal zwei Monaten. Zeit ihres Lebens fühlte sich die Großmutter wegen dieser Tragödie schuldig. Sämtliche Dorfbewohner und sogar die Mutter sagten: Sie hat vergifteten Babypuder benutzt. Alain selbst trägt immer noch diese Wunde in sich: seine Schwester nicht gekannt und nicht beschützt zu haben. Sprechen Sie mit Denise aus Morbihan, die zwar überlebt, aber eine Wachstumsstörung hatte, keine Haare, fehlende Zähne und lange Zeit Hilfe von zwei Personen für den Toilettengang benötigte. Die Geschwister versteckten sich vor ihr, weil sie so schrie. Bis heute leidet sie unter Schmerzen. Sprechen Sie mit Jean-Yves aus Lorient, der seinen Bruder Ernest verloren hat. Seine Mutter vertraute sich dem Hausarzt an, der sie beschimpfte, weil sie seiner Meinung nach nicht genug Puder auftrug, also erhöhte sie auf Anraten des Arztes die Pudermenge. Die Frau machte sich ihr ganzes Leben über Vorwürfe, ihr Kind getötet zu haben. Und wie reagierten die Verantwortlichen? Die Eltern bekamen Besuch von zwei von der Versicherung beauftragten Personen, die ihnen dreißigtausend *anciens francs* gaben, was nicht mal einem Monatslohn entsprach. Sie sagten, es handle sich um einen Vorschuss vor dem Prozess. Später begriffen sie, dass sie eine Abfindung und die Einstellung des Verfahrens unterschrieben hatten. Es fanden sogar zwei Autopsien statt, bei einer war der kleine Körper noch intakt, aber es existieren keinerlei Aufzeichnungen darüber. Ich könnte stundenlang so weitermachen.« Ein weiteres Mal tippte er an seine Schläfe. »Wie gesagt, hier ist alles gespeichert. Ich kann Ihnen sämtliche mir bekannten Schicksalsschläge der Opfer aufzählen. Vierhundertvierundzwanzig schwer Vergiftete. Zweiundachtzig Getötete. Insgesamt fünfhundertsechs Opfer. Allesamt hilflose Säuglinge und Kleinkinder, die höllische Qualen erlitten haben. Und das sind nur die registrierten, dokumentierten Fälle. Von der Dunkelziffer gar nicht zu sprechen.« Adrian hielt einen Moment inne, sammelte sich und bediente sich eines sarkastischen Grinsens. »Wir schlagen uns auf die Brust und werfen mit unserem französischen Motto um uns. Dabei wissen wir doch alle, dass die Revolution im Grunde nichts verändert hat. Die Klasse der einfachen Leute wird nach wie vor verachtet. Die betroffenen Menschen konnten sich nicht wehren, ihre Leiden wurden nicht anerkannt oder wurden sogar geleugnet. Und die Tricks von Laboren, Anwälten und Versicherungen haben die sogenannten Rechtsmittel völlig unterwandert und entmachtet. Sie sollten sich vielleicht die Zeit nehmen und in den Archiven nachschauen, wie Ihre Kollegen damals mit der Angelegenheit umgegangen sind.« Adrian sank auf seinen Stuhl zurück, aber dieses Mal senkte er nicht den Blick, stattdessen richtete er ihn selbstbewusst nach vorn.

Eric schwieg. Er sah zu Gwendoline hinüber, die sich über die Augen wischte. Während er nach Worten suchte, die nicht vollkommen abgedroschen klangen, sondern Adrians flammender Rede in irgendeiner Weise gerecht wurden, sagte seine Kollegin mit belegter Stimme: »Könnten Sie das bitte exakt so wiederholen, wenn Sie vor dem Richter stehen?«

Kapitel 27

Dienstag, 17. April 2018

Raoul schloss die Tür zu seiner Wohnung auf, öffnete sie und betrachtete für einen Moment sein Zuhause, ehe er eintrat. Er zog die Schuhe aus, hängte das Sakko an einen der Garderobenhaken und lief in die Küche. Alles war genau in dem Zustand, wie er es vor fünf Tagen verlassen hatte. Hektisch war es an jenem Morgen gewesen, fiel es ihm wieder ein, und so sah es auch aus. Die halb volle Kaffeetasse auf dem Küchentisch, die offene Milchpackung neben dem Kühlschrank. Er schüttete den Inhalt in den Ausguss und warf die Packung in den Müll. Ebenso leerte er die Tasse und stellte sie in die Spülmaschine.

Fünf Tage bloß. Ihm kam es vor, als wären seither Wochen verstrichen.

Raoul ging ins Wohnzimmer hinüber und ließ sich aufs Sofa sinken. Er fühlte sich noch ziemlich kraftlos. Der Arzt hatte ihn ermahnt, es auf jeden Fall eine Zeit lang ruhig angehen zu lassen. »So eine Vergiftung ist eine heftige Angelegenheit für den Körper. Sie haben verdammtes Glück gehabt, dass Sie nicht mehr von dem Zeug abbekommen haben.«

Das hatte er nur Claire zu verdanken. Claire ... Ihr Gesicht war das Letzte gewesen, das er wahrgenommen hatte, ehe er bewusstlos geworden war. Ein warmes Gefühl der Zuneigung durchströmte ihn, als er daran dachte, wie sie an seinem Bett gesessen und seine Hand gehalten hatte.

Dann dachte er an Eric, der ihn am Wochenende besucht und ihm von den Vernehmungen berichtet hatte.

In seiner langjährigen Laufbahn als Polizist hatte Raoul schon mit den unterschiedlichsten Tätern zu tun gehabt, und er hatte gedacht, die verschiedenen Typen mittlerweile zu kennen. Aber dieses Mal war es anders. Auch wenn Raoul nach wie vor davon überzeugt war, dass es sich, außer bei akuter Notwehr, mit nichts rechtfertigen ließ, einen Menschen zu töten, so konnte er in diesem Fall doch zumindest die Beweggründe nachvollziehen.

Er hatte die Briefe gelesen, die die Gruppe gesammelt hatte. Briefe von Opfern und Familienangehörigen. Die Kollegen der Spurensicherung hatten sie sichergestellt, Eric hatte ihm Kopien mitgebracht. Vielleicht war es besser gewesen, dass er an den Vernehmungen nicht teilgenommen hatte. Möglicherweise hatte in der Kritik seines Chefs ein Körnchen Wahrheit gesteckt, und Raoul war tatsächlich emotional zu stark in die Angelegenheit verwickelt.

Was nun? Wie kehrte man in den Alltag zurück, nachdem man gerade noch mal die Kurve gekriegt hatte? Niemand war da, der sich über seine Heimkehr freute. Gedankenverloren glitt sein Blick über die Schwarz-Weiß-Fotografien an der Wand gegenüber vom Sofa. Man Ray, Cartier-Bresson, Brassaï. Eindrucksvolle Bilder, doch was war eigentlich sein persönlicher Bezug dazu? Was sagte es über ihn aus? Bei anderen Menschen hingen an dieser Stelle Kinderfotos, Urlaubsbilder, Porträts der Vorfahren.

Die Einsamkeit überrollte ihn ohne Vorwarnung. Zu gern hätte Raoul das Gefühl mit ein paar Gläsern Wein oder Whiskey gedämpft. Der Arzt hatte ihm jedoch eingeschärft, eine Weile auf

Alkohol zu verzichten. Appetit hatte Raoul keinen, obwohl er unbedingt etwas essen sollte. Die Mahlzeiten im Krankenhaus waren derart fade gewesen, dass er in der kurzen Zeit einige Kilos abgenommen hatte. Er musste wieder zu Kräften kommen.

Raoul stand auf und lief in den Flur, um sein Handy aus dem Sakko zu holen. Als er seine Taschen abtastete, fand er das quadratische Päckchen, das man ihm bei seiner Entlassung im Krankenhaus am Eingang überreicht hatte. Es sei für ihn abgegeben worden, hatte es geheißen. Vorsichtig öffnete er das filigran eingeschlagene Geschenk. Obenauf lag eine handgeschriebene Karte.

»Cher Commandant Chénier, ich gehöre zu denen, die sich aus der Ferne nach Ihrer Genesung erkundigen. Eine Besucherin aus dem ›Zeitalter der Gleichberechtigung‹ brauchen Sie vielleicht nicht :-). Es fällt mir schwer, meine Gefühle auszudrücken, aber während der Zeit, in der wir in der Ungewissheit schwebten, konnte ich kaum einen klaren Gedanken fassen. Ich habe gezögert, Ihnen die Musik zu geben, die Sie vor sich haben. Es ist nur meine kantige Art, etwas mitzuteilen, das mir half, als nichts und niemand anders es konnte. Ich denke, Sie werden es verstehen. Cordialement G. B.«

Raoul betrachtete die CD-Hülle, auf der *Mahler Kindertotenlieder* stand. Er lief wieder ins Wohnzimmer, öffnete die CD und stellte seine Anlage an. Eine wehmütige Oboenmelodie füllte den Raum und ging über in eine Frauenstimme, die traurig und tröstlich zugleich klang. Raoul legte sich aufs Sofa, nahm das Booklet heraus und schlug es auf. »Als sei kein Unglück die Nacht geschehn!«, las er.

Seine Gedanken schwebten ziellos umher. Er sah seine Ersatzoma, Bilder seiner frühen Kindheit tauchten auf, und eine unbestimmte Melancholie erfüllte ihn. Einzelne Sätze aus den Briefen der Baumol-Opfer, die er kürzlich gelesen hatte, kamen ihm in den Sinn. Er sah Claire, die sanft seine Hand hielt, und erinnerte sich an die erleichterten, freundlichen Blicke der weiß gekleideten Menschen um ihn herum, als er die Augen aufgeschlagen hatte. »Oft denke ich, sie sind nur ausgegangen, bald werden sie wieder nach Hause gelangen« sang die hypnotisch schöne Stimme. Tränen rannen Raouls Wangen hinunter. Es war, als wäre er nicht mehr er selbst. Er hatte die Kontrolle verloren. Mit einem Mal übermannten ihn so heftige Schluchzer, dass es ihn schüttelte. Er wurde aufgesogen von der Musik, die die Tränen anderer zu weinen vermochte. »Sie ruh'n als wie in der Mutter Haus, von keinem Sturm erschrecket, von Gottes Hand bedecket« – als das letzte Lied mit diesen Worten wie ein Wiegengesang verklungen war, hatte ihn eine unbekannte Ruhe ergriffen, und Raoul lag eine ganze Weile nur da und lauschte seinem Atem.

Das Klingeln des Telefons riss ihn aus seiner Versunkenheit. Doch er rührte sich nicht und ließ es klingeln, bis die Mailbox ansprang. Jetzt gerade konnte er mit niemandem sprechen.

Der magische Moment jedoch, dieser tiefe, innere Frieden, war vorbei. Raoul gelang es nicht, wieder daran anzuknüpfen. Das Erlebnis hingegen, mit seinen Gefühlen verbunden zu sein, blieb.

Langsam erhob er sich vom Sofa. Zu viel Einsamkeit tat dem Menschen nicht gut.

• • •

Am heutigen Abend gab Henry Routier ein Wiedereröffnungsfest im *Le Patio*. Claire hatte einen großen Tisch reserviert für alle, die an der Lösung des Falls beteiligt waren. Es war schade, dass Raoul nicht dabei sein konnte, doch sie wollte dem Restaurantchef zuliebe ein Zeichen setzen.

Während Claire durch die Villenviertel von Arcachon in Richtung Hafen fuhr, dachte sie über die vergangenen Tage nach. Sie hatte Raoul noch zweimal besucht, und jedes Mal hatte er frischer gewirkt. Ansonsten hatte sie nicht viel getan. Die Ereignisse der letzten Woche hatten auch bei ihr Spuren hinterlassen. Eponine und sie hatten ein ruhiges Wochenende mit Strandspaziergängen, gemeinsamem Kochen und langen Gesprächen genossen. Am Samstag hatten sie mit Philippe an ihren Selbstverteidigungstechniken gearbeitet. Das Training zu dritt machte noch mehr Spaß. Außerdem half es Claires Motivation enorm, eine Trainingspartnerin um sich zu haben. So konnten sie sich gegenseitig daran erinnern, regelmäßig zu üben.

Den Abend hatten sie zu zusammen verbracht, und Philippe war über Nacht geblieben. Doch Claire konnte die nächtliche Zweisamkeit mit ihm nicht wie sonst genießen. Es war nicht etwa der Gedanke, eine Mitbewohnerin im Haus zu haben, der sie gestört hätte. Immer wieder hatte sich Raouls Bild vor ihr inneres Auge geschoben, sodass sie schließlich gesagt hatte: »Es tut mir leid, kannst du mich heute nur im Arm halten?«

Als Claire das *Le Patio* betrat, kam Henry Routier sogleich auf sie zu und begrüßte sie herzlich.

»Ausgebucht!« Seine dunklen Augen strahlten.

»Das ist ja fantastisch!«

»Ich hatte solche Angst, dass die Leute ihr Vertrauen zu uns verloren haben könnten und keiner mehr kommen würde.« Er führte sie auf die fast voll besetzte Terrasse an einen runden Tisch.

Claire setzte sich. »*Bon*, die anderen werden sicher gleich da sein.«

»Möchten Sie schon mal einen Aperitif, Madame Molinet?«

»Gern, einen Apérol-Spritz.«

Lächelnd nickte er ihr zu. »Heute Abend sind Sie und Ihre Bekannten meine Gäste.«

Während er sich entfernte, schaute Claire sich um. Die Tische waren anders angeordnet als zuvor. Ein kluger Schachzug, denn wer wollte schließlich an einem Platz sitzen, an dem jemand gestorben war. Für einen Augenblick fühlte es sich merkwürdig an, wieder hier zu sein.

Ihr Handy vibrierte. Eponine hatte geschrieben, sie war auf dem Weg. Ihr Chefredakteur hatte noch mit ihr sprechen wollen.

Claire dachte an ihren Blogartikel, der durch die Ermittlungen vollkommen in den Hintergrund gerückt war. Sie hatte sich fest vorgenommen, ihn Ende dieser Woche fertigzustellen. Material über Desserts, Gebäck und Schokolade hatte sie genug, sie musste es nur noch in eine geschmeidige Form bringen und die Bilder bearbeiten.

Unweigerlich kam ihr Noémi in den Sinn. Sie würde die *chocolatière* morgen besuchen. Am Sonntag hatten sie telefoniert, Noémi war am Boden zerstört und hatte sich erst einmal krankgeschrieben. Ihrer Begegnung sah Claire mit gemischten Gefühlen entgegen, doch selbst wenn es schwer werden würde, wollte sie versuchen, Noémi zu helfen, und sei es bloß, indem sie ihr ein offenes Ohr anbot.

In diesem Moment erschienen Eric, Gwendoline Bertin und ein Polizeikollege, der sich als Ludolphe Prévot vorstellte. Kurz darauf kamen weitere Polizisten, die Claire nicht kannte, allesamt noch jünger. Wenig später gesellte sich auch Eponine zu ihnen.

Sie bestellten das *Menu de la semaine* sowie zwei Flaschen Weißwein, und schon bald waren muntere Gespräche im Gang. Alle am Tisch schienen es zu genießen, nicht über die Arbeit zu reden. Die Vorspeise wurde serviert, und Claire kostete interessiert von ihrem *esturgeon sur croquant d'amandes*. Stör auf Mandelkrokant – das bekam man nicht überall. Es schmeckte so delikat, dass sie am liebsten eine zweite Portion vertilgt hätte.

Sie wandte sich an Eponine, die sich mit großer Hingabe einem hübsch dekorierten geräucherten Aal mit Spargel widmete. »Was sagt dein Chefredakteur?«

»Der ist seit der Exklusivstory über die Ermittlungen hin und weg. Inzwischen haben ja alle über den Fall berichtet, aber niemand hatte so viel Hintergrundwissen wie ich.«

»*C'est génial!*«

»Und das ist noch nicht alles!« Eponine gestikulierte lebhaft, ihre breiten, goldenen Armreifen klimperten. »Ich werde in regelmäßigen Abständen über den Prozess berichten. Plus: Ich schreibe eine fundierte Reportage über den Baumol-Skandal und seine Auswirkungen bis heute.«

»Wow, Eponine! Das ist ja der Wahnsinn!«

»Habe ich alles dir zu verdanken.«

»Das ist so was von gern geschehen. Außerdem, ich habe dir nur die Möglichkeit verschafft. Alles andere hast du dir hart erarbeitet.« Claire freute sich, dass ihrer Freundin ein deutlicher Sprung auf der Karriereleiter nach oben gelungen war.

Bis der Hauptgang serviert wurde, hatte Claire alle am Tisch kennengelernt. Raouls Truppe machte auf sie einen sympathischen und vor allem gut aufeinander eingespielten Eindruck.

Claire probierte gerade eine zart schmelzende Taube, als eine vertraute Gestalt auf der Terrasse erschien, sich suchend umsah und dann auf ihren Tisch zusteuerte. »*Bonsoir, messieurs dames*. Gibt es noch einen freien Platz für einen einsamen, hungrigen Reisenden?«

»Raoul!« Claire sprang auf und eilte zu ihm hinüber. »Dass du es doch noch hierhergeschafft hast!«

Sie umarmten sich innig. Die anderen begrüßten ihn ebenfalls überschwänglich.

»Ich danke euch für den herzlichen Empfang.« Raoul schaute alle am Tisch der Reihe nach an. »*Merci* für euren Beistand in den vergangenen Tagen! Ich kann euch gar nicht sagen, wie sehr mir das geholfen hat. Und es tut unfassbar gut, heute Abend hier sein zu können.« Er ließ seinen Blick ein weiteres Mal über die Anwesenden schweifen. An Claire blieb er einen Moment lang hängen, und ein Gefühl der Verbundenheit durchströmte sie. Mit einem freudigen Strahlen in den Augen nahm er ihr gegenüber zwischen Eric und Eponine Platz.

»Ein Glas Wein, bester Partner?« Freundschaftlich schlug Eric ihm auf den Rücken.

»Ach, wie gern würde ich, aber damit muss ich noch eine Weile warten.« Bedauernd hob Raoul die Hände und goss sich stattdessen aus der Wasserkaraffe ein.

»Wein oder nicht, lasst uns auf unseren lieben Kollegen Raoul anstoßen!« Eric hob sein Glas, und alle taten es ihm nach. »Und jetzt erzähl mal, wann haben sie dich rausgelassen?«

»Heute Nachmittag. Eigentlich wollten sie mich noch zwei Tage dabehalten, aber ich konnte dieses sogenannte ›Essen‹ nicht länger ertragen!« Raoul sah Claire über den Tisch hinweg an. »Könntest du bei deren Catering mal einen Workshop über schmackhafte, gesunde Gerichte geben? Ich bin sicher, alle Patienten würden dich dafür lieben.«

»Und vermutlich viel schneller gesunden.« Claire lachte.

»Wobei die Frage ist, ob das im Interesse des Krankenhauses wäre«, warf Eric ein.

»Ach, du meinst, wegen des schlechten Essens genesen die Patienten langsamer und das Krankenhaus verdient mehr Geld?«

Raoul lachte ebenfalls. »Ein interessanter Gedanke, und vielleicht gar nicht mal so abwegig.«

»Jedenfalls bist du hier genau richtig, wenn du deinen Magen mit etwas Gutem füllen möchtest.« Claire reichte ihm die Karte. »Das Menü ist wie immer *excellent*! Und das Soufflé mit Grand Manier ist ein echter Dessert-Klassiker. Das findest du nirgendwo in besserer Qualität.« Sie zwinkerte ihm zu.

»Na, da werde ich wohl dieses Mal über meinen Schatten springen und das Süß-Experiment wagen.«

• • •

Raoul sah Claire hinterher, wie sie begleitet von Eponine auf hohen, lachsfarbenen Stilettos zu ihrem MINI schwebte. Mit ihrer lebendigen Ausstrahlung und natürlichen Eleganz stach sie aus der Menge der Restaurantgäste heraus. Immer wieder hatte er in ihr ausdrucksstarkes, wie gemeißeltes Gesicht geblickt und gedacht, dass er keine Frau kannte, die in Schönheit, Intelligenz und Mut an sie heranreichte.

»*Mon pote*, ich bin so froh, dich wieder auf zwei Beinen zu sehen!« Eric legte ihm die Hand auf die Schulter. »Wo hast du geparkt?«

»Ich bin mit dem Taxi gekommen.« Raoul zog sein Handy hervor. »Ich rufe mir schnell eines.«

»Ich bitte dich!« Eric lüftete einen unsichtbaren Hut. »Darf ich vorstellen: Eure Hoheit, Ihr heutiger Privatchauffeur!« Er verbeugte sich tief und tat so, als hätte ihn ein Hexenschuss getroffen.

Raoul lachte. »Ich fühle mich geehrt. Soll ich Ihnen vielleicht beim Aufrichten helfen?«

»Das schaffe ich schon«, ächzte Eric und schloss seinen Wagen auf. »Ich habe echt nicht damit gerechnet, dass du heute Abend auftauchst.«

»Ich auch nicht.« Raoul nahm auf dem Beifahrersitz des türkisfarbenen Renault Clio Platz. »War eine spontane Entscheidung.«

»Lass mich raten: Es hatte natürlich ausschließlich mit der Aussicht auf ein fabelhaftes Essen in einem Sternelokal zu tun.«

Das Schmunzeln auf Erics Lippen bekam Raoul sogar mit, ohne ihn ansehen zu müssen. »Womit sonst?«

»Ich dachte da an eine gewisse Schönheit mit dunkelblonden, langen Haaren.«

»Wenn du wie ich die letzten Tage diesen unsäglichen Krankenhausfraß serviert bekommen hättest, würdest du mich verstehen.«

»Ist schon klar.« Eric startete den Motor. »Wie alt ist eigentlich deine Claire?«

»Mein Privatchauffeur nimmt sich ganz schöne Freiheiten raus. Außerdem, sie ist nicht meine –« Raoul seufzte auf. »Was weiß ich, irgendwas Ende zwanzig, schätze ich.«

»Hast du gewusst, dass sie einen Foodblog schreibt?«

»Hat sie erwähnt, ja. Und wenn du das nächste Mal den Gang wechselst, kannst du das auch gleich beim Thema tun.«

»Nerve ich dich?«

Raoul warf einen Seitenblick auf seinen Kollegen, der feixend durch die nächtlichen Straßen von Arcachon rollte. Er tippte sich mit dem Zeigefinger unter das Auge. »Lass uns doch lieber über Malou Thomas reden.«

Eric verstummte. Es vergingen einige Augenblicke, bis er antwortete. »Ich habe sie gestern Abend besucht. Ducasses Kalender, ich habe ihn ihr zurückgebracht. Wir haben uns fast zwei Stunden unterhalten.« Er hielt inne, dann fügte er hinzu: »Sie braucht Zeit, um den Tod ihres Lebensgefährten zu verarbeiten. Das ist ja nur verständlich. Aber«, er machte eine kurze Pause, »aber wir haben vereinbart, in Kontakt zu bleiben.«

Die Wendung ihres Gesprächs überraschte Raoul. »Dich hat's echt erwischt, *n'est-ce pas?*«

»Sie ist etwas Besonderes. Da warte ich gern. Sie auf irgendeine Weise in meinem Leben zu wissen, ja, was kann ich sagen ...«

Eine Weile fuhren sie schweigend die Autobahn entlang, vorbei an dunklen Waldrändern und vereinzelten, einsam liegenden Häusern, in denen hier und da ein Licht ein Fenster erhellte. So offen und aufrichtig hatte sich sein Kollege in Bezug auf seine Gefühle noch nie gezeigt. Raoul räusperte sich. »Mit Claire geht es mir ähnlich.«

»Hab ich's doch gewusst.«

»Welches Schlussfolgerungsvermögen! Du hast nicht etwa über eine Karriere bei der Polizei nachgedacht?«

Beide lachten laut los.

Eric wechselte die Spur und überholte einen Wagen, dem der fünfte Gang zu fehlen schien. »War's das jetzt eigentlich für Gwendoline und Ludolphe, oder behalten wir sie noch ein bisschen?«

»Nathanel und ich haben kurz darüber gesprochen, als er mich im Krankenhaus besucht hat.«

»So besorgt habe ich die graue Eminenz übrigens noch nie erlebt. Du hast uns allen einen ordentlichen Schrecken eingejagt.«

»Ich werde mir Mühe geben, dass so etwas nicht so schnell wieder vorkommt. Übrigens, lass dir nicht einfallen, mich zu imitieren!«

Beide lachten, dann fragte Eric: »Und, was meinte Nathanel zu unserem Abteilungszuwachs? Schließlich waren wir vorher ziemlich unterbesetzt.«

»Er wollte darüber nachdenken. Falls wir mit den Neuen zufrieden seien.« Allmählich spürte Raoul, dass er noch nicht wieder komplett hergestellt war.

»Meine Meinung bezüglich Ludolphe kennst du. Und was Gwendoline betrifft, ehrlich gesagt, hat sie sich bei dem Einsatz einige Lorbeeren verdient. Ich hatte den Eindruck, dass sie da voll in ihrem Element war.«

»Sie hat mir heute Abend erzählt, dass akute Situationen wie solche schon in Metz ihre große Stärke waren.« Gähnend streckte Raoul seine Beine aus. »Wir hatten unsere Anlaufschwierigkeiten, aber inzwischen ...« Er dachte an Mahlers Kindertotenlieder. »Ich glaube, dass sie schweren Ballast mit sich herumschleppt.«

Eric schien nachzudenken. »Das kann gut sein. Sie hat in einem Gespräch so etwas angedeutet, irgendetwas muss passiert sein, ehe sie Polizistin wurde.« Einen Moment lang schwieg er, dann fragte er: »Sag mal, hat Nathanel eigentlich erklärt, warum er sich so vehement gegen die Verbindung zu Baumol gesträubt hat? Eine Zeit lang hatte ich ja den Verdacht, er hängt irgendwie in der Sache mit drin.«

»Ging mir genauso.« Raoul dachte an den Besuch seines Chefs im Krankenhaus. Nathanel Aguerre war überraschend ehrlich gewesen. »Überlegen Sie sich gut, Chénier«, hatte er gesagt, »ob Sie in Ihrer Karriere noch weiter nach oben wollen. Das Zeug dazu hätten Sie, aber ich möchte Sie warnen. Der Druck erhöht sich exponentiell. Magengeschwüre oder Ähnliches sind vorprogrammiert. Sie sind dann nicht mehr nur für Ihre Mitarbeiter verantwortlich, Sie hängen plötzlich in einem Netz drin, in dem die unterschiedlichsten Fäden verwoben sind. Da haben Sie sich vor Entscheidungsträgern aus ganz anderen Bereichen zu rechtfertigen.« Er hatte das Gesicht verzogen. »Das kann meine Fehlentscheidungen bei diesen Ermittlungen nicht rechtfertigen, sondern bestenfalls erklären.« Kurz hatte er gezögert, ehe er hinzufügte: »Es tut mir wirklich leid, dass ich Ihnen nicht vertraut habe. Auch wenn Sie sich über meine Anweisungen hinweggesetzt haben, Sie haben goldrichtig gehandelt! Ich habe mich dieses Mal einfach verrannt und nicht mehr klar gesehen.«

Raoul gab Eric eine abgeschwächte Kurzfassung wieder. Bald darauf erreichten sie die Ausläufer von Bordeaux. Rechter Hand passierten sie Canéjan, den Vorort, in dem Étienne van den Braak gelebt hatte. Unwillkürlich seufzte Raoul auf.

Eric warf ihm einen Blick von der Seite zu. »Denkst du gerade über unseren Fall nach?«

»Was für eine sonderbare Geschichte. In welche Richtungen wir ermittelt und wen wir alles verdächtigt haben!«

»Und was nicht alles dabei herausgekommen ist. Die Schmiergeldaffäre Ducasses beispielsweise, die ja gar nichts mit dem Mord an ihm zu tun hatte.«

»Die wird die Kollegen noch eine Weile beschäftigen.«

»Es war schon ein geschickt eingefädelter Plan, das Ganze.« Eric schüttelte leicht den Kopf. »Yves Hautecoeur konnte als Geliebter von Véronique Ducasse an den Terminkalender ihres Gatten gelangen, und so wussten sie über seine Aktivitäten Bescheid. Die Idee, einen Junggesellinnenabschied als Kulisse für einen Giftmordanschlag aufzuziehen, war ziemlich schlau. Und mit TTX und BTX hatten sie echt tückische Waffen am Start.«

»Davon kann ich ein Lied singen!« Raoul stieß hörbar den Atem aus. »Wer hat Ducasse nun eigentlich das vergiftete Gebäck gegeben?«

»Das war Yves' Schwester Monique.«

»Inwiefern war ihre Familie vom Baumol-Skandal betroffen?«

»Die ältere Schwester der Mutter war Baumol-Opfer. Sie hat

überlebt, aber mit großflächigen Narben. Ihr Leben lang hatte sie psychische Probleme.«

»Das heißt, die Eltern Hautecoeur haben zusätzlich zu dieser Tragödie nun auch noch zwei Kinder im Gefängnis.« Raoul fragte sich für einen Moment, wie man mit so einem Schlag zurechtkam. Ihr tragisches Familienschicksal würde sich, wie auch das der anderen Beteiligten, nun weiter fortsetzen. Dann fiel ihm noch etwas anderes ein. »Was ist eigentlich mit demjenigen, der der Gruppe die Gifte besorgt hat?«

»Der Laborant Gilles Vachier ist auf der Flucht. Die Fahndung läuft.«

»Und die Leute in der Bretagne? Adrian Fauré hatte euch doch die Namen gegeben.«

Zischend ließ Eric die Luft zwischen seinen Zähnen entweichen. »Fehlanzeige. Yves ist es gelungen, sie direkt zu alarmieren, nachdem er Claire eingesperrt hatte. Als unsere Kollegen am nächsten Tag die Daten bekamen, hatten sie dort schon alles aufgelöst und waren abgetaucht.«

»*Putain de merde!*« Raoul schlug sich mit der Hand auf den Oberschenkel. »Das heißt, ein Teil der potenziellen Attentäter sind weiter auf freiem Fuß! Womöglich tauchen sie unter, und wenn Gras über die Sache gewachsen ist, versuchen sie, ihr Vorhaben fortzusetzen.« Eine plötzliche Schwäche übermannte ihn.

Eric schielte zu ihm herüber. »Du siehst so blass aus. Geht es dir nicht gut?«

»Ich bin bloß müde.«

»Muss ich mir Sorgen machen?«

»Nein, wirklich nicht. Aber du darfst gern für eine Weile nur mein Chauffeur sein.« Raoul lehnte sich im Sitz zurück und schloss die Augen. Er ließ den Abend Revue passieren. Welch ein Segen, dass er sich aufgerafft hatte, anstatt auf seinem Sofa liegen zu bleiben. Solche Sternstunden brauchte er, um seinen von Gewalt und menschlichen Abgründen geprägten Alltag zu meistern.

Beim Verabschieden von Gwendoline hatte er ihr aus tiefstem Herzen für ihr besonderes Geschenk gedankt. Sie war verlegen gewesen, hatte versucht, die Geste abzuschwächen. Und gleichzeitig hatte er mit einem Mal einen tiefsitzenden Kummer bei ihr gespürt. Vermutlich hatte Eric recht, und es gab etwas, das sie aus der Bahn geworfen und so hart hatte werden lassen.

Im Geiste holte Raoul Mahlers Kindertotenlieder wieder in sich hoch, und tatsächlich konnte er noch einmal in die Erinnerung an dieses berührende Musikerlebnis eintauchen.

• • •

Es war weit nach Mitternacht, als Claire mit Eponine nach Hause kam.

»Noch ein Schlummertrunk?«

»*Pourquoi pas?*«

Claires Blick schweifte über das Flaschensortiment, das oben auf dem Küchenbuffet stand. »Wie wäre es mit einem Saint Germain Gin and Tonic?«

»Gin Tonic ist super, aber was macht ein Pariser Stadtteil darin?«

Claire musste lachen. »Okay, den hattet ihr also nicht in deiner Barkeeperzeit? Saint Germain ist ein Holunderlikör.«

»Bildungslücke geschlossen, *merci*. Probier ich gern!« Eponine ging ins Wohnzimmer hinüber und ließ sich aufs Sofa fallen. »Was für ein wunderbarer Abend!« Sie rekelte sich in den Kissen. »Und dass dann auch noch Raoul quasi aus der Torte gesprungen kam.«

Lachend füllte Claire zwei Gläser mit Eiswürfeln und einer Mischung aus Gin und Tonic im Verhältnis eins zu zwei. »Das war tatsächlich die Überraschung des Abends. So geschwächt, wie er war, hätte ich nicht gedacht, dass er vorbeikommt.« Sie schnitt eine Limette auf und gab in jedes Glas drei Schnitze. »Was bin ich erleichtert, dass er das überstanden hat.«

»Du magst ihn sehr, *n'est-ce pas?*« Eponine stützte sich mit einem Ellbogen auf der Rücklehne des Sofas ab und schaute Claire an.

»Sieht man das so deutlich?«

»*Bon*, es ist ziemlich schwer, die sprühenden Funken zwischen euch nicht zu sehen. Ich habe selten zwei Menschen getroffen, zwischen denen eine so starke Anziehungskraft herrscht. Und das sagt dir eine ehemalige Barkeeperin.« Sie zwinkerte Claire zu.

»Oha.«

»Hey, da ist doch nichts dabei. Außerdem – ich verstehe dich. Wie sagt man so treffend: Solche Männer wachsen nicht auf Bäumen.«

Claire fügte einen Schuss Holunderlikör dazu, stellte die beiden Gläser auf ein Tablett und ging damit zum Sofa. »Er ist genau der Typ Mann, in den ich mich nicht mehr verlieben wollte.«

Eponine lächelte tiefsinnig. »Geraten wir nicht immer instinktiv an jemanden, an dem wir wachsen können?«

»Was habe ich nur für eine weise Mitbewohnerin!« Claire setzte sich neben sie.

»Danke für die Blumen. Ich würde eher sagen: empirischer Hobby-Freud.«

Beide lachten.

Eponine sah sie aufmerksam an. »Und was ist mit Philippe?«, fragte sie behutsam.

Claire ließ einen leisen Seufzer hören. »Ich habe keine Ahnung.«

»*Bon*, meine Liebe, willst du meinen Rat hören?«

»Ich bitte darum!«

Eponine lächelte sie an. »Irgendwann wirst du dich entscheiden müssen. Und solange du mit Philippe eine unverbindliche Nicht-Beziehung pflegst, wirst du nie frei sein für einen anderen.« Sie nippte an ihrem Drink. »Hm, der ist echt gut! Dafür hätte ich ordentlich Trinkgeld bekommen.« Sie stellte das Glas auf den Tisch und wandte sich wieder Claire zu. »In der Bar haben nicht nur Erbsenhirne mit mir geredet. Ich erinnere mich an einen, der davon sprach, wie wichtig es ist, Entscheidungen zu treffen. Dass dieser kleine Muskel, den wir Gehirn nennen, das dringend braucht, um nicht abzuschlaffen. Es gibt keine perfekte Lösung. Das Schlimmste, was man machen kann, ist, im trägen Zustand der Unentschlossenheit vor sich hin zu dümpeln.« Eponine nahm Claires Hand. »Alles Schwere tut man am Ende allein – das hat mein Bürokollege an seinen Computer gepinnt. Finde heraus, was du wirklich möchtest. Nimm dir alle Zeit dafür, die du brauchst, aber nicht mehr. Und dann triff eine Entscheidung. Sonst treffen irgendwann die anderen die Entscheidung für dich. Und wie fühlt sich das an?«

Unsicher betrachtete Claire ihre Freundin. Sie hatte ja so recht. Eigentlich.

Eponine rieb sich die Hände. »Das war mein letzter Beitrag zum Monologfestival. Für diesen Abend zumindest.«

Wieder brachen beide in Gelächter aus.

»Darauf trinken wir!« Claire griff nach ihrem Glas und prostete Eponine zu.

Diese tat es ihr nach. »Ehe ich es vergesse: Heute ist übrigens ein Brief für dich angekommen. Liegt im Korb.«

Claire erhob sich und lief zu der Kirschholzkommode hinter dem Esstisch, auf der zwischen zwei kugeligen Vasen eine rechteckige Korbschale für die aktuelle Post stand. Als sie die Schrift auf dem hellgrauen Kuvert erkannte, stockte ihr der Atem. »Oh, *mon Dieu!*« Sie ließ sich auf einen Hocker neben der Kommode sinken.

»Alles in Ordnung mit dir?«

»*Oui, oui.*«

»Sicher?«

»Eigentlich nicht.« Aufgewühlt drehte Claire den Umschlag hin und her. »Ich bin nicht sicher, ob ich ihn öffnen möchte.«

Abwartend saß Eponine da, ohne etwas zu sagen.

»Entscheidungen treffen, sagtest du, *n'est-ce pas?*« Diesmal war es ein schwerer Seufzer, der Claires Kehle entfuhr.

»*Alors*, ich bin mal kurz oben.« Eponine erhob sich und nahm ihren Drink. »Wenn du mich brauchst, ruf einfach, dann bin ich in drei Sekunden bei dir.«

Der Brief brannte förmlich in Claires Händen, und dennoch hielt sie ihn fest. Sollte sie ihn lesen? Oder lieber gleich wegwerfen? Unschlüssig stand sie auf, ging zum Küchenbuffet hinüber und holte ein Messer aus einer Schublade. Eponine hatte recht: Sie musste endlich anfangen, auch in diesem Bereich Verantwortung für ihr Leben zu übernehmen. Ihre Finger zitterten, als sie den Umschlag aufschlitzte.

Der ebenfalls hellgraue Briefbogen enthielt nur wenige Zeilen in der wohlbekannten Schrift. Doch Claire konnte sie nicht lesen, denn in ihren Ohren schwoll ein Sausen an, und vor ihren Augen flimmerte es. Sie ließ sich auf den Küchenfußboden sinken. Das Blatt glitt ihr aus der Hand. Wie betäubt schloss sie die Augen, öffnete sie wieder und fokussierte die Holzdielen, bis das Flimmern nachließ. Schließlich hob sie das Papier erneut in ihr Blickfeld. Einzelne Buchstaben formierten sich zu Wörtern, bildeten Sätze.

Noch einmal schloss Claire die Augen, dann gab sie sich einen Ruck. Fiebernd begann sie, den Brief zu lesen.

> Ma très chère *Claire, ich weiß, es ist lange her. Es gäbe manches zu erklären. Ich bin es dir schuldig. Aber nicht jetzt. Ich hoffe, wir werden später eine Gelegenheit dazu bekommen. Für den Moment nur so viel: Ich brauche deine Hilfe. Es gibt eine Spur von Madeleine.* Je t'embrasse, Stéfane

Epilog

Sonntag, 29. Juli 2018

Sooft es möglich war, fuhr Noémi quer durch Bordeaux in den Süden, ins *Centre pénitentiaire* in Gradignan, um Adrian wenigstens kurz zu sehen und ein paar Sätze mit ihm zu wechseln: »Wie geht es dir?«, »Wie hast du geschlafen?«, »Was hast du gegessen?«. Kleine Routinen, die ein minimales Gefühl von Alltag in dieser hoffnungslosen Situation schafften.

An manchen Tagen dachte sie auf dem Weg hinein: »Ich schaffe es nicht.« Wieder und wieder durch das blaue Tor in der hohen Betonmauer mit ihrer bedrohlichen Ausstrahlung zu gehen. Vorbei an den Stacheldrahtzäunen, das Gebäude betreten, das von außen betrachtet ebenso ein Verwaltungsbau hätte sein können. Durch die grauen Gänge laufen, die schweren Sicherheitstüren passieren und dann in dem Besucherraum warten, ununterbrochen beobachtet von Kameras und Wachpersonal.

Vor ein paar Wochen hatte Noémi Domenico geschrieben. Auch wenn er sich nie um ihren gemeinsamen Sohn gekümmert hatte, musste er einfach wissen, wie es um Adrian stand. Außerdem war sie so verzweifelt, dass sie sich sogar an einen geknickten, brüchigen Strohhalm klammerte. Zu ihrer eigenen Überraschung war es ein viel längerer Brief geworden, als sie ursprünglich vorgehabt hatte. Neben dem, was geschehen war, hatte sie von ihrem Leben mit Adrian erzählt, vom Tod ihrer Mutter und den damit verbundenen Entdeckungen ihres Familiengeheimnisses. Überhaupt schrieb sie über alles, was sie belastete. Selbst ihren ständig kaputten Wagen hatte sie erwähnt, obwohl das natürlich albern war. Sie hatte sich alles von der Seele geschrieben und dann den Umschlag zugeklebt, ohne die Seiten noch mal zu lesen.

Bis jetzt hatte er nicht darauf reagiert. Wie hätte es auch anders sein sollen?

Ein paar Male hatte sie das Ganze so überwältigt, dass Noémi sich fragte, wie viel Sinn es überhaupt hatte, mit alledem weiterzumachen. Wenn sie die Avenue Charles de Gaulle Richtung Norden fuhr, kam sie zu einer Brücke, die über die Autobahn führte. Mehrmals hatte sie schon überlegt, ob sie einfach springen sollte. Einmal war sie gar über das niedrige Geländer geklettert, hatte sich mit rasendem Herzen an den Metallstangen festgehalten und in die Tiefe geschaut. Sie hatte es nicht gewagt.

Doch jedes Mal, wenn sie Adrian endlich gegenübersaß und in seine Augen sah, wusste sie, dass es nicht Feigheit war, die sie davon abhielt, zu springen. Sondern Stärke. Sie musste stark sein, für Adrian. Ihr Sohn brauchte sie, emotional vielleicht sogar mehr denn je. Und ja, es tat weh, ihn hier zu treffen und ihn nicht in den Arm nehmen zu dürfen. Keine einzige Berührung. Aber – es würde auch ein Leben nach dem Gefängnis geben, irgendwann.

Adrian hatte gute Tage, in denen er erstaunlich gelassen war. An anderen wirkte er depressiv und gab kaum ein Wort von sich. Heute war ein guter Tag.

Die kurze Besuchszeit, so schnell vorbei. Der Abschied zerriss sie jedes Mal innerlich. Alles in ihr wollte Adrian hinterherlaufen, seine Hand nehmen und ihn hier rausbringen, nach Hause, da, wo sein Platz war. Gewesen war.

Bald darauf saß Noémi wieder im Bus, auf dem Weg zurück in den Norden der Stadt. Manchmal hatte sie das Gefühl, die Leute, die sie hatten einsteigen sehen, starrten sie an. Ahnten sie, woher sie kam? Ihr gegenüber hatte ein Mann Platz genommen und seine Zeitung ausgepackt. Als er nun umblätterte, blieb Noémi beinahe das Herz stehen. Die Überschrift des Artikels, auf den sie Sicht hatte, lautete »Der Baumol-Skandal. Offene Wunden nach fast siebzig Jahren.« Darunter ein Bild der markanten Puderdose. Noémis Mund wurde staubtrocken. Sie versuchte, ein paar Satzfetzen zu erhaschen, ohne dabei zu auffällig zu wirken. Viel zu schnell schlug der Mann die Seite um.

Noémi lenkte ihre Gedanken in eine andere Richtung. Gestern war ein großformatiger Briefumschlag angekommen. Darin waren die Unterlagen für ein Fernstudium. Sie wollte einen Kurs in Betriebswirtschaft belegen. Neben der Arbeit, in der Hoffnung, dass es sie etwas ablenken würde.

Der Mann ihr gegenüber faltete die Zeitung zusammen und legte sie auf den freien Sitz neben sich. Als er an der nächsten Haltestelle ausstieg und die Zeitung liegen ließ, zögerte sie keine Sekunde. Sie schnappte sie sich und blätterte hastig zu dem Artikel. Begierig überflog sie Absatz für Absatz. Es war ein langer Bericht, der sachlich und doch ergreifend über die Schicksale der so ungerecht behandelten und vergessenen Menschen erzählte. Als Noémi die letzten Zeilen las, liefen ihr Tränen übers Gesicht. Was die anderen dachten, kümmerte sie plötzlich nicht mehr.

Wer hatte diesen großartigen Text geschrieben? Ab und zu las Noémi die *Sud Ouest*, wenn ihr Kollege Bertrand sie mit zur Arbeit brachte, und inzwischen hatte sie schon einige Lieblingsjournalisten. Eponine Villon stand unter der Überschrift. Der Name sagte Noémi nichts. Sie musste ihn sich unbedingt merken.

An der Avenue de l'Europe stieg sie aus und ging die wenigen

Meter bis zur Résidence Pascal Triat, in der das mehrstöckige Mietshaus mit ihrer Wohnung lag. Vorbei an der Statue der bronzenen Schildkröte mit ihrem senkrecht nach oben gereckten Hals und dem sehnsuchtsvollen Blick in den Himmel. Als Kind war Adrian immer auf ihrem Panzer geritten. Noémi schaute zu dem Haus hinüber, in dem ihr Sohn aufgewachsen war. Auf ihrem Balkon im zweiten Stock parkte Adrians Mountainbike. Sie brachte es nicht über sich, es in den Keller zu verbannen.

Vor dem Eingang stand ein Mann mit dichtem, schwarz-silbrigem Haar, Vollbart und einer schwarz gerahmten Brille. Noémi nickte ihm leicht zu, als sie an ihm vorbeiging. Er kam ihr irgendwie bekannt vor, aber sie konnte ihn nicht einordnen. In dem mehrstöckigen Wohnhaus wechselten die Nachbarn so schnell, dass sie aufgegeben hatte, sich einzuprägen, wer in welcher Etage wohnte.

»*Bonjour*, Noémi.« Der Mann starrte sie an.

Überrascht blieb sie stehen. »*Pardon*, kennen wir uns?«

»Du hast dich kaum verändert.« Er machte einen Schritt auf sie zu.

Noémi suchte in seinem Gesicht nach einem Anhaltspunkt. Eine Ahnung überkam sie, verdichtete sich. Konnte er es wirklich sein? Im Geist kramte sie Bilder hervor, die sie vor zwanzig Jahren abgespeichert hatte. Sie versuchte, die Züge abzugleichen. Ihr wurde schwindelig.

»Mit kaputten Autos kenne ich mich ganz gut aus.« Er lächelte mild. »Und falls du möchtest, könnte ich dir auch mit dem Rest helfen.«

Glossar

absolument	unbedingt, definitiv
à demain	bis morgen
affectueusement	alles Liebe, herzlich
à la prochaine	bis bald
allô	hallo (bei Telefonanrufen)
alors	also, da, denn, na
à tout à l'heure	bis gleich, bis später
au nom du ciel	um Himmels willen, in Gottes Namen
bien sûr	selbstverständlich
bisous	Küsschen
bof	ach, na ja
bon	schön, gut, in Ordnung
bonjour	guten Morgen, guten Tag
bon sang	du lieber Himmel, mein Gott
bonsoir	guten Abend
Bonté divine!	Herrje!, Meine Güte!
bordel de merde	verdammte Scheiße, verdammt noch mal
Ça va?	Geht's gut? Alles okay?
c'est correct	das stimmt, das ist richtig
c'est génial	das ist großartig, das ist ja toll
C'est pas vrai!	hier: Oh mein Gott!
Ciel!	Hier: Du lieber Himmel!
chef de cuisine	Küchenchef, Chefkoch

connard	Arschloch
comme ci, comme ça	so lala
d'accord	einverstanden
de rien	gern geschehen
diable	hier: zum Teufel
Dieu du ciel	lieber Himmel, um Gottes willen
dis-moi	sag mir, sag mal
en français	auf Französisch
enquêtrice privée	Privatdetektivin
Et voilà!	Bitte schön! Bitte sehr! Na bitte!
exactement	genau, exakt
excellent	ausgezeichnet, hervorragend, exzellent
fils de pute	Hurensohn, Mistkerl
formidable	großartig, toll, wunderbar
Il était une fois … la vie	Es war einmal … das Leben
jardin public	öffentlicher Park
je comprends	ich verstehe
je m'excuse	ich bitte um Entschuldigung
je sais	ich weiß
je suis désolé(e)	es tut mir leid
Les Aventures de Tintin	Die Abenteuer von Tim und Struppi
ma parole	hier: Donnerwetter
mais	aber
mais bien sûr	aber natürlich, aber selbstverständlich
maître de cuisine	Chefkoch, Küchenchef
mesdames et messieurs	meine Damen und Herren
Menu de la semaine	Wochenmenü
merde	Scheiße
merci	danke
messieurs	meine Herren
messieurs dames	meine Damen und Herren
Mince!	Verdammt!
mon Dieu	mein Gott

mon pote	mein Kumpel, mein Freund
mon poussin	mein Küken, mein Spatz
n'est-ce pas	nicht wahr
non	nein
oui	ja
Oh, la vache!	Ach, du heilige Scheiße!
pardon	Verzeihung
parfait	perfekt
patron	Chef
pénitentiaire	Gefängnis
petit déjeuner	Frühstück
police nationale	Nationalpolizei, Staatspolizei
pour l'amour du ciel	um Himmels willen
putain	verdammt, Scheiße
putain de merde	heilige Scheiße, verdammte Scheiße
quinconces	Augenzahl Fünf auf einem Würfel
Qui sait?	Wer weiß?
Sacrebleu!	Donnerwetter!, Verdammt noch mal! (Fluch der oberen Klasse)
salaud	Bastard, Schwein, Dreckskerl
salut	hallo/tschüs
Santé!	Prost!, Zum Wohl!
Sera fait!	Wird erledigt!
s'il te/vous plaît	bitte
sortie de secours	Notausgang
toutes mes condoléances	mein Beileid
très bien	alles klar, sehr gut, bestens
unité de médecine légale	rechtsmedizinische Abteilung
un peu	ein wenig, ein bisschen
vas-y	na los, komm schon
voilà	hier ist/sind

DGSI	*Direction Générale de la Sécurité Intérieure* – Generaldirektion für innere Sicherheit, der französische Geheimdienst
SGAR	*Secrétariat Général pour les Affaires Régionales* – Generalsekretariat für regionale Angelegenheiten; steht auch für den Chef
ENA	*École nationale d'administration* – Von 1945 bis 2022 eine der berühmten Eliteuniversitäten Frankreichs, der sogenannten *Grandes Écoles*. Zum 1.1.2022 wurde sie durch das *Institut national du Service Public* (INSP) ersetzt. Dort werden hohe Beamte des französischen und ausländischen Staatsdienstes ausgebildet.

Personenregister

- **Adrian Fauré:** Sohn von Noémi und Domenico
- **Amélie Ducasse:** Tochter von Armand und Véronique Ducasse
- **Anthony Ducasse:** Vater von Armand Ducasse
- **Antony Ducasse:** Sohn von Armand und Véronique Ducasse
- **Armand Ducasse:** Secrétaire Général pour les Affaires Régionaux, Mordopfer
- **Bastian:** Adrians Freund
- **Benjamin Guichard:** Kellner im *Le Patio*
- **Bertrand:** Lieblingskollege von Noémi
- **Bruno Échenoz:** arbeitete für die Versicherung, die die geschädigten Familien im Baumol-Skandal um die volle Entschädigungssumme prellte, Vater von Virginie Échenoz
- **Christian:** Kellner im *Le Patio*
- **Claire Molinet:** Privatdetektivin und Foodbloggerin
- **Cynthia:** arbeitet im *fantastyca*
- **Daniel Dellimert:** Präfekt
- **Docteur Poirier:** Arzt, der den Totenschein von Étienne van den Braak ausfüllt
- **Domenico:** Noémis korsische Urlaubsbekanntschaft, Vater von Adrian
- **Eponine Villon:** Journalistin, Claires Freundin

- **Eric Rosset:** Raouls Partner
- **Étienne van den Braak:** Historiker, Mordopfer
- **Fabien Heraud:** Brigadier aus Raouls Team
- **Frida Salles:** Gerichtsmedizinerin
- **Gabrielle Lambert:** Freundin von Véronique Ducasse
- **Gilles Vachier:** Laborant
- **Gwendoline Bertin:** Capitaine, neu in Raouls Team
- **Henry Routier:** Besitzer des *Le Patio*, Chefkoch
- **Hubert Geneste:** Unternehmer, sitzt im Vorstand von Bordeaux STP, einem Technologiepark für Start-ups
- **Jean-Baptiste Baudet:** Arzt für traditionelle chinesische Medizin
- **Joseph Fichet:** pensionierter Anwalt
- **Justine Estrade:** Brigadière aus Raouls Team
- **Louise Molinet:** Claires Mutter
- **Ludolphe Prévot:** Brigadier, neu in Raouls Team
- **Malou Thomas:** Model, Lebensgefährtin von Armand Ducasse
- **Marc Jaubert:** Lieutenant aus Raouls Team
- **Monique Hautecoeur:** Schwester von Yves Hautecoeur
- **Monsieur Ernest:** pensionierter Bankier, Nachbar von Claire
- **Nadira:** kleines Mädchen aus Flüchtlingslager
- **Nathanel Aguerre:** Commissaire, Raouls Chef
- **Noah:** als Baby verstorbener Bruder von Noémis Mutter
- **Noémi Fauré:** *chocolatière*, Mutter von Adrian
- **Normand Jacquelot:** Rechtsanwalt, Sohn von Oscar Jacquelot, Mordopfer
- **Olivier Soulard:** Assistent von Armand Ducasse
- **Oscar Jacquelot:** arbeitete während des Baumol-Skandals im Gesundheitsministerium der Bretagne, Vater von Normand Jacquelot

- **Philippe Lamarque:** Claires Gärtner, Kumpel und Liebhaber
- **Pierre-Claude André:** arbeitet für die Regionaldirektion für Umwelt, Entwicklung und Wohnungsbau
- **Raoul Chénier:** Commandant bei der *police nationale*
- **Renée Nagot:** Kollegin von Raoul, die im Mordfall van den Braak ermittelt
- **Robert Mathieu:** Mitarbeiter von Armand Ducasse
- **Sarah Tauzin:** Kellnerin im *Le Patio*
- **Simon Nebout:** Lieutenant aus Raouls Team
- **Sylvie Bonneaut:** Raouls Ersatzoma, alleinstehende Nachbarin seiner Eltern
- **Théodore Calment:** Bauunternehmer
- **Thibault Molinet:** Claires Vater
- **Véronique Ducasse:** Ehefrau von Armand Ducasse, getrennt lebend
- **Virginie Échenoz:** arbeitet in der Verwaltung der Präfektur Bretagne, Tochter von Bruno Échenoz, Mordopfer
- **Yves Hautecoeur:** Kostümdesigner, Geliebter von Véronique Ducasse

Playlist

- »Everybody knows« – Leonhard Cohen – *I'm Your Man*
- »Happy« – Pharrell Williams – *Soundtrack Ich – Einfach Unverbesserlich 2*
- »Kindertotenlieder« (zu Gedichten von Friedrich Rückert) – Gustav Mahler – Christa Ludwig, Herbert von Karajan
- »La Grenade« – Clara Luciani – *Sainte-Victoire*
- »Quelqu'un m'a dit« – Carla Bruni – *Quelqu'un m'a dit*
- »Recent Songs« – Leonard Cohen
- »Sous le ciel de Paris« – Edith Piaf
- »Suzanne« – Leonard Cohen – *The Essential*
- »Waiting for the Miracle« – Leonard Cohen – *The Essential*

Essen & Trinken

Café crème: Kaffee mit Milch. Offiziell gibt es zwei Größen: *petit crème* und *grand crème*. Tipp: Um nicht die extragroße und damit teurere Tasse zu bekommen – was nicht immer deutlich aus der Karte hervorgeht –, sollte man »*un petit crème*« bestellen.

Noisette: Wer weniger Kaffee und vor allem weniger Milch möchte, für den ist vielleicht *une noisette* das Richtige: ein Kaffee im Espresso-Format, dazu bekommt man ein Kännchen mit warmer Milch. Ab und zu ist die Milch allerdings auch schon im Kaffee.

Pineau (oder auch *Pineau des Charentes*): Aus Traubenmost hergestellter Likörwein, der mit einem Schuss Cognac aufgepeppt wird.

Tartelette au citron meringuée: Zitronentörtchen mit Baiser

Lillet Lemon:

- 5 cl Lillet blanc
- 10 cl Bitter Lemon
- Eiswürfel
- Zitronenscheibe

Recette de Chouquettes / Rezept für *Chouquettes:*

- 250 g Wasser in einen kleinen Topf füllen
- 80 g Butter in kleinen Stücken in das Wasser geben
- 1 Prise Salz dazu
- alles köcheln lassen
- dann 125 g Mehl dazu, alles verrühren
- dann 3–4 Eier dazu (erst 3, dann Teig prüfen, wenn zu fest, noch etwas mehr, ggf. ein halbes)
- danach den Teig in eine Spritze füllen und kleine Portionen aufs Blech setzen
- 1 Ei mit Salz verrühren (oder Rest des übrigen) und damit die Chouquettes betupfen
- Hagelzucker daraufstreuen
- bei 180 Grad 10–15 min. im Backofen backen

Danksagungen

Mord in Bordeaux habe ich in der Coronazeit geschrieben. Das Projekt wurde mit Mitteln aus dem Stipendienprogramm 2021 Neustart Kultur der VG Wort gefördert. Dafür bin ich sehr dankbar, denn das Stipendium hat mir einige Lasten von den Schultern genommen, sodass ich mich stärker auf meine Arbeit konzentrieren konnte.

Auch für dieses Buch habe ich wieder eine Recherchereise nach Bordeaux gemacht und durfte abermals von meinen Kontakten zum *Office de Tourisme* profitieren. Hierfür danke ich besonders Yasmine-Délia Greifenstein, Chargée de marchés Allemagne / Autriche / Suisse.

Während der Reise besuchte ich *La Fèverie by Hasnaâ Chocolats Grands Crus* und führte ein Interview mit Margaux Chardavoine, Commerciale e-Boutique, um Einblick in die Arbeit einer *chocolatière* zu bekommen. *Merci beaucoup* – es war eine Bereicherung!

Ein ebenso großes Dankeschön gebührt dem derzeitigen *Secrétaire Géneral pour les Affaires Régionales de Nouvelle-Aquitaine*, Patrick Amoussou-Adeble, der mich großzügig in seinem Büro empfing und mir die Räumlichkeiten des SGAR zeigte. Ausführlich erklärte er mir seinen Tätigkeitsbereich, von dem, wie er selbst sagte, sogar die meisten Franzosen wenig Ahnung hätten. Seine ersten Worte waren übrigens: »Lassen Sie mich nicht schon auf

Seite 5 sterben.« Nach dem so angenehmen Gespräch hätte ich am liebsten den Plot komplett umgeschrieben.

An dieser Stelle danke ich noch einmal Thierry Renou, dem wahren Besitzer des *Le Patio*, dafür, dass ich sein seit Jahren mit einem Michelin-Stern ausgezeichnetes Restaurant für diese Krimireihe verwenden darf.

Ebenfalls ein weiteres Mal nennen möchte ich Gilles Largeais vom *Team Service Communication* der *police nationale* in Bordeaux. Von unserem ausführlichen Interview, das ich für Band 1 führen durfte, zehre ich noch immer.

Ich danke den Journalisten der *Sud Ouest* für ein informatives Spontangespräch bei einer Kaffeepause.

Einen Großteil dazu beigetragen, dass der Baumol-Skandal auf diese Weise ins Buch eingeflossen ist, hat die französische Journalistin Annick Le Douget. Dank ihrer akribischen Recherche für ihr Buch *Enquête sur le scandale de la poudre Baumol* habe ich fundiertes Hintergrundwissen über den schrecklichen Puderskandal gewonnen, der in den Fünfzigerjahren Frankreich erschütterte.

Ein weiteres Dankeschön geht an Dr. Tabea Schröder von der Charité-Universitätsmedizin Berlin für ihre Auskünfte zu meinen medizinischen Fragen, an Prof. Dr. Robert Fürst von der Goethe-Universität Frankfurt und Dr. Sibyl Quinke für ihre Ausführungen zu Tetrodotoxin und Batrachotoxin sowie an Sabine Lenke-von-Heidenfeld für ihre Informationen zu halluzinogenen Pflanzen.

Schon während des Schreibprozesses binde ich meine TestleserInnen ein, deren Rückmeldungen ein fester Bestandteil in meinem Überarbeitungsprozess sind. Denn als Schreibende/-r klebt man immer zu nah am eigenen Text. Dieses Mal waren dabei:

Benjamin Muth, Christina Wagner, Daniela Maizner, Gesine Berg, Hans-Peter Maus, Ina May, Katharina Eigner, Laura Baginski, Petra Spielberg, Sibyl Quinke, Stephan Knies, Tanja Gruber, Thea Lehmann und Ulrike Schäfer.

Wenige Wochen vor der Abgabe des Manuskripts teilte mir meine Lektorin Caroline Funke mit, dass sie eine neue Stelle bei einem anderen Verlag antritt. Sosehr ich mich für sie freute, so aufgeschmissen fühlte ich mich trotzdem im ersten Moment. Immerhin hatten wir insgesamt sechs Jahre zusammengearbeitet. Als ihre Nachfolgerin stand jedoch bereits Nicola Kammer parat, und schon nach kurzer Zeit arbeiteten wir fabelhaft zusammen. Ich danke ihr für ihren unermüdlichen Einsatz in diesem Projekt. Im Außenlektorat betreute mich genauso souverän wie bei *Mord au Vin* die wunderbare Ingola Lammers, im Korrektorat Carolin Völk. Darüber hinaus bedanke ich mich auch bei allen anderen Beteiligten vom Ullstein Verlag, die dafür gesorgt haben, dass die Geschichte, die ich mir ausgedacht habe, zu einem fertigen Buch wurde und ihren Weg in den Handel fand.

Es war die Anregung einer Leserin von Band 1, eine Übersichtskarte von Bordeaux und Umgebung ins Buch aufzunehmen. Ich bin sehr froh, dass Ullstein mitgezogen hat. Ein großes Dankeschön an Peter Palm für die detaillierte Karte! Ebenso bedanke ich mich bei dem Team der Grafikagentur Zero für das stimmungsvolle Cover.

Ich danke meiner Agentin Dorothee Schmidt von der Literaturagentur Hille & Schmidt für ihre kontinuierliche Unterstützung meiner Arbeit. Ohne sie hätte ich nicht nur einmal das Handtuch geschmissen.

Ohne sie und ohne meinen Mann Viktor, dem ich ein weiteres Mal für seinen unermüdlichen Beistand danke. Wann immer ich einen Knoten im Kopf habe oder in einer Szene so richtig feststecke, trinken wir einen Kaffee zusammen, ich schildere ihm mein Problem, und schwupps – sind Ideen für eine Lösung da. Auch ist er mein allererster Testleser. Ehe irgendjemand anderes das Manuskript zu lesen bekommt, prüft es sein konstruktiv-kritischer Blick. So mancher seiner Einfälle ist auf diesem Weg ins Buch gewandert.

Zu guter Letzt danke ich Ihnen, dass Sie dieses Buch gewählt und ihm Ihre Zeit gewidmet haben. In der Hoffnung, Sie gut unterhalten zu haben, grüße ich Sie aus der Ferne und verabschiede ich mich für dieses Mal. *À la prochaine!*

Anmerkungen

Über den Baumol-Skandal bin ich bei Recherchen für meinen ersten Band der Reihe gestolpert. Ein Babypuderskandal, der mit Bordeaux zu tun hatte? Ich wollte mehr darüber wissen. Online gab es auf deutschen Seiten nur einen winzigen Eintrag dazu, auf französischen hingegen wurde ich fündig.

Das, was ich dort las, schockte mich derart, dass ich zu diesem Zeitpunkt bereits beschloss, das Thema in den zweiten Band einzubauen. Die historischen Fakten über den Baumol-Skandal beruhen daher auf wahren Begebenheiten. Mehr erfahren Sie, wenn Sie weiterblättern.

Bis auf wenige Ausnahmen können Sie alle im Buch erwähnten Orte und Lokale bei Ihrem nächsten Aufenthalt in Bordeaux und/ oder Arcachon besuchen.

Meiner Fantasie entsprungen sind hingegen:

- das in Kapitel 4 genannte Restaurant *Maison Anouilh*
- die im selben Kapitel genannte Boulevard-Zeitung *Gironde Soirée*
- das Geschäft *fantastyca*, das Claire in Kapitel 21 aufsucht

- *Mademoiselle Canelé*, das Aushängeschild der berühmten gleichnamigen karamellisierten Gebäckstückchen

Die Figuren dieses Romans sind frei erfunden und eventuelle Ähnlichkeiten mit tatsächlich existierenden Personen reine Zufälle.

Sollten sich Fehler in die recherchierten Materialien eingeschlichen haben, so liegt dies nicht an den Menschen, die mich mit ihrem Wissen unterstützt haben, sondern ausschließlich an mir.

Literatur & Briefe

Sollten Sie nach dieser Lektüre mehr über den Baumol-Skandal wissen wollen, lege ich Ihnen das folgende Buch von Annick Le Douget wärmstens ans Herz:

Enquête sur le scandale de la poudre Baumol (1951–1959) – la première catastrophe sanitaire française

Annick Le Douget hat mich mit ihren gründlichen Recherchen tief beeindruckt. Indem die Journalistin nach so vielen Jahren das Licht von Neuem auf diesen furchtbaren Skandal lenkte, hat sie den noch lebenden Opfern sowie den betroffenen Familien überhaupt einen enormen Dienst erwiesen.

Während des Schreibprozesses von *Mord in Bordeaux* hatte ich regelmäßig Kontakt mit ihr. Ich habe sie als einen entgegenkommenden, hilfsbereiten und warmherzigen Menschen kennengelernt. Es sei für sie das schwierigste Buch gewesen, das sie je geschrieben habe, sagte sie einmal zu mir.

Falls Sie des Französischen nicht so mächtig sein sollten, sich aber dennoch für das Buch interessieren, empfehle ich die E-Book-Version und ein gutes Übersetzungsprogramm.

Annick Le Douget war so freundlich, mir Briefe, Mails und Aussagen Betroffener zur Verfügung zu stellen. Auszüge davon habe ich, mit dem Einverständnis der VerfasserInnen, in Adrians Monolog in Kapitel 25 einfließen lassen.

Hier finden Sie eine Auswahl dieser Dokumente, die ich für Sie aus dem Französischen übersetzt habe.

Erfahrungsbericht von Valérie aus der Nähe von Pont-Aven

… meine Mutter hat ihre kleine Schwester verloren. Marie-Louise wurde am 24. März 1952 geboren und verstarb am 21. Dezember 1952.
Ich wurde durch den Kauf Ihres Buches auf dieses Familiendrama aufmerksam.
Meine Großeltern hatten das Baumol-Pulver in der Apotheke … gekauft. Kurz vor dem Tod von Marie-Louise trug mein Großvater das Pulver auf seine eigene Haut auf, es fühlte sich wie ein Brennen an. Er merkte, dass er sein Baby vergiftet hatte, aber zu spät. Außer sich warf er die Dose mit dem Baumol-Pulver weg.

Original: Témoignage de Valérie, près de Pont-Aven

… ma Maman a perdu sa petite sœur Marie-Louise née le 24 mars 1952, décédée le 21 décembre 1952.
J'ai pris connaissance de ce drame familial suite à l'achat de votre livre.
Mes grands-parents avaient acheté la poudre Baumol à la pharmacie … Peu avant le décès de Marie-Louise, mon grand-père a appliqué sur sa propre peau la poudre, Sensation de brûlure. Il a compris qu'il empoisonnait son bébé, mais trop tard. Fou de rage, il a jeté la boîte de poudre Baumol.

Erfahrungsbericht von Denise (Morbihan)

Ich war ein Opfer des Baumol-Pulvers. Ich wurde am 14. Mai 1951 geboren ... eine Wachstumsverzögerung, keine Haare, fehlende Zähne vorne, viel Leid ... Die Geschwister versteckten sich, weil ich so schrie. Heutzutage habe ich immer noch Schmerzen.

Original: Témoignage de Denise, de Morbihan
J'ai été victime de la poudre Baumol. Je suis née le 14 mai 1951 ... un retard de croissance, pas de cheveux, des dents manquantes sur le devant, beaucoup de souffrance ... Les frères et soeurs se cachaient tellement je hurlais. Maintenant j'ai toujours des douleurs.

Erfahrungsbericht von Alain aus dem Zentrum der Bretagne
Sehr bewegt habe ich den Artikel über Ihre Arbeit und das Buch über das Baumol-Pulver gelesen.
Fast eine Erlösung für mich!!!
Ich wurde am 06. Juni 1949 geboren.
Meine mittlerweile verstorbenen Eltern arbeiteten wie viele Bretonen in Paris.
Am 13. Oktober 1951 kam meine Schwester Anne Marie zur Welt.
Meine Schwester starb am 05. Dezember 1951 (sie war also noch keine zwei Monate alt).
Ich habe immer gehört, wie meine Großmutter sich wegen dieser Tragödie schuldig fühlte, weil sie sagte: »Sie hatte vergifteten Babypuder benutzt!!!«
Ich weiß nicht, ob es Baumol-Pulver war, und ich habe natürlich keine Beweise oder Erinnerungen (ich war 2 Jahre alt).
Meine Großmutter, die mich aufgezogen und durch meine Jugend begleitet hat, hat dies sicherlich getan, um ihre »sogenannte« Schuld zu kompensieren.
Das ist natürlich eine sehr weit zurückliegende Vergangenheit, aber

ich begrüße Ihre Nachforschungen, Ihre Arbeit und Ihre Beharrlichkeit sehr.
Ich habe immer noch, auch wenn ich 67 Jahre alt bin!!!, diese Wunde in mir: meine Schwester nicht gekannt und nicht beschützt zu haben.
Ich danke Ihnen sehr tief und aufrichtig, für mich, meine Großmutter, dafür.

Original: Témoignage d'Alain, du Centre-Bretagne
C'est avec beaucoup d'émotions que j'ai lu l'article sur vos travaux et livre à propos de la poudre Baumol
Une délivrance presque pour moi !!!
Je suis né le 06 juin 1949
Mes parents aujourd'hui décédés travaillaient comme beaucoup de bretons à Paris
le 13 octobre 1951 est née ma sœur Anne Marie.
Ma sœur est décédée le 05 décembre 1951 (elle n'avait donc pas encore 2 mois)
J'ai toujours entendu ma grand-mère, culpabiliser, pour ce drame, car disait elle : « elle avait utilisé de la poudre de bébé empoisonnée !!! »
je ne sais pas si c'était la poudre Baumol et je n'ai aucune preuve, bien sur, ni souvenirs(j'avais 2ans).
ma grand-mère, qui m'a élevé et accompagné tout a au long de ma jeunesse a certainement fait cela pour compenser sa « soit-disante » culpabilité
Bien entendu cela est du passé très lointain mais je salue très sincèrement vos recherches, votre travail, votre persévérance.
J'ai toujours, même si j'ai 67 ans !!!, cette blessure en moi : ne pas avoir connu, ni protéger ma sœur.
je vous remercie très profondément et sincèrement, pour moi, ma grand-mère, de cela.

Erfahrungsbericht von Marie-Claude, aus der Nähe von Rennes

BONJOUR, ich bin ein Opfer des BAUMOL-Pulvers. Ich bin 1950 geboren und hatte mit zwei Jahren eine Blutvergiftung durch dieses BAUMOL-Pulver. Meine Eltern und die Ärzte wussten nicht, was sie tun sollten, und ich habe es geschafft, ich habe überlebt, aber mein rechter und linker Zeigefinger waren von Fäulnis befallen und fielen bis zum zweiten Glied ab.

Original: Témoignage de Marie-Claude, près de Rennes

BONJOUR, je suis une victime de la poudre BAUMOL, je suis née en 1950 et à deux ans j'ai eu un empoisonnement du sang par cette poudre baumol. Mes parents et les docteurs ne savaient quoi faire et je m'en suis sortie, j'ai vécu, mais mes index droite et gauche étaient pris de pourriture et sont tombés jusqu'à la 2e phalange.

Zeugnis von Léa aus dem Landkreis Hennebont

Ich wurde am 20. November 1951 geboren und wurde im Februar/März 1952 Opfer von Baumol-Pulver mit Arsenzusatz. Ich schrie vor Schmerzen, weil meine Haut bis auf die Knochen durchlöchert war, und ich hätte sterben können, wenn meine Mutter nicht die Lösung gefunden hätte: Das Baby einer Nachbarin, die Titanium-Pulver verwendete, hatte keines dieser Symptome, und dank des Wechsels des Pulvers konnte ich überleben und meine Gesundheit wiedererlangen. Seitdem war ich in sehr hohem Maße allergisch gegen alle üblichen Allergene: Staub, Hausstaubmilben ... und bis zur Pubertät rachitisch.

Original: Témoignage de Léa, du canton d'Hennebont

Je suis née le 20 novembre 1951 et j'ai été victime de la poudre Baumol additionnée d'arsenic en février/mars 1952. Je hurlais de douleur car ma peau était creusée jusqu'aux os, et j'aurais pu mourir si ma mère n'avait trouvé la solution : Le bébé d'une voisine qui utilisait la poudre Titane n'avait aucun de ces symptômes, et grâce à ce changement de poudre, j'ai pu survivre et recouvrer la santé. Depuis, j'ai été allergique à très haut degré à tous les allergènes habituels : poussière, acariens ... et rachitique jusqu'à la puberté.

Erfahrungsbericht von Jean-Yves, aus dem Umland von Lorient

... ich übermittle Ihnen einige Informationen über den Tod meines Bruders Ernest durch das Baumol-Pulver.

Ernest wurde am 06. April 1952 geboren und starb am 22. Januar 1953.

Dieses Pulver wurde für den roten Hintern unseres Bruders ERNEST verwendet. Trotzdem blieb die Rötung bestehen. Unsere Mutter vertraute sich dem Hausarzt an, der sie beschimpfte, weil sie seiner Meinung nach nicht genug Puder auftrug, also erhöhte sie auf Anraten des Arztes die Menge an Puder, und die Krankheit wurde schlimmer.

Unsere Mutter machte sich ihr ganzes Leben lang Vorwürfe, ihr Kind getötet zu haben.

Manchmal sprach sie darüber. Sie vertraute meiner Frau an, dass es ihr schönstes Kind gewesen sei und der liebe Gott es ihr deshalb weggenommen habe.

Ich glaube, um 1959 herum kamen zwei oder drei von der Versicherung beauftragte Personen zu uns nach Hause und übergaben meinen Eltern 30.000 Francs und sagten ihnen, dass es sich um einen Vorschuss vor dem Prozess handelte. Sie vertrauten diesen Personen, die sich gut präsentierten (Anzug und Krawatte) und vor allem in ihrem Schmerz mitfühlten. Sie hatten jedoch eine Abfindung und die Einstellung des Verfahrens unterschrieben, da sie 30.000 Francs erhalten hatten.

Nach zwei Autopsien (bei der ersten war der Körper noch intakt), aber

es gibt keine Aufzeichnungen im Rathaus von .... Beim Gericht oder bei der Gendarmerie?
Der Anwalt ... konnte von der Versicherungsgesellschaft von Herrn CAZENAVE einen Vorschlag für eine gütliche Einigung über 100.000 Franken abzüglich der 30.000 Franken, die er bereits erhalten hatte, also 70.000 Franken, erhalten. Das Gehalt meines Vaters, eines Angestellten der Straßenbaubehörde, betrug 40.000 Francs netto.
In dem Schreiben von Maître ... vom 05. Oktober 1960, ich zitiere:
Ich glaube aufrichtig, dass dieser Vorschlag fair ist und angenommen werden sollte, um Verfahrenskosten zu vermeiden, angesichts der besonderen Schwierigkeiten in Ihrem Fall.

Original: Témoignage de Jean-Yves, du pays de Lorient

... je vous transmet quelques informations concernant le décès de mon frère Ernest par la poudre Baumol.
Ernest est né le 06 avril 1952 et dcd le 22 janvier 1953.
Cette poudre a été utilisée pour les fesses rouges de notre frère ERNEST. malgré cela les rougeurs persistaient. Notre mére se confie au médecin de famille qui la rouspète car pour lui elle ne mettait pas assez de poudre donc sur avis du médecin elle augmentait le poudrage et le mal empirait.
Toute sa vie notre mère s'est reprochée d'avoir tué son enfant.
Elle en parlait parfois. Elle a confié à mon épouse que c'était son plus bel enfant, c'était pour cela que le bon Dieu le lui avait repris.
Vers 1959, je crois, de 2 ou 3 personnes mandatés par les assurances sont venus à notre domicile et ont remis 30 000 francs à mes parents en leur disant que c'était une avance avant le procès. ils ont fait confiance à ces personnages qui présentaient bien (costume- cravate) et surtout conpatissaient à leur douleur. Or ils avaient signés un solde de tout compte et l'arrèt des poursuites du fait qu'ils avaient eu 30 000 francs.

Après 2 autopsies (lors de la première le corps était intact), mais il n'y a pas de trace à la mairie de .... Au tribunal, ou a la gendarmerie?
L'avocat ... a pu obtenir de la compagnie d'assurance de M. CAZENAVE une proposition de règlement amiable de 100 000 francs moins les 30 000 francs déjà perçus soit 70 000 francs. Le salaire de mon père, employé des Ponts et Chaussés, était de 40 000 francs net.
Dans le courrier de maitre ... du 05 octobre 1960, je cite:
Je crois sincèrement que cette proposition est équitable et doit etre acceptée, pour éviter les frais de procédures, compte tenu des difficultés spéciales à votre affaires.

Sandra Åslund

Tödliche Provence

Kriminalroman

Leseprobe

Prolog

Freitag, 05. Januar 1962

»Du bist raus.« Die Kunstdrucke an der Wand gegenüber verschwammen vor seinen Augen zu einem grellen Farbenbrei. Wie sollte es weitergehen? »Du bist raus und hast ab sofort nichts mehr mit uns zu tun. Die Papiere erhältst du mit der Post.«

Er fühlte einen Kloß im Hals und schluckte. Seit Jahren hatte er nicht geweint. Wann hatte er das letzte Mal seine Tränen auf den Wangen gespürt? Jetzt war er kurz davor, die Kontrolle zu verlieren. Reiß dich zusammen, reiß dich zusammen! Es half nichts. Die Worte, die er eben vernommen hatte, hallten in seinen Ohren wider, füllten seinen Kopf aus, wanderten in seinen Körper und schwollen dort an, bis für nichts anderes Platz war. »Du bist raus und allein für diese Dinge verantwortlich. Falls du dir überlegen solltest, etwas zu unternehmen, irgendwelche Maßnahmen einzuleiten – denk daran, du hast nichts gegen uns in der Hand.«

Er wusste, dass es stimmte. Auch wenn er sich anfänglich gesträubt hatte, stand nun überall seine Unterschrift. Nur seine Unterschrift. Er war gefangen in einem Netz, das er nie hatte spinnen wollen. Die Warnzeichen hatte er gesehen, hatte noch versucht, einen Ausweg zu finden, erst vor wenigen Tagen. Zu spät. Die Katastrophe war eingetreten. Sie hatten einen Judas Iskariot aus ihm gemacht.

Langsam stieg er die Treppe zum Dachboden hinauf. Bleischwere Gewichte an seinen Beinen zogen ihn bei jeder Stufe wieder hinunter. Je näher er dem Ende der Treppe kam, desto stockender wurden seine Schritte. Aus dem Abgrund, in den er geblickt hatte, gab es kein Entkommen. Dennoch weigerte sich sein Verstand, diese Tatsache zu akzeptieren. Welch ein Segen, dass er gerade allein war. Oder vielleicht nicht? Hätte es einen Unterschied gemacht, wenn jemand bei ihm gewesen wäre, in dieser nachtschwarzen Stunde? Wie hätte er dann reagiert?

Er war oben angelangt und sperrte die Tür auf, sie quietschte in den Angeln. Bis zu dem alten, massiven Schrank war es nicht weit. Und doch kam es ihm vor, als würde es eine Ewigkeit dauern, diese letzten Meter hinter sich zu bringen. Bei jedem Schritt dieselben Fragen: Gab es noch einen Ausweg? Hatte er etwas übersehen? Etwas, das eine andere Lösung offenbarte?

Dann geschah das Wunderliche: Als er den Schrank erreichte und die Schubladen mit den rostigen Griffen vor sich sah, verschwanden mit einem Mal alle Fragen und Zweifel. Lösten sich vor seinem inneren Auge auf wie die Rauchschwaden der Pfeife, die er vorhin genossen hatte. In einem anderen Leben. Ehe der Anruf kam.

Zurück blieb nichts als eine mechanische Klarheit. Er zog die unterste Schublade heraus. Räumte die Schachteln, die obenauf gestapelt waren, beiseite. Bis das schwarze Etui im schwachen Licht glänzte. Er nahm es an sich wie einen Schatz. Kostbar und bedrohlich zugleich. Hielt es für einen Moment in den Händen, ehe er es öffnete. Da lag sie, in roten Samt eingeschlagen. Hatte auf ihn gewartet. All die Jahre. Auf diesen Tag.

Kapitel 1

Donnerstag, 18. September 2014

»Matthieu ist verschwunden!« Der Ruf von Alice Joselet riss Hannah aus dem Rhythmus ihres Laufs.

Auch im Urlaub versuchte die Kommissarin ihr morgendliches Training zu absolvieren. Vor fünf Tagen war sie in der Provence angekommen, und bisher hatte sie eisern durchgehalten.

Im vergangenen Sommer hatte Hannah im Rahmen eines EU-Austauschprogramms drei Monate bei der provenzalischen Polizei verbracht. Ihre erste Station hatte sie nach Vaison-la-Romaine geführt, jene kleine Touristenstadt im Vaucluse, die sich rühmte, Frankreichs größtes galloromanisches Ausgrabungsgelände zu beherbergen. Da Hannahs Leidenschaft die römische Geschichte war, hatte es neben der Arbeit viel für sie zu entdecken gegeben. Einige der Menschen, die sie während ihres Aufenthalts getroffen hatte, waren inzwischen enge Freunde geworden, und so hatte sie beschlossen, in diesem Jahr ihren Urlaub hier zu verbringen.

»Mademoiselle Hannah!« Die alte Frau winkte sie zu sich heran. Wie üblich trug sie ihre weißen Haare in der Mitte gescheitelt und zu einem ordentlichen Nackenknoten gebunden. »Haben Sie einen Moment Zeit für mich?«

Ihrem Gesichtsausdruck nach war etwas Ernstes geschehen, und so joggte Hannah näher und öffnete die niedrige Gartenpforte. »*Bonjour*, Madame Joselet, was ist passiert?«

»Ach, kommen Sie doch auf einen Tee herein.«

Hannah folgte der schmalen Frau, die trotz ihrer mehr als siebzig Jahre kein bisschen gebrechlich wirkte, ins Innere des kleinen, hell verputzten Hauses.

Bald darauf saß sie auf einer Holzbank auf der Terrasse, einen Becher schwarzen Tee vor sich, und sah Alice Joselet erwartungsvoll an.

»Was haben Sie denn auf dem Herzen?«

»Matthieu ist vorgestern Abend nicht nach Hause gekommen.« Bekümmert umklammerte die betagte Frau mit den Händen ihre Tasse.

»Das ist an sich keine große Geschichte, er bleibt öfter über Nacht weg – alt genug ist er ja.« Sie lächelte matt. »Aber er hat sich gestern den ganzen Tag nicht blicken lassen, und das ist ziemlich ungewöhnlich. Er weiß genau, dass er mein Ein und Alles ist, und ...« Sie zögerte kurz, dann schaute sie Hannah direkt an. »Ich bin sicher, dass ihm etwas passiert ist! Sie sind Polizistin, ich habe gedacht ...«

»Nun ja, Madame Joselet, ich bin im Urlaub. Sie wissen ja, dass ich in Köln, also in Deutschland, lebe. Haben Sie schon die örtliche Polizei alarmiert?«

Alice Joselet stöhnte auf. »Die von der *police municipale* sind doch allesamt unfähig! Und diesen Bernard konnte ich von Anfang an nicht leiden.«

Hannah verkniff sich ein Grinsen. Auch sie hatte während ihrer Zeit bei der Gendarmerie von Vaison ihre Schwierigkeiten mit Capitaine Claude-Jean Bernard gehabt. Zu guter Letzt hatten sie eine versöhnliche Ebene gefunden. Allerdings war der Weg dahin steinig und von einigen heftigen Auseinandersetzungen gezeichnet gewesen.

Hannah nippte an ihrem Tee und versuchte sich die wenigen, kurzen Gespräche ins Gedächtnis zu rufen, die sie mit Alice Joselet geführt hatte. War da schon einmal der Name Matthieu gefallen? Madame war seit einigen Jahren Witwe. Einen neuen Lebensgefährten hatte sie nicht erwähnt, ihr einziger Sohn lebte in Aix-en-Provence und besuchte sie nur gelegentlich.

»Wie ... sieht er denn aus?«, begann Hannah vorsichtig.

»Na, recht groß ist er, ein bisschen übergewichtig ... er ist halt faul geworden in der letzten Zeit. Früher, da war er so agil.«

»Haarfarbe?«

»Rot ... aber ...«

»Und die Augen?«

»Grün.«

»Und der Name war ... Matthieu?«

»Genau.«

»Und wie weiter?«

»Weiter?« Die alte Frau sah Hannah verständnislos an.

»Na, der Nachname.«

»Ach so. Hat er nicht. Nur Matthieu.«

»Hm. Wie lange kennen Sie diesen Matthieu schon?«

»Kennen? Na, quasi seit seiner Geburt.«

»Wie alt ist Matthieu?«

»Im Februar ist er sechzehn geworden.«

Ein Teenager also. Da würde sie wohl doch Bernard informieren müssen.

»Ein stolzes Alter für einen Stromer wie ihn«, fügte Alice Joselet hinzu.

Hannah versuchte sich nicht anmerken zu lassen, dass sie keine Ahnung hatte, wovon ihr Gegenüber sprach. »Also, ich fasse mal kurz zusammen: Der verschwundene Junge ist groß und ein bisschen übergewichtig, hat rote Haare und grüne Augen und ist sechzehn Jahre alt.«

»Was meinen Sie mit ›Junge‹?«

»Na, sprechen wir etwa nicht von einem Jungen?«

»Non.« Alice Joselet sah sie ernst, beinahe entrüstet an. »Matthieu ist doch kein Junge! Matthieu ist mein Kater!«

»Ach so!« Hannah unterdrückte ein Lachen.

»Werden Sie sich um die Angelegenheit kümmern?« Der flehentlich- bittende Gesichtsausdruck war auf das Gesicht der alten Frau zurückgekehrt.

»Madame Joselet, ich ...« Hannah zögerte. Sie dachte an ihre Großmutter, die als junge Frau der Liebe wegen ihre Heimatstadt Dijon verlassen hatte und in die Pfalz gezogen war. Frankreich hatte sie ihr Leben lang vermisst. Als Hannahs Opa gestorben war, hatte sich *grand-mère* ihr Schoßhündchen Poupette zugelegt. Das kleine braune Wollknäuel war in den letzten Jahren ihres Lebens ihr einziger Lichtblick gewesen. »Ich werde sehen, was ich tun kann.«

»Ich danke Ihnen!« Mit beiden Händen umklammerte Alice Joselet Hannahs Rechte. »Wissen Sie, als Marc-Henry damals verschwand ...« Sie ließ Hannahs Hand wieder los. »Ich habe solche Angst, dass mein kleiner Liebling nicht zurückkommt.«

»War das auch eine Katze von Ihnen?«

»Marc-Henry? Oh nein! Er war ein Cousin von mir. Eine tragische Geschichte. Aber das ist schon so lange her. Ich weiß nicht, warum es mir ausgerechnet jetzt einfällt. Ich erzähle es Ihnen beim nächsten Mal.«

»Machen Sie das, Madame Joselet. Ich laufe mal weiter. Vielleicht begegne ich Ihrem Matthieu ja auf meiner Runde.«

»Dann müssen Sie ihn einfangen, *s'il vous plaît*! Er ist ganz brav und zutraulich, zeigt fast nie seine Krallen.«

Hannah hatte ihre Vorbehalte fremden Katzen gegenüber, doch das sagte sie Alice Joselet lieber nicht. Sie verabschiedete sich und setzte ihre Laufrunde fort.

Wenig später kehrte sie zu dem winzigen Natursteinhaus zurück, das ihre Freundin Penelope ihr für die Dauer des Urlaubs überlassen hatte. Es lag abseits der Stadt mitten im Grünen, umgeben von einem herrlichen Garten. Penelope, die im Biosupermarkt von Vaison arbeitete, hatte das Häuschen in erster Linie wegen des Gartens gemietet. Sie hatte ihn mit viel Liebe gestaltet und baute ihr eigenes Gemüse an. Die nächsten Nachbarn waren ein ganzes Stück entfernt, und Hannah hatte gewusst, hier würde sie sich so richtig entspannen können.

Im Briefkasten am Zaun steckte eine bunt bedruckte Zeitschrift. Kurzerhand zog Hannah sie heraus. Es handelte sich um eines dieser Gratisexemplare, die Penelope hasste. Bei Gelegenheit würde sie der Freundin einen Aufkleber *pas de circulaires* besorgen. Hannah spähte in den Briefkasten. Der Postbote war schon da gewesen. Sie angelte nach den beiden Umschlägen im Kasten. Der eine war von *Crédit Agricole*, der andere jedoch sah besonders aus. Eingehend betrachtete sie den cremefarbenen Briefumschlag. Jemand hatte ihn in altmodisch verschnörkelter Schrift an »Mademoiselle Penelope« adressiert. Auf dem edlen Papier war kein Absender vermerkt.

Hannah durchquerte den Vorgarten und schloss die dunkelrot gestrichene Haustür auf. Der enge Flur führte in eine geräumige Wohnküche, deren hinteren Teil Penelope mit einem transparenten Vorhang als Lesezimmer abgetrennt hatte. Überhaupt bestand das Haus nur aus zwei großen Räumen. Neben dem Wohnbereich im Erdgeschoss gab es ein Schlafzimmer im ersten Stock, zu dem man über eine Holzstiege gelangte. Dicke, dunkelbraune Holzbalken durchzogen die Dachschrägen, unter denen ein breites, niedriges Bett stand. Hannah, die einen schlichten Stil bevorzugte, fühlte sich inmitten der zahllosen samtenen Kissen, Seidendecken und Kerzen in ornamentverzierten Leuchtern in einen Film aus Tausendundeiner Nacht versetzt. Sie verstand gut, warum Penelope und ihr Freund Anatole sich fürs Erste darauf geeinigt hatten, nicht zusammenzuziehen.

Dass die beiden ein Paar geworden waren, überraschte Hannah nach wie vor. Niemand hätte damit gerechnet, dass sich die quirlige Halbspanierin für den humorvollen, aber leicht verschrobenen Weinbauer entscheiden würde. Hannah konnte sich noch gut erinnern, dass sie am Anfang befürchtet hatte, Penelope und Serge würden ernsthaft zueinanderfinden.

Auch wenn sie es sich damals zunächst nicht hatte eingestehen wollen, so hatte Hannah sich doch vom ersten Moment an zu dem Pariser Musikwissenschaftler hingezogen gefühlt. Attraktiv und charmant, das war ihr erster Eindruck gewesen, nachdem er ihr hinterhergelaufen war, als sie in einem Straßencafé ihren Schal liegen gelassen hatte.

Mittlerweile bedeutete Serge ihr so viel mehr. Ihr Kontakt war immer intensiver geworden, und das auf allen Ebenen. Hannah spürte eine warme Zuneigung in sich aufwallen, wenn sie an Serge dachte. Sie sehnte sich nach ihm. Trotzdem scheute sie davor zurück, ihre Verbindung als Beziehung zu bezeichnen. Keiner von ihnen hatte bisher versucht, das, was zwischen ihnen war, zu definieren. Beide hatten sie ihre Vergangenheit, die bewältigt werden wollte. Hannahs Trennung von Justus, ihrem langjährigen Lebensgefährten, hatte noch nicht lang zurückgelegen. Und auch Serge hatte in einer schwierigen Lebensphase gesteckt. Sie hatten sich gegenseitig Zeit geben, nichts überstürzen wollen.

Inzwischen gehörte er so selbstverständlich zu Hannahs Alltag, dass es beinahe überflüssig wirkte, dem Kind einen Namen zu geben. Und doch blieb eine Art Unverbindlichkeit, die Hannah manchmal beunruhigte. Sie sollten endlich einmal über ihre Beziehung sprechen.

Hannah legte Penelopes Post auf den rustikalen Esstisch, stieg in das Obergeschoss und nahm eine Dusche in dem kleinen Bad unter der Dachschräge. Dann kehrte sie in die Wohnküche zurück. Es wurde Zeit für ihren Morgenkaffee. Sie füllte ihre Cafetiere mit Wasser und dachte an Serges Worte: »Diesmal wirst du wohl dein Kaffee-Survival-Kit direkt mitnehmen, *n'est-ce pas*? Nach all den grässlichen Koffeinerlebnissen letztes Jahr ...«

Es stimmte leider. Vergeblich hatte sie damals in Vaison nach einem Café gesucht, das ihren Ansprüchen gerecht wurde. Letztlich hatte sie aufgegeben und sich von ihrer Kölner Nachbarin ihre Kaffeemühle, den Milchaufschäumer mit den zwei Geschwindigkeitsstufen und die Cafetiere aus Edelstahl sowie anständige Kaffeebohnen schicken lassen.

Während sich der Kaffeeduft allmählich in dem gemütlich eingerichteten Wohnraum ausbreitete, goss Hannah sich ein Glas Orangensaft ein und nahm einen Becher Joghurt aus dem Kühlschrank.

Sie hatte ihr Glück nicht fassen können, dass ihr Urlaubsantrag über vier Wochen bewilligt worden war. Als Kinderlose musste Hannah ihren Urlaub in die ferienfreie Zeit legen, was ihr im Grunde recht war. In diesem Jahr hatte sie eine Menge Überstunden nehmen können, die durch den Auslandsaufenthalt im vergangenen Sommer entstanden waren. So hatte sie im Frühling bereits eine Reise mit Serge nach Italien unternommen. Sie waren in Rom gestartet und hatten dort seinen sechsundvierzigsten Geburtstag gefeiert. Danach hatten sie Neapel besucht, Pompeji natürlich nicht ausgelassen und zuletzt ein paar Tage auf Capri verbracht. Es war eine entspannte Zeit gewesen, in der sie sich noch besser kennengelernt hatten. Alles hatte sich ganz zwanglos ergeben. Kein einziges Mal hatten sie über die Tagesgestaltung diskutieren müssen. Nach zwei herrlichen Wochen war sie schweren Herzens in ihren Kölner Polizeialltag zurückgekehrt. Mit regelmäßigen Skypegesprächen und Wochenendbesuchen schafften sie es zwar, die räumliche Distanz zu überbrücken. Doch Hannah war froh, dass sie bald endlich wieder eine längere Zeit zusammen sein würden.

Sie wärmte die Milch auf und blieb dabei am Herd stehen. An die Geschwindigkeit von Penelopes altem Gasherd musste sie sich gewöhnen. Als der erste feine Dampf aus der Cafetiere strömte, schaltete sie die Herdplatte aus und griff nach dem Milchaufschäumer.

Mit dem Kaffeebecher ging sie zum Tisch hinüber. Ehe sie sich setzte, nahm sie den gediegenen Briefumschlag mit der verschnörkelten Schrift in die Hand. Kurz entschlossen rief sie Penelope an.

Die Freundin ließ sich Zeit, erst, als Hannah bereits auflegen wollte, hörte sie ein verschlafenes »*Oui?*«.

»*Oh, pardon*, habe ich dich geweckt?«

»Hannah?«

»*Oui.*«

»*Pas de problème.* Ich muss sowieso langsam mal aufstehen. Anatole und ich haben gestern bis spät in die Nacht über Plänen gesessen für ... ach, das muss ich dir in Ruhe erzählen. Was gibt's denn?«

»Deine Post – du hast einen besonders aussehenden Brief bekommen, ohne Absender. Als Adresse steht lediglich ›Mademoiselle Penelope‹ darauf.«

»Ein cremefarbener Umschlag?«

»Genau. Teures Papier.«

»Ah, der ist von Louis Prinderre. Er wohnt in der Nähe. Ein feiner alter Mann. Im Frühling ist er achtzig geworden. Seit seine Frau vor einigen Jahren gestorben ist, besuche ich ihn ab und an. Das heißt, viel- mehr lädt er mich formvollendet auf postalischem Wege ein.« Ihr perlendes Lachen schallte durch den Hörer. »Ein Kavalier der alten Schule, wie du ihn dir gelungener nicht vorstellen kannst. Meist schreibt er etwas wie: ›Werte Mademoiselle Penelope, hätten Sie die Güte, mich am Freitag, wenn der Tag sich verabschiedet, auf ein Glas Wein zu beehren? Hochachtungsvoll, Ihr Louis Prinderre.‹« Sie lachte erneut. »Und dann sitzen wir zwei, drei Stunden auf seiner Terrasse, trinken Rotwein, und er erzählt Episoden aus seinem langen Leben. Schwelgt in alten Erinnerungen. Er ist ein brillanter Geschichtenerzähler. Ich schätze ihn sehr. – Ach, weißt du was, lies mir doch den Brief vor, *s'il te plaît.*«

Hannah holte ein Messer aus der Besteckschublade und schlitzte den Umschlag auf. Darin steckte ein zweimal gefalteter Bogen desselben Papiers. Auf dem Blatt stand in der altmodischen Schrift:

Verehrte Mademoiselle Penelope, ich würde mich sehr glücklich schätzen, falls Sie am morgigen Donnerstagnachmittag, wenn die Glocken fünfmal geschlagen haben, bei mir vorbeikommen könnten.

Très cordialement, Ihr Louis Prinderre

Ende der Leseprobe – Fortsetzung in »Tödliche Provence«